EVELYN SANDERS

WERDEN SIE DENN NIE ERWACHSEN?

Heiterer Roman

WILHELM HEYNE VERLAG
MÜNCHEN

HEYNE ALLGEMEINE REIHE
Nr. 01/8898

15. Auflage

Copyright © 1992 by Hestia Verlag GmbH & Co. KG
Alle deutschen Rechte vorbehalten
Wilhelm Heyne Verlag GmbH & Co. KG, München
Printed in Germany 2000
Umschlagillustration: Sibylle Hammer, München
Umschlaggestaltung: Atelier Ingrid Schütz, München
Druck und Bindung: Elsnerdruck, Berlin

ISBN 3-453-07202-2

1

»Du brauchst ein Schwiegermutterkleid«, sagte Nicole, nachdem sie meinen Schrank inspiziert und nichts gefunden hatte, was ihrer Ansicht nach dem feierlichen Anlaß entsprechen würde. »Und einen Hut!« ergänzte Katja. »Lieschen Windsor hat auch immer einen auf.«

»Ich bin nicht die Queen, einen Hut habe ich noch nie getragen, werde es also auch jetzt nicht tun, und wenn das Sascha nicht paßt, soll er ohne mich heiraten!«

Ich war wütend! Sogar mehr als das, denn seit Tagen drehte sich alles nur noch um diese vermaledeite Hochzeit, an die noch immer keiner so recht glauben wollte. Ausgerechnet Sascha, unseren Miniatur-Casanova, der erstens nie und zweitens auf keinen Fall vor seinem dreißigsten Geburtstag heiraten wollte, hatte es als ersten erwischt. Mit siebenundzwanzig. Und was hatte er sich geangelt? Eine Engländerin! Folglich hatte die Hochzeit in England stattzufinden, und folglich hatte ich nach Ansicht meiner achtzehnjährigen Zwillingstöchter irgendwas in grauer Seide zu tragen, weil doch »alle Engländer so schrecklich konservativ« seien.

»Du kannst nicht im Hosenanzug in die Kirche gehen«, blockte Nicki meinen dezenten Hinweis auf den reichhaltigen Bestand meiner Lieblingskleidung ab, »da biste doch gleich unten durch. Und Sascha auch. Immerhin repräsentieren wir als einzige den deutschen Anhang dieser Mischehe, und wenn ich mir vorstelle, wie Victorias ellenlange Verwandtschaft uns unter die Lupe nehmen wird, würde ich am liebsten gar nicht mitkommen. Englische Hochzeit! Da gibt's ja nicht mal was Vernünftiges zu essen.« Sie schüttelte sich. »Die können doch alle nicht kochen. Oder weshalb sonst stammen die meisten Gewürzsoßen aus England?«

Unter diesem Aspekt hatte ich die bevorstehenden Feierlichkeiten noch nicht betrachtet. »Wir fahren nicht nach England, um unsere Mägen zu strapazieren, sondern um eurem Bruder auf seinem schweren Gang seelischen Beistand zu leisten.«

»Den braucht er nicht, schließlich heiratet er ja freiwillig«, sagte Katja lakonisch. »Ich wünsche ihm bloß, daß seine Ehe länger hält als sämtliche Küchenmaschinen, die sie zur Hochzeit kriegen werden.« Dabei fiel ihr etwas ein. »Was schenkt ihr eigentlich?«

»Das Honorar für den Scheidungsanwalt«, sagte ich patzig.

Nein, so ganz hatte ich mich noch immer nicht mit dem Gedanken abgefunden, daß Sascha tatsächlich heiraten wollte. Seine Verlobung, die er uns morgens um fünf Uhr telefonisch mitgeteilt hatte, als er sich irgendwo zwischen Hongkong und Singapur befand, hatten wir natürlich nicht ernst genommen, obwohl sein Vater gemeint hatte, gegen ein hübsches Thai-Mädchen in der Familie hätte er gar nichts einzuwenden. Doch verlobt sei noch nicht verheiratet, und überhaupt könne das alles auch nur ein Hörfehler gewesen sein, immerhin sei die Verbindung miserabel gewesen, wahrscheinlich hätte ich statt verliebt eben verlobt verstanden.

»Wenn er jedesmal anrufen würde, sobald er sich verliebt hat, dann würden die Telefonrechnungen sein Einkommen um ein Mehrfaches übersteigen«, erwiderte ich. »Aber du hast ja recht. Noch ist er nicht verheiratet, und Felix hat sowieso prophezeit, daß er sich mindestens dreimal verloben würde, bevor er zum erstenmal Ernst macht.«

Felix ist langjähriger Freund unserer Familie, Patenonkel und mit Sicherheit Geheimnisträger, was Saschas vergangenes Liebesleben betrifft.

Ernsthaft beunruhigt war ich erst nach dem zweiten Anruf. Der kam aus Durban, diesmal via Satellit, wodurch die Verständigung erheblich verbessert wurde und keinerlei Zweifel an den konkreten Anweisungen meines Sohnes mehr zuließ. »Kannst du bitte umgehend meine Geburtsurkunde nach England schicken?« Es folgten ein Mädchenname sowie eine äußerst komplizierte Anschrift, die mir Sascha sicherheitshalber einzeln durchbuchstabierte.

»Wozu brauchst du . . .«

Meine Frage wurde elegant mit dem Hinweis abgeblockt, jede Minute Satellitentelefon koste ungefähr sieben Dollar, und er habe bereits an die vierzig in den Himmel geschickt. »Ich schreibe dir ganz ausführlich, sobald ich ein bißchen Zeit habe.«

Die schien er in den letzten Wochen jedoch nie gehabt zu haben. Ein paar Ansichtskarten waren gekommen, darunter eine mit einem kurzbehosten Nikolaus, der Badelatschen trug und Glitzerketten an eine Palme hängte. Der Text lautete: »Wir liegen hier am Strand, trinken Piña Colada und singen Weihnachtslieder. Herzliche Grüße.« Abgestempelt war sie in Barbados. Das nächste Lebenszeichen kam vom Panamakanal, aus Tahiti folgte auch noch eines, und danach hörte ich überhaupt nichts mehr vom ihm. Bis die Anrufe kamen. Zwischendurch hatten wir uns zwar kurz gesehen, doch zu diesem Zeitpunkt war von einer Verlobung nicht mal andeutungsweise die Rede gewesen.

Aber vielleicht sollte ich lieber ganz von vorne anfangen.

Im zarten Alter von siebzehn Jahren war Sascha zu der Erkenntnis gelangt, sein derzeitiger Bildungsstand genüge vollkommen, ein Abitur brauche er nicht, er habe das Leben als Taschengeldempfänger satt und wolle endlich selber Geld verdienen. Sein um ein Jahr älterer Bruder Sven war der gleichen Ansicht — wer seinerzeit wen überredet hatte, haben wir niemals mit letzter Sicherheit herausbekommen —, und so herrschte eine Zeitlang innerhalb der Familie ein ausgesprochen frostiges Klima. Der väterlichen Weigerung, die Knaben von der Schule zu nehmen, setzten sie passive Resistenz entgegen, die blauen Briefe sowie das folgende Donnerwetter quittierten sie mit einem Achselzucken, und acht Wochen später blieben sie sitzen. Beide!

Das Familienoberhaupt kapitulierte zähneknirschend. Sohn eins durfte seine Lehre als Landschaftsgärtner beginnen, Sohn zwei wurde nach Bad Harzburg in Marsch gesetzt, um dort unter der Ägide von Rolfs Schulfreund eine Ausbildung als Restaurantfachmann zu absolvieren. Nach vier Monaten flog er wieder raus. Wegen angeblicher Renitenz. Die Hoffnungen seines Vaters, Sascha würde nun doch den relativ bequemen Schulalltag dem Erwerbsleben vorziehen, erfüllten sich trotzdem nicht. »Der Job macht mir Spaß, aber nicht unbedingt unter Aufsicht eines Sklaventreibers! Oder findest du es normal, in einem Müllcontainer herumzukriechen und nach irgendwelchen verlorengegangenen Rechnungen zu suchen?«

Rolf fand das auch nicht normal, vermittelte seinem Sohn eine weitere Ausbildungsstätte, diesmal in einem Nobelrestaurant, wo Sascha noch vor Ablauf der regulären Lehrzeit eine glänzende Prüfung hinlegte.

»Jetzt geht's ans Verdienen«, verkündete er strahlend, »mit *dem* Zeugnis komme ich in jedem Haus unter! Ich suche mir natürlich nur die besten aus.« Sprach's, verschickte Bewerbungen und bekam als erste Zuschrift einen Brief vom Wehrbereichskommando, das ihn als Vaterlandsverteidiger beanspruchte.

»Ich verweigere!« erklärte Sascha sofort. »Ich laß mir doch nicht eine Knarre in die Hand drücken!«

Allerdings war ihm das damals noch übliche Verfahren zu langwierig, sein Ausgang zu ungewiß, und die Möglichkeit, als Zivi in einem Krankenhaus Bettpfannen leeren zu müssen, erschien ihm auch nicht gerade verlockend.

»Ich weiß gar nicht, weshalb du dich so sträubst«, sagte Sven, »nach der Grundausbildung kommst du sowieso ins Offizierskasino. Oder glaubst du, die haben da diplomierte Essenträger zu Dutzenden herumlaufen?«

Sascha sah das ein und fügte sich ins Unvermeidliche. Das Unvermeidliche nannte sich Grundausbildung und vermittelte mir einen umfassenden Einblick in die bundeswehreigene Garderobe. An jedem Wochenende röhrte die Waschmaschine, und wenn ich hinterher fluchend am Bügelbrett stand, weil das Verteidigungsministerium offenbar auch Mütter zwangsverpflichtete und zu Sonntagsarbeit verdammte, erklärte Rekrut Sascha mit schöner Regelmäßigkeit:»Ich könnte die Klamotten ja in der Kaserne waschen lassen, aber hinterher sind immer die Knöpfe kaputt, und dann müßte ich jedesmal neue drannähen.«

Nach drei Monaten konnte ich meine Wäscherei schließen. Sascha bekam als Kasino-Ordonnanz weiße Jacken mit ein bißchen Gold obendran und festvernieteten Knöpfen, die auch dem stabilsten Bügelautomaten widerstanden. Morgens durfte er ausschlafen, weil die Herren Offiziere das auch taten, dafür kam er abends spät ins Bett, doch daran war er ja gewöhnt. Nun empfand er seine Zwangsrekrutierung auch nicht mehr unbedingt als Hemmschuh auf seinem Weg zum Hotelmanager, denn er mußte die Konfirmationsfeier vom Majorstöchterlein organisieren und wenig später die Verlobungsparty eines Oberleutnants. Angst vor der Arbeit hatte er nicht, er wehrte sich nur sehr tapfer dagegen, genoß seine unbestrittenen Privilegien und ließ vorzugsweise die Hilfskräfte schaffen. Er war allgemein beliebt und bis auf die Bezahlung sogar zufrieden.

Alles ging so lange gut, bis sich ein frustrierter Hauptmann im Kasino vollaufen ließ, zu mitternächtlicher

Stunde Sascha das Du anbot und seinem Bruder im Geist Bundeswehr-Interna erzählte, wobei es sich keineswegs um militärische Geheimnisse handelte, die Sascha ohnehin nicht interessierten, sondern um pikante Einzelheiten aus dem Privatleben höherer Chargen. Und die wiederum interessierten ihn brennend.

Es kam, wie es kommen mußte. Der wieder nüchtern gewordene Hauptmann entsann sich des peinlichen Plauderstündchens und strebte die möglichst umgehende Entfernung seines neuen Duzbruders an. Ihm fehlte nur noch ein plausibler Grund, und den fand er nicht. Also wurde Sascha zunächst einmal beurlaubt, denn er hatte ja diverse, bei der Bundeswehr nicht vorgesehene Überstunden abzubummeln.

Die beste Methode, eine unbequem gewordene Person loszuwerden, besteht darin, sie wegzuloben. Folglich erklärte der Herr Hauptmann dem Herrn Oberst, daß der Gefreite Sanders aufgrund seiner beruflichen Qualifikationen in dieser kleinen Garnison am völlig falschen Platz sei, er gehöre vielmehr an einen namhaften Truppenstandort, wo man seine Fähigkeiten sicher mehr zu schätzen wisse.

Dem Herrn Oberst war das egal. Er ließ sich ohnehin nur sehr selten im Kasino blicken, denn es gab zu Hause eine Frau Oberst sowie zwei überreife Töchter, die der Papa zu den gesellschaftlich höherstehenden Veranstaltungen begleiten mußte, damit sie vielleicht doch noch passende Ehemänner finden würden. Und damit war, nach Ansicht der Frau Oberst jedenfalls, im unmittelbaren Kasernenbereich wohl kaum zu rechnen.

Als sich Sascha nach einer zehntägigen Ruhepause wieder zum Dienstantritt meldete, wurde ihm ein Marschbefehl ausgehändigt. Ihm blieb gerade noch Zeit genug, sich von einigen Kameraden zu verabschieden, insbesondere jedoch von jenem Schreibstubengefreiten, der ihm unter dem Siegel der Verschwiegenheit alle Einzelheiten mitteilte, die zu der plötzlichen Versetzung geführt hatten, einschließlich der Lobeshymne, die jener vertrauensselige Hauptmann gesungen hatte.

Etliche Stunden später stand Sascha in einer anderen Schreibstube, wo man auf sein Kommen zwar vorbereitet war, aber nicht wußte, was man mit ihm anfangen sollte. Man brauchte keine Kasino-Ordonnanz, weil das Offizierskasino wegen mangelnder Inanspruchnahme schon vor längerer Zeit aufgelöst worden war; die nahe gelegenen Bars und Kneipen boten mehr Unterhaltung. Was man brauchte, waren Leute, die etwas von Panzern verstanden, doch genaugenommen brauchte man die auch nicht mehr, man hatte schon übergenug.

»Dann kann ich ja nach Hause gehen«, sagte Sascha.

»Könntste, aber kannste nich.« Der Schreibstubenmensch blätterte in den Papieren. »Wie lange haste noch? Elf Monate? Bißchen zu lange für 'ne Zwischenlösung. Was haste denn gelernt?«

»Restaurantfachmann.«

»Restaurants ha'm wir nich, und in der Kantine ist Selbstbedienung. Ich will ja auch bloß wissen, als was du ausgebildet bist.«

»Hab' ich doch schon gesagt, als Restaurantfachmann.«

»Beim Bund, du Pfeife!!!«

»Ach so«, sagte Sascha gedehnt, während er krampfhaft überlegte, was er außer Strammstehen, Scheibenschießen und Gepäckmärschen gelernt hatte. »Ein paarmal bin ich mit einem Motorrad durch die Botanik gefräst.«

»Also Kradmelder«, meinte sein Gegenüber befriedigt. Dann kratzte er sich am Kopf. »Die ha'm wir hier aber gar nicht. Möchte wissen, welcher Trottel dich hierhergeschickt hat.«

Das hätte ihm Sascha ganz genau sagen können, aber diesmal hielt er doch lieber den Mund.

»Geh erst mal in deine Stube und richte dich häuslich ein. Nachher kommste wieder, vielleicht ist mir bis dahin etwas eingefallen.«

Wenn Einfalt und Pedanterie zusammentreffen, entsteht Verwaltung. In den folgenden Wochen wurde Sascha regelrecht verwaltet, was in der Praxis bedeutete, daß er hin und her geschoben wurde. Ein paar Tage lang putzte er Antennen, und als sie glänzten, kamen sie wieder ins Materiallager, wo sie erneut vor sich hin rosteten. Dann hatte man ein Motorrad aufgetrieben, und statt Antennen wienerte Sascha Kolbenringe und Auspuffanlage. Fahren durfte er aber nicht, weil dieses Motorrad offiziell gar nicht existierte und niemand wußte, wie der Spritverbrauch hätte verbucht werden sollen.

Auch im Manöver wußte man mit Sascha nichts Rechtes anzufangen. Es fand irgendwo an der Küste statt, doch weil er weder ein Geschütz bedienen konnte noch jemals einen Panzer von innen gesehen hatte, wurde er zum Wacheschieben abkommandiert. Man setzte ihn in eine Holzhütte Marke Bauarbeiter-Klosett mitten auf den Strand, drückte ihm ein Nachtglas in die Hand und ließ ihn das Meer absuchen, denn es könnte sich vielleicht doch mal ein Fischerboot in das Sperrgebiet verirren. Da dieser Küstenteil aber schon seit Jahren als Truppenübungsplatz requiriert und zur Bannmeile für jeden Zivilverkehr erklärt worden war, hielt Sascha seinen Beobachtungsposten für genauso überflüssig wie überhaupt seine ganze Anwesenheit bei der Bundeswehr. Er las sich im Schein einer Taschenlampe durch zwei Kriminalromane und meldete am nächsten Morgen »Keine besonderen Vorkommnisse«.

Auch die längsten Manöver gehen mal zu Ende. Wieder in der Kaserne, hatte man für den Gefreiten Sanders noch immer keine angemessene Tätigkeit gefunden. Die fand er dann selber. Er hatte entdeckt, daß in der Sporthalle kein intaktes Tischtennisnetz mehr zu finden war, die beiden Fußbälle je ein Loch hatten und von dem angeblich vorhandenen Inventar mindestens die Hälfte fehlte. »Nicht mal ein anständiges Basketballspiel kann man durchziehen, weil der eine Korb wackelt und vom anderen nur noch der Ring da ist. Gibt's denn hier niemanden, der sich mal darum kümmert?«

»Doch«, erklang eine befehlsgewohnte Stimme aus dem hinter der Schreibstube gelegenen Zimmer, »Sie!«

Von da an verbrachte Sascha den größten Teil des Tages an einer zum Schreibtisch umfunktionierten Tischtennisplatte und beschriftete Formulare in fünffacher Ausfertigung. Niemand kümmerte sich um ihn, denn genaugenommen war er ja nur inoffiziell vorhanden, beim nächsten Manöver vergaß man ihn regelrecht, und hätte er nicht zwei Wochen vor Ablauf seiner Dienstzeit schriftlich auf diese Tatsache hingewiesen, dann säße er womöglich noch heute in seiner Sporthalle und würde Trillerpfeifen sortieren.

Dem staatlichen Zugriff endlich entronnen und mit einem mittelgroßen Schuldenberg im Rücken — sein Antrag auf Erstattung des Benzingeldes für die Heimfahrt war schon bei der ersten Instanz im Papierkorb gelandet —, sah sich Sascha vor die Notwendigkeit gestellt, nunmehr Geld zu verdienen. »Dabei weiß ich gar nicht, ob ich das noch kann. Richtig arbeiten, meine ich«, seufzte er, lustlos die Hotel- und Gaststättenzeitung durchblätternd, »die suchen überall junge, dynamische Kräfte, die an selbständiges Arbeiten gewöhnt sind. Dazu müßte man ja denken können, aber was ist, wenn man sein Hirn vor anderthalb Jahren in der Kleiderkammer abgeliefert hat?«

»Ich hoffe doch stark, man hat es dir wieder ausgehändigt?«

»Da bin ich mir nicht so sicher«, antwortete mein Sohn. »Übrigens, wie schreibt man Commis de rang? Mit zwei m?«

Freiheit ist der Zwang, sich zu entscheiden. Sascha entschied sich für ein Hotel der gehobenen Preisklasse, nicht allzuweit weg vom Heimathafen, denn so ganz hatte er sich wohl doch noch nicht abgenabelt, aber weit genug weg, um vor gelegentlichen Überfällen seiner Familie halbwegs sicher zu sein. »Wehe, wenn ihr jemals dort aufkreuzt und erwartet, daß ich euch Sauerampfersuppe oder Wachtelbrüstchen an den Tisch trage.«

Das erwarteten wir auch gar nicht, weil ein Mittagessen in dieser Umgebung unseren Etat bei weitem überschritten hätte und nicht mal steuerlich absetzbar gewesen wäre. Im allgemeinen ließ Rolf sich von seinen Kunden einladen, und wenn er doch mal Gastgeber spielen mußte, dann sorgte er dafür, daß die Gäste zu uns nach Hause kamen, weil es sich in privater Atmosphäre doch viel besser verhandeln lasse. Kochen durfte *ich*, und statt eines anständigen Trinkgeldes bekam ich bestenfalls ein Kompliment und zum Abschied einen Handkuß.

Trotz Saschas Warnung rückten wir aber doch einmal geschlossen an, allerdings nur zum Kaffeetrinken, und mußten uns sagen lassen, daß Herr Sanders niemals zum Nachmittagsservice eingeteilt werde, denn der sei überwiegend den Auszubildenden vorbehalten. Dank unserer verwandtschaftlichen Beziehungen fielen die Eisbecher für die Zwillinge jedoch besonders groß aus, und die zum Kaffee servierten Pralinen hatten wir auch nicht bestellt.

Nach einem knappen Jahr Waldeinsamkeit hatte Sascha genug von Vogelgezwitscher und winterlichem Schneeschippen, und außerdem »schwebt man in ständiger Lebensgefahr, seitdem der Golfplatz eröffnet worden ist. Fragt nicht, wie oft mir auf dem Weg zum Personalhaus schon ein Ball um die Ohren geflogen ist. Die lernen doch alle noch.«

Es folgte ein kurzes Zwischenspiel in Heilbronn, und dann endlich betrat Sascha den blankgewienerten Parkettboden jenes Luxusschuppens, der zwar nicht die große Welt bedeutete, in dem sie jedoch verkehrte. Zu Hause sahen wir ihn kaum noch, was nicht so sehr an der Entfernung lag, sondern an seiner neuen Liebe Sabine, aber wenn er tatsächlich mal aufkreuzte, dann warf er mit illustren Namen aus Politik und Wirtschaft um sich und fragte uns ganz unschuldig, ob er nicht vielleicht doch den ihm angebotenen Job als Butler beim Fürsten Sowieso annehmen solle.

»Ein Butler muß mehr können als Ente tranchieren«, warf ich ein, »und soviel ich weiß, hast du noch nie ein Plätteisen angefaßt. In höheren Kreisen trägt man keine Jeans, sondern messerscharfe Bügelfalten.«

»Und du hast noch nie mit Fürsten verkehrt«, konterte Sascha, »da gibt es doch genug Arbeitssklaven, die für so was zuständig sind. *Ich* hätte ja nur die Oberaufsicht.«

»Quatsch, du mußt immer in gestreiften Hosen neben der Haustür stehen mit 'm Silbertablett in der Hand und ›Durchlaucht lassen bitten‹ sagen.« Nicki hatte noch keine Folge der Endlosserie *Das Haus am Eaton Place* verpaßt.

»Dämliche Gans« war alles, was Sascha dazu einfiel. Möglicherweise hatte ihn die Vorstellung, das abendliche Dinner mit weißen Handschuhen servieren zu müssen, doch etwas abgeschreckt — er zog ja nicht mal bei zehn Grad unter Null welche an —, denn dieses Thema ist nie wieder zur Sprache gekommen.

Wer ihm nun eigentlich den Floh ins Ohr gesetzt hatte, weiß ich bis heute nicht, es mußte wohl eine ganze Menge Frust zusammengekommen sein. Krach mit Sabine, die in London ihre Englischkenntnisse aufbessern wollte, regnerisches Herbstwetter, allgemeine Unzufriedenheit und nicht zuletzt der ewig gleiche Trott. Jedenfalls stand Sascha eines Tages mitten im November vor der Tür, hinter sich sein bis zum Dachgepäckträger vollgepfropftes Auto, und erklärte rundheraus, er werde jetzt eine Weltreise machen.

»Ach ja?«

Einen neuen Koffer nebst dazugehöriger Reisetasche hatte er schon gekauft, und seine ins Hellviolette schimmernde Hose paßte so gar nicht zu dem wolkenverhangenen Himmel. »Und wie gedenkst du dieses Unternehmen zu finanzieren?«

Sicher, er hatte gut verdient, aber das meiste davon auch wieder ausgegeben. Für den englischen Sportwagen zum Beispiel, angeblich billig aus vierter Hand erworben, oder für seine Garderobe, die garantiert nicht aus einem Versandhauskatalog stammte. Rücklagen hatte er bestimmt nicht. Hatte er nicht erst unlängst behauptet, das Leben sei ungerecht, denn andernfalls käme man nämlich alt auf die Welt und könne für die Jugend beizeiten das nötige Geld sparen, um sie richtig zu genießen.

»Überhaupt nicht«, griff Sascha meine Frage auf, »ich kriege sogar Geld dafür!«

Das hatte ich ja geahnt! Früher nannte man ihn Gigolo, wenn eine begüterte Witwe oder zweimal Geschiedene der gehobeneren Altersklasse einen dreißig Jahre jüngeren Mann aushielt; heute heißt er »Ständiger Begleiter«, doch unterm Strich kommt das gleiche dabei heraus: *Sie* hat das Geld, *er* hat alles andere, und wenn er das nicht hat, muß er zumindest jung sein. Sascha erfüllte alle Voraussetzungen. Er war gerade vierundzwanzig geworden, war groß, schlank, sah gut aus und verfügte über sehr viel Charme, wovon wir zu Hause allerdings kaum etwas merkten, denn da brauchte er ihn ja nicht. Kein Wunder also, wenn so eine überreife Matrone, die vermutlich eine Luxussuite in dem Nobelschuppen bewohnte und in der Hotelgarage einen Bentley parkte, meinen unerfahrenen Sohn umgarnt und ihm als Gegenleistung für etwas Zuwendung eine Weltreise in Aussicht gestellt hatte. Vielleicht würde sie ihn sogar als Butler ausgeben, auch alleinstehende Frauen haben manchmal einen, ist ja schließlich ein ganz seriöser Beruf... wahrscheinlich ahnte Sascha gar nicht, worauf er sich da eingelassen hatte...

»Wer ist die Frau???« fauchte ich ihn an.

»Welche Frau?«

»Na, dieses Weibsstück, das dir die Reise bezahlt.«

Erst sah er mich fassungslos an, doch dann wieherte er plötzlich los. »Määm, ich denke, du liest keine Heftchenromane?« brachte er schließlich, immer wieder von Lachsalven unterbrochen, heraus. »Hast du etwa geglaubt, ich hätte mich von so einer abgetakelten Tante als eine Art Reiseleiter anheuern lassen?« Er suchte nach einem Taschentuch, fand keins, holte ein Blatt Küchenkrepp, schmiß dabei die ganze Rolle herunter und fing wieder an zu lachen.

»Ich weiß gar nicht, was daran so lächerlich ist«, sagte ich pikiert.

»Kannst du dir etwa vorstellen, wie ich mit Kosmetikköfferchen in der einen Hand und Hutschachtel in der anderen, unterm Arm womöglich noch einen hechelnden Yorkshireterrier, hinter einer vollschlanken Mittfünfzigerin die Gangway raufstapfe?«

Vorstellen konnte ich mir das durchaus, und außerdem:»Nicht jede Frau über fünfzig ist dick! *Ich* zum Beispiel habe immer noch Größe vierzig.«

»Du tust ja auch was. Haushalt, Brutpflege und so weiter, aber diese reichen alten Schachteln langweilen sich doch den ganzen Tag, kompensieren ihren Frust mit Gourmet-Menüs und wundern sich, wenn das Chanelkostüm, extra für sie angefertigt und aus Paris eingeflogen, an ihnen aussieht wie von Neckermann.« Verächtlich winkte er ab. »Laß mich mit diesen exaltierten Weibern in Ruhe! Ich bin froh, daß ich sie nicht mehr sehen muß.«

»Ja, aber wenn du nicht . . .« Ich habe wohl ein bißchen sehr hilflos ausgeschaut, denn er drückte mir einen flüchtigen Kuß auf die Stirn und stiefelte treppaufwärts. »Einzelheiten erzähle ich nachher, wenn die ganze Sippe da ist«, brüllte er von oben herunter, »sonst muß ich alles dreimal wiederkäuen.« Eine Tür knallte zu, und Sekunden später dröhnte die voll aufgedrehte Stereoanlage durchs Haus. »Take it easy . . .« hörte ich noch, bevor ich nach den Wattestöpseln suchte.

Während des Abendessens erfuhr die staunende Familie, daß sich Sascha zusammen mit einem Freund bei verschiedenen Reedereien beworben hatte, aufgrund der offenbar sehr guten Referenzen auch unbesehen angeheuert worden war und sich nunmehr Steward nennen durfte, der Anfang Dezember in Southampton an Bord gehen werde.

»Was ist denn das für 'n Kahn?« wollte Katja wissen.

»Ein großes Passagierschiff. MS LIBERTY heißt es.«

»Noch nie gehört.« Und nach kurzem Überlegen: »Bist du sicher, daß es sich nicht um die Fähre zwischen Dover und Calais handelt?«

Er warf ihr nur einen mitleidigen Blick zu. »Warte ab, bis ich euch die ersten Ansichtskarten schicke, zum Beispiel von Hawaii oder den Bahamas. Aus Hongkong kriegt ihr auch eine und aus Tokio.«

Zwei Wochen lang nervte er uns von morgens bis abends, dann endlich fuhr ich ihn zum Flughafen, wünschte ihm eine gute Reise und Neptuns Wohlwollen. In Wirklichkeit war mir zum Heulen zumute, was ich auf der Heimfahrt auch ausgiebig tat. Natürlich mußte man eines Tages seine Kinder hergeben, sie loslassen und auf ihren eigenen Weg schicken. Aber doch nicht gleich bis nach Australien!

Wenigstens die anderen vier blieben mir noch, obwohl Sven seit längerem in Stuttgart wohnte und Steffi ebenfalls ausgezogen war, doch die zehn Kilometer ließen sich leichter überwinden als zehntausend. Die Zwillinge hatten noch zwei Schuljahre vor sich, danach würden sie wohl auch verschwinden, irgendwo irgendwas studieren. Momentan schwankten die Berufsziele noch zwischen Reiseleiter auf den Malediven und Biochemiker bei BASF, doch das würde sich wohl noch ein paarmal ändern.

Erschreckend deutlich wurde mir klar, daß sich unser Haus immer mehr leerte und der Tag abzusehen war, an dem Rolf und ich allein in unseren vier Wänden sitzen würden und bloß noch Fotoalben begucken konnten.

»Weißt du noch, damals in Monlingen, als Sven den ersoffenen Maulwurf...«

Energisch rief ich mich zur Ordnung. *Noch* war es ja nicht soweit, noch bevölkerten die Zwillinge beziehungsweise mehr noch deren Freundesscharen das Haus, noch kreuzte Steffi regelmäßig bei uns auf, hauptsächlich dann, wenn sie mal wieder Krach mit Horst Herrmann hatte — erwachsen war sie mit ihren einundzwanzig Jahren auch noch nicht geworden.

Von Sascha trudelten Postkarten ein, schöne bunte mit schönen bunten Marken drauf, und alle zeigten sie Palmen, mal mit, mal ohne Strand, aber immer mit Meer im Hintergrund. Ich fand, daß der Pazifische Ozean genauso aussah wie der Indische und beide sich nicht vom Atlantischen unterschieden. Auf Teneriffa wachsen auch Palmen.

Irgendwann im Mai stellte Sascha seine baldige Heimkehr in Aussicht — die Karte war fast einen Monat unterwegs gewesen —, und drei Tage nach ihrer Ankunft klingelte das Telefon. »Hallo, Määm, ich bin in Reykjavik, fliege gleich nach Brüssel und bin um sieben in Frankfurt. Kannst du mich abholen? Aber nicht am Flughafen, sondern am Busbahnhof.« Es knackte in der Leitung, und das Gespräch war weg.

»Das ist Sascha gewesen«, erklärte ich meinem zeitungslesenden Ehemann, »er ist in Island.«

»Was macht er denn *da*? Ich denke, er schippert durch die Südsee?«

Das allerdings fragte ich mich auch. »Hat er nicht gesagt. Ich soll ihn heute abend in Frankfurt abholen. Vorher muß er aber noch nach Brüssel.«

Nachdenklich faltete Rolf die Zeitung zusammen. »Eine merkwürdige Reiseroute. Bist du sicher, daß du dich nicht geirrt hast?«

So sicher war ich mir keineswegs mehr. Andererseits hatte ich mich bisher noch immer auf mein Gehör verlassen können, und das hatte eindeutig »Frankfurt, Busbahnhof, sieben Uhr« verstanden. »Wie spät ist es?«

»Kurz nach eins. Warum?«

»Na prima! Wir haben Pfingstsamstag, zwei Feiertage vor uns, die Geschäfte sind zu, und Sascha war nicht eingeplant.« In Gedanken überflog ich meine Vorräte in der Kühltruhe, mußte jedoch einsehen, daß ich weder mit vier verschiedenen Eissorten noch mit eingefrorenen Maultaschen oder einem halben Dutzend Gläsern Bienenhonig das Feiertagsmenü würde verlängern können. Seitdem kürzlich das Kühlaggregat ausgefallen war und ich diese Panne erst bemerkt hatte, als sich auf dem Kellerboden Erdbeersaft mit Bratensoße und Schokoladeneis zu einer klebrigen Masse vermischt hatte, war ich vorsichtiger geworden und stopfte die Truhe nicht mehr mit preiswerten Sonderangeboten voll. Die zwölf aufgetauten Schnitzel waren zusammen mit den Rouladen in der Mülltonne gelandet und hatten noch Tage später mein Gewissen strapaziert.

»Jetzt habe ich nicht genug zum Essen im Haus«, lamentierte ich von neuem, »die Lammkoteletts sind genau abgezählt.«

»Ich verzichte auf meins«, brüllte Sven von oben, »wie ich dich kenne, hast du dir ja doch wieder Hammel andrehen lassen.« Noch im Schlafanzug, schlurfte er die Treppe herunter, schlappte weiter in die Küche, holte zwei Gläser aus dem Schrank, goß in das eine Orangensaft und hielt das zweite unter die Wasserleitung. »Is' Aspirin im Haus, Määm?«

»Ja, oben im Bad.«

Er stöhnte mitleiderregend. »Hättste das nicht früher sagen können? Da komme ich doch gerade her.«

»Davon sieht man aber nichts, du machst im Gegenteil einen reichlich zerknitterten Eindruck.«

Müde winkte er ab. »Wer morgens zerknittert aufwacht, hat den ganzen Tag viele Entfaltungsmöglichkeiten. Ich glaube, ich gehe noch mal schlafen.«

Getreu der Devise, wonach hohe Feiertage am billigsten im Kreise der Familie verbracht werden können, war Sven gestern nachmittag eingetrudelt, hatte sich gegen

Abend »nur auf ein kleines Bier« abgeseilt und war vermutlich irgendwann zwischen Mitternacht und Morgen ins Bett gefallen. »Wann bist du eigentlich nach Hause gekommen?« fragte ich beiläufig. »Ich habe dich gar nicht mehr gehört.«

»Spät. Oder früh, ganz wie du willst. Hab' ein paar alte Klassenkameraden getroffen, und da haben wir uns natürlich festgelabert. Als der Pfalzgraf zugemacht hat, haben wir noch bei Erwin weitergebechert. Mens sana in Campari Soda.« Er stöhnte noch ein bißchen lauter. »Am besten lege ich mich noch 'ne Stunde aufs Ohr, mir geht's nämlich gar nicht gut.«

Auffallend langsam, als ob er Widerspruch erwartete, schlich er die Treppe hinauf. Sollte er nur, ich wußte genau, wie ich ihn munter kriegen würde. »Dein Bruder kommt heute abend.«

»Na und?« murmelte er, schien dann aber doch zu begreifen, was ich eben gesagt hatte. »Sascha? Was will der denn hier?«

»Ostereier suchen«, sagte ich pampig. »Er hat vorhin angerufen und gebeten, daß ihn jemand nachher in Frankfurt abholt.«

Ungläubig schüttelte Sven den Kopf. »Ich denke, der Kahn ist ein Kreuzfahrtschiff. Wie kommt denn das nach Frankfurt? Der Main hat doch gar nicht genug Tiefgang für so 'n Riesenpott.«

Da gab ich es auf. »Jetzt steck erst mal dein Haupt unter kaltes Wasser, zieh dich an, und dann reden wir weiter.«

Doch er ließ nicht locker. »Nu mal im Ernst, Määm, wie kommt Sascha so plötzlich nach Deutschland? Ich denke, der gurkt durch die Karibik?«

»Dein Vater sucht ihn in der Südsee, du in der Karibik — meine Güte, habt ihr denn noch nie was von Flugzeugen gehört?«

Ein verstehendes Lächeln zog über Svens Gesicht. »Sind das nicht diese modernen Geräte, mit denen man bei schlechtem Wetter schneller als je zuvor dreihundert

Kilometer weit von der Stelle entfernt landet, an die man eigentlich wollte?« Ihm mußte wohl noch der Rückflug aus seinem letztjährigen Urlaub in den Knochen stecken, als der Stuttgarter Flughafen wegen Nebel geschlossen worden war.

»Das kann heute nicht passieren, die Sonne scheint ja.« Dann fiel mir noch etwas ein. »Übrigens sollen wir ihn vom Busbahnhof abholen.«

Stille. Plötzlich schallendes Gelächter. »Heiliger Himmel, muß der Junge pleite sein!«

Fünf Minuten vor sieben hatten wir nicht nur den Busbahnhof, sondern gleich daneben einen Parkplatz gefunden, und zehn Minuten nach sieben waren wir überzeugt, daß wir uns geirrt hatten. Weit und breit war kein Mensch zu sehen, keine Reisenden mit Koffer, keine Abholer mit Blümchen, nicht mal irgend etwas Uniformiertes, das man um eine Auskunft hätte bitten können.

Nach einer weiteren Viertelstunde hatte Sven genug. »Hier stimmt doch was nicht. Ich gehe mal rüber zum Hauptbahnhof, vielleicht kriege ich da etwas raus.«

»Und ich muß zu Hause anrufen«, sagte ich sofort, froh, diese öde Gegend, in der es nur Baustellen mit herrenlosen Kränen gab, wenigstens vorübergehend verlassen zu können. »Dein Vater glaubt sonst, ich hätte seinen Wagen an einen Brückenpfeiler gesetzt.«

»Du mußt hierbleiben. Es könnte ja sein, daß der Bus in der Zwischenzeit doch noch auftaucht.«

Dabei bezweifelte ich schon, daß hier jemals einer vorbeigefahren war. »Beeil dich bitte, ich komme mir im wahrsten Sinne des Wortes wie bestellt und nicht abgeholt vor.«

Sven hatte sich wirklich beeilt. Atemlos kam er zurückgespurtet und nickte schon von weitem mit dem Kopf. »Wir stehen richtig, aber wann der Bus eintrudelt, konnte mir die Tante bei der Auskunft auch nicht sagen. Er hätte schon längst dasein müssen.«

Das allerdings war mir schon vorher bekannt gewesen. »Na schön, warten wir eben weiter. Jetzt hältst du die Stellung, und ich gehe telefonieren.«

Rolf wunderte sich überhaupt nicht. »Hast du denn geglaubt, so ein Überlandbus ist pünktlich? Wir haben Pfingsten, die Autobahnen sind überfüllt.«

»Da, wo wir stehen, müssen aber alle Leute schon angekommen sein. Kein Mensch ist mehr auf der Straße.«

Als ich zur Haltestelle zurückkam, hatte Sven Gesellschaft gekriegt. Ein älteres Ehepaar trippelte ungeduldig von einem Fuß auf den anderen, zwei Teenager unbestimmbaren Geschlechts kickten eine leere Coladose durch die Gegend, ein etwa fünfjähriges Mädchen hockte halb schlafend auf einer riesigen Kühltasche, und Opa war auch noch da mit Trachtenjoppe und Gamsbarthut. Wenn die alle zusammengehörten, mußten sie in einem Kleintransporter angereist sein.

»Die warten auch auf den Bus«, erläuterte Sven überflüssigerweise.

»Das habe ich mir beinahe gedacht.«

Im Laufe der nächsten halben Stunde erfuhr ich, daß die so zahlreich versammelte Familie zum Empfang des heimkehrenden Sohnes angetreten sei. »Der fährt nämlich zur See und hat jetzt Urlaub. Die ganze Welt hat er schon gesehen, und dabei ist er erst sechsundzwanzig Jahre alt.«

»Meiner auch«, sagte ich erfreut, obwohl das nicht so ganz stimmte, denn bisher hatte Sascha erst bestenfalls die halbe umrundet. »Wie heißt denn das Schiff?«

»LIBERTY«, antwortete Papa stolz. »Das ist ein ganz großes Passagierschiff.«

»Weiß ich, mein Ableger ist nämlich auch drauf.« Nachdem ich noch kurz das Mißverständnis korrigiert und den als meinen Ableger bezeichneten Sascha der Gattung homo sapiens zugeordnet hatte, wurde ich darüber aufgeklärt, daß der andere Sohn Stefan heiße, als »Stuart« im großen Speisesaal tätig sei, weil er doch bei seinem Onkel im Allgäu richtig Kellner gelernt habe, »und nun wird er wohl viel zu erzählen haben. Morgen haben wir ein großes Fest, da kommen alle Verwandten, sogar der Vetter vom Stefan aus Bremen und seine Patin aus dem Westerwald. Seine drei Nichten haben wir gleich mitgebracht, denn ihre Mutter, also dem Stefan seine Schwester, steht zu Hause und kocht.«

Die Aufzählung weiterer Onkel und Tanten blieb uns erspart, denn endlich bog ein verstaubter Bus um die Ecke. »Da kommt er!« schrie der eine Teenager, während der andere der Coladose einen letzten Tritt versetzte und sich dann mit ausgebreiteten Armen mitten auf die Fahrbahn stellte.

»Na-di-ne, komm sofort zurück!« kreischte Mama, »hilf dem Großi bei der Fahne!«

Papa hatte sich der beiden langen Stangen bemächtigt, die seitwärts an einem Bauzaun lehnten, umhüllt von einem weißen Tuch. Als es zu voller Bettlakengröße auseinandergerollt war, konnte ich auch die mit Wasserfarben gepinselten Buchstaben entziffern: Willkommen zu Hause, Stefan.

Mama hatte das schlafende Mädchen an Uropa weitergereicht und die Kühltasche geöffnet. Zum Vorschein kamen zwei Flaschen Sekt nebst einer noch zugeschweißten Packung Plastikbecher. »Wir müssen doch die gesunde Heimkehr begießen«, sagte Mama, mit dem ersten Korken kämpfend. »Sie kriegen auch ein Gläsle ab.«

Der Bus hielt, zischend öffnete sich die Tür, und dann standen sie vor uns, die beiden braungebrannten Burschen, und wirkten zwischen uns Bleichgesichtern reichlich exotisch.

»Hi!« grüßte Sascha, etwas herablassend das Empfangskomitee musternd, während Stefan erst gar nicht zu Wort kam. Die gesamte Sippe war auf ihn zugestürzt, Mama, mit der noch immer ungeöffneten Flasche in der

Hand, umhalste ihn und ließ ihm nicht mal Zeit, seine Tasche abzustellen.

»Bloß weg hier!« zischelte uns Sascha zu. »Der Kerl geht mir allmählich auf den Senkel.«

Doch dazu kamen wir noch nicht. Erst mußte Sascha schnell ein Glas Sekt trinken, weil »der Freund von unserem Stefan wird doch sicher mit uns anstoßen wollen«, was er denn auch notgedrungen tat. Anschließend mußte er noch Papa die Hand geben und Opa, mußte Papas Visitenkarte einstecken, damit er den Stefan bald mal besuchen könne (»Das erste Dorf hinter Kempten, wo Edeka draußen dransteht, das sind wir!«), und dann endlich durften wir uns verabschieden.

»Genau so habe ich mir seinen Verein vorgestellt«, schimpfte Sascha, »die letzten zwei Stunden hat er von nichts anderem erzählt. Von wegen Freund« — er schüttelte sich, als wollte er ein lästiges Insekt abstreifen —, »ich hab' den vorher ja kaum gekannt. So 'ne Flasche hätte überhaupt nicht in unsere Crew gepaßt. Wir hatten nur zufällig denselben Weg.«

Als wir im Auto saßen, den Kofferraumdeckel mit Strippe fixiert, weil er nicht mehr zugegangen war, machte Sven zum erstenmal wieder den Mund auf. »Wie kommst du von da unten« — auf nähere Bezeichnungen wollte er sich wegen mangelnder geographischer Kenntnisse wohl nicht einlassen — »nach Island, von da nach Brüssel und dann mit 'nem popligen Bus nach hier?«

»Weil's der schnellste Weg war.«

»Ach? — Na ja, wenn ich nach Stuttgart will, fahre ich auch immer über München.«

»Und billiger war's außerdem«, ergänzte Sascha, bevor er sich zu einer näheren Erklärung herabließ. Demnach wäre ein Direktflug Miami—New York—Frankfurt ein paar hundert Dollar teurer gewesen als der Umweg über Island, nur gab es von dort keine Verbindung nach Frankfurt, so war als letzte Möglichkeit Brüssel geblieben. Und von dort wiederum wäre erst am nächsten Tag wieder eine Maschine in die Mainmetropole gegangen. »Ich wußte gar nicht, daß Busfahren so teuer ist«, beendete er seinen Bericht, »ein Flugticket hätte auch nicht viel mehr gekostet.«

»Und nun erzähl mal, wie das so ist auf 'm Kahn«, forderte Sven ihn auf. »Ich hatte eigentlich damit gerechnet, daß du mit einem Millionärstöchterlein aufkreuzt oder wenigstens mit was Exotischem, Typ Bali oder Java.«

»Quatsch«, murmelte Sascha nur, und dann sagte er gar nichts mehr. Er war nämlich eingeschlafen.

Wenn ich mir nun eingebildet hatte, er würde seinen Seesack an den Nagel hängen und wieder seßhaft werden, so wurde ich sehr schnell eines Besseren belehrt. »In sechzehn Tagen muß ich wieder in Southampton sein. Hab' ich euch eigentlich schon gesagt, daß ich auf der Kju-Iii-Tu angeheuert habe?«

Nein, hatte er nicht. Er hatte überhaupt recht wenig erzählt, und wenn er nach so kurzer Zeit schon wieder den Kahn wechseln wollte, mußten wohl schwerwiegende Gründe vorliegen. Oder war er am Ende gar nicht freiwillig gegangen? Was war das überhaupt für ein Name? Kju-Iii-Tu, so heißt doch kein anständiges Schiff? »Warum bleibst du denn nicht auf der LIBERTY?«

»Würdest du nicht zugreifen, Määm, wenn du dich verbessern könntest?«

»Natürlich! Nur kann ich nicht verstehen, weshalb du dir dazu ausgerechnet ein chinesisches Schiff ausgesucht hast. Kju-Iii-Tu, was heißt denn das auf deutsch?«

Er grinste nur. »QUEEN ELIZABETH Zwo. Vielleicht hast du schon mal was davon gehört.«

Jetzt ging mir endlich ein Licht auf. Einige Fachausdrücke hatte ich inzwischen gelernt, wußte, daß man unter »Crossing« die Atlantik-Route England—New York zu verstehen hatte und »Overnight« bedeutete, daß das Schiff auch nachts im Hafen blieb und nicht, wie bei Kreuzfahrten üblich, auf hoher See dem nächsten Ziel entgegenfuhr, doch daß man hinter diesem vermeintlich chinesischen Namen das Kürzel QE II zu suchen hatte, konnte ich nun wirklich nicht ahnen. »Ist das nicht überhaupt das größte Passagierschiff der Welt?«

»Nee, die NORWAY ist einen Meter länger und noch ein bißchen breiter, deshalb geht sie auch nicht durch den Panamakanal, die muß immer unten rum.«

Keine Ahnung, was unten rum bedeutete, war mir auch egal. Die QUEEN ELIZABETH kannte jeder, zumindest dem Namen nach, die LIBERTY hatte niemand gekannt, und das hatte mich immer gewurmt. Ich wurde oft gefragt, was denn aus Sascha geworden sei, man sähe ihn ja gar nicht mehr, und wenn ich dann erzählte, er sei als Steward mit der LIBERTY gerade auf Weltreise, hatte ich schon häufig genug zu hören bekommen: »So? Des Schiff kenn i net. Onsers hat LEXORNO g'hoißa, wo mer die Kreizfahrt mit gemächt haba im Middelmeer.« Jetzt konnte ich wenigstens auftrumpfen!

Doch vorher mußte Sascha noch mal schnell nach England. Wegen Sabine. »Ich glaube, die hat sich umorientiert«, vermutete er, »ihre Briefe wurden immer kürzer und sachlicher.«

»Wenn du dich bei ihr genauso häufig gemeldet hast wie bei uns, kann ich das verstehen. Schon so manche Liebe ist an der Geographie zugrunde gegangen.«

Also flog Sascha nach London und war schon zwei Tage später wieder zurück. »Sie hat 'n andern«, freute er sich, »einen Piloten von den British Airways. Jetzt überlegt sie, ob sie nicht auf Stewardeß umsatteln soll. Englisch hat sie inzwischen prima gelernt, aber mit Technik hat sie doch noch nie was am Hut gehabt. Sie müßte ja schon froh sein, wenn sie sich bei der Vorführung der Sauerstoffmasken nicht erwürgt.«

Anscheinend machte ihm die geplatzte Beziehung überhaupt nichts aus, und das wunderte mich ein bißchen. Immerhin hatten die beiden fast zwei Jahre zusammengelebt. »Hast du dich etwa auch — äh, umorientiert?«

»Auf die Frage habe ich schon lange gewartet«, meinte

er grinsend, »aber du brauchst keine Angst zu haben, Schwiegermutter wirst du vorläufig bestimmt nicht.«

Das zumindest war beruhigend, doch: »Gibt es denn keine hübschen Mädchen an Bord?« Ich dachte an die *Traumschiff*-Serie im Fernsehen und an Steward Viktor, der seine Freizeit häufig mit attraktiven weiblichen Passagieren verbracht hatte — in allen Ehren natürlich, bestenfalls händchenhaltend, weil diese Seifenoper ja im Vorabendprogramm ausgestrahlt wurde. Nach dem dritten hingehauchten Kuß auf die Stirn hatte ich jedesmal den Eindruck bekommen, daß dieser schöne Steward ein geschlechtsloses Wesen sein mußte.

Sascha war garantiert keins. Bevor er mit Sabine seßhaft wurde, hatte er uns beinahe alle drei Monate eine neue Freundin vorgestellt, bis Rolf ein rigoroses Bräutemitbringeverbot erteilt hatte. Deshalb konnte ich mir auch nicht vorstellen, daß mein Sohn plötzlich der gesamten Weiblichkeit abgeschworen haben sollte.

Hatte er auch nicht. »Natürlich gibt es mal einen Flirt«, gestand er bereitwillig, »aber was Ernstes ist nie draus geworden. Du kannst doch in einem Heringsfaß keine Forelle angeln.«

Womit das Thema erst einmal abgeschlossen war.

Die restlichen Tage bis zu seiner Abreise verbrachte er überwiegend schlafend, und wenn er gerade mal wach war, nervte er. An fangfrische Langusten und gerade vom Baum geholte tropische Früchte gewöhnt, bezeichnete er meine tiefgefrorenen Kabeljaufilets als Fischfutter und die Dosenpfirsiche als Glibber. »Hast du schon mal eine frisch geerntete Ananas gegessen?«

»Selbstverständlich. Ich lasse sie mir ja täglich von Südafrika einfliegen!« Dieser borniete Jüngling hatte offenbar sämtliche Maßstäbe verloren und keine Ahnung mehr, wie es in einem deutschen Normalhaushalt zuging. Er schwärmte von der chinesischen Küche, die man natürlich nur in Hongkong richtig genießen kann, zählte in allen Einzelheiten auf, was zu einer indonesischen

Reistafel gehört, und hatte noch nie ein so exzellentes Steak gegessen wie in Buenos Aires. Wenn man ihm glauben wollte, hatte er sich auf dem Schiff vorwiegend von Kaviar und Hummermayonnaise ernährt (»Auf dem Mitternachtsbüfett steht das Zeug kiloweise herum«), und hätte er uns nicht Fotos gezeigt, auf denen er in Affenjäckchen mit Silbertablett in der Hand zu sehen war, dann wäre mein damals geäußerter Verdacht vielleicht doch wieder aufgeflammt. Schließlich sehnte ich den Tag seiner Abreise regelrecht herbei, und als es endlich soweit war, ließen wir ihn ohne großes Bedauern ziehen.

Katja war es, die uns allen aus der Seele sprach: »Ich liebe meinen Bruder wirklich, aber am meisten liebe ich ihn, wenn er mindestens hundert Kilometer weit weg ist.«

2

Was schenkt man seinen Kindern zum Abitur? Um die Jahrhundertwende ist wohl spätestens zu diesem Zeitpunkt die goldene Uhr fällig gewesen, sofern der Primaner sie nicht schon zur Konfirmation bekommen hatte. Heute besitzt jeder Abiturient mindestens drei Armbanduhren mit zum jeweiligen Outfit passendem Zifferblatt. Gold ist spießig, Plastik ist in.

Ganz begüterte Väter pflegten seinerzeit ihren gerade der Schule entronnenen Nachkommen einen Scheck zu überreichen und sie auf Reisen zu schicken, damit sie sich von den Strapazen des Lernens erholen sowie ihren Horizont erweitern könnten. Als Begleitperson wurde etwas Zuverlässiges aus dem Bekanntenkreis erwählt, meist ein sogenannter väterlicher Freund oder — wenn die zu begleitende Person weiblichen Geschlechts war — die ältliche und selbstverständlich unverheiratete Kusine zweiten Grades, der man auf diese Weise auch mal etwas Gutes tun konnte. Erkorenes Ziel war meistens Italien, erstens wegen des Wetters und zweitens wegen der Bildung.

Die heutigen Abiturienten buddelten allerdings schon im Windelalter Löcher in den Strand von Rimini, wußten bereits als Grundschüler, an welcher Imbißbude in Marbella die Fritten am billigsten sind, und wenige Jahre später, als sie sich noch mit den ersten französischen Vokabeln herumschlugen, beherrschten sie den tiefschürfenden Satz »Wo kommst du her?« schon in vier verschiedenen Sprachen. Nein, mit Auslandsreisen kann man den jetzt Neunzehnjährigen nicht mehr imponieren. In Österreich sind sie im Landschulheim gewesen, in Frankreich als Austauschschüler, die Klassenfahrt war ins Elsaß gegangen, und Holland hatte man mit dem Schachclub besucht. Studienreisen? Aber selbstverständlich, hatten wir doch auch schon. Eine Woche Berlin zum Beispiel, vom Kultusministerium bezuschußt zwecks Besichtigung der Mauer, die man jetzt allerdings nur noch in Form von kleinen bunten Bröckchen käuflich erwerben kann. Dann mußte man noch den Reichstag durchwandern und auf dem Alexanderplatz seinen Zwangsumtausch in Schallplatten oder Bücher einwechseln, womit der Kultur meist Genüge getan war und man sich dem Studium von Schaufensterauslagen und Diskotheken widmen konnte.

Eine Reise als Belohnung fürs bestandene Abitur fiel also aus. Was dann? Ein eigenes Auto? In unserem Fall hätten es normalerweise gleich zwei sein müssen, Zwillinge kriegen ja grundsätzlich alles doppelt, und außerdem ... sie hatten schon eins! Größenwahn war es nicht gewesen, dem die Mädchen ihre schon etwas bejahrte Ente zu verdanken hatten, auch nicht die mehr oder weniger regelmäßigen, mit anklagendem Unterton vorgebrachten Bemerkungen wie: »Uwe hat den alten Wagen von seinem Vater gekriegt, der hat sich nämlich einen neuen gekauft!« oder: »Daniela darf das Auto von ihrer Mutter benutzen, wann sie will.« Abgesehen davon, daß die ach so beneidenswerten Freunde samt und sonders älter und schon im Besitz der begehrten Führerscheine waren, hielt ich es aus rein pädagogischen Gründen für übertrieben, gerade erst achtzehn gewordenen Teenagern ein eigenes Auto vor die Tür zu stellen. An diesem Vorsatz hielt ich fest, bis das vorletzte Schuljahr begann.

Ländliche Gymnasien haben große Vorteile. Die Kriminalität beschränkt sich auf das nächtliche Besprühen der Schulhauswände mit gerade gängigen Parolen (We don't need no education) oder die mutwillige Zerstörung eines Fensterrollos, was eine extra gebildete Untersuchungskommission zur Folge gehabt hatte (die wie die meisten Untersuchungskommissionen zu keinem Ergebnis gekommen war!), aber es hatte weder Schlägereien gegeben noch Drogenprobleme. Sogar die beiden sehr alternativ eingestellten neuen Lehrer war man wieder losgeworden. Ihre eigenwilligen Unterrichtsmethoden, nämlich mit gekreuzten Beinen auf den Tischen zu sitzen und Atemübungen zu praktizieren, hatten zwar den Schülern recht gut gefallen, nicht aber den Eltern. Yoga statt Geographie? Die Kinder sollten doch erst einmal lernen, wo Indien überhaupt liegt! Es dauerte auch nicht lange, da waren die beiden Selbstbesinnungs-Fetischisten an eine andere Schule versetzt worden, und daß die Erdkundestunden mangels kompetenter Lehrkräfte bis zum Schuljahresende größtenteils ausfielen, wurde hingenommen.

Eine ländliche Schule, die ihre Schüler aus den mehr oder weniger weit entfernten Ortschaften bezieht — deshalb heißt es ja auch Einzugs-Gymnasium —, muß für Transportmöglichkeiten sorgen. Sie heißen Schulbusse und fahren zweimal täglich, nämlich morgens vor Schulbeginn und mittags nach Schulschluß. Da sie in der Regel mindestens ein halbes Dutzend Dörfer abklappern, sind diejenigen Schüler am schlechtesten dran, die als erste eingebaggert werden. Die Zwillinge gehörten dazu und mußten früh um sieben an der Haltestelle sein. Folglich waren sie umgekehrt auch die letzten, die wieder ausgeladen wurden. Mittagessen gab es bei uns nie vor zwei Uhr, oft genug später, weil es unterwegs eine ampelgeregelte Baustelle gegeben hatte, die morgens noch nicht dagewesen war, oder weil plötzlich ein Reifen platt gewesen war oder der Fahrer auf dem Abstellplatz die Zeit verpennt hatte. Wie oft es statt der zerkochten Salzkartoffeln schließlich Kartoffelbrei gegeben hat, weiß ich nicht mehr. Nudeln warf ich grundsätzlich erst in den Topf, wenn die Mädchen vor der Tür standen. Dann gab es bei uns eben Mittagessen, wenn andere Leute schon die Kaffeetassen auf den Tisch stellten.

Doch daran kann man sich gewöhnen. Problematisch wurde die ganze Sache allerdings, als mit der »erweiterten Oberstufe« die Kurse begannen. Da hatte Nicki in der dritten und vierten Stunde Chemie, danach nichts mehr und erst am Nachmittag wieder Computer-AG und Musik. Katja dagegen, die von Naturwissenschaften nichts hielt und alles, was abwählbar gewesen war, auch prompt abgewählt hatte, mußte morgens zur ersten Stunde antreten, weil da der Deutsch-LK begann. Im Anschluß daran kam Geschichte, ein Fach, auf das Nicki verzichtet hatte, und danach war sie fertig. Dafür hatte sie am nächsten Tag acht Stunden und Nicole bloß fünf.

Nun waren die Zwillinge zum erstenmal getrennte Wege gegangen, und schon wuchs sich dieser Entschluß zur Katastrophe aus. Ich verbrachte einen Teil des Tages auf der Landstraße, fuhr die eine Tochter um zehn zur Schule, holte die andere um halb drei ab, nahm die erste gleich mit, obwohl sie noch eine Stunde Zeit gehabt hätte, holte sie um fünf wieder ab ... versuchte, Fahrgemeinschaften zu organisieren, kapitulierte, weil tatsächlich alle sieben Schüler aus unserem Ort sieben verschiedene Stundenpläne hatten, schimpfte, fluchte, kannte inzwischen jeden Kilometerstein auf der Strecke und hatte schließlich die Nase voll.

Sechs Wochen später hatten die Mädchen ihre Führerscheine und eine Woche darauf die Ente.

Fortan holte ich Nudeln und Waschpulver wieder mit dem Fahrrad. Ich hatte nämlich nicht berücksichtigt, daß diese hübschen rosa Scheine nicht nur zum Fahren der Ente berechtigten, sondern quasi ein Freibrief für das Requirieren jedes familieneigenen Fahrzeugs waren. Und davon gab es mehrere. Das väterliche Auto stand allerdings erst abends zur Verfügung, doch immer noch früh genug, um damit in die Disko, ins Kino oder auch nur fünf Straßen weiter zur Freundin zu fahren. Wenn Steffi mal wieder Krach mit Horst Herrmann gehabt hatte und samt Übernachtungsköfferchen bei uns vor der Tür stand, wurde sofort ihr Polo beschlagnahmt, denn mit der Ente war gerade Katja unterwegs, und Nicki mußte dringend zwecks Klärung der Schallschwingungen zu Mark, weil der in Physik viel besser war als sie. Die Fahrräder rosteten in der Garage still vor sich hin, als Führerscheinbesitzer ist man über diese Drahtesel erhaben, die Gesundheitswelle hatte gerade erst das Stadium des Joggens erreicht, Radeln war noch nicht wieder in.

Im Notfall war ja immer noch mein Auto da. Und Notfälle gab es beinahe täglich. Sie wurden regelmäßig beim Abendessen diskutiert.

»Ich fahre doch morgen nicht mit Nicki zur ersten Stunde hin, wenn ich erst zur vierten dasein muß«, moserte Katja.

»Dann nimmt Nicki den Bus, du die Ente, und mittags kommt ihr zusammen zurück. Wo liegt da das Problem?«

»In den Sternen. Ich habe nachmittags noch Astronomie.«

Kleine Denkpause, dann hatte ich die Lösung. »Ihr kommt beide zum Essen nach Hause, und später fährt Nicki wieder rüber.«

»Und wie komme ich nach Sinsheim? Wir haben doch morgen das Volleyball-Turnier«, protestierte Katja.

Jetzt meldete sich das Familienoberhaupt zu Wort: »Wenn ich euch so höre, frage ich mich wirklich, wie ich die

Schulzeit überlebt habe. *Ich* mußte jeden Tag mit dem Fahrrad fahren, neun Kilometer hin und wieder zurück. Bei Wind und Wetter. Und mir hat das auch nicht geschadet.«

Katja nickte nur. »Weißt du, Paps, je älter du wirst, desto weiter wird dein Schulweg. Im vorigen Jahr sind es noch sieben Kilometer gewesen.«

»Na ja, im Winter mußte ich immer einen Umweg fahren, weil der Feldweg zugeschneit war«, verteidigte sich Rolf, »und wenn man die zusätzlichen Kilometer mit dem Jahresdurchschnitt...«

»Ich glaub's dir ja, Papi, aber hier gibt es bloß Landstraße, und da landest du als Radfahrer irgendwann als Kühlerfigur auf 'nem Daimler. Bernd ist erst neulich zehn Meter durch ein Maisfeld gefräst, weil ihn sonst so ein Midlife-crisis-Geschoß aufgespießt hätte.« Und als sie seine fragende Miene sah, ergänzte sie: »'n Porsche.«

Jedenfalls endete auch diese Debatte wieder mit einem Kompromiß. Katja würde die Ente nehmen und Nicki meinen Wagen, damit ihre Schwester am Nachmittag Ball spielen konnte.

»Und was wird aus meinem Friseurtermin?« fragte ich zaghaft.

»Na, die paar hundert Meter kannste doch zu Fuß gehen.«

Als ich später den Tisch abräumte — die Zwillinge hatten sich wie üblich mit unaufschiebbaren Verpflichtungen entschuldigt —, sagte ich resignierend zu meinem zeitungslesenden Ehemann: »War das noch eine schöne Zeit, als die beiden im richtigen Alter waren.«

»Wann soll denn das gewesen sein?«

»Vor ein paar Monaten. Zu alt, um nachts zu schreien, aber zu jung, um sich meine Autoschlüssel zu krallen.«

Wir hatten den Zwillingen ein Benzinkontingent ausgesetzt, das großzügig bemessen war und ihnen neben dem Schulweg noch kleinere Extratouren gestattete. Trotzdem reichte es nie. Taschengeld und gelegentliche

Nebenverdienste wurden größtenteils in Treibstoff umgesetzt, damit sie in die Disko oder ins Kino fahren konnten. Vorher mußten sie aber noch Ulf und Mark und Svenja aufsammeln, die ihnen dafür den Eintritt bezahlten. Den wiederum hätten sie mühelos selbst aufbringen können, hätten sie nicht das Benzin gebraucht, um Ulf und Mark und Svenja abzuholen.

Den ersten Strafzettel konnte Nicole noch abfangen, bevor er Rolf in die Hände fiel. Da die Ente auf seinen Namen lief, waren alle amtlichen Bescheide — Reparaturrechnungen inbegriffen — an ihn adressiert. Der nächste landete denn auch auf seinem Schreibtisch.

»Wer hat am Siebzehnten das Auto auf einem Behindertenparkplatz abgestellt?«

»Das war ich«, gab Katja sofort zu, »aber nur für fünf Minuten, weil ich...«

»Bist du behindert?« donnerte ihr Vater.

»Ja, geistig«, kommentierte Nicki halblaut.

»Bist du behindert?« wiederholte Rolf.

»Ich *war* behindert«, behauptete Katja prompt, »da hatte ich noch die beiden Finger in Gips.«

»Dann hättest du sowieso nicht fahren dürfen«, tobte Rolf. »Hätte man dich erwischt, wäre nämlich *ich* drangewesen.«

»Stimmt gar nicht, ich bin achtzehn und strafmündig.«

»Schön, daß du das einsiehst. Dann bezahle gefälligst auch den Strafzettel.«

»Mach ich ja. Gleich am nächsten Ersten.« Und dann, ziemlich kleinlaut: »Oder würdest du vielleicht... Du kannst es mir ja wieder vom Taschengeld abziehen. Danke.« Weg war sie, steckte aber noch einmal den Kopf durch die Tür. »Du mußt die Sache mal andersherum sehen, Paps. Wer sein Vaterland liebt, freut sich über ein Knöllchen. Es beweist doch, daß die öffentliche Verwaltung funktioniert.«

Weihnachten kam und ging, und wir hatten noch immer nichts gefunden, womit wir unsere Töchter für das demnächst fällige und natürlich glänzende Abitur belohnen konnten. Rolf war ohnehin dagegen. »Wieso die? *Du* hättest eine Anerkennung verdient für dreizehn Jahre Nachhilfeunterricht, für Frustabbau, Seelentrost, für Chauffeurdienste, für ... ach, das weißt du doch viel besser als ich.«

»Großartige Idee«, sagte ich sofort, »und womit gedenkst du mich zu belohnen?«

So genau festlegen wollte er sich nun auch wieder nicht. »Mal sehen, vielleicht ein paar Tage Berlin? Natürlich erst, wenn der ganze Rummel hier vorbei ist.«

So allmählich warf »der Rummel« seine Schatten voraus. Vorzugsweise in Gestalt eines lang aufgeschossenen, bebrillten Jünglings namens Heiko, der jeden Nachmittag auftauchte und sofort mit Nicki in den oberen Gemächern verschwand.

»Was treiben die da eigentlich?« erkundigte ich mich schließlich bei Katja, die den Knaben nur mit einem kurzen »Hi!« zu begrüßen pflegte, um sich dann wieder ihrer jeweiligen Beschäftigung zu widmen. »Die machen Mathe. Am Vierzehnten sind wir mit der Abi-Klausur dran.«

»So bald schon?« fragte ich erschrocken.

»Wieso bald? Sechs Tage sind doch eine lange Zeit!«

Nun war mir hinlänglich bekannt, daß Katja mein mangelndes Begriffsvermögen für alles, was mit Zahlen zu tun hat, geerbt hatte. Über den Lehrsatz des Pythagoras war ich eigentlich nie hinausgekommen, und Katja hatte nicht einmal den kapiert. Auf meine Frage, ob sie es nicht für opportun halte, an den offenbar kostenlosen Nachhilfestunden teilzunehmen, schüttelte sie nur den Kopf. »Vergeudete Zeit. Was ich in neun Jahren nicht verstanden habe, werde ich in der letzten Woche auch nicht mehr begreifen. Mathe habe ich sowieso abgehakt. Wenn ich drei Punkte kriegen würde, wäre ich schon happy.«

(Sie bekam *einen* und ging damit in die Annalen des Gymnasiums ein als die Schülerin mit dem miesesten Mathe-Abitur, das jemals abgeliefert worden war.)

Überhaupt hatte ich den Eindruck, daß sie die bevorstehende Bewährungsprobe ein bißchen zu sehr auf die leichte Schulter nahm. Nicki paukte in jeder freien Minute, hatte bei den Mahlzeiten neben dem Teller Block und Bleistift liegen, seitdem ihr einmal beim Zerteilen ihres Schnitzels die Lösung für ein geometrisches Problem eingefallen war, und wenn man sie irgend etwas Belangloses fragte, bekam man als Antwort ein Genuschel, das ungefähr klang wie »die Koordinationsbindung gleich koordinative, dative oder semipolare Bindung...«

»Weißt du eigentlich, wovon du da redest?« wollte Rolf einmal wissen.

»Nee, deshalb lerne ich es ja auch auswendig«, gab Nicki zurück, »... steht der Atombindung nahe...«

»Was man sowieso nicht begreift, kann man wenigstens auch nicht vergessen«, sagte Katja, fuhr übers Wochenende zum Skilaufen, versäumte auch nicht die Geburtstagsparty ihrer zweitbesten Freundin, und wenn sie mal wirklich etwas las, dann waren es der Sportmoden-Katalog oder das Rezept für Chop-suey. »Ich kloppe mir doch nicht von morgens bis abends die Birne voll mit Dingen, die ich später ohnehin nie brauche. Wer will schon von einer Reiseleiterin Genaueres über den Westfälischen Frieden wissen?« Sprach's, klapperte mit den Autoschlüsseln und verschwand.

Stimmt ja, ihr gegenwärtiges Berufsbild bestand aus einem palmengesäumten Strand irgendwo in fernen Ländern, an dem sie den größten Teil des Tages verbringen und nebenher einige Touristen betreuen würde, die sich eine solche Reise leisten konnten. Seit neuestem war der Bereich Touristik sogar zum Studienfach erhoben worden, was Katja außerordentlich begrüßte. Studieren wollte sie auf jeden Fall, nur hatte sie bisher noch nichts Passendes finden können. Noch vor einem Jahr hatte sie auf Fragen besorgter Verwandter, womit sie denn in näherer Zukunft ihren Lebensunterhalt zu bestreiten gedächte, geantwortet: »Weiß ich noch nicht.

Vielleicht haben sie meinen Beruf ja noch gar nicht erfunden.«

Dann begannen die schriftlichen Arbeiten. Ich entfernte mich nie weiter als fünf Meter vom Telefon, wartete auf den erlösenden Anruf, der natürlich nie kam, weil sämtliche Prüfungskandidaten entweder die richtig beantworteten Fragen feiern oder die vermasselte Klausur in Tränen und/oder Alkohol ertränken mußten. Beides spielte sich in der schulnahen Pizzeria ab, konnte dreißig Minuten dauern oder dreihundert, und wenn dann wirklich das Telefon klingelte, hörte ich eine etwas kleinlaute Stimme: »Könntest du uns bitte abholen? Es ist besser, wenn wir uns jetzt nicht hinters Steuer klemmen.«

Am 22. Januar war der Streß vorbei, Ende Januar bekam Rolf die Nachricht, daß seine vor Monaten beantragte Kur bewilligt und bereits in zwei Wochen anzutreten sei. Sofort klickerte es bei mir. »Hattest du nicht *mir* eine Reise versprochen?«

»Du kannst ja mitkommen«, sagte er lauwarm, denn die wenigsten Ehemänner legen bei derartigen Unternehmungen Wert auf die Begleitung ihres Weibes, weil das die Freizeitgestaltung erheblich beeinträchtigt. Nicht umsonst wohnen wir in einem Kurort, ich weiß also Bescheid!

»Was soll ich denn mitten im Winter im Schwarzwald? Zugucken, wie du Sauerbrunnen trinkst und mit hochgezogenen Hosenbeinen Wasser trittst? Nein, danke, ich würde eine wärmere Gegend vorziehen. Andererseits habe ich mir wirklich einen Urlaub verdient. Und die Mädchen auch«, fügte ich sofort hinzu. Allein verreisen macht keinen Spaß. »Wir sind ihnen sowieso noch eine kleine Anerkennung schuldig. Im Gegensatz zu dir haben sie ihr Abi schon beim ersten Anlauf geschafft!«

Mit dieser Überlegung ließ ich ihn erst einmal allein. Ein Freund spontaner Entschlüsse ist Rolf noch nie gewesen.

Am nächsten Vormittag führte mich mein Weg — rein

zufällig natürlich — am Reisebüro vorbei. Fragen kostet bekanntlich nichts.

»Wo ist es um diese Jahreszeit warm genug zum Baden?« erkundigte ich mich bei Frau Erlemann, die mir zwar schon des öfteren Flugtickets nach Berlin besorgt, aber noch niemals eine Urlaubsreise vermittelt hatte. Ich wußte also nicht, inwieweit sie als kompetent anzusehen war. Immerhin handelte es sich nur um ein sehr kleines Reisebüro, das in erster Linie Pauschalfahrten zu den Götz-Festspielen anbot und Omnibustouren in die nähere oder auch mal weitere Umgebung. Drei Tage Südtirol mit Unterkunft und Halbpension.

»In Auschtralien«, lautete denn auch die prompte Antwort, »da ischäs fei jetzt Sommer.«

»Ganz so weit muß es nun nicht gerade sein«, gab ich zurück. »Ich hatte eigentlich mehr an Südeuropa gedacht.«

»No fahret Se doch auf Mallorca. Die Frau Hämmerle isch grad z'rückkomma ond war ganz begeischtert. Fei richtig warm isch's g'wesa ond an Haufa nette Leit. In der Hauptsach Deitsche, sogar welle aus Heilbronn.«

Da Frau Erlemann offenbar voraussetzte, daß ich Frau Hämmerle kannte — wenn man seit zwanzig Jahren im selben Ort wohnt, hat man auch seine sechstausendundetwas Einwohner zu kennen —, erkundigte ich mich vorsichtig: »Welche Frau Hämmerle meinen Sie denn? Die alte oder die junge?«

Das war zwar ein Schuß ins Blaue gewesen, doch er hatte getroffen. Ein so typisch schwäbischer Name mußte ganz einfach mehrmals vertreten sein.

»Ha, die Alt natürlich. Mit dere schöne Pension von der Poscht ko ses sich doch leischte, zwoi Monat auf Mallorca zum fahre. Die Jung hot doch die zwoi Kinder, und's dritte isch unterwegs. Bei dene langt's net für en Urlaub.«

Ich hatte also richtig gelegen. Es gab mindestens zwei mir unbekannte Frau Hämmerle.

Frau Erlemann hatte aus den Tiefen ihres Schreibtisches einen schon reichlich mitgenommen aussehenden Katalog geholt und blätterte eifrig. »I woiß nemme, wie des Hotel g'heiße hot, aba wenn i des Foto seh, tät ich's wiederkenna.«

Nun gehörte Mallorca keineswegs zu meinen Traumzielen, und so fragte ich vorsichtshalber, wie alt denn die Frau Hämmerle jetzt sei.

»I glaub, im Herbscht isch se zweiunachtzig g'worda. Oder sind's doch scho dreiunachtzig?« Nachdenklich schob Frau Erlemann ihre Brille auf die Nasenspitze und sah mich an. »Noi, des ko net sei, na wär's ja so alt wie mei Schwiagamutter, und die isch älter. Aba über achtzig isch se g'wiß.« Die Brille wurde wieder auf ihren angestammten Platz gerückt, weil Frau Erlemann weiterblätterte. »Mei Neffe isch fei im Posaunenchor, ond da hat er damals mitgeblase beim Geburtstagsschdändle für die Frau Hämmerle. Do hot's sogar an Sekt gegäbe hinterher. — Do, jetzt hab' ich's g'funda.«

Sie schob den aufgeschlagenen Katalog über den Tisch und deutete auf die Abbildung eines Hauses mit Blumenrabatten davor und einem Kellner im Hintergrund, der freundlich in die Kamera lächelte. »Des sieht doch so richtig g'miatlich aus, gell? Ond älle Zimmer hin dr Blick zum Meer.«

Sie verstand gar nicht, weshalb ich plötzlich laut zu lachen anfing. »Ich stelle mir gerade meine beiden Töchter vor, wie sie sich am Strand von zwei betagten Herren über die verschiedenen Behandlungsmethoden von Arthritis oder Alterszucker aufklären lassen.«

Erst stutzte sie einen Augenblick, dann nickte sie verstehend. »Ja so, die beide Mädle kommet au mit? Hen die jetzt koi Schul'?«

»Sie haben gerade ihr Abitur gemacht«, sagte ich stolz.

Frau Erlemann staunte. »Sind sie au scho so weit?« Dann nickte sie nachdrücklich mit dem Kopf. »Des sieht mer ja bei Ihne, gell? Sie werde au net jünger.«

»Zum Überwintern auf Mallorca fühle ich mich trotzdem noch nicht alt genug!« Meine Empörung mußte sie mir wohl angemerkt haben, denn sie winkte sofort ab. »So hab i des net g'moint. I wollt bloß sage, daß i die Zwilling scho kennt hab', wie se no mit ihr'm Dreirädle romg'fahre sind. Mit dene zwoi müsset Se im Sommer auf Mallorca fahre, wenn do ebbes los isch. Jetzt täten se sich ja zom Tod langweila.«

»Eben. Und baden kann man auch noch nicht. Also streichen wir die Balearen. Wie warm ist es denn jetzt in Griechenland?«

»So g'nau woiß i des au net, i bin vor fünf Johr im Sommer dog'wesa, do war's arg heiß. Was tät Se denn interessiera? Vielleicht Kreta? Do gibt's an Haufa Kultur zum Sehe, kaputte Tempel und so.« Sie wälzte einen anderen Katalog. »Oder Rhodos? Do isch's g'wieß warm, sonscht hätt sich doch die Kaiserin Sissi net scho vor hundert Johr ihre Tuberkolos do unta ausheila kenne.«

Das allerdings war ein Argument. Nur wußte ich nicht genau, zu welcher Jahreszeit Ihre Kaiserliche Hoheit den (K)Urlaub genommen hatte, Tb hatten wir auch nicht, was also sollten wir mitten im Winter auf Rhodos? Mir schwebte plötzlich etwas ganz anderes vor. »Afrika! Haben Sie nicht Prospekte von Afrika?«

Frau Erlemann hatte. Sogar eine ganze Menge. Sie fielen in die Kategorie Fernreisen und zeigten Bilder von hübschen Balineserinnen, von fast weißen Stränden mit der so beliebten, beinahe ins Meer hängenden Palme im Vordergrund, von traumhaften Inselchen mit glasklarem Wasser, von kleinen, fröhlich winkenden Mohrenkindern — nur die Preise neben den Fotos gefielen mir ganz und gar nicht. Viel zu teuer. Das sagte ich auch Frau Erlemann, als ich ihr nach flüchtigem Durchblättern die Kataloge wieder zurückgab. »Dann bleiben wir eben hier und schippen weiter Schnee.«

Doch so leicht gab sie sich nicht geschlagen. »Sie müsset sich des in Ruh ogucka. No findet Se b'schtimmt ebbes, wo net so viel koscht.«

Mit anderthalb Pfund Urlaubsträumen auf Hochglanzpapier zog ich nach Hause, wo ich sie erst einmal versteckte.

Beim einsamen Frühstück am nächsten Morgen holte ich sie wieder hervor. Zwischen leergegessenen Müslischalen, verkleckertem Eigelb und halbvollen Kaffeetassen war ich für die Fotos von blumengeschmückten Büfetts und makellos aufgeräumten Zimmern besonders empfänglich. Warum, zum Donnerwetter, sollte ich mir nicht endlich mal einen richtigen Urlaub gönnen und nicht bloß drei Tage Niederbayern, weil Rolf dort an einer Tagung teilnehmen mußte und jemanden brauchte, bei dem er jeden Abend seinen Frust loswerden konnte. Oder neulich die Woche in Hamburg! Vier Tage Kongreß mit Damenprogramm, bestehend aus der obligatorischen Hafenrundfahrt, bei der mir schlecht geworden war, Besichtigung des Zoologischen Gartens bei Nieselregen, abends *Die lustige Witwe*, und das immer in Gesellschaft von Seidenkleidern und raschelndem Taft. Auch das anschließende Wochenende in einer von Hamburgs Nobelherbergen hatte mich nicht versöhnen können. Nach dreißig Jahren Ehe verliert selbst das schönste Hotelzimmer, von dem aus man früher mit wohligem Schauer in den Schnürlregen gestarrt hätte, seinen Reiz.

Nein, ich wollte jetzt mal einen Urlaub nach meinem Geschmack haben, wollte ans Meer (und nicht in die Berge), wollte faulenzen (und nicht in einem dieser entzückenden kleinen Ferienhäuschen im Schweizer Stil Kartoffeln schälen und Zwiebeln hacken), wollte barfuß laufen und nicht in klobigen Bergstiefeln drei Stunden lang aufwärts steigen, damit ich von oben auf das entzückende kleine Ferienhäuschen runtergucken konnte.

Zugegeben, Afrika war teurer als Kärnten und auch ein bißchen weiter weg, aber unerschwinglich war's nicht. Außerdem haben Autoren das Recht, Eindrücke zu sammeln, um Inspirationen für neue Bücher zu bekommen. In den Alpen hatte ich jedenfalls keine gekriegt. Ob nun ausgerechnet die kenianische Küste das geeignete Terrain sein würde, blieb dahingestellt, jedenfalls redete ich es mir ein, und damit war mein Entschluß gefaßt: Während Rolf im Schwarzwald heilsame Wannenbäder nahm, würde ich zwar weniger gesunde, aber dafür wesentlich vergnüglichere Bäder im Indischen Ozean nehmen. Und die Zwillinge auch. Basta!

Frau Erlemann lächelte erfreut und machte sich an die Arbeit. Es dauerte auch nur eine halbe Stunde, dann hatte sie die richtige Telefonverbindung, und nach weiteren zehn Minuten, während derer sie mich über ihre Ansichten zur Apartheidpolitik aufklärte (»mich tätet ja koine zehn Gäul nach Afrika zu de Neger bringa!«), die Buchungsbestätigung. Am 17. Februar, also einen Tag nach Rolfs Abreise, würden wir ebenfalls türmen. Er wußte es bloß noch nicht.

Nachdem sich bei den Zwillingen die Aufregung und die stürmischen Dankesbezeugungen etwas gelegt hatten, hielten wir Kriegsrat. Und kamen zu keinem Ergebnis.

»Muß er das denn überhaupt erfahren?« meinte Katja treuherzig. »Wie fliegen doch nach ihm weg und sind vor ihm wieder da. Du schreibst einfach ein paar Briefe auf Vorrat, und Bettina steckt sie ein. Das kriege ich schon auf die Reihe.«

»Aber was ist, wenn er anruft?« gab Nicole zu bedenken.

»Dann war eben mal wieder die Leitung kaputt, wäre ja nicht zum erstenmal. Als die im Herbst die Röhren für das Erdgas gelegt haben, hatten sie ja auch die Telefonstrippe durchgehackt. Und wir haben es erst gar nicht gemerkt.«

»Das war aber bloß drei Tage lang und nicht drei Wochen.«

Denkpause.

»Dann hat uns eben die Post den Hahn zugedreht, weil du die letzte Rechnung nicht bezahlt hast«, schlug Nicki vor.

»Geht nicht, die wird abgebucht.«

Schließlich wurde es Katja zu dumm. »Ich weiß gar nicht, weshalb du solch ein Theater machst. Du verdienst doch dein eigenes Geld, also kannst du es auch ausgeben, wie du willst.«

»Darüber reden wir später noch mal, wenn du selber Familie hast. Und merke dir gleich eins für die Zukunft: Stecke nie Geld in etwas, das ißt oder gestrichen werden muß!«

Trotzdem hatten mir die Kinder Mut gemacht. Natürlich würde ich auch ohne Rolfs Segen in Urlaub fahren, doch mit wäre mir lieber. Ich mußte nur auf eine passende Gelegenheit zur Beichte warten.

Leider ergab sich keine. Wenn ich abends stöhnte, daß ich bereits dreimal Schnee geschippt und mir ganz bestimmt einen Schnupfen eingehandelt hätte, erklärte Rolf — gerade dem angenehm durchwärmten Auto entstiegen —, ein bißchen Arbeit in frischer Luft sei gesund, und ich hätte sowieso viel zuwenig Bewegung.

Austoben könnte ich mich auch in Äquatornähe. Da käme die Luft sogar an meinen ganzen Körper, erwiderte ich patzig.

Auch mein Interesse für Badeanzüge hatte nicht die erwünschte Resonanz. Als ich ihn zum Ankauf eines Jogginganzugs begleiten mußte, der nach seiner Ansicht zum Outfit eines jeden Kurgastes gehörte, inspizierte ich den Ständer für Badebekleidung.

»Meinst du nicht, daß du das angemessene Alter für Bikinis etwas überschritten hast?« sagte mein Mann mitleidlos, während er sich in einer violetten Stretchhose mit grünen Applikationen vor dem Spiegel drehte.

»Zieh sofort den Strampelanzug aus! Dafür bist du zwanzig Jahre zu alt!« konterte ich, worauf Rolf beleidigt in die Kabine ging und ich mir am liebsten auf die Zunge gebissen hätte. Die Möglichkeit, so ganz nebenbei über meine Urlaubspläne zu sprechen, hatte ich mal wieder gründlich verpatzt. Und nur noch eine knappe Woche Zeit!

Die Bombe platzte ohne mein Zutun. Der Briefträger brachte sie in Form von drei Flugtickets ausgerechnet in dem Augenblick, als ich im Keller die Waschmaschine fütterte. Einschreiben muß man quittieren.

»Ond? Wohin goht's denn?« fragte Herr Künzel neugierig, denn er trägt seit Jahrzehnten in unserem Viertel die Post aus, kennt alles und jeden und kondoliert bereits wortreich, noch ehe er einem den Umschlag mit dem schwarzen Rand aushändigt. Folglich war ihm auch der Absender dieses eingeschriebenen Briefes nicht entgangen. »Ganget Se ins Schifahre?«

»Ach wo, das sind nur Prospekte«, keuchte ich atemlos, denn ich war die zwölf Stufen im Eiltempo hinaufgestürmt, nahm den Brief und wollte verschwinden, doch Rolf hielt mich zurück. »Das müssen aber teure Prospekte sein.«

»Sind es auch. Sie haben einige tausend Mark gekostet!« Jetzt war mir alles egal, irgendwann mußte ich ja mit der Sprache heraus. Der enttäuschte Herr Künzel wurde verabschiedet, und dann stand ich wie eine Schülerin, die beim Abschreiben erwischt worden war, vor meinem Herrn und Gebieter.

»Raus damit! Was ist jetzt wirklich in dem Kuvert?«

»Mach's doch auf, dann siehst du es ja.«

»Ich öffne keine fremden Briefe.«

Also schlitzte ich den Umschlag auf und schüttelte seinen Inhalt auf den Tisch. Außer den Tickets fanden sich noch Hinweise über Zollvorschriften und Gesundheitsvorsorge sowie ein kleines Büchlein, das Wissenswertes über Kenia versprach. Danach griff Rolf zuerst.

»Oben ohne ist verboten«, sagte er nach kurzem Blättern, »und auf intime Bekanntschaften solltest du ebenfalls verzichten, weil die Aidserkrankungen, prozentual gesehen, gerade in Kenia am weitesten verbreitet sind.«

»Ist das alles?« stotterte ich verblüfft. »Kein Wutanfall, kein ›Warum hast du mich nicht erst mal gefragt‹, keine Vorwürfe?«

»Weshalb sollte ich? Du bist doch emanzipiert genug, auch mal allein zu verreisen.« Er lächelte süffisant. »Nur manchmal habe ich bezweifelt, ob du überhaupt jemals mit euren Reiseplänen herausrückst.«

»Woher weißt du denn...?«

Er schmunzelte nur. »Ich wollte mir im Reisebüro einen Prospekt vom Schwarzwald holen, schließlich muß ich doch wissen, welche eventuellen Freizeitgestaltungen mein Gesundheitsghetto zu bieten hat.«

Alles klar! Frau Erlemann hatte ihren Mund nicht halten können, und ich hatte versäumt, sie zum Schweigen zu verdonnern. Wahrscheinlich vermutete sie schon eine bevorstehende Trennung, denn im allgemeinen pflegen Ehepaare gemeinsam ihre Ferien zu verbringen, und wenn dann noch Herr Konzel seine eben erst gewonnenen Erkenntnisse beisteuern würde... Vor unserer Abreise mußte ich unbedingt noch einmal ins Reisebüro!

Die Zwillinge waren selig, daß sie endlich von der Schweigepflicht entbunden waren und ihre Vorfreude offen zeigen durften. Sie holten die Koffer aus dem Keller, packten ein, packten um, packten wieder aus, wollten wissen, ob es in Kenia auch frische Milch gäbe und ob man bei eingeschalteter Klimaanlage überhaupt schlafen könne, welchen Lichtschutzfaktor das Sonnenöl haben müsse und ob es wahr sei, daß »da unten« geröstete Schlangen als Delikatesse gelten. Bettina habe das mal gelesen.

Dabei hatte ich doch selbst keine Ahnung, was uns in dem schwarzen Erdteil erwartete. Im übrigen war mir das auch ziemlich egal. Bei der Hitze hatte man sowieso keinen großen Appetit, das Essen interessierte mich also herzlich wenig, ich wollte Sonne haben und Meer, wollte faulenzen oder nur das tun, wozu ich gerade Lust hatte. Für den Bücherstapel, den ich schon parat gelegt hatte, würden drei Wochen Urlaub allerdings kaum reichen. Endlich waren auch die letzten Tage herum. Rolf verstaute sein Gepäck im Auto und fuhr, wohlversehen mit guten Ratschlägen und der Telefonnummer unseres Hotels, in sein Sanatorium.

»Was glaubst du, Mami, ob er sich einen Kurschatten zulegt? Zutrauen würde ich es ihm«, sagte Katja nachdenklich, als der Wagen hinter der Ecke verschwunden war.

»Blödsinn, dazu ist er doch schon zu alt«, widersprach Nicki, die alle Leute ab dreißig als UHUs bezeichnete — also Unter Hundert —, »und außerdem müßte er dann immer seinen Bauch einziehen. Das hält doch keiner lange durch.«

»Nun mach dir mal keine Sorgen, Määm«, versuchte Katja ihren voreilig geäußerten Verdacht etwas abzuschwächen. »Paps behauptet doch immer, er könne keiner Fliege was zuleide tun. Und weißt du, warum? Er ist ja gar nicht mehr imstande, eine zu fangen.«

Es dauerte eine Weile, bis ich den vermutlich tieferen Sinn dieser Feststellung verstanden hatte.

3

Reisen bildet, wird behauptet, und wenn man schon in einem fremden Erdteil Urlaub macht, hat man sich gefälligst auch zu bilden. Fanden zumindest die Zwillinge, weil sie sich gleich am zweiten Tag einen Sonnenbrand geholt hatten und für die nächste Zeit zu einem Schattendasein verdonnert waren. Also fuhren wir nach Mombasa, um dort Kultur zu besichtigen. Zwischen den Häusern war es aber noch heißer als auf dem Hotelgelände, wo vom Meer immer eine kühle Brise herüberkam, und so hatten die Mädchen von ihrem Bildungstrip ziemlich schnell genug.

»Können wir nicht mal 'ne Pause machen«, stöhnte Nicki, nachdem wir die Elfenbeinzähne beguckt und auch noch einen Blick in den angeblich entzückenden kleinen Park gleich nebenan geworfen hatten, in dem das einzig Sehenswerte die Abfallhaufen gewesen waren, »mir ist so warm.«

»*Ihr* wolltet doch hierher, also jammert nicht«, sagte ich wütend, denn ich hätte auch viel lieber unter meiner schattenspendenden Palme gelegen, statt durch staubige Straßen zu laufen und die auf der Karte angekreuzten Sehenswürdigkeiten zu suchen. »Auf zum Fort Jesus! Die zwei Kilometer schaffen wir spielend in einer halben Stunde.«

»Müssen wir denn unbedingt dorthin?« An ein Stück Mauer gelehnt, wischte sich Katja den Schweiß von der Stirn. »Sooo doll soll das gar nicht sein, habe ich gehört, weil bloß noch die Außenmauern stehen.«

»Und die berühmten Kanonen.«

»Na und? Die werden auch nicht anders aussehen als die verrotteten Dinger auf dem Heidelberger Schloß. Können wir nicht lieber in die Moschee gehen? Da ist es wenigstens kühl.«

Also besichtigten wir die Moschee, die stand auch viel näher und war wirklich sehenswert. Leider konnte Nicki hinterher ihre Schuhe nicht wiederfinden, die wir seitlich der Tür zurückgelassen hatten, und nachdem wir zwanzig Minuten lang von Wildlederpumps bis zu Plastikpantoffeln alles durchgesucht hatten, mußten wir einsehen, daß die frommen Moslems auch nicht alle den Koran beherzigten, sondern ungeniert Touristen beklauten.

»Um die alten Treter tut es mir ja nicht leid, die hätte ich sowieso dem Roomboy geschenkt, aber ich kann doch nicht den ganzen Tag auf Socken herumlaufen.«

Das war einzusehen. »An der vorvorletzten Ecke war ein Schuhgeschäft«, erinnerte sich Katja, »da kriegen wir bestimmt ein Paar einfache Latschen.«

Der angepeilte Laden hatte die Größe eines Wohnzimmers und überwiegend Kunststoffsandalen mit Golddruck zu bieten, die als Hochzeitsschuhe angepriesen wurden.

»Gibt's denn hier keine Espandrilles?« Nicki zog ein Paar Leinenschuhe aus dem Regal, die durchaus ihren Bedürfnissen genügt hätten, jedoch nur in Größe sechsundvierzig vorrätig waren.

Der Verkäufer, ein freundlich lächelnder Inder, bedauerte. Espandrilles habe er nicht, aber wie es denn mit entzückenden weißen Sandaletten wäre? Er verschwand durch eine Klapptür in irgendwelchen Kellergewölben und kam mit wirklich hübschen Schuhen zurück, die zu einer Gartenparty gepaßt hätten oder zu einer Freilicht-Aufführung, wo man sitzen kann, doch bestimmt nicht zu einem Marsch durch Mombasas teilweise ungepflasterte Straßen.

Wir bedankten uns höflich und suchten das nächste Schuhgeschäft. Im dritten Laden wurden wir fündig. Zu Hause hätte meine Tochter diese Jesuslatschen keines Blickes gewürdigt, zumal sie nur aus einer Ledersohle mit langen Riemchen bestanden, die man kreuzweise um die Waden zu wickeln hatte, aber die Socken hatten inzwischen große Löcher. »Ich komme mir vor, als ob ich über glühende Kohlen laufe«, seufzte sie. »Fakir habe ich nicht gelernt.«

Frisch beschuht, sammelte sie wieder so viel Energien, daß es bis zum nächsten Whimpy's reichte. Direkt vor der Tür versagten dann auch Katjas Kräfte. »Wenn ich nicht bald was zu essen und vor allem zu trinken kriege, falle ich um.«

Nun habe ich um Restaurationen dieses Genres schon immer einen großen Bogen gemacht und nie die Überzeugung aller Teenager teilen können, in einem Pappbrötchen mit einem Klops in der Mitte das Nonplusultra der Gastronomie zu sehen. Bewundert habe ich lediglich ihre Fähigkeit, auch in völlig unbekannten Städten zielsicher den richtigen Weg einzuschlagen, an dessen Ende der ersehnte Gourmettempel liegt.

Von Whimpy's hatte ich noch nie etwas gehört, was Katja als absolute Bildungslücke bezeichnete, doch innen sah es genauso aus wie in den mir — nur vom Sehen her! — bekannten Imbißstätten. »Da kriegen mich keine zehn Pferde rein!« sagte ich denn auch sofort.

»Mußte ja nicht, du kannst ruhig draußen warten. Es dauert nicht lange«, gestattete Katja gnädig, bevor sie hinter ihrer Schwester durch die Tür schritt.

»Mache ich auch!«

Draußen war es warm, um nicht zu sagen brüllendheiß. Da drinnen war es bestimmt kühl. Dann sah ich die Colaflaschen, die man den Mädchen gerade auf den Tisch stellte, sah die herablaufenden Wassertropfen und merkte erst jetzt, wie durstig ich war. Ach was, zum Kuckuck mit den Prinzipien, man kann sowieso nicht etwas verurteilen, was man genaugenommen gar nicht kennt.

Die Zwillinge grinsten sich nur vielsagend an, als ich mich auf den freien Stuhl setzte, doch ich hatte schon eine Entschuldigung parat. »Ihr habt ja gar kein Geld dabei.« Dann bat ich um Menüvorschläge. »Was ißt man denn hier so?«

»Steht alles da oben dran.« Nicki deutete auf die großen Schilder direkt über der Theke, nur konnte ich mit den diversen »Burgers« nichts anfangen, und was um mich herum von den überwiegend jugendlichen Touristen gemampft wurde, ließ mich zweifeln, ob ich überhaupt Hunger hatte.

»Am besten nimmst du eine Portion Pommes, da kann nichts schieflaufen. Ich weiß ja auch nicht, was die hier in ihre Buletten reinmachen, vielleicht Antilopen oder Nashörner. Wenn ich an die unterernährten Kühe denke, die wir vorhin gesehen haben, kann ich mir nicht vorstellen, daß da zwischen den Knochen noch Fleisch sitzt.«

Am Ende begnügte ich mich aber doch nur mit Mineralwasser, kaufte später im Supermarkt eine Packung Kekse deutscher Herkunft und mußte hinterher feststellen, daß das aufgedruckte Verfallsdatum um knappe vier Monate überschritten war. Nun hatte ich auch genug von Mombasa.

»Von dem, was wir nicht besichtigt haben, kaufen wir einfach Ansichtskarten«, schlug die manchmal doch recht praktisch veranlagte Katja vor, und so beguckten wir uns während der Rückfahrt doch noch den Dhauhafen, den Gemüsemarkt, das Fort Jesus und sogar die Hauptpost, auf die die Stadtväter offenbar besonders stolz sind, obwohl sie kaum anders aussieht als die Hauptpostämter in der ganzen Welt.

Sogar unser Roomboy profitierte von dem Mombasa-Trip, denn er bekam noch am selben Tag ein Paar fast neuer Ledersandalen geschenkt. Nicki wartete tagelang, daß sich das aparte Streifenmuster auf ihren Waden wieder halbwegs der übrigen bronzebraunen Hautfärbung anpassen würde.

Mein kulturelles Soll hatte ich erfüllt, jetzt konnte ich endlich richtig Urlaub machen! Die Mädchen hatten sich einer Gruppe Gleichaltriger angeschlossen, ich sah sie nur noch zu den Mahlzeiten und um siebzehn Uhr beim täglichen Volleyballspiel. Obwohl die Mannschaften jedesmal neu zusammengestellt wurden, gehörten die Zwillinge grundsätzlich zu den Verlierern und forderten deshalb meine Anwesenheit zwecks psychologischer Unterstützung, in erster Linie jedoch zum Heranschaffen kalter Getränke.

Mit der Clique fuhren sie auch zur Schlangenfarm, ein Ziel, das mich ohnehin nicht gereizt hatte, beteiligten sich an der von einem Einheimischen angeführten Radtour »Quer durch den Busch« mit nachfolgendem tagelangem Muskelkater, segelten, schnorchelten und waren überhaupt entnervend aktiv.

»Du könntest auch ruhig mal ein paar hundert Meter

am Strand entlangjoggen, statt ewig auf deiner Liege zu grillen«, sagte Katja vorwurfsvoll, als sie an mir vorbei Richtung Meer trabte, »du glaubst gar nicht, wie herrlich hinterher das Schwimmen ist. Sei doch nicht so entsetzlich indolent.«

»Wo hast du denn dieses Wort her?« staunte ich. »Und sogar richtig angewandt. Übrigens gefällt es mir, es wertet meine Faulheit auf.« Das fehlte gerade noch, bei fast senkrecht stehender Sonne im Dauerlauf durch den glühendheißen Sand zu spurten. »Wenn ich mal jemanden beim Joggen lächeln sehe, probiere ich es auch«, versprach ich.

Dabei hatte ich nicht das geringste Bedürfnis, mich sportlich zu betätigen, und als ich es dann doch tat, geschah es unfreiwillig. Von der zweiten Woche an befand ich mich nämlich ständig auf der Flucht.

Schon bei unserer Ankunft war uns die ätherisch wirkende Dame um die Vierzig aufgefallen, die, angetan mit einem bodenlangen Wallegewand und einem überdimensionalen Sonnenhut, in der Halle saß und an einem Filetdeckchen häkelte. Außer ihrem Gesicht war kein Körperteil unbedeckt geblieben. Sogar die Hände steckten in dünnen weißen Handschuhen.

»Vielleicht hat sie eine Sonnen-Allergie«, hatte Nicki vermutet, »aber hier drinnen könnte sie doch ihren Deckel absetzen.«

»Glaube ich nicht«, hatte Katja widersprochen. »Wer die Sonne nicht verträgt, fährt nicht an den Äquator. Die hat ganz einfach 'n Sparren locker.«

In den folgenden Tagen verstärkte sich dieser Eindruck. Niemals haben wir diese Dame woanders gesichtet als in den überdachten Gebäuden, und niemals beschäftigte sie sich mit etwas anderem als ihrem Häkeldeckchen. Daß es nicht größer wurde, wunderte uns nun auch nicht mehr. Von den nachthemdähnlichen Gewändern mußte sie einen ganzen Koffer voll mitgebracht haben, lediglich der Hut blieb immer derselbe. Sie trug ihn sogar während der Mahlzeiten.

Eines Morgens, als ich an der Rezeption Briefmarken holte, sprach sie mich an. »Sind Sie allein hier?«

»Keineswegs. Ich habe meine beiden Jüngsten mitgebracht.«

»Ach«, sagte sie und häkelte im Stehen weiter. Höflich wartete ich auf die nächste Frage. Es kam keine mehr. Also murmelte ich etwas von »Schönen Tag noch« oder so ähnlich und ging.

Beim Five o'clock tea, der merkwürdigerweise immer um vier Uhr serviert wurde und den ich meistens mit den unerläßlichen Schreibarbeiten verband (wer hat eigentlich die Pflichtübung des Ansichtskartenverschickens erfunden???), tauchte jene Dame an meinem Tisch auf und setzte sich. »Wo sind Ihre Kinder?«

Ich schraubte den Füller zu und sah mich um. »Wahrscheinlich drüben am Pool bei dem anderen Jungvolk. Sie werden wohl gerade beratschlagen, was sie heute abend wieder anstellen können.«

Am Morgen hatte es nämlich einen kleinen Aufstand gegeben, weil die überlebensgroßen, aus Holz geschnitzten Massai-Figuren, Zierde der auf einheimische Folklore getrimmten Buschbar, ihrer farbenprächtigen Kostüme beraubt worden waren und sich in schamloser Nacktheit präsentiert hatten. Die Kleider entdeckte man später in den Ästen des großen Affenbrotbaums. Natürlich wurden die Übeltäter nicht gefunden, doch die Zwillinge schienen ganz genau zu wissen, wer dahintersteckte. Mit Sicherheit waren sie sogar daran beteiligt gewesen.

Die Dame, diesmal ganz in Kaffeebraun gehüllt, schwieg beharrlich, machte jedoch keine Anstalten, wieder zu gehen. Weiterschreiben wollte ich aber auch nicht, man weiß ja, was sich gehört. So suchte ich krampfhaft nach einem Anknüpfungspunkt. »Sind Sie schon lange hier?«

»Zu lange«, sagte die Dame.

Aha. »Dann ist Ihr Urlaub wohl bald zu Ende?«

»Das weiß ich nicht.«

Merkwürdig. Wohl alle Gäste wußten, wie lange sie

diese unbeschwerte Zeit genießen konnten, wir zählten ja auch schon rückwärts, weil die Halbzeit bereits hinter uns lag, und dieses eigenartige Wesen wollte keine Ahnung haben, wann es wieder nach Hause ging? »Ja, haben Sie denn kein Rückflugticket?«

Sie sah mich an, oder besser, sah durch mich hindurch, stand auf und ging.

»Was wollte denn das Gespenst von dir?« Von weitem hatte Nicki abgewartet, bis die braune Dame entschwunden war.

»Das hat es nicht gesagt.«

»Komische Heilige. — Kann ich deinen Tee austrinken? Danke. Angeblich hat die mit noch keinem Menschen hier gesprochen, und jetzt soll ich dich fragen, wieso sie ausgerechnet mit dir redet.«

»Sie hat überhaupt nicht geredet, sie hat lediglich einige Wörter von sich gegeben, und die waren auch nicht sehr ergiebig. — Hier, schreib mal 'n Gruß an Sven drunter.« Ich schob ihr die Karte hinüber.

»Das hat doch noch Zeit bis nachher.« Weg war sie.

Von diesem Nachmittag an fühlte ich mich regelrecht verfolgt. Sobald ich einen der Aufenthaltsräume betrat, sei es nun den Speisesaal, die Lounge oder auch nur den Waschraum, tauchte wie ein Schatten diese Dame auf. Manchmal drückte sie mir eine wohl gerade abgepflückte Blume in die Hand, ein anderes Mal war es eine Muschel, doch meistens sah sie mich bloß fragend an. »Sind Sie allein?« Nur wenn ich in Begleitung eines oder beider Mädchen war, ließ sie sich nicht sehen oder verschwand gleich wieder.

»Die hat doch echt einen an der Waffel«, stellte Katja mitleidlos fest, »weshalb beschwerst du dich nicht?«

»Bei wem denn? Und warum? Sie tut mir doch nichts, sie ist einfach bloß da. Das ist nicht gerade angenehm, aber kein Grund zum Meckern.«

Trotzdem erkundigte ich mich bei der Reiseleitung, die in Gestalt einer etwas unbedarften, gerade dem Teenageralter entwachsenen Blondine täglich von zehn bis elf Uhr hinter ihrem Schreibtisch Hof hielt, nach diesem eigenartigen Hotelgast.

»Ich kenne sie auch nur vom Sehen, zu uns gehört sie nicht. Sie wird wohl privat hier sein«, lautete die erschöpfende Auskunft.

Wenigstens entwickelte ich jetzt sportlichen Eifer. Sobald ich das sichere Freigelände verließ, joggte ich in zügigem Tempo durch alle Räumlichkeiten bis zu meinem Ziel, nahm auch Umwege in Kauf, wenn ich irgendwo die hagere Gestalt erblickte, und zum Geldwechseln, einem etwas zeitraubenden Unternehmen, wagte ich mich nur noch in Begleitung der Mädchen. Sogar zum Teetrinken setzte ich mich künftig an den Pool, der lag in der Sonne und war gespensterfrei.

Wir haben nie herausgebracht, was es mit dieser merkwürdigen Dame auf sich hatte. Wahrscheinlich lag Katja mit ihrer Vermutung halbwegs richtig. »Das ist bestimmt eine Verwandte vom Hotelmanager, Schwester, Tante oder so was in der Richtung. Hier unten ist man doch humaner als bei uns, wo leicht Umnachtete einfach in die Psychiatrie gesteckt werden.«

4

»Übermorgen müssen wir noch mal nach Mombasa!« rief mir Nicki entgegen, als ich bepackt wie ein Lastesel den Bungalow betrat.

»Könnt ihr eure Klamotten nicht mal selber zurücktragen? Ich bin doch nicht eure Kammerzofe!« Jeden Abend sammelte ich die zurückgelassenen Sachen von den Liegen, jeden Abend gelobten die Mädchen Besserung, und am nächsten Tag begann das gleiche Spiel von vorn. Unser Zimmer sah auch schon wieder aus wie ein Wühltisch bei Woolworth. »Räumt endlich diesen Saustall auf! Eigentlich dürfte man diesen Raum gar nicht betreten, ohne sich vorher eine Tetanusspritze geben zu lassen! Wo kommt denn der ganze Sand her?« Ich warf Badelaken, Bücher und Bikinis auf den einzigen noch freien Stuhl. »Jetzt hängt wenigstens die nassen Badeanzüge auf den Balkon!«

»Soll ich vielleicht so rausgehen?«

Nein, das war wohl schlecht möglich. Nur mit einem knappen Slip bekleidet, stand Nicki vor dem Spiegel und fönte ihre Haare. »Weshalb dieser Aufwand? Bei der Hitze trocknen die doch von allein.«

»Und hinterher sehe ich aus wie eine Drahtbürste.« Sie schaltete den Fön aus und begutachtete ihr Werk. »Na ja, geht gerade noch. Zu Hause muß ich aber dringend zum Friseur. — Was ich noch fragen wollte, Mami, kannst du mir deinen hellblauen Schal borgen?«

»Wozu denn?«

»Sie will den Tanz der sieben Schleier tanzen, und einer fehlt ihr noch.« Triefend kam Katja aus der Dusche und warf sich aufs Bett. »Heute abend ist Disko, und da muß sich Mademoiselle doch stylen. Sie hat nämlich den verpickelten Franzosen an der Angel.«

»Quatsch!« Eine leichte Röte zog über Nickis Gesicht. »Darum geht es ja gar nicht. Wenn du gestern nicht meine weiße Bluse geklaut und voll Erdbeereis gekleckert hättest, müßte ich jetzt nicht improvisieren.«

»Reg dich ab, morgen hast du sie wieder. Ich habe sie gleich heute früh zum Waschen gegeben.« Katja wälzte sich vom Rücken in die Bauchlage. »Vorne bin ich schon trocken. — Iihhh, was klebt denn hier?« Unter ihren Beinen zog sie eine leicht durchfeuchtete Zeitung hervor und warf sie auf den Boden. »Hoffentlich war es nicht die BILD, die färbt immer so ab.«

»Ach, *da* ist sie, ich habe sie schon überall gesucht.«

Nicki hob die Zeitung auf, und während sie darin herumblätterte, meinte Katja geringschätzig: »Liest du die etwa? Wen interessiert es denn schon, ob Fräulein Heidi Klawutke aus Wuppertal Miß Kokosnuß geworden ist?«

Bei der beanstandeten Zeitung handelte es sich um die *Coast News*, die jede Woche erschien, gratis verteilt wurde und in vier Sprachen überwiegend Reklame und zwischendurch auch ein paar Neuigkeiten enthielt, die Touristen interessieren könnten. Es gab ja immer welche, die sofort eine gerade eröffnete, zwanzig Kilometer entfernte Boutique stürmten, obwohl es da bestimmt nichts anderes zu kaufen gab als in den zig übrigen Boutiquen auch. Und ein Fußballspiel, bei dem Gäste gegen Einheimische antraten, fand alle Naselang irgendwo statt.

»Manchmal steht aber auch etwas Interessantes drin. Hier zum Beispiel!« Sie deutete auf eine kleine Notiz auf der letzten Seite. »Am 2. März gegen 22 Uhr wird die QUEEN ELIZABETH II in Mombasa erwartet und zwei Tage lang am Kai im Neuen Hafen vor Anker liegen.«

»Waas???« Ich riß ihr die Zeitung aus der Hand. Tatsächlich, da stand es schwarz auf weiß. »Welchen haben wir heute?«

»Den Ersten.«

»Dann kommt sie ja schon morgen?«

»Eben! Deshalb müssen wir übermorgen nach Mombasa. Habe ich doch vorhin schon gesagt. Ich bin ja bloß auf das dußlige Gesicht von Sascha gespannt, wenn wir plötzlich unten an der Treppe stehen.«

»Auf einem Schiff heißt das Gangway«, verbesserte Katja. »Müssen wir denn unbedingt hin?«

»Na, hör mal!« Es gab Momente, da verstand ich meine Tochter wirklich nicht mehr. »Du hast deinen Bruder immerhin ein Jahr lang nicht gesehen.«

»Ich habe ihn auch gar nicht vermißt. Am Ende bildet er sich noch ein, wir seien ihm hinterhergefahren.«

»Dann bleib doch hier, es zwingt dich ja niemand.«

»Natürlich komme ich mit«, sie rappelte sich vom Bett hoch, »ich habe nämlich noch nie einen Luxusliner gesehen.«

Gleich nach dem Frühstück machten wir uns auf den Weg. Wir hatten ausgerechnet, daß wir gegen zehn Uhr in Mombasa sein würden, vorausgesetzt, die Fähre war nicht wieder mal kaputt, und der Hafen würde sich dann wohl auch noch finden lassen. Der Busfahrer beschrieb uns den Weg denn auch so ausführlich, daß wir schon an der nächsten Straßenecke nicht mehr weiter wußten.

»Warum nehmen wir kein Taxi? Ein Vermögen wird das schon nicht kosten, und die paar Mark sollte dir dein lieber Sohn eigentlich wert sein.«

Na gut, warum nicht? Der Taxifahrer wußte schon Bescheid, kaum daß ich ihm das Fahrtziel genannt hatte. »Oh, you will see the ship!« Wir einigten uns auf den Preis von achtzig Shilling, also ungefähr sieben Mark, dann durften wir einsteigen und uns die Stellen auf der Rückbank suchen, aus denen noch keine Sprungfeder herausragte; kenianische Taxis zeichnen sich selten durch ein intaktes Innenleben aus.

Entgegen unserer Annahme fuhren wir keineswegs zum Meer hinunter, wo man logischerweise einen Hafen zu suchen hat, sondern in die entgegengesetzte Richtung, holperten über schlaglochgespickte Sandpisten, durchquerten ein kleines Wäldchen und waren nach zehn Minuten der festen Überzeugung, daß es zwischen dem Fahrer und mir irgendwelche Mißverständnisse gegeben haben mußte. »Wäre ja auch kein Wunder, bei deinem Englisch zieht's mir immer die Schuhe aus.« Energisch tippte Katja dem Fahrer auf die Schulter. »Are you sure this is the right way to the port?«

Er nickte. »Only two minutes.«

Aus den zwei Minuten wurden dann ein paar mehr,

aber schließlich kamen wir wieder auf eine geteerte Straße und stoppten vor einem endlos langen Schuppen. Irgendwo dahinter vermuteten wir das Meer, sehen konnten wir es nicht. Näher heranfahren dürfe er nicht, sagte der Fahrer, kassierte seinen Lohn, wendete und brauste unter Hinterlassung einer Staubwolke ab.

Erst husteten wir ein bißchen, danach wischten wir uns den Sand aus dem Gesicht, und dann sagte Nicki das, was wir alle dachten: »Keine Ahnung, wo wir sind, aber ganz bestimmt nicht da, wo wir hinwollten. Die QU II ist doch kein Ausflugsdampfer, die müßte man doch sehen können!«

»Jetzt gehen wir erst mal bis zum Ende dieser Baracke, vielleicht sind wir dann klüger. Rechts oder links?« Wir standen genau in der Mitte.

»Links«, entschied Katja und lag ausnahmsweise mal richtig. Als wir nämlich um die Ecke bogen, blieben wir wie angewurzelt stehen. Direkt vor uns, nur getrennt durch eine Art Kanal, lag ein Riesenschiff, mindestens zehn Stockwerke hoch und ein paar hundert Meter lang. Ein Schornstein von der Größe eines Einfamilienhauses ragte in den blauen Himmel.

»Menschenskind, ist das ein Pott!« flüsterte Nicki ehrfurchtsvoll. »So groß habe ich mir den Kahn wirklich nicht vorgestellt.«

Ich auch nicht, und deshalb ahnte ich bereits gewisse Schwierigkeiten, Sascha in dieser schwimmenden Kleinstadt überhaupt ausfindig zu machen.

Mehrere transportable Brücken führten über den Kanal. Wir wählten die erste und standen nun direkt neben dem Bug des Schiffes. Das Heck konnten wir schon gar nicht mehr ausmachen.

»Wie geht's denn jetzt weiter?« Fragend sah mich Katja an.

Das wußte ich auch nicht. »Irgendwo wird es ja einen Einstieg geben. Vermutlich da hinten bei dem größten Gewimmel.«

Auf dem Kai herrschte ein unbeschreibliches Durcheinander. Ungefähr ein Dutzend Safariwagen standen hintereinander aufgereiht, daneben, davor und dazwischen Lastwagen, vollgepackt mit Obst und Gemüse, Kühltransporter schoben sich zentimeterweise vorwärts, und zwischen all den quietschenden und hupenden Autos wuselten Fußgänger: Passagiere, Händler, Behördenmenschen mit Schlips und Aktenköfferchen, Bettler, Crewmitglieder, Schaulustige — alles vermischte sich zu Geschrei, Gezeter und einem babylonischen Sprachgewirr.

»Glaubst du im Ernst, daß wir in diesem Durcheinander Sascha finden?«

»Über'n Weg laufen wird er uns bestimmt nicht, Nicki, da müssen wir schon Eigeninitiative entwickeln.« In unmittelbarer Nähe der Gangway hatte ich mehrere Offiziere entdeckt — zumindest hoffte ich, daß es welche waren. Sie trugen zwar nur weiße Hosen und Hemden, wie viele andere auch, aber als einzige hatten sie weiße Mützen auf dem Kopf und Walkie-talkies am Ohr. An einen dieser Herren pirschte ich mich heran. »Entschuldigen Sie bitte, wäre es wohl möglich ...«

»Pardon?«

Himmel ja, das war ein englisches Schiff, und da alle Engländer davon überzeugt sind, ihre Muttersprache sei die einzig richtige, das Erlernen einer weiteren also überflüssig, kam ich mit meiner höflichen Einleitung nicht weiter. Auf englisch kann ich aber nicht so höflich sein, weil mir die Vokabeln fehlen. Also noch mal von vorne: »Is it possible to see my son? He works on this ship as a waiter, I think in the Queens Grill.«

Er hatte verstanden. Jedenfalls nickte er freundlich, wollte den Namen des Sohnes wissen, und als ich ihn nannte, wurde er noch freundlicher. »Oh, you mean Sascha? I know him. He's a really nice guy.« Er quasselte etwas in sein Walkie-talkie, nickte ein paarmal zustimmend und wandte sich wieder zu uns. »They have called him out over the loudspeakers, but I'm afraid you'll have to wait a while.«

Wir bereiteten uns also auf eine längere Wartezeit vor, auf dem schattenlosen Kai kein reines Vergnügen. Andererseits hatten wir jetzt genug Muße, die vielen Passagiere zu bestaunen, die in hellen Scharen aus dem Bauch des Schiffs quollen. Es schienen größtenteils Amerikaner zu sein, von denen die meisten das Rentenalter bereits überschritten hatten. Auffallend viele trugen maßgeschneiderte Safarianzüge mit farblich passenden Tropenhelmen.

»Nu sieh dir *die* an«, flüsterte Katja, auf eine aber schon sehr bejahrte Greisin deutend, die von zwei Stewards die Gangway herabgeführt und zu dem am nächsten stehenden Safariwagen geleitet wurde, »kann keinen Schritt mehr alleine gehen, muß aber alles mitmachen.«

»Ja, es ist schon schlimm, wenn die Knochen älter sind als das Gesicht«, bestätigte Nicki, während sie die dürre Gestalt musterte, die sich mühsam die Gangway heruntertastete. Sie steckte in grellrosa Shorts sowie einem grünen Top, trug an den Füßen Glitzersandalen und auf dem Kopf einen blumengeschmückten Strohhut, allerdings nur in Form einer Krempe, aus deren Mitte spärliche weißblond gefärbte Haare ragten. »Hinten Lyzeum und vorne Museum«, konstatierte Nicki mitleidlos. »Wie kann man sich nur so zum Gespött der Leute machen?«

»Oh, Jonathan, look at this elephant! Isn't it marvellous?« Eine ebenfalls auf Teenager getrimmte Sechzigerin schoß auf unseren netten Offizier zu. Unter den Arm hatte sie einen riesigen Elefanten geklemmt, den sie jetzt stolz präsentierte. »I only paid five hundred dollars, that's really cheap, isn't it?«

»Hab' ich das richtig verstanden?« wisperte Katja. »Hat die wirklich fünfhundert Dollar für das Vieh gelöhnt?«

Mir erschien das auch ein bißchen happig, denn in unserer hoteleigenen Boutique war eine ähnlich große Schnitzerei mit zweitausendfünfhundert Shilling ausgezeichnet, was einem Gegenwert von etwa dreihundertzwanzig Mark oder maximal zweihundert Dollar entsprach. Sogar der Offizier wiegte zweifelnd seinen Kopf. »Oh dear, it's ebony«, zwitscherte die Dame, bevor sie im Schiff verschwand, um ihren soeben erworbenen Schatz in Sicherheit zu bringen.

»Jetzt hat sie sich das Viech auch noch als Ebenholz andrehen lassen«, feixte Katja. »Der Bursche, dem das gelungen ist, hat das Geschäft seines Lebens gemacht.«

Mit einer Umsatzsteigerung rechneten offenbar sämtliche Souvenirhändler Mombasas. Jenseits des kleinen Kanals hatten sie improvisierte Stände aufgebaut, mit einem reichhaltigen Angebot von Kitsch und Krempel bestückt, Preisabsprachen getroffen, und nun warteten sie auf Kundschaft. Lange würden sie bestimmt nicht warten müssen. Speziell Amerikaner haben eine mir unbegreifliche Vorliebe für als Souvenirs deklarierte Geschmacklosigkeiten.

In Jonathans Walkie-talkie piepste es, dann quäkte eine Stimme Unverständliches. Jonathan musterte uns drei von oben bis unten, lachte und gab eine genaue Personenbeschreibung von uns durch. »Sascha is coming«, sagte er, den Rest verstand ich nicht.

Nie wieder habe ich ein so ungläubiges, verdattertes und — pardon! — dämliches Gesicht gesehen wie das meines Sohnes, als er die Gangway herunterlief. »Wie kommt *ihr* denn hierher?«

»Mit 'm Taxi«, sagte Katja lakonisch.

»Dumme Schnepfe! Ich meine doch, wie kommt ihr nach Mombasa?«

»Mit 'm Bus.«

Die beiden standen sich schon wieder wie Kampfhähne gegenüber. »Wir machen Urlaub«, erklärte ich, »und...«

»Deinetwegen sind wir jedenfalls nicht nach Kenia geflogen«, unterbrach mich Katja, »reiner Zufall, daß euer Schiffchen gerade hier ist. Kann man da mal rauf?«

»Das wird schwierig.« Fragend sah Sascha zu Jonathan hinüber, der unser Wiedersehen mit großem Interesse verfolgte. »Is there a possibility for my family to look around the ship?«

Dafür war Jonathan nicht zuständig, Sascha solle sich an den Sicherheitsoffizier wenden.

»So was Ähnliches habe ich schon erwartet, und ich fürchte, der sagt nein. Erstens kann er mich nicht leiden, und zweitens müssen sich Besucher mindestens zwei Tage vorher anmelden, damit man sie überprüfen kann.«

»So ein Blödsinn«, schimpfte Nicki enttäuscht, »wie soll denn das überhaupt gehen?«

»Keine Ahnung, ist aber Vorschrift.« Einen Moment überlegte er, dann war ihm etwas eingefallen. »Vorschriften sind bekanntlich dazu da, umgangen zu werden. Ich hole Vicky.« Im Weggehen ermahnte er uns noch: »Rührt euch nicht von der Stelle, ich bin gleich wieder da.«

»Wer ist Vicky?« fragte Katja verblüfft.

»Das wird sich ja bald herausstellen.«

»Habt ihr gesehen, wie braun Sascha ist? Richtig neidisch könnte man werden«, seufzte Nicole, die noch immer nicht die ersehnte Prestigebräune erreicht hatte. »Ich finde, er sieht überhaupt unverschämt gut aus. Wäre er nicht gerade mein Bruder, könnte ich mich direkt in ihn verlieben.«

»Du hast schon immer einen seltsamen Geschmack gehabt«, meinte Katja nur.

Es dauerte wirklich nicht lange, bis Sascha zurückkam. »Ich hab' sie aus dem Bett geholt, sie muß sich erst anziehen.«

»Um diese Zeit? Es ist gleich elf.«

»Ja und? Wer gerade keinen Dienst hat, versucht immer, ein bißchen Schlaf nachzuholen. Außerdem hat sie irgendeine blöde Zahngeschichte.«

Das allerdings war nicht zu übersehen. Eine geschwollene Backe verunzierte das bedauernswerte Geschöpf, das sich jetzt zögernd zu uns gesellte. Es war ein außergewöhnlich hübsches Mädchen. Groß, sehr schlank, ein ebenmäßiges Gesicht mit ausdrucksvollen dunklen Augen, umrahmt von einer raffiniert geschnittenen Kurzhaarfrisur. Das Ganze steckte in einem pinkfarbenen Jogginganzug. Ich streckte ihr die Hand entgegen. »Es tut mir so leid, daß Sascha Sie hochgescheucht hat, aber . . .«

»Stopp, stopp!« unterbrach er mich. »Sie versteht dich nicht. Ich hätte vielleicht sagen müssen, daß sie Engländerin ist.«

O Gott, nicht schon wieder! »Dann übersetz ihr wenigstens meine Beileidsbezeugungen.«

Sascha schwafelte drauflos, Vicky lächelte schüchtern, nickte schließlich, sah sich suchend um und ging zu einem etwas klein geratenen Uniformierten hinüber, der gerade zwei eingeborene Händler von der Gangway scheuchte.

»Wenn sie's nicht schafft, schafft's keiner, aber sie schafft's garantiert.« Optimismus war schon immer Saschas Stärke gewesen.

»Wer ist das überhaupt?« forschte Katja.

»Vicky? Sie ist Tänzerin und gehört zur Showtruppe. Weil sie sehr beliebt ist und von der halben Crew umbalzt wird, kann sie hoffentlich den Sicherheitsmenschen weichkochen, damit er euch reinläßt.«

»Wovor hat der eigentlich Angst? Daß wir eine Bombe aufs Schiff schmuggeln?« Zum Beweis des Gegenteils stülpte Nicki die Taschen ihrer Bermudashorts nach außen.

»Das wohl weniger, aber nicht jeder Passagier schließt seine Kabine ab, und was da manchmal an Klunkern herumliegt, könnte auch einen moralisch sehr gefestigten Menschen in Versuchung führen.«

»Ach, und du bist noch nie erwischt worden?« fragte Katja interessiert.

Er warf ihr einen drohenden Blick zu. »Halt endlich die Klappe, sonst kannst du hier draußen bleiben.« Er drehte sich zu mir um. »Als die mich vorhin ausgerufen und gesagt haben, daß meine Familie auf dem Kai wartet, habe ich natürlich geglaubt, jemand will mich verarschen. Deshalb habe ich mir eine Beschreibung durchgeben lassen. Doch als ich hörte, eine meiner angeblichen Schwestern sei klein, dick und habe eine große Nase, da wußte ich...«

Mit beiden Fäusten ging Katja auf ihn los. »Von wegen große Nase! Sieh dir doch deine eigene an! Gegen die hatte Cyrano de Bergerac ein geradezu klassisches Profil! Und dick??? Bei Konfektionsgröße sechsunddreißig? Glaubst du denn, ich will so ein Gerippe sein wie deine Hupfdohle?«

»Sagtest du Hupfdohle? Du, Vicky hat zehn Jahre Ballettunterricht gehabt. Die hat echt schon spitze getanzt, als du noch nicht mal Dreirad fahren konntest.«

»Ich habe mir schon gedacht, daß sie bald Rente kriegt.« — Himmel noch eins, wurden sie denn nie erwachsen??? Schon als Kinder waren sie bei jeder Gelegenheit aufeinander losgegangen, hatten sich auch später ständig in den Haaren gelegen, und nun, da sie sich als erwachsen bezeichneten, führten sie sich immer noch auf wie im Grundschulalter! »Ab wann wird man mit euch beiden zusammen in der Öffentlichkeit erscheinen können, ohne sich jedesmal zu blamieren?«

Eine Antwort bekam ich nicht mehr. Schon von weitem signalisierte Vicky, daß wir die Genehmigung zum Betreten des Schiffes erhalten hatten. »Na, dann kommt mal mit!« Sascha setzte sich in Marsch, und wir trotteten gehorsam hinter ihm her. »Bleibt immer zusammen, damit ihr euch nicht verliert. Und verlauft euch nicht. Ich habe zwei Wochen gebraucht, ehe ich mich auf dem Kahn halbwegs zurechtgefunden habe.«

»Wo seid ihr in vierzehn Tagen?« erkundigte sich Nicki.

»Weiß ich nicht genau, irgendwo in Südostasien.«

»In Ordnung, da wollte ich schon immer mal hin.«

Unter den skeptischen Blicken des Sicherheitsoffiziers betraten wir das Schiff. Erst marschierten wir einen Gang entlang, dann noch einen, dann stiegen wir eine Treppe hinauf, und dann wurde es vornehm. Honigfarbene Veloursböden, teppichbelegte breite Treppen mit auf Hochglanz polierten Messinggeländern, Sitzgruppen, dekoratives Grünzeug in allen Ecken, ein Lift und noch einer, Türen, die zu den einzelnen Kabinen führten, goldgerahmte Spiegel, dann wieder Freiräume mit großen Fenstern, wieder eine Treppe hinauf, eine Bar, ein Spielsalon, das Bordkino, ein in einen riesigen, rundherum verglasten Wintergarten integrierter Swimmingpool, noch eine Bar, noch ein Clubraum — Luxus ohne Ende.

Sascha benahm sich wie ein Fremdenführer, der ein dutzendmal täglich Touristen durch die Sixtinische Kapelle schleift. »Die QE II ist zweihundertachtundneunzig Meter lang und elf Stockwerke hoch. Der Schornstein allein wiegt...«

»Wen interessiert denn das?« fiel ihm Nicki ins Wort. »Ich würde viel lieber wissen, wie so eine Kabine von innen aussieht.«

»Weiter oben finden wir sicher eine, in der gerade saubergemacht wird. Die gehobenere Preisklasse schläft nämlich länger.«

Die Orientierung hatte ich längst verloren, wußte nicht, in welchem Stockwerk — Verzeihung, auf welchem Deck wir uns befanden, staunte nur über den ungeheuren Luxus, der sich uns darbot. Als wir einen Raum durchquerten, der wie eine Hotelrezeption ausgestattet war, fragte ich nach dem Zweck dieser Einrichtung.

»Das ist unsere Meckerecke«, sagte Sascha gleichmütig. »Hier können die Passagiere Geld tauschen, Briefmarken holen und ihre Sorgen loswerden, angefangen von ›meine Nachttischlampe ist kaputt‹ bis zu ›wo kann ich meinen Mann begraben?‹«

»Wie bitte?« Ich hatte wohl nicht recht verstanden.

»Na ja, in so einem schwimmenden Altersheim segnet schon mal jemand das Zeitliche.«

»Und was passiert mit dem?«

»Na, was wohl? Er kommt zu Langnese.«
???

»In einen der Kühlräume«, erläuterte Sascha gelangweilt, »natürlich nur bis zum nächsten Hafen.«

»Ist ja reizend«, murmelte Nicole. »Genaugenommen kann man also damit rechnen, daß einem beim Öffnen des Fahrstuhls ein Toter entgegenfällt?«

»Ist sogar schon passiert«, sagte Sascha grinsend.

Wie zum Beweis ging direkt neben uns eine Lifttür auf, und heraus kam — nein, keine Leiche, aber ein alter Mann, der eine gewisse Ähnlichkeit mit einer solchen hatte. Mit zittrigen Beinen trat er aus der Kabine und sah sich suchend um.

»Das ist Mr. Goldstone, der weiß wieder nicht, wo er ist«, sagte Sascha halblaut, bevor er sich dem Greis zuwandte. »Can I help you, Sir?« Die gemurmelte Antwort verstand ich nicht, doch Sascha griff ihm kräftig unter die Arme und geleitete ihn den Gang hinunter. »Jetzt fährt der schon seit zwei Monaten mit uns herum, aber seine Kabine findet er bis heute nicht«, keuchte er, nachdem er seinen Schützling abgeliefert hatte. »Neulich hat ihn einer von den Filipinos vor der Wäscherei aufgesammelt, und die liegt ganz unten.«

Die Besichtigung ging weiter: Bibliothek, kleiner Ballsaal — »den großen zeige ich euch später!« —, Cafeteria, Kindergarten, erster Speisesaal, zweiter Speisesaal, wieder eine Bar, Billardzimmer — offenbar gab es nichts, was es hier nicht gab. Sascha bestätigte das denn auch. »Du kannst praktisch alles machen beziehungsweise alles lernen, was du willst. Das beginnt beim Golfspielen über Bridge und Computertechnik bis hin zu Ikebana und Kochen. Ich bezweifle allerdings, daß dieser Kursus jemals stattgefunden hat. Die Passagiere auf diesem Schiff kochen auch zu Hause nicht selber, die lassen kochen.« Er sah auf seine Uhr, ein noch sehr neu aussehendes Exemplar einer Nobelmarke. Katja hatte sie auch sofort bemerkt. »Wem hast du die denn geklaut? Oder ist Reichtum ansteckend?«

»Weder noch. Die habe ich in Hongkong gekauft, da kostet sie ein Drittel von dem, was man bei uns bezahlen muß.«

»Ein Snob bist du ja immer schon gewesen.«

Klugerweise überhörte er die Bemerkung, außerdem hatte er es eilig. »Ich liefere euch jetzt bei Vicky ab, weil ich gleich zum Lifeboattraining muß.«

»Zu was?«

»Ret-tungs-boot-übung. Wird in so ziemlich jedem Hafen durchgezogen, allerdings nur für die Crew.«

»Gehört deine Vicky denn nicht dazu?«

»Nee, die Showgirls haben einen Sonderstatus, die sind privilegiert. Nun kommt schon, ich müßte eigentlich längst oben sein!«

Wieder marschierten wir durch irgendwelche Gänge bis zu einer großen Doppeltür. »Der Ballsaal!« Einladend hielt Sascha einen Flügel auf und ließ uns eintreten.

»Wwhouw!« machte Katja. »Ist ja Wahnsinn!«

In der Mitte befand sich die Bühne, die offenbar auch als Tanzfläche diente, dahinter sah man die Empore für das Orchester, und drumherum gruppierten sich auf zwei Ebenen unzählige Rauchglastische, umgeben von dunkelroten Polstersesseln. In einem davon saß Vicky.

»Ich lasse euch jetzt hier, bis der ganze Lifeboatrummel vorbei ist. Vielleicht kann sie euch was zu trinken besorgen. Um diese Zeit ist das schwierig, weil die Bars noch geschlossen haben. Die meisten Passagiere sind ja on the road. Aber sie wird schon was deichseln. Seht zu, wie ihr klarkommt. Pidgin-Englisch versteht sie prima, immerhin besteht die halbe Crew aus Filipinos, und die kauderwelschen genauso herum wie ihr.« Mit dieser aufmunternden Feststellung ließ er uns allein.

Da saßen wir nun, lächelten uns verlegen an, malten Kringel auf den Glastisch und wußten nichts miteinander anzufangen. Ob wir etwas zu trinken haben möchten, fragte Vicky. O ja, sehr gern, am liebsten einen richtig starken Kaffee. Erst hinterher fiel mir ein, daß Engländer zwar hervorragenden Tee machen, vom Kaffeekochen aber keine Ahnung haben. Vicky verschwand hinter einer Seitentür, und Katja atmete hörbar auf. »Sehr gesprächig ist sie nicht gerade.«

»Du kannst ja auch mal was sagen«, ermunterte ich sie.

»Was denn? Soll ich sie vielleicht fragen, ob sie mit meinem Bruder was hat?«

»Natürlich hat sie was mit ihm«, behauptete Nicole sofort, »habt ihr nicht gesehen, wie sie ihn anhimmelt?«

Vicky kam zurück, stellte Tassen, Zucker und Milchkännchen auf den Tisch, fragte höflich, ob die Mädchen lieber etwas Kaltes hätten. »Cola or Lemonjuice?«

Sie entschieden sich für Zitronensaft. Dann faßte sich Katja ein Herz. Die ganze Zeit schon hatte sie neugierig die Galerie gemustert, die sich oberhalb des Ballsaals entlangzog. »What is there?«

»Oh, you mean the shops? Why don't you go upstairs and have a look at there?«

Das ließ sie sich nicht zweimal sagen. Sie sprang auf und lief die seitlich emporführende Treppe hinauf. Nicole hinterher. »Das darf doch nicht wahr sein!« hörte ich sie gleich darauf rufen. »Zweihundertachtundsechzig Dollar für dieses alberne Hemd mit nichts dran. Und guck mal da, die Krawatte, hundertzehn Dollar! Määm, komm mal rauf, das mußt du dir ansehen!«

Sehenswert war es wirklich. Nur das Feinste vom Feinen hatten die kleinen Geschäfte zu bieten, und in den Allerfeinsten waren die Preise so dezent angebracht, daß man sie beim besten Willen nicht entziffern konnte. Da gab es eine Minifiliale von Tiffany, eine von Hermès, Louis Vuitton war ebenso vertreten wie Yves Saint-Laurent und Dior — alles Namen, die ich schon oft gehört, deren Erzeugnisse ich bisher jedoch nur in Zeitschriften bewundert hatte. Oder auch nur belächelt. Abendkleider mit Löchern in der Bauchnabelgegend sind nicht unbedingt mein Geschmack.

Katja liebäugelte mit einer Armbanduhr in der Preisklasse von zwanzigtausend Mark, Nicole hatte es eine Tasche angetan, auch nicht viel billiger, und mir gefiel ein Seidentuch, das nur zweihundertsiebzig Dollar kostete, folglich als ausgesprochen preiswert zu bezeichnen war.

»Ein Glück, daß die Geschäfte erst nachmittags öffnen«, sagte Katja, »da werde ich wenigstens nicht in Versuchung geführt.«

Unten warteten schon Vicky und der Kaffee. Leider habe es so lange gedauert, doch es sei schwierig gewesen, um diese Zeit jemanden vom Personal zu finden, der Kaffee kochen könne. Er war ausgezeichnet. Später erfuhr ich von Sascha, daß fast alle Köche auf dem Schiff Deutsche, Schweizer oder Franzosen waren.

Wir lächelten, schwiegen uns weiterhin an und begrüßten jede Unterbrechung, die in Gestalt einer schwimmwestenbehängten Person den Saal durchquerte. Ab und zu glitt an einem der Fenster ein Rettungsboot vorbei, wurde heruntergelassen, wieder hochgezogen, doch das ganze Manöver verlief völlig undramatisch. Kein Boot kippte um, keins blieb stecken, dann endlich ertönte eine Sirene, die dem ganzen Auftrieb ein Ende bereitete. Kurz danach war Sascha wieder bei uns. »Na, habt ihr euch gut unterhalten?«

»Und wie!« antwortete Katja prompt. »Wir haben schon die Handelsbilanz der EG erörtert, den Verfall des Dollars analysiert und gerade angefangen, über die Wirtschaftskrise in Rußland zu debattieren.« Sie schüttelte den Kopf. »Wie konntest du uns bloß mit diesem stummen Fisch hier zurücklassen?«

»Ich hab's doch nur gut gemeint«, entschuldigte er sich, »allein hättet ihr euch auf dem Kahn hoffnungslos verlaufen.«

»Na schön, sehe ich ein, aber jetzt schick deine Vicky wieder in die Heia, am besten mit einem Eisbeutel. Sie sieht wirklich etwas deformiert aus.« Wenigstens brachte Katja noch so viel Höflichkeit auf, sich in holprigem Englisch für die Betreuung zu bedanken und gute Besserung zu wünschen. Auch ich gab einige Artigkeiten von mir, und sogar Nicole raffte sich zu einem »Thank you, you were very kind« auf. Im Gegensatz zu ihrer Schwester, die, sofern sie Lust hat, ungeniert in einer fremden Sprache drauflosquasselt ohne Rücksicht auf Grammatik oder Satzbau, überlegt sich Nicole jedes Wort sorgfältig, reiht in Gedanken Silbe für Silbe aneinander bis zum kompletten Satz, und wenn sie ihn endlich fertig hat, sind ihre Gesprächspartner längst bei einem anderen Thema.

Vicky wünschte uns allen noch einen schönen Tag und zog sich zurück. Achselzuckend sah ihr Katja hinterher. »Was hast du bloß an der gefressen, Sascha?«

»Wie meinst du das? Ich kenne sie eben, genauso wie ich die anderen Tänzerinnen auch kenne.«

»Wird das auf die Dauer nicht ein bißchen zu anstrengend?«

Nun wurde er wirklich ärgerlich. »Ich will dir mal was sagen, du dummes kleines Gör, wenn du nicht endlich mit diesen albernen Anspielungen aufhörst, fliegst du vom Schiff und kannst auf dem Kai warten, bis du schwarz wirst, kapiert?«

»Aye aye, Sir, habe verstanden! Dein Liebesleben fällt in die Kategorie top secret.« Sie konnte es einfach nicht lassen.

»So, jetzt kommt mal mit, damit ich euch meine Spielwiese zeigen kann.« Wieder ging es Treppen hinauf, wir durften einen Blick in den verschwenderisch ausgestatteten Schönheitssalon werfen und in den Gymnastikraum, und dann stießen wir auf eine durchgehende Fensterfront, die einen phantastischen Blick über den ganzen Kai bot. Vor einem der Fenster stand ein Tisch von der Größe einer Pingpong-Platte. Vier Männer im Gesamtalter von etwa dreihundert Jahren bewegten sich im Schneckentempo an der Tischkante entlang, zwei mit Lupen vor den Augen, und starrten auf die Platte. Erst beim Näherkommen sahen wir, daß sie gemeinsam ein Puzzle zusammenbauten.

»Gibt's denn das?« Entgeistert beobachtete Nicki die Altherrenriege. »Die sind auf einer Weltreise, liegen in einem exotischen Hafen, haben ein tolles Panorama vor sich und nichts Gescheiteres zu tun, als mit bunten Bildchen zu spielen.«

Sascha fand das völlig normal. »Du kannst sie ja fragen, wie oft sie schon um den Globus geschippert sind. Wahrscheinlich ein dutzendmal oder mehr. Für diese reichen Knöppe ist so eine worldcruise ungefähr das gleiche wie für euch ein Wochenende am Bodensee. Geld haben sie wie Heu, Langeweile auch, andererseits kennen sie schon alles, sind überall gewesen und freuen sich diebisch, weil sie diesmal wieder Jim aus Texas und Jack aus Florida getroffen haben, die auch schon auf der vorletzten Kreuzfahrt mit von der Partie gewesen sind.«

Ein paar Schritte weiter saß ein älteres Ehepaar auf einem der vielen Sofas, Kopfhörer auf den Ohren, und hüpfte im Takt der Musik vergnügt auf den Polstern hin und her. »Die hatte ich schon auf der Liberty« — artig grüßte Sascha hinüber —, »denen gehören in Detroit zwei kleinere Bürohäuser, ungefähr dreißig Stockwerke hoch, also nicht zu vergleichen mit Mrs. X, die in London den halben Piccadilly Circus besitzt, oder genauer gesagt, die Grundstücke. Sie bucht immer gleich drei Kabinen. Eine für sich, die zweite für ihre Garderobe und die andere für ihre Gäste. Da kommen mal welche in Singapur an Bord und fahren bis Nagasaki mit, in Kapstadt baggert sie neue ein, die gehen in Rio wieder runter oder in Antigua — Zeit und Geld spielen doch keine Rolle.«

»Eigentlich wollte ich immer einen Millionär heiraten«, sagte Katja nachdenklich, »aber wenn ich das hier so sehe, finde ich die Idee gar nicht mehr so gut. Was will man denn noch vom Leben erwarten, wenn man schon alles hat, sich jeden Wunsch erfüllen kann und nichts mehr zum Wünschen übrigbleibt? Gibt es überhaupt noch etwas, worüber die sich freuen können?«

»Ja«, antwortete Sascha sofort, »wenn sie in der Boutique ihrer zweitliebsten Feindin den Seidenfummel vor der Nase wegschnappen und abends damit herumstolzieren können. — So, und das hier ist mein Tummelplatz.«

Es war ein relativ kleiner Speisesaal, den wir betraten, aber er war ja auch nur den Passagieren der First Class vorbehalten, und davon gab es wohl doch nicht so viele. Die Tische waren bereits gedeckt, und ich fragte mich im stillen, wo denn, um alles in der Welt, zwischen dem ganzen Silber und Kristall noch Platz für Teller und Schüsseln sein sollte.

»Wenn ihr wollt, kann ich euch hier abfüttern«, bot Sascha an, »ich fürchte nur, ihr würdet euch unter diesem arroganten Volk nicht sonderlich wohl fühlen.«

»Bloß nicht«, lehnte Katja gleich ab, »die kreuzen doch sicher in Taft und Seide auf, und wir hocken dazwischen wie die armen Verwandten.«

Ganz so schlimm sahen wir nun doch nicht aus, aber ich hatte auch keine Lust, auf dem Präsentierteller zu sitzen und als Gesprächsthema zu dienen. Daß wir nicht zu diesem elitären Klüngel gehörten, wäre nur zu offensichtlich gewesen.

»Wißt ihr was? Ihr geht jetzt aufs Sonnendeck«, schlug Sascha vor, »da gibt es eine Snackbar, und dort könnt ihr euch holen, was ihr wollt.«

»Geht denn das so einfach? Wir sind doch keine Passagiere.«

»Meine Güte, wir haben über tausend Gäste an Bord, da fällt doch der einzelne gar nicht auf. Außerdem steht da oben hinter dem Tresen ein Volltrottel, der würde nicht mal merken, wenn ein Schwarzer von ihm einen Hot dog haben will. Also macht euch deshalb keine Sorgen.«

Ich machte mir aber welche. »Womit soll ich denn bezahlen? Ich habe nur kenianische Shillinge und D-Mark. Dollars habe ich bisher nicht gebraucht.«

Sascha lachte. »Määm, du bist auf einem Schiff! Da zahlt man nicht, da ißt man bloß!«

Immer deutlicher wurde mir klar, daß es mir im Umgang mit dem Geldadel und dessen Ambiente an den fundamentalsten Kenntnissen fehlte.

Nicole hatte andere Probleme. »Du, Sascha, wo kann man denn hier, wenn man mal muß?«

»Na komm, ich zeig's dir, allein findest du es doch nicht.« Hätte sie auch nicht. An der Tapetentür wären wir glatt vorbeigelaufen. Auch der Waschraum war mit Veloursboden ausgelegt und — ich traute meinen Augen nicht — sogar die Kabinen mit den zum Teppich farblich abgestimmten Toiletten. Die Schmeichelspiegel, die einem immer eine so dekorative Bräune vortäuschen, wurden von rosa Lämpchen angestrahlt.

»Da könnt ihr mal wieder sehen, daß Schönheit nur eine Frage der richtigen Beleuchtung ist«, stellte Katja fest, nachdem sie sich von den reichhaltig herumstehenden Kosmetika bedient und dann im Spiegel gemustert hatte. »Fragt sich bloß, wie der Lippenstift bei Tageslicht aussieht.«

Er sah scheußlich aus!

Draußen vor der Tür trampelte Sascha ungeduldig von einem Fuß auf den anderen. »Wo bleibt ihr denn so lange? Ich dachte schon, ihr wollt da drin übernachten.«

»Ich habe schon an weniger komfortablen Plätzen gepennt«, erwiderte Nicole. »Sag mal, klaut denn niemand was von dem ganzen Zeug? Da stehen mindestens zwanzig verschiedene Lippenstifte, haufenweise Nagellack, Eau de toilette en masse, und alles bekannte Marken. Am liebsten hätte ich mir was mitgenommen.«

»Und warum haste nicht? Was fehlt, wird wieder ergänzt. No problem.«

Auf den für sanitäre Anlagen etwas unpraktischen Bodenbelag angesprochen, grinste Sascha nur. »Was glaubt ihr, wie die Waschräume aussehen, wenn wir hohen Seegang haben?«

Das wollte ich mir lieber nicht vorstellen.

Er verabschiedete uns. In zwanzig Minuten habe er

Dienstbeginn, und umziehen müsse er sich auch noch. »Kannst du denn nicht mal zwei oder drei Stunden von Bord?« Ich war enttäuscht. Irgendwie hatte ich mir unser Wiedersehen etwas anders vorgestellt, ein bißchen familiärer und in einer weniger feudalen Umgebung.

»Zwischen Lunch und Dinner«, sagte Sascha lakonisch.

»Was heißt das?«

»Ungefähr um zwei bin ich fertig und kann bis sechs runter vom Kahn. Wollen wir uns irgendwo treffen?«

Wir verabredeten uns für drei Uhr im Castle-Hotel, dem einzigen Ort in Mombasa, den wir mit Sicherheit finden würden. Es gibt niemanden in der Stadt, der dieses Überbleibsel aus der Kolonialzeit nicht kennt und einem im Bedarfsfall den Weg zeigen kann. Sascha brachte uns noch zur Treppe nach oben, dann trabte er im Dauerlauf davon.

Das Sonnendeck war die letzte Etage dieser schwimmenden Herberge, darüber gab es nur noch den Schornstein und die Rettungsboote. In der Mitte befand sich ein Pool, drumherum waren weißlackierte Liegen gruppiert, teils mit, teils ohne grillende Sonnenanbeter, und neben der Reling standen kleine, sonnenbeschirmte Tische mit jeweils drei Stühlen. Wir suchten uns den letzten aus, weil er uns einen ungehinderten Blick über das ganze Deck gestattete.

»Wo ist denn jetzt der Futtertrog?« Suchend schaute sich Katja um. »Ich sehe keine Frittenbude.«

»Ob das dieser Fahrkartenschalter da hinten ist?« Nicole zeigte auf ein Glasfenster gleich neben der Treppe, hinter dem mit gelangweilter Miene ein weißgekleideter Jüngling Zeitung las.

»Sieh doch einfach mal nach!«

»Ich trau' mich nicht.«

»Feigling!« Aber so ganz wohl war mir auch nicht in meiner Haut, als ich aufstand und scheinbar uninteressiert hinüberschlenderte. Der Jüngling sah nur kurz hoch, musterte mich oberflächlich und kam zu dem

Schluß, daß ich nichts von ihm wollte. Im Augenblick fand ich die beiden Getränkeautomaten neben seinem Würstchenstand auch viel verlockender. »Icetea« stand auf dem einen, der andere enthielt Eiswasser. Mit einem großen Pappbecher voll Tee bummelte ich zurück zum Tisch.

»Gibt's das umsonst?« Mit Argusaugen hatten mich die Zwillinge verfolgt. »Ich könnte einen ganzen Eimer voll austrinken«, sagte Katja und stiefelte los. Nicki ebenfalls. Sie pirschten sich betont gleichmütig an den Imbißstand heran und — gingen daran vorbei zu den Getränkeautomaten.

»Mir ist ja das Wasser im Mund zusammengelaufen«, seufzte Katja und setzte sich wieder, »aber ich habe einfach nicht die Courage, da hinzugehen und was zu holen. Wir haben doch gar nicht das Recht dazu.«

»Ihr seid albern!« Hatte ich mich nicht genauso albern benommen? »Wenn's Ärger gibt, kann uns immer noch Sascha rauspauken.« Meine Zuversicht war allerdings nur gespielt. Wo, um alles in der Welt, sollte ich meinen Bürgen finden? Ich wußte ja nicht mal, wie wir überhaupt von diesem Kahn wieder runterkommen würden. Trotzdem gab ich mir einen Ruck und steuerte geradewegs das Glasfenster an. »One Hamburger, please«, verlangte ich forsch, das einzige an Fast food, was ich dem Namen nach kannte. Die diversen Salate, appetitlich in großen Schüsseln angerichtet, hätten mich zwar auch gereizt, doch ich wußte weder, was Mais auf englisch heißt, noch fiel mir die Vokabel für Gurken ein. Also nahm ich mein Pappbrötchen mit der dazwischenliegenden Bulette in Empfang, griff nach einer Papierserviette und zog wieder ab.

Auf dem Weg zurück zum Tisch kamen mir die Mädchen schon entgegen. »Scheint ja zu klappen.« Bei ihnen dauerte es wesentlich länger, und als Nicole ihr Tablett abstellte, wurde mir klar, warum. Lauter Pappschälchen mit Salaten hatte sie mitgebracht, Minituben mit allen möglichen Soßen, dazu zwei Hamburger, die mindestens doppelt so groß wie meine waren.

»Ich weiß nicht, was ihr daran findet.« Ich würgte an diesem trockenen Zeug herum und bekam es nur runter, wenn ich nach jedem Bissen einen Schluck Eistee trank. »Das schmeckt doch so was von langweilig...«

Da prustete Katja los. »Man merkt, daß du noch nie bei McDonald's warst. Du kannst einen Hamburger doch nicht solo essen!« Sie klappte ihr Brötchen auseinander, und dann wußte ich, weshalb sie bei jedem Happen Maulsperre bekam. Salatblätter, Zwiebeln, Gurken, zwei Käsescheiben und ich weiß nicht mehr, was sie noch unter und über ihre Frikadelle gepackt hatte, jedenfalls sah dieser Aufbau sehr abenteuerlich aus.

»Mir hat der Knabe aber bloß dieses Wabbelbrötchen mit dem Klops in der Mitte gegeben«, beschwerte ich mich. »Wahrscheinlich ist er bei jungen Mädchen großzügiger.«

»Quatsch, den Rest nimmt man sich selber. Der Boy da hinten paßt doch bloß auf, daß ihm die Buletten nicht anbrennen.«

Außer uns, die wir schon von einigen der sonnenbadenden Passagiere mißbilligend beobachtet wurden, schien niemand Hunger zu haben. Der Fast-food-Verwalter hatte sich wieder in seine Zeitung vertieft und sah nicht mal mehr auf, als Katja zum drittenmal ihren Becher mit Eistee füllte. Er war wohl an komische Vögel gewöhnt.

Die gab es um uns herum in ausreichender Menge. Sie steckten in grellfarbenen Badehosen, über denen ein mehr oder minder ausladendes Wohlstandsbäuchlein hing, während die dazugehörigen weiblichen Partner das Gegenteil präsentierten und damit wohl dem in ihren Kreisen geltenden Schönheitsideal entsprachen: schlank und gebräunt. Gerechterweise mußte man diese Definition allerdings mit ›dürr‹ und ›verbrannt‹ übersetzen. Darüber täuschten auch die auf jugendlich geschminkten

Gesichter nicht hinweg und erst recht nicht die schweren Goldarmbänder und Brillantringe, mit denen die ohnehin schon teuren Badeanzüge noch aufgewertet wurden.

»Wehe, Määm, wann du später mal so rumläufst«, warnte Katja, während Nicki nur leise murmelte: »Wer nicht an Gespenster glaubt, war noch nie auf einem Luxusdampfer. — Können wir jetzt gehen? Ich hab' genug von dem ganzen Zirkus hier, und Sascha beneide ich überhaupt nicht mehr. Es stimmt zwar, daß er von der Welt eine Menge zu sehen kriegt, aber wenn ich mir dann wieder vorstelle, ich müßte Tag für Tag diese ganzen borniertren, übersättigten Figuren bedienen und um sie herumscharwenzeln... nee, danke.« Sie stand auf, nahm ihr Tablett, suchte einen Abfallbehälter, fand keinen, stellte alles wieder zurück auf den Tisch. »Wahrscheinlich gibt es auch dafür einen extra Müllmann.«

Sascha hatte uns gesagt, daß wir einen Lift nehmen und auf den Knopf 3 drücken müßten, danach brauchten wir nur noch den Pfeilen zu folgen und kämen zur Gangway. Den Lift fanden wir auf Anhieb, auch den richtigen Knopf, sogar die Pfeile sahen wir, nur gab es rote, die nach rechts zeigten, darunter waren grüne, während die blauen in die entgegengesetzte Richtung wiesen.

»Hat er auch die Farbe gesagt?« wollte Nicki wissen.

Katja entschied sich für Grün. »Rot ist bestimmt der Notausgang, Grün die Hoffnung.« Diesmal erwies sie sich als trügerisch, wir hätten Blau nehmen müssen, wie uns ein staubsaugender Filipino mitteilte, nachdem wir zum drittenmal an ihm vorbeigelaufen waren.

Endlich standen wir wieder auf dem Kai und kämpften uns durch das immer noch anhaltende Gewimmel zur nächsten Brücke. Der Gegenverkehr hatte zugenommen. Bepackt mit Holzfiguren jeglicher Größe, unter den Arm noch einige T-Shirts geklemmt, stolperten die überwiegend weiblichen Passagiere zurück zum Schiff. »Darling, look at this lovely giraffe, I bought it for my grandson.« Das niedliche Tierchen war einschließlich Hals ungefähr anderthalb Meter hoch und mußte ein Vermögen gekostet haben. Darling schleppte ein ähnlich voluminöses Vieh mit sich herum und erklärte seiner Begleiterin, er gedenke das Nashorn zu Hause in Miami neben seinen Pool zu stellen. Nun suche er noch ein Pendant für die gegenüberliegende Seite, habe nur noch nichts Passendes gefunden.

Im Vorbeigehen warfen wir einen Blick auf die Souvenirstände. Normalerweise gibt es keine festen Preise, es wird gehandelt, eine sehr zeitraubende Prozedur, und am längsten dauert sie, wenn man um die letzten zehn Shillinge feilscht. Jetzt allerdings war jedes einzelne Stück mit einem Preisschild versehen, und zwar ausschließlich in amerikanischer Währung. Am erstaunlichsten fand ich die Tatsache, daß diese Phantasiepreise von den Käufern anstandslos bezahlt wurden.

Überhaupt schien während der letzten Stunden in ganz Mombasa eine Inflation ausgebrochen zu sein. Als wir eins der am Ende des Kais aufgereihten Taxis besteigen wollten, verlangte der Fahrer zwanzig Dollar. Pro Person.

»Junge, du hast ja 'n Rad ab!« schrie Katja empört. »We are no passengers, we only visited the ship.«

Es war ihm egal, ob wir Passagiere oder nur Besucher waren, er hatte uns vom Schiff kommen sehen, also gehörten wir irgendwie dazu und hatten die Taschen voller Geld. Mein Argument, wir hätten am Vormittag für die gleiche Strecke lediglich achtzig Shilling bezahlt, akzeptierte er nicht. »You are rich people, I'm a poor man, because I have six children.«

»So siehste auch gerade aus! Du bist doch höchstens zweiundzwanzig! Erzähl deine Märchen der Parkuhr!« Wütend knallte Katja die Wagentür zu. »Komm, Määm, wir versuchen es bei einem anderen.«

Der wollte nur fünfzig Dollar haben. Der dritte verlangte siebzig, ging auf fünfundsechzig herunter, und als wir bei sechzig angekommen waren, bezeichnete er uns als Halsabschneider und kurbelte die Fensterscheibe wieder hoch.

»Ich fürchte, wir werden laufen müssen.« Ein Geizhals bin ich wirklich nicht, doch diese Mondpreise gingen mir denn doch über die Hutschnur. Wenn die Amis sie bezahlten, war das ihre Sache, bei mir jedenfalls waren diese schwarzen Geier an der falschen Adresse.

»Bis drei Uhr werden wir es zum Castle-Hotel gerade schaffen können«, stöhnte Nicki eingedenk der Strecke, die uns am Morgen schon endlos vorgekommen war. »Weißt du wenigstens, wo es langgeht?«

Darüber brauchten wir uns nicht den Kopf zu zerbrechen. Kaum ein paar hundert Meter hatten wir zurückgelegt, als neben uns ein Taxi hielt. Heraus guckte der immer noch mürrisch vor sich hin brummende Fahrer mit den angeblich sechs Kindern. »Twohundred shillings?«

»Onehundred and no shilling more!« sagte Katja sofort. Erst zögerte er noch, dann war er einverstanden.

»Siehste, du mußt bloß konsequent sein.« Erleichtert kletterte sie in den Wagen. »Dem ist der deutsche Spatz in der Hand auch lieber als die Dollartaube auf dem Dach.«

Ausnahmsweise war Sascha pünktlich, ein bei ihm äußerst seltenes Phänomen. Dabei hatten wir uns schon auf eine längere Wartezeit eingerichtet und nuckelten betont langsam an unserer Cola (Gläser hatten wir nicht, die gibt es nur auf Verlangen, aber wenigstens Strohhalme bekommt man), denn sogar in den Restaurants hatten sich die Preise inzwischen verdoppelt. Kurz nach drei hielt ein Taxi neben dem Eingang, und heraus quollen fünf junge Männer, einer länger als der andere.

Nicole staunte. »Die müssen quer gelegen haben.«

Als letzter krabbelte Sascha aus dem Wagen, warf dem Fahrer lässig einen Geldschein durchs Fenster, verabschiedete seine Kumpane und kam fröhlich winkend heran. »Da, Määm, ich habe dir etwas mitgebracht.« Unter seinem T-Shirt zog er eine Stange amerikanischer Zigaretten hervor. »Ich kenne doch das Kraut hier. Keine Ahnung, was die in ihre Zigaretten stopfen, Tabak ist es jedenfalls nicht.«

Den Verdacht hatte ich allerdings auch. Mein Vorrat aus dem Duty-free-Shop war schon vor Tagen zu Ende gegangen, und so hatte ich auf die kenianischen Erzeugnisse umsteigen müssen. Die Zwillinge hatten mir im Zimmer bereits Rauchverbot erteilt, weil »das Zeug wie verkohlte Matratze stinkt«, im übrigen auch so ähnlich schmeckt, doch ausländische Marken waren unverschämt teuer. Ich war schon auf dem besten Wege gewesen, mir die Qualmerei ganz abzugewöhnen. Genaugenommen ist es Saschas Schuld, wenn ich dieses Laster noch immer nicht losgeworden bin.

»Kommt, laßt uns ein bißchen bummeln«, meinte er nach einem Rundblick über die Terrasse, »hier sitzt die halbe Crew, und der Rest sind Passagiere. Ich bin froh, wenn ich die mal eine Weile nicht sehe.«

Ohnehin schien seine Begeisterung für die christliche Seefahrt erheblich nachgelassen zu haben. »Wenn ich noch lange auf dem Kahn bleibe, werde ich entweder zum Alkoholiker oder rauschgiftsüchtig. Es wird Zeit, daß ich wieder Umgang mit normalen Menschen kriege.«

Bisher sah er ja noch ganz gesund aus, ein bißchen übermüdet vielleicht und ein bißchen *zu* schlank, aber suchtkrank wirkte er eigentlich nicht.

»Warum hast du Vicky nicht mitgebracht?« stichelte Katja.

»Erstens hat sie noch immer eine dicke Backe, und zweitens — warum sollte ich?« Eine Kleinigkeit wollte er ihr jedoch mitbringen, quasi als Dank für die Betreuung während seiner Lifeboatübung.

»Na, so fürchterlich abgestrampelt hat sie sich nun auch wieder nicht«, bemerkte Katja halblaut, machte unter Saschas drohendem Blick aber schnell wieder den Mund zu.

Wir klapperten mehrere Geschäfte ab, deren Personalbestand in Erwartung des Käuferansturms aufgestockt worden war, sahen aber nichts, was Saschas Vorstellungen entsprochen hätte. »Ich brauche was in Pink.«

»Darf's etwas Teureres sein?« Der hinterhältige Ton in Nickis Stimme war nicht zu überhören. »Nimm doch den Opalring, der ist rosa.«

Aus erzieherischen Gründen verkneife ich mir Saschas Kommentar, er mußte das Vokabular in einer Hafenspelunke aufgeschnappt haben. Wir fanden aber doch noch ein pinkfarbenes T-Shirt mit einer Elefantenparade vorne drauf, Sascha wollte bezahlen, griff in die Gesäßtasche seiner Jeans und — zog die Hand leer wieder heraus.

Diesmal fluchte er vorsichtshalber auf englisch.

Wann und wo man ihn bestohlen hatte, war nicht mehr festzustellen. »Im Castle jedenfalls nicht, da hatte ich das Geld noch in der Hand, weil ich das Taxi gelöhnt hatte. Muß jetzt unterwegs passiert sein.«

»War es denn viel?«

»Ungefähr fünfzig Dollar. Die kann ich verschmerzen, mich ärgert bloß, daß es mir jemand so einfach aus der Tasche ziehen konnte. Nicht mal in Rio ist mir das passiert, und da klauen sie einem die Schnürsenkel aus den Schuhen, wenn man nicht aufpaßt. Kannst du mir ein paar Shillinge pumpen, Määm?«

Nach beendetem Rundgang durch die vier Hauptstraßen Mombasas landeten wir wieder im Castle-Hotel. Man kommt einfach nicht daran vorbei. Außerdem ist es der einzige Ort, an dem man draußen und trotzdem im Schatten sitzen kann. Sofern man einen Platz findet. Trotz Saschas Protest steuerte ich einen Tisch an, der bereits zur Hälfte von Amerikanern besetzt war, ausnahmslos weiblichen Geschlechts.

»Die sind auch vom Schiff«, stöhnte er, »ich hab' dir doch gesagt, daß sie wie die Heuschrecken über die Stadt hergefallen sind.«

»Wenigstens haben sie sie nicht kahlgefressen, sondern nur leergekauft«, sagte Nicki, auf den Berg von Tüten deutend, mit denen die noch freien Stühle belegt waren. »Frag mal, ob sie die nicht freundlicherweise wegnehmen können.«

»Oh, Sascha, it's good that I met you. Can you please help me carry my shopping back to the ship?«

Er schenkte der kanariengelben Dame mit dem lila Sonnenhut ein zähneknirschendes Lächeln und nickte zustimmend. »Jetzt haben wir den Salat«, flüsterte er mir zu, »die werde ich nicht mehr los, und nachher darf ich ihr den ganzen Kram auch noch zurück auf den Kahn schleppen.«

»Sag doch einfach, du hast heute frei.«

»Denkste. Die sitzt doch bei mir im Queens Grill. Stinkreiche Witwe, hat die Penthouse-Suite gebucht. Wenn ich die jetzt kalt abfahren lasse, kriege ich spätestens morgen vom Head-Steward eins aufs Dach. Scheiß Job!«

»Would you like something to drink, Sascha?« Wir anderen wurden von dem weiblichen Triumvirat gar nicht zur Kenntnis genommen.

»Lemon-juice, please«, sagte mein Sohn, bevor er sich einen Ruck gab und uns der Reihe nach ansah. »Ich glaube, wir verabschieden uns lieber. Reden können wir doch nicht mehr.«

Irrte ich mich, oder sah er wirklich ein bißchen traurig aus? Mir steckte ja auch ein Kloß im Hals, der einfach nicht runterrutschen wollte, obwohl ich die Gleichmütige zu spielen versuchte. Ich wußte ja, daß Sascha nichts mehr verabscheut als Erbsensuppe und Abschiedsszenen, deshalb kam seine liebevolle Umarmung auch völlig überraschend. »Mach's gut, Määm, es war schön, daß ihr gekommen seid. Grüß die anderen zu Hause, und sag ihnen, ich komme auch bald zurück.« Nicole bekam einen Kuß auf die Wange, und sogar Katja kriegte einen zärtlichen Nasenstüber.

Im Weggehen hörten wir Kanariengelb erstaunt fragen: »Who were those people?«

Als wir am nächsten Abend unseren Verdauungsspaziergang am Strand entlang unternahmen, sahen wir in der Ferne ein hellerleuchtetes Schiff hinter dem Horizont verschwinden. »Gute Fahrt, Sascha«, sagte ich ganz leise, doch Katja hatte es trotzdem gehört.

»Nu werd bloß nicht tränenklüterig, Mami, der geht schon nicht unter. Ein richtiger Mann wächst mit den Gefahren, die er hinter sich hat.«

5

Urlaub im Februar ist herrlich, solange man weg ist. Kommt man aus tropischen Gefilden zurück in den europäischen Winter und sieht schon am Flugplatz außer einer milchigen Sonne nur kahle Bäume und Schneematsch auf den Straßen, sinkt die Stimmung auf den Nullpunkt. Man kann ja nicht mal mit seiner Prestigebräune renommieren, weil sie niemand sieht. Wintersportler sind nämlich auch braungebrannt, nur hört bei ihnen der begehrte Farbton am zweiten Halswirbel auf. Bei uns fing er da aber erst richtig an.

»Morgen gehe ich im T-Shirt zur Schule«, hatte Nicki gesagt und war mittags bibbernd wieder nach Hause gekommen.

»Heute abend sollten wir mal ins Hallenbad gehen«, hatte Katja vorgeschlagen. »Hast du die Bikinis schon gewaschen, Määm?«

Das Hallenbad war wegen Umbauarbeiten geschlossen. »Schwimmen ist von halbem Wert, hat man das Becken ausgeleert«, kalauerte sie. »Wo kann ich denn jetzt noch meinen sportlich gestählten, makellos gebräunten Körper vorführen?«

»Im Sportunterricht«, sagte Nicki.

Trotzdem gewöhnten sich die Zwillinge viel schneller an den Alltagstrott als ich. Sie mußten ja auch nicht drei Koffer voll Sommergarderobe waschen und bügeln, und als ich endlich damit fertig war, kam der vierte hinzu, denn Rolfs Kuraufenthalt war ebenfalls zu Ende. Er sah besser erholt aus als ich.

»Komisch, daß man die Leute, die gerade aus dem Urlaub kommen, immer gleich erkennt. Du siehst aus, als hättest du dringend einen nötig«, stellte er kopfschüttelnd fest, bevor er mit dem Vierwochenstapel Post in Richtung Arbeitszimmer verschwand. »Ach ja, wenn eine Frau Schwarzenbach anruft, denk dir nichts dabei. Ich soll ihr lediglich einen Prospekt für ihr Antiquitätengeschäft machen.«

Ich dachte mir aber doch etwas. »Wo wohnt die Dame? Im Schwarzwald?«

»Nein, in Dortmund.«

»Ach. Da wirst du ja dann sicherlich hinfahren müssen?«

»Natürlich muß ich hinfahren. Wie soll ich denn einen Prospekt entwerfen, wenn ich den Laden nicht gesehen habe?« sagte mein Ehemann, der vor dem Standesbeamten ewige Treue und noch einiges gelobt hatte. Manches hatte er sowieso schon vergessen, denn hat man erst einmal die Silberhochzeit hinter sich, entwickelt das Feuer der Liebe in der Regel mehr Rauch als Hitze. Momentan schien es gewaltig zu qualmen. Ehe es sich jedoch zu einem möglichen Flächenbrand auswuchs, überstürzten sich die Ereignisse.

Sie begannen mit Saschas erstem Anruf, als er mir seine Verlobung mitteilte.

»Wahrscheinlich hat er Vicky doch einen Ring gekauft, die sollen ja in Hongkong so billig sein«, vermutete Katja, »und nun bildet sie sich ein, es sei einer für die Ewigkeit.«

Ähnlicher Ansicht war Nicole. »Ich hab' Sascha immer für halbwegs intelligent gehalten, deshalb glaube ich auch nicht, daß er sich ausgerechnet von so einer Tanzmieze einfangen läßt. Dazu ist er doch viel zu clever.«

»Habt ihr schon mal daran gedacht, daß es ja auch eine ganz andere sein könnte?« gab Katja zu bedenken. »Obwohl... also rein optisch betrachtet, würde Vicky ja gut zu ihm passen. Neben der sehen wir alle aus wie graue Mäuse.«

Trotzdem einigten wir uns darauf, daß die ganze Angelegenheit wohl nur auf einem Mißverständnis meinerseits beruhen müsse. Außerdem hatten die Zwillinge andere Sorgen. Das mündliche Abitur stand bevor, eine Tatsache, die sie nach den schriftlichen Arbeiten völlig verdrängt hatten. »Da fällt nie einer durch«, hatte Katja gesagt und erst auf väterliches Drängen ein paar Schulbücher mit in den Urlaubskoffer gepackt. Den *Faust* hatte sie sogar täglich mit an den Strand genommen, allerdings nie hineingesehen, nachdem Nicole ihr davon abgeraten hatte. »Die reden da drin wie aus der Dose.«

Und so etwas sollte nun zur Reifeprüfung antreten!

Zwei Tage lang zitterte ich wieder mehr als die Mädchen, dann war auch das überstanden. Am Rückfenster der Ente prangte unübersehbar das Schild »Abi 88«, und in der Abiturzeitung konnte ich später nachlesen, mit welch phänomenalen Kenntnissen meine Töchter in die Zoologie-Prüfung gegangen waren.

Katja auf die Frage, was Frösche im Winter machen: »Na, sie frieren!«

Nicole, mit dem Thema Säugetiere konfrontiert und aufgefordert, den Begriff erst einmal zu definieren: »Sie haben ein festes Skelett... äh, sind meistens haarig... äh... und geben Milch.« Antwort das Prüfers: »Nach Ihren Kriterien könnte es sich auch um eine Kokosnuß handeln!«

Schulbildung ist eben nicht nur kostenlos, sondern oft auch umsonst! Trotzdem hatten sich die Zwillinge entschlossen, Grundschullehrerinnen zu werden.

Für mich kam das völlig überraschend. »Ich denke, Katja, du willst Touristik studieren?«

Verächtlich winkte sie ab. »Kannste total abhaken! Dazu braucht man einen Abi-Durchschnitt von 1,4.«

»Dabei hat sie sogar das Doppelte geschafft«, spottete ihre Schwester.

»Was Besseres als Lehrerin gibt es doch gar nicht. Du hast einen gutbezahlten Halbtagsjob, jede Menge Ferien und brauchst dich nicht mal um deine Altersversorgung zu kümmern. Der einzige Nachteil ist, daß man schon so früh morgens in Hochform sein muß.«

»Bei den Kleinen kann man ja auch noch etwas bewirken«, zählte Nicki weitere Vorteile auf, »die lassen sich nämlich noch motivieren. Wenn sie erst mal aufs Gymnasium kommen, sind sie schon versaut. Wir waren ja selber lange genug bei dem Verein, da kriegste als Lehrer mit Vierzig entweder den ersten Herzinfarkt oder landest für ein paar Monate in der Psychiatrie. Nee, wenn schon Pauker, dann nur Grundschule.«

Überzeugt war ich noch immer nicht. »Schon mal was von Lehrerschwemme gehört?«

»Ist kein Thema mehr«, beharrte Katja. »Bis wir in vier Jahren fertig sind, zieht die pädagogische Nachkriegsgeneration aufs Altenteil, das ist statistisch erwiesen. Und dann denk mal an die vielen Auswanderer, Asylanten und Flüchtlinge, die haben oder kriegen auch alle Kinder. Ich weiß bloß noch nicht, ob ich nun einen Türkischkurs belegen oder besser Arabisch lernen soll. Russisch wäre vielleicht auch nicht schlecht.«

Mir kamen diese ganzen Zukunftspläne noch reichlich unausgegoren vor. »Ihr habt doch überhaupt keine Erfahrungen mit Kindern. Woher wollt ihr also wissen, ob ihr pädagogische Fähigkeiten besitzt?«

»Das werden wir in den Ferien ausprobieren. Wir haben uns nämlich als Betreuer in einem Sommercamp am Bodensee gemeldet.«

Davon wußte ich auch noch nichts. Etwas verblüfft stellte ich fest, daß meine Nesthäkchen flügge wurden und weiterreichende Entscheidungen nun selber trafen.

»Sollten wir mit den Kids nicht klarkommen, müssen wir uns ein anderes Studienfach suchen. Doch ich glaub' schon, daß es hinhaut«, meinte Katja optimistisch, »schließlich habe ich oft genug Babysitter bei Vandammes gespielt.«

»Mit drei Vorschulbalgen fertig zu werden, ist etwas anderes, als zwei Dutzend Sechsjährigen Lesen und Schreiben beizubringen«, warf Rolf ein, der die Debatte bisher schweigend verfolgt hatte.

»Stimmt, aber dafür brauchst du denen keine Pampers mehr zu wechseln oder Grießbrei aus dem Ärmel zu holen. Und aufs Klo gehen sie auch schon alleine. Ich möchte überhaupt mal wissen, weshalb es *Babysitting* heißt, wenn man dabei doch ständig auf Trab ist.«

Nicki fiel auch noch ein Argument ein. »Frau Dr. Müller hat gesagt, der Lehrerberuf sei einer der wenigen, bei denen man nicht in der Routine erstickt.«

»Da könnte sie recht haben«, bestätigte Rolf, »der Einfallsreichtum von Kindern ist unerschöpflich. Wer ist Frau Dr. Müller? Auch eine Lehrerin?«

»Nee, die Tante von der Studienberatung.«

»Also schön, macht, was ihr wollt«, beendete er die Diskussion, »heutzutage hilft Gott denen, die sich selber helfen, und die Regierung den anderen. Von mir aus könnt ihr ruhig Beamte werden.«

Nachdem die fernere Zukunft der Zwillinge geklärt war, wurde ich mit der unmittelbaren meines Zweitgeborenen konfrontiert. Er wünschte, daß ich seine Geburtsurkunde nach England schicke.

»Der will doch nicht etwa *heiraten?*« Mit spitzen Fingern faltete Nicole den Zettel auseinander, auf dem ich die telefonisch durchgegebene Adresse notiert hatte. »Da steht ja gar nicht Vicky drauf, sondern Janet«, staunte sie, »also hat er doch eine andere! Und die heiratet er gleich?«

»Vielleicht *muß* er«, sagte Katja lakonisch. »Es soll Leute geben, die noch nie was von der Pille gehört haben.«

»Dann würden wir ja Tanten werden...« Eine Vorstellung, die Nicki gar nicht zu behagen schien, denn sie erklärte kategorisch: »*Ich* fahre das Gör bestimmt nicht spazieren, sonst denkt alle Welt noch, es sei meins!«

»Und du wirst Oma!« jubelte Katja.

Mit dieser Aussicht würde ich mich erst einmal anfreunden müssen. Andererseits... »Dann brauche ich wenigstens nicht mehr auf meine Figur zu achten! Wen stört es schon, wenn Großmütter rundlich werden?«

Aus dem Hintergrund kam Protest: »Großväter!« Mit dem Telefonbuch unterm Arm kam Rolf aus dem Wohnzimmer, legte es auf den Küchentisch und begann zu blättern.

»Mußt du das ausgerechnet hier machen?« Ich räumte die Eierschalen zur Seite, zog das Brotmesser weg und die Marmeladendose und schob die Kaffeemaschine nach hinten. »Was suchst du überhaupt?«

»Namen für seinen Enkel«, feixte Katja.

»Quatsch! Die Nummer von der Druckerei. Im Wohnzimmer ist es einfach zu dunkel. Wir müssen wirklich mal die Birken ein bißchen kappen.«

Das hatte ich schon seit drei Jahren vor. Immerhin haben wir fünf ausgewachsene Prachtexemplare im Garten stehen. Botaniker behaupten, ein so großer Baum habe rund eine halbe Million Blätter, doch die müssen sich irren. Ich jedenfalls harke in jedem Herbst schätzungsweise 9,7 Millionen zusammen.

Rolf stand neben dem Fenster, hielt das Telefonbuch mit ausgestreckten Armen von sich, dann dicht vor die Nase, dann wieder weit weg, bis Katja es ihm aus der Hand nahm. »Gib mal her, Paps, du liest, als würdest du Posaune spielen. Wie heißt denn die Druckerei?«

Eine Zeitlang hörten wir nichts von Sascha, dann klingelte abends das Telefon, und eine sehr muntere Stimme teilte mir mit, daß mal wieder ein Flughafentransfer erwünscht sei. »Kann mich jemand übermorgen um zehn abholen?«

»Morgens oder abends?«
»Morgens natürlich. Ich brauche ja nur eine Stunde.«
»Nanu? Wo steckst du denn?«
»In Portsmouth.«
Soviel ich wußte, liegt das in England. Aber die Geburtsurkunde hatte ich doch an einen ganz anderen Ort schicken müssen? »Was machst du in Portsmouth?«
»Meine künftige Verwandtschaft kennenlernen.«
»Wie bitte?«
Er wurde ungeduldig. »Nun tu doch nicht so überrascht. Wir wollen am 4. Juni heiraten, da ist es doch wohl logisch, daß ich mich mal der neuen Sippe präsentiere. Janet ist übrigens ein Pfundskerl.«
»Janet???«
»Meine Schwiegermutter.«
Jetzt mußte ich mich doch erst einmal hinsetzen. Janet war also nicht die Auserwählte, sondern deren Mutter. Und die lebte offenbar in Portsmouth. Aber wer, zum Kuckuck, wohnte dann in Southsea? Noch eine Janet?
»Bist du noch dran, Määm?«
»Ja. Wen heiratest du überhaupt?«
»Dämliche Frage. Vicky natürlich. Ihr habt sie ja auf dem Schiff kennengelernt.«
Also doch! »Wie entgegenkommend, daß du mir diese Neuigkeit schon so früh mitteilst. Da haben wir doch tatsächlich noch drei Wochen Zeit für die Vorbereitungen. Wie stellst du dir das eigentlich vor? Ich kann doch nicht bis dahin eine Hochzeit organisieren.«
»Wieso du?« kam es erstaunt zurück, »Wir heiraten natürlich hier. Das einzige, was ihr braucht, sind Flugtickets. — Also dann, tschüß, bis übermorgen.«
»Ja, Wiedersehen«, sagte ich verdattert, doch er hatte schon aufgelegt. Jetzt benötigte ich dringend etwas Hochprozentiges. Unter den mißtrauischen Blicken der Zwillinge goß ich mir einen doppelten Whisky ein. »Das war Sascha. Am 4. Juni heiratet er Vicky. Wir sind alle herzlich eingeladen.«

Schweigen. Dann platzte Katja heraus: »Dieser Trottel! Da sieht man's mal wieder, Liebe ist der Triumph der Phantasie über den Verstand. Der wird sich noch umgucken!«

»Wie soll denn eigentlich die ganze Sache ablaufen?« fragte ich meinen Sohn, nachdem wir drei Dutzend Fotos von Vicky bewundert hatten, die er in Ermangelung der echten Braut mitgebracht hatte. Die eine Hälfte unserer Familie hatte sie ja noch gar nicht zu Gesicht bekommen.

»Hat sie außer ihrem fotogenen Äußeren denn noch andere Qualitäten? Kann sie kochen?« wollte Steffi wissen, eingedenk ihrer noch immer unzulänglichen Versuche, etwas Genießbares auf den Tisch zu bringen.

»Ausgerechnet *du* mußt danach fragen«, konterte der Bräutigam sofort, »du läßt ja sogar noch das Kochbuch anbrennen. Oder weshalb sonst hat dein Horst dich noch nicht geheiratet?«

Steffis Frage war damit beantwortet. Vicky konnte nicht kochen. »Hat sie überhaupt eine Ahnung vom Haushalt?« forschte ich vorsichtig. Sascha hatte beiläufig erwähnt, daß seine zukünftige Frau nach Absolvierung des Tanz-Colleges bereits ihr erstes Engagement bekommen und seitdem schon überall auf der Welt gearbeitet habe.

»Weiß ich nicht. Zu Hause ist sie immer nur ein paar Tage lang gewesen.«

Auch die zweite Frage war geklärt. Vicky konnte zwar die Rolle rückwärts, würde aber schon Probleme beim Aufziehen einer Klopapierrolle bekommen, einer Tätigkeit, zu der aus unerfindlichen Gründen kein Mann in der Lage ist. Oder weshalb sonst muß ich die neu angebrochenen, meist schon leicht durchfeuchteten Rollen immer wieder aus dem Waschbecken fischen und aufhängen, nachdem ich die leere Papphröhre erst mal vom Fußboden aufgesammelt habe?

Jetzt meldete sich Sven zu Wort. »Ihr müßt das nicht so eng sehen. Sascha ist doch der perfekte Hausmann! Bettenmachen und Putzen hat er beim Bund gelernt, Kochen ist sein Hobby, zum Wäschewaschen gibt's 'ne Maschine, und seine Autofenster hat er auch immer selber gewienert. Was Besseres kann sich seine Vicky doch gar nicht wünschen.«

»Idiot!« knurrte Sascha.

»Lassen wir dieses Thema erst mal beiseite«, sagte Rolf, der immer noch mit gespitzten Lippen die Fotos betrachtete. Seine Schwiegertochter gefiel ihm ausnehmend gut. »Wo wollt ihr überhaupt wohnen? In England?«

»Hier natürlich. Drüben verdiene ich nicht genug. In England ist Restaurantfachmann kein anerkannter Beruf, sondern ein Gelegenheitsjob. Weshalb sonst reißen die sich auf der QE II um deutsche Stewards?«

»Und ich dachte, ihr geht wieder zurück aufs Schiff.« Allmählich kam mir die ganze Sache reichlich suspekt vor. Offenbar wollte das junge Paar richtig seßhaft werden, hatte jedoch keine Wohnung, ganz zu schweigen von einer neuen Stellung, die Sascha ja wohl brauchte, um nicht nur sich, sondern von nun an auch seine Frau zu ernähren. »Weshalb, um alles in der Welt, mußt du denn gleich heiraten? Ihr könnt doch erst mal nur zusammenziehen.«

»Was heißt gleich?« brauste er auf. »Wir kennen uns seit anderthalb Jahren, das dürfte doch wohl genügen. Schließlich wollen wir auch mal Kinder haben.«

Na also, ich hatte es doch geahnt! »Etwa noch in diesem Jahr?«

Besonders taktvoll muß meine Frage nicht gerade gewesen sein, denn er raffte wütend seine Fotokollektion zusammen und stand auf. »Ich heirate nicht, weil ich muß, sondern weil ich will. Und wenn euch das nicht paßt, kann ich es auch nicht ändern!« Rrrums.

»Die Tür ist zu!« Steffi rückte das Aquarell wieder zurecht, das bei Saschas nachhaltigem Abgang etwas in Schieflage gekommen war, und meinte beruhigend: »Leute, keep cool and get lässig. Nicht jedes Luftschloß ist auf Sand gebaut. Sascha weiß zwar noch nicht, wo es langgeht — das aber ganz genau.«

Seine Euphorie bekam den ersten Dämpfer, als er sich mit mehreren Maklern in Verbindung setzte. In welchem Jahrzehnt er denn lebe, wurde er gefragt, für maximal sechshundert Mark Miete könne er bestenfalls ein Einzimmerapartment erwarten, und für achtzig Quadratmeter müsse er mindestens das Doppelte hinblättern.

»Dafür kriege ich in Kapstadt ein ganzes Haus, sogar mit Swimmingpool«, sagte er verblüfft.

»Dann ziehen Sie doch nach Kapstadt«, empfahl der Makler, versprach jedoch, sich umzuhören, und meldete sich nie wieder. Auch von den anderen Herren hörten wir nichts mehr, nachdem sie hatten einsehen müssen, daß Sascha weder an einem Penthouse (1800 DM) noch an einer Maisonette (1600 DM) interessiert war. Um seinen Frust abzubauen, flog er ein paar Tage nach England in der Hoffnung, zwischenzeitlich würde ein Wunder geschehen. Es geschah natürlich keins, obwohl ich alle mir bekannten einflußreichen Personen einschließlich des Herrn vom städtischen Bauhof und der größten Klatschbase des Ortes um Hilfe gebeten hatte.

Dabei lief bereits der Countdown. Noch zehn Tage bis zur Hochzeit!

Sven hatte sich schon ausgeklinkt. »Am Samstag geht mein Flieger. Das Hotel auf Kreta ist seit März gebucht, der Urlaub eingereicht — soll ich den vielleicht wegen der blöden Heirat sausenlassen? Kommt nicht in Frage. Das wird bestimmt nicht die letzte Hochzeit in dieser Familie sein. Ich werde also noch öfter das zweifelhafte Vergnügen haben, heulenden Müttern mein Taschentuch zu reichen. Außerdem besitze ich gar keinen dunklen Anzug.«

Womit er ein Thema angeschnitten hatte, dem die Zwillinge bereits mehrere schlaflose Nächte zu verdanken hatten.

»Wenn Vicky glaubt, daß ich mich in so einen pfirsichfarbenen Brautjungfernfummel wickle, hat sie sich aber geschnitten«, erklärte Katja rundheraus, »die Farbe steht mir nämlich nicht.«

»Wir sind nicht bei Königs«, hatte Sascha ihre Befürchtungen zerstreut, »Brautjungfern brauchen wir nicht. Vickys Patenkind streut Blumen, das genügt.«

»Also können wir anziehen, was wir wollen?«

»Ja, sofern es nicht gerade dein Biene-Maja-Aufzug ist.«

Zu irgendeinem Schulfest hatte sich Katja eine Kombination zugelegt, die aus einer schwarzen wadenlangen Hose bestanden hatte sowie einem quergestreiften gelbschwarzen Oberteil. Es hatte grauenvoll ausgesehen, und meines Wissens hat sie es nach jenem Abend auch nie wieder getragen.

Einen erfolglosen Streifzug durch Heilbronns einschlägige Geschäfte hatten wir schon hinter uns, die nächste Station hieß Mannheim. Ich hasse es, gezielt etwas kaufen zu müssen, weil ich dann grundsätzlich nichts Vernünftiges finde. Vor vier Jahren nun war Großgeblümtes en vogue, und so wurde ich in alle möglichen Farbschattierungen gesteckt, angefangen bei violetten Orchideen mit altrosa Schleierkraut bis zu — der Clou der botanischen Kreationen! — weißen Seerosen auf hellgrünem Untergrund. Irgendwie erinnerten mich diese ganzen Kleider an die Sofakissen meiner Großmutter. »Ihr müßt doch zugeben, daß ich in diesen Gewändern ausgesprochen lächerlich aussehe«, wandte ich mich an die verstohlen kichernden Zwillinge, »ich kann so was einfach nicht tragen!«

»Aber Mami«, versicherte Nicole mit mühsam unterdrücktem Lachen, »weißt du denn nicht, daß lächerlich aussehen in diesem Jahr Mode ist?«

Mehr durch Zufall als durch gezieltes Suchen fand ich

ein Jackenkleid, das sogar im Preis heruntergesetzt war, weil es sich um ein Vorjahresmodell handelte.

»Aber gnädige Frau«, sagte die Verkäuferin erschrocken, »zu einer Hochzeit sollten Sie wirklich etwas tragen, das dem jetzigen Modetrend entspricht.«

»Na schön, dann zeigen Sie mir noch eine Blümchenbluse.«

Bei den Mädchen war die Sache wesentlich einfacher. Nicole entschied sich für etwas beinahe Schulterfreies mit Bolerojäckchen (»aber bloß in der Kirche!«), und Katja verliebte sich in ein hochgeschlossenes weißes Kleid mit dezentem Rückenausschnitt. Zu Hause machte uns Sascha darauf aufmerksam, daß jungfräuliches Weiß eigentlich nur der Braut zustehe. »Das könnte eventuell zu Verwechslungen führen.«

»Jungfräuliches Weiß! Du gestattest doch, daß ich mal kurz lache. Wie lange, sagtest du, hast du mit Vicky eine Kabine geteilt?« Doch sie erklärte sich bereit, die beanstandete Kreation durch einen roten Gürtel, rote Ohrringe und ein entsprechend farbiges Band im Pferdeschwanz zu neutralisieren.

Noch eine Woche bis zur Hochzeit!

Telefonisch orderte Sascha einen Kleintransporter. Zusammen mit Steffi, die davon noch gar nichts ahnte, wollte er auf dem Landweg nach England fahren, um Vickys Habseligkeiten und nicht zuletzt die zu erwartenden Hochzeitsgeschenke abtransportieren zu können. »Wenn wir zu zweit sind und uns am Steuer ablösen, schaffen wir das in gut einem Tag.«

»Und zurück?«

»Kein Problem. Vicky fliegt mit euch, und wir fahren wieder Route nationale.«

Nicht nur die Zwillinge hatten darauf bestanden, daß unser Aufenthalt in merry old England ein paar Tage länger dauern sollte, als man gemeinhin für eine Hochzeit veranschlagt. Sie wollten London sehen (ich auch), wollten in einem richtigen Pub ein richtiges Glas Ale trinken (ich auch), wollten zum Buckingham-Palast (ich nicht) und in Soho chinesisch essen (ich auch). Sogar Sascha hatte gemeint, daß wir ruhig drei oder vier Tage dranhängen sollten. »Ich kenne London jetzt schon wie meine Westentasche, ihr könnt euch also getrost mir anvertrauen.«

Nächtigen würden wir in einem Bed-and-Breakfast-House, also einer dieser Familienpensionen, die es nach seiner Behauptung an so ziemlich jeder Straßenecke geben sollte. »Vicky hat die am nächsten gelegene ausgesucht, keine fünf Minuten von Janets Haus entfernt. Ihr könnt bequem zu Fuß gehen.«

»Apropos gehen. Wer holt uns eigentlich vom Flugplatz ab? Oder müssen wir von da auch laufen?«

»Ja, weißt du«, begann mein Sohn etwas zögernd, »das ist noch nicht ganz geklärt. Leigh und Grant arbeiten ja noch, und Gaynor hat genug mit den letzten Vorbereitungen zu tun. Janet fällt sowieso aus, die hat keinen Führerschein.«

Zwangsläufig hatte ich mich ein bißchen mit den Familienverhältnissen meiner künftigen Schwiegertochter vertraut machen müssen, wußte also, daß Grant der ältere Bruder von Vicky war und Gaynor ihre Schwester, verheiratet mit einem Leigh. Einen Vater gab es nicht mehr.

»Irgendwie kriegen wir das schon auf die Reihe«, beruhigte mich Sascha, »abgeholt werdet ihr auf jeden Fall.«

Noch fünf Tage bis zur Hochzeit!

»Am 10. Juni müssen wir unbedingt zurück sein«, informierte mich Katja, »da haben wir nämlich Abi-Feier.«

»Bis dahin werden wir vom englischen Essen sowieso die Nase voll haben und froh sein, wenn Mami wieder kocht«, prophezeite Nicole. »Was meint ihr, müssen wir Vicky zur Abschlußfeier mitnehmen?«

»Selbstverständlich. Dann ist sie vollwertiges Familienmitglied, also nicht nur berechtigt, sondern sogar verpflichtet, an offiziellen Veranstaltungen teilzunehmen«, sagte ich salbungsvoll.

»Na ja, vielleicht hat Sascha gar keine Lust dazu, der hat sich doch um so was immer rumgedrückt.« Klang Katjas Stimme nicht ein bißchen zu hoffnungsvoll?

Noch vier Tage bis zur Hochzeit!

Ein Anruf vom Krankenhaus. Ich könne meinen Mann abholen, es sei nichts Ernstes, man habe den Fuß vorsichtshalber in Gips gelegt. Der Knöchel sei etwas angesplittert, also erst mal nicht auftreten. In zwei Wochen sähe man weiter, und ob wir Gehstöcke hätten. Wenn nicht, bekäme er welche mit.

»Wie hat er denn das bloß geschafft?« seufzte Sascha, als er ins Auto stieg. »Er wollte doch nur einen Kasten Bier holen.«

Und genau der war ihm auf den Fuß gefallen. Wie, konnte der Patient nicht mehr rekonstruieren, eine Bananenschale sei schuld gewesen und die hohe Ladekante vom Wagen; ich sah aber nur das bis zum Knie aufgeschnittene Hosenbein, und das weckte bei mir sofort Assoziationen. Mit *dem* Klumpfuß würde Rolf in keinen Anzug passen. Und im Flugzeug würde er eine ganze Sitzreihe brauchen. Wir hatten jedoch nur *einen* Platz für ihn gebucht.

Die ganze Situation erinnerte mich an einen Tag vor ungefähr fünfzehn Jahren, als ich zum Klassentreffen nach Berlin fahren wollte. Der Koffer war schon gepackt, ich wartete nur noch auf Steffis Rückkehr von der Schule. Statt ihrer stand plötzlich ihre Freundin vor der Tür, drückte mir Stefanies Mappe in die Hand und erklärte lakonisch: »Jetzt müßte sie eigentlich fertig sein, Armeingipsen dauert ja nicht so lange.«

Ich kann mir nicht helfen, aber irgendwer muß etwas gegen meine gelegentlichen Kurzreisen haben!

»Nun wirst du wohl ohne elterlichen Beistand heiraten

müssen.« Ich beobachtete meinen Sohn, der den Hocker hin und her schob, Kissen holte, vorsichtshalber auch gleich die Kognakflasche mitbrachte und sich redliche Mühe gab, die mitleidheischende Miene seines Vaters zu übersehen. Endlich lag das Bein bequem.

»Also schön«, räumte Sascha ein, »Paps kann nicht mit, aber weshalb solltest *du* hierbleiben? Es ist doch nicht deine Schuld, wenn er nicht mal Bier holen kann, ohne sich dabei halb umzubringen.«

Ich hatte schon tief Luft geholt, um das, was ich zu sagen hatte, in einem Atemzug vorbringen zu können — und das würde eine ganze Menge sein! —, als Sascha abwinkte. »Ja, ich weiß, allein kann er natürlich nicht bleiben, doch da finden wir schon eine Lösung. Ich hole erst mal seine Karre vom Supermarkt zurück, die haben ihn ja gleich mit dem Notarztwagen abtransportiert, und unterwegs wird mir schon was einfallen.«

Merkwürdigerweise hatte sich der Patient, um dessen Wohlergehen es letztendlich ging, noch gar nicht geäußert. Nach einem Blick auf die zusammengesunkene Gestalt im Sessel wußte ich auch, warum. Er schlief. Auch gut, viel schlafen soll ja die Genesung fördern.

Es dauerte lange, bis Sascha zurückkam, dafür hatte er das, was ihm unterwegs eingefallen war, gleich mitgebracht, nämlich Frau Keks.

Hier ist wahrscheinlich eine kurze Erklärung nötig: Frau Keks heißt eigentlich Lebküchner und ist jahrelang unsere Nachbarin gewesen. Ihren Namen verdankt sie Sascha, der Lebküchner gleich nach dem ersten Kennenlernen in eine ihm genehmere Form gekürzt hatte, und im Laufe der Zeit hatten auch wir ihn übernommen. Nach dem Tod ihres Mannes hatte Frau Keks ihr Haus verkauft und war in eine Eigentumswohnung gezogen. Finanziell unabhängig, betätigte sie sich ehrenamtlich bei allen möglichen sozialen Institutionen und hatte auch schon die erkrankte oder gelegentlich urlaubende Gemeindeschwester vertreten. Darüber hinaus ist sie dreifache Großmutter, also im Umgang mit nörgelnden Kleinkindern hinreichend trainiert.

»Selbstverständlich fahren Sie zur Hochzeit«, erklärte sie sofort, kaum daß sie mich begrüßt und kurz zu dem friedlich vor sich hin schnarchenden Invaliden hineingeschaut hatte. »Ich kümmere mich schon um Ihren Mann. Kann er denn laufen?«

»Der Arzt sagt, ja, mit Krücken, aber probiert hat er's noch nicht.«

»Kein Problem. Wenn er nicht will, sage ich ihm einfach, bei seiner Weigerung handle es sich um Altersstarrsinn. Was glauben Sie, wie schnell er dann auf seinen Krücken steht.«

Bei einer Tasse Kaffee besprachen wir die Einzelheiten. Frau Keks würde im Gästezimmer schlafen, um dem Patienten beim An- und Auskleiden helfen zu können, würde kochen, was sie schon immer leidenschaftlich gern getan hatte, Blümchen gießen, falls notwendig den Rasen bewässern und im Bedarfsfall mit Rolf Schach spielen. »Ich bin ein miserabler Spieler, da gewinnt er sowieso jedesmal, und das wiederum hebt sein Selbstbewußtsein.«

Als sie sich nach einer Stunde verabschiedete, hatte sich Rolf noch immer nicht gerührt. »Er schläft wie ein Säugling.«

»Wer das behauptet, hat noch nie einen gehabt«, sagte sie trocken. »Wann wollen Sie übrigens weg?«

»In drei Tagen. Der Flieger geht um zwei.«

»Also müssen Sie spätestens um halb zwölf fahren«, überlegte sie laut. »In Ordnung, ich bin um elf Uhr hier.«

»Na, wie habe ich das gemacht?« frohlockte Sascha, nachdem er Frau Keks heimgebracht hatte. »Auf diese glorreiche Idee wärst du natürlich nie gekommen.«

»Ja, ich weiß, du bist klug, schön und gebildet, aber was ich am meisten an dir bewundere, ist deine grenzenlose Bescheidenheit.«

Wider Erwarten hatte Rolf nichts gegen meine Vertretung einzuwenden, er hielt es nur für überflüssig, daß sie im Haus übernachten sollte. »Ich bin ja nicht bettlägerig«, meckerte er, »und meine Jogginghosen werde ich mir wohl noch allein anziehen können. Es reicht wirklich, wenn sie erst gegen zehn kommt.« Er grinste hinterhältig. »Außerdem zeigt sich bei einer Frau ihr wahres Alter vor dem Frühstück.«

»Ja, und bei euch Männern nach dem Abendessen«, sagte ich wütend. »Krankenschwestern sehen nur in Fernsehfilmen wie Pin-up-Girls aus. Als ich im Krankenhaus lag, hatte meine einen Damenbart.«

»Das war ja auch auf der Frauenstation!«

Die Zwillinge nahmen den Unfall ihres Vaters mit Gleichmut auf. »Da hat bestimmt sein Unterbewußtsein mitgespielt«, vermutete Nicole, »er ist doch sowieso nicht begeistert gewesen, daß er ausgerechnet nach England fahren soll. Er kann doch die Engländer nicht leiden.«

»Verstehe ich nicht, er kennt ja gar keinen. Und jetzt glaubst du, er hat sich die Bierflaschen absichtlich auf den Fuß geschmissen?« Mit einer unmißverständlichen Handbewegung Richtung Stirn deutete Katja an, was sie von den Überlegungen ihrer Schwester hielt.

»Nicht so direkt, mehr unbewußt. Er hat einfach nach einem Grund gesucht, sich vor der Reise drücken zu können.«

»Na, ich weiß nicht. Das hätte er doch wesentlich einfacher haben können. Bei einer getürkten Sehnenscheidenentzündung hätte eine Elastikbinde am Bein genügt, und die kann man sich selber drumwickeln.«

»Bist du denn sicher, daß sein Gips echt ist?«

Er war echt, denn Sascha mußte seinen Vater am nächsten Morgen zur Kontrolluntersuchung bringen.

Noch drei Tage bis zur Hochzeit!

Abends kam Steffi, um ihren Vater zu bedauern und ihr Hochzeitskleid vorzuführen.

»Wenn du eventuell noch eine Blümchenbluse dazu trägst, ziehe ich *doch* meinen Hosenanzug an«, sagte ich beim Anblick des sandfarbenen Jackenkleids. »Nebeneinander sehen wir ja aus wie im Katalog, Sparte ›Modelle auch in Übergrößen lieferbar‹.«

Nein, sie hatte keine Bluse gekauft, sondern ein Top, das ich fälschlicherweise als Oberteil eines Unterrocks angesehen hatte und auch dann keinen sonderlichen Unterschied bemerkte, nachdem ich über meinen Irrtum aufgeklärt worden war.

Mit ihrem Engagement als Chauffeur war sie einverstanden gewesen. »Ich habe zwar noch nie einen Transporter gefahren, doch ich hab' 'ne gute Haftpflichtversicherung, und im Rechtsschutz bin ich auch. Wie ist das eigentlich, fährt man in England nicht links?«

»Da übernehme ich das Steuer«, sagte Sascha sofort, »Linksfahren bin ich gewöhnt. In Australien hatten wir uns einen Tag lang einen Ranch-Rover gemietet.«

»Das nennst du Erfahrung?« höhnte sie. »In dieser Einöde sind dir doch höchstens ein paar Känguruhs begegnet.«

Sascha äußerte sich nicht näher, vielmehr holte er die Karten und erklärte seiner Schwester anhand der bereits mit Blaustift markierten Strecke, wie er zu fahren gedächte. »Wir rauschen morgen nachmittag gegen fünf ab, gehen gleich auf die Autobahn, sind spätestens um acht in Luxemburg, und dann nehmen wir die Route nationale direkt nach Calais. Das müßten wir bis zur ersten Fähre schaffen. Von Dover sind es dann noch mal drei Stunden bis Southsea.«

»Ich denke, wir müssen nach Portsmouth?«

»O heilige Einfalt«, stöhnte Sascha, »Southsea ist ein Vorort von Portsmouth. Ein Seebad!«

»Woher soll ich das denn wissen?« Sie beugte sich wieder über die Karte. »Und wenn wir nun über Aachen fahren und dann links rüber...«

Ich ließ die beiden allein und ging nach oben. Mir war nämlich etwas eingefallen. Ich nahm das Schwiegermutterkleid aus dem Schrank, entfernte die Schutzhülle vom Wintermantel und stülpte sie über das Kleid. Zumindest auf der Hinfahrt war der Transporter leer, also würden das sandfarbene Vorjahresmodell nebst Blümchenbluse die Reise nach England faltenlos überstehen.

Noch zwei Tage bis zur Hochzeit!

Begleitet von vielen guten Wünschen, zwei Thermoskannen Kaffee und einem Freßkorb mittlerer Größe schaukelte der LT 28 los. In letzter Minute hatte Steffi noch um Überlassung von Nicoles Kassettenrecorder gebeten. Mit Kopfhörern. »Dann kann ich mir wenigstens die Stöpsel aufs Ohr drücken, wenn Sascha mich wieder vollabert.«

Hinten im Laderaum wippten an einem von Wand zu Wand gespannten Draht vier mit Wäscheklammern fixierte Kleider, und darunter stapelten sich ebenso viele Koffer. Wir würden — Traum aller Flugreisenden — nur mit einer Handtasche in die Maschine steigen und keine Sorgen haben müssen, ob das Gepäck nicht doch versehentlich auf dem Weg nach San Francisco war. Oder noch weiter weg. Nach neuesten Erkenntnissen sollen ja die Saturnringe aus verlorengegangenem Fluggepäck bestehen.

Noch zwei Tage bis zur Hochzeit!

6

Es gibt Tage, da reicht die Zeit nicht mal für einen Nervenzusammenbruch! Als ich kurz vor sieben in die Küche kam, wischte Katja gerade den Boden auf. »Leg dir endlich eine neue Kaffeemaschine zu, das Ding hier hat doch noch James Watt selber gebaut!«

»Was ist denn passiert?«

»Weiß ich nicht. Plötzlich schwamm die Brühe überall, bloß nicht in der Kanne.«

Über unseren Köpfen bumste es. »Aha, Papi ist aufgestanden. So ein Gipsbein hat auch Vorteile. Man wird wenigstens vorher gewarnt.«

Für acht Uhr hatte ich einen Friseurtermin. Der dauerte bis zehn, weil ich mir ausnahmsweise eine professionelle Maniküre geleistet hatte. Bei der späteren Begutachtung im Spiegel hatte ich zum erstenmal den unangenehmen Verdacht, daß meine Haare doch nicht vorzeitig grau geworden waren. Die zugegebenermaßen sehr schicke Frisur ließ nämlich meine Falten deutlich zur Geltung kommen. Ach was, tröstete ich mich selber, ich habe eben eine sehr detailreiche Gesichtshaut. Schwiegermüttern steht sie zu.

»Whouw!« sagte Nicki. »Schade, daß du das nie wieder so hinkriegst.«

Sogar Rolf musterte mich anerkennend, meinte jedoch: »Jetzt wißt ihr wenigstens, weshalb die Friseure neuerdings alle Coiffeure heißen. Das ist französisch und bedeutet: Von nun an müssen Sie jede Woche wiederkommen, weil Sie es allein ja doch nicht können.«

»Ja, ich weiß, Altwerden mit Anstand ist eine verdammt mühsame und teure Angelegenheit.«

»Nimm dir ein Beispiel an mir«, erwiderte er lachend, »ich mach's wie die Filmindustrie und nenne die mittleren Jahre ›Jugend — zweiter Teil‹.«

»Du hast nur vergessen, daß Fortsetzungen selten an den Originalfilm heranreichen, es bleibt immer bloß bei einem mißglückten Versuch.« Das gelbe Hemd mit dem wilden Dschungelmuster war so einer.

»Mami, hast du meinen Paß gesehen?« Oben wurden Schubkästen aufgezogen und wieder zugeschoben, Schranktüren knallten, irgendwas fiel runter, dazwischen gedämpftes Fluchen und die laut jammernd geäußerte Erkenntnis: »Als du hier noch saubergemacht hast, war immer alles da.«

»Der Personalausweis genügt«, brüllte Nicki hinauf.

»Den finde ich ja auch nicht.«

Wir suchten zu dritt, stellten das halbe Zimmer auf den Kopf, durchwühlten sogar den Bücherschrank — nichts. Langsam wurde die Zeit knapp.

Ein plötzliches Leuchten zog über Katjas Gesicht, sie holte die Schulmappe aus der hintersten Ecke ihres Kleiderschranks hervor und kippte sie aus. Und was kam zum Vorschein?

»Für die Abi-Zeitung brauchten wir doch ein Foto von mir. Ich hatte aber keins, und da haben wir einfach das Bild aus dem Paß kopiert«, lautete die lapidare Erklärung.

Punkt elf stand Frau Keks auf der Matte, unter dem Arm einen Kochtopf. »Ich hab' schon mal ein bißchen vorgekocht.« Sie lüftete den Deckel. »Mag Ihr Mann Sauerbraten?«

»Und wie!« Sofort kam Rolf aus dem Zimmer gehumpelt. »Ich bekomme bloß nie welchen, weil meine Frau den nicht richtig hinkriegt.«

Stimmt, aber mußte er das gleich petzen?

Ich zeigte Frau Keks noch, wo sie alles Notwendige finden würde, gab ihr einen Hausschlüssel und verbot ihr strikt, ihre hausfraulichen Ambitionen auch bei uns auszutoben. »Ich weiß ja, daß die Fenster dreckig sind, aber das können sie ruhig noch eine Woche länger bleiben. Und staubwischen müssen Sie auch nicht.«

»Tu ich auch nicht. Dreck, den man nicht sieht, ist sauber.«

So hatte ich das eigentlich noch nie betrachtet, doch diese Einstellung hatte etwas für sich. Mir war bisher immer nur aufgefallen, daß es zwei Arten von Staub gibt: den dunklen, der sich auf helle Möbel legt, und den hellen, den man auf dunklen Gegenständen findet. Allerdings hatte ich schon seit langem den Kampf gegen beide aufgegeben.

»Nun machen Sie aber endlich, daß Sie wegkommen, sonst findet die Hochzeit doch noch ohne Sie statt.« Energisch schob sie uns zur Tür.

»Die ist ja erst morgen.« In diesem Moment fiel mir ein, daß sich Sascha noch nicht gemeldet hatte. Er hatte sofort anrufen wollen, sobald er angekommen war, und das hätte nach seiner Berechnung allerspätestens um zehn Uhr sein sollen.

»Vielleicht hat er ja doch noch in letzter Minute einen Bammel gekriegt und ist wieder auf der Rückfahrt«, unkte Katja.

Daran glaubte ich nun nicht mehr, und mich beunruhigte zunehmend die Frage, wer uns denn am Flugplatz abholen würde und wie wir den Betreffenden finden sollten. Ich konnte mir ja schlecht ein Namensschild umhängen wie weiland auf der Fahrt in die Kinderlandverschickung.

»Nehmen Sie Schirme mit!« rief uns Frau Keks hinterher, als wir schon auf dem Weg zur Garage waren.

»Wozu denn? Wir haben doch herrliches Wetter.«

»Aber Sie fahren nach England!«

Nun hatten wir doch noch Handgepäck. Drei Regenschirme!

Wir hätten uns ruhig mehr Zeit lassen können, denn der Abflug war um eine Stunde nach hinten verschoben worden. Ich ging Kaffee trinken, die Zwillinge wollten lieber auf die Aussichtsplattform. Sehr schnell waren sie wieder da. »Da oben zieht's!« Kaffee wollten sie aber auch nicht. »Wir gehen Schaufenster gucken.«

Also guckten sie Schaufenster, und prompt trat das ein, was ich befürchtet hatte. Katja hatte eine »ganz entzückende weiße Umhängetasche« entdeckt, die »haargenau zum Kleid passen« würde, und weil sie doch sowieso nicht wisse, wo sie Taschentuch (hatte sie ohnedies nie dabei, sie verließ sich immer auf mütterliche Vorsorge), Lippenstift und Sonstiges unterbringen solle, sei der Erwerb dieser Tasche sozusagen zwingende Notwendigkeit. Ich sah das ein, gab ihr Geld, hatte es jedoch nicht passend, und so legte sie dieses Manko als vermeintliche Großzügigkeit aus und kaufte gleich noch ein kleines Portemonnaie. »Wie sieht denn das aus, wenn ich aus einer weißen Tasche einen dunkelroten Geldbeutel ziehe?«

»Brauchst du ja gar nicht, du hast doch ohnehin nie welches drin«, bemerkte Nicole.

Katja nickte bekümmert. »Ich hab's schon mit Selbsthypnose und mit Meditation versucht, aber was mir wirklich fehlt, ist mehr Taschengeld.«

Mit einer Stunde und siebzehn Minuten Verspätung hob der Vogel endlich ab, und mit einer Stunde und zweiunddreißig Minuten Verspätung landeten wir in Heathrow. »Ab jetzt müssen wir Englisch reden«, erinnerte ich die Mädchen, bekam jedoch nur ein mißmutiges Grunzen zur Antwort.

»Wie denn?« moserte Nicki schließlich. »Hätte ich geahnt, daß uns Sascha eine englische Schwägerin anschleppt, dann hätte ich nicht in der elften Klasse Englisch abgewählt. Statt dessen haben wir den Leistungskurs Französisch gemacht. Das hätte er eben berücksichtigen müssen.«

»Franzosen sind auch viel charmanter«, behauptete

Katja eingedenk ihrer ersten Liebe Pascal, den sie als Austauschschülerin in Frankreich kennengelernt hatte.

»Na und? Deshalb heiratet Sascha bestimmt keine Französin.«

In Ermangelung verständlicher Hinweisschilder folgten wir der Phalanx unserer Mitreisenden; die würden schon wissen, wo der Ausgang war.

»Falls jetzt irgendwas schiefläuft... hast du wenigstens Vickys Telefonnummer dabei?«

Nein, hatte ich nicht, ich wußte nicht mal mehr, wie sie mit Nachnamen hieß. Ich schüttelte den Kopf.

»Aber die Adresse kennst du doch?« hakte Nicki nach.

»Irgendwas mit Gardens hintendran, den Rest habe ich vergessen«, gestand ich kleinlaut.

»Ist ja großartig! Und was machen wir, wenn wir unseren Abholer nicht finden?«

Wir fanden ihn, denn er war nicht zu übersehen. Gleich hinter der Paßkontrolle, wo der Menschenstrom durch Leitplanken kanalisiert wurde, wedelte ein Mann mit einem großen Pappdeckel herum. »Family Sanders« stand drauf. Er trug ein kariertes Holzfällerhemd, ausgebeulte Hosen und Schuhe, die vielleicht mal vor etlichen Jahren diese Bezeichnung verdient hatten. Im rechten Mundwinkel steckte ein ausgelutschter Zigarrenstummel.

»O Gott!« war alles, was Nicki herausbrachte, und Katja murmelte nicht weniger entsetzt: »Ist das nun Grant oder Leigh?«

Es war keiner von beiden, sondern ein Taxifahrer. Von seiner ausführlichen Erklärung verstand ich nur »order« und »bed and breakfast«, beruhigte mich jedoch angesichts der Tatsache, daß er unseren Namen kannte und demnach auch wußte, was er mit uns anfangen sollte. Gehorsam folgten wir ihm durch ein Gewirr von planenverhängten Gängen, stiegen auf provisorischen Treppen in die Unterwelt, kamen irgendwann wieder ans Tageslicht und standen endlich vor einem der typisch englischen Taxis. Erst später erfuhren wir, daß der Flughafen gerade ausgebaut wurde und die Hoffnung bestehe, daß die Arbeiten trotz der englischen Gewerkschaften noch in diesem Jahrhundert beendet sein würden.

Da ich das Mitteilungsbedürfnis von Taxifahrern hinreichend kenne, stieg ich sofort hinten in den Wagen. Nicole schob sich neben mich, und so war Katja die Leidtragende. Anfangs bemühte sie sich noch, den im breitesten Hampshire-Dialekt vorgetragenen Erläuterungen unseres Chauffeurs zu folgen, dann gab sie es auf und warf lediglich ab und zu mal ein »Oh, really?« ein, was soviel wie »Ach ja, wirklich?« bedeutete und unseren Cicerone von der ungeteilten Aufmerksamkeit seiner Zuhörerin überzeugte.

Anderthalb Stunden würde die Fahrt vom Flugplatz nach Southsea dauern, hatte Sascha mal erwähnt. Wir brauchten die doppelte Zeit. Straßenbaukolonnen hatten zum Teil kilometerlang den Asphalt aufgerissen — irgendein Unternehmer mußte wohl gute Beziehungen zum Rathaus haben —, und mehrmals waren in beinahe sadistischer Willkür Umleitungsschilder aufgestellt. Wenigstens bekamen wir auf diese Weise etwas von der englischen Landschaft zu sehen. Sie bestand überwiegend aus hübschen kleinen Häuschen, die alle mindestens ein Erkerfenster hatten, dahinter Wiesen mit allem Getier drauf, das Gras frißt, und zwischendurch immer wieder Golfplätze, auf denen Männer in karierten Hosen ihre Keulen schwangen.

»Bei uns hat jedes Kaff seinen Fußballplatz, hier spielt man statt dessen Golf«, wunderte sich Nicole. »Und ich dachte immer, das ist ein ganz elitärer Sport.«

»Jeder Engländer fühlt sich als etwas Besonderes«, sagte Katja überzeugt, »sonst würde er nicht als einziger in Europa immer noch auf der linken Straßenseite fahren.«

Ich hatte schon die Hoffnung aufgegeben, jemals unser Ziel zu erreichen, als ein Schild am Straßenrand das Gegenteil versprach. »Portsmouth 7 km« las ich erleichtert. Wir bogen aber schon vorher ab, schlängelten uns zum Ichweißnichtwievieltenmal durch einen Roundabout (in England herrscht an jeder Kreuzung, auf die mehr als zwei Straßen münden, Kreisverkehr, und da haben — vermutlich auch wieder aus elitären Gründen — die einfahrenden Autos Priorität) und kamen vor einem mehrstöckigen weißen Haus zum Stehen. Vor seiner Berufung zu gastronomischen Zwecken schien das Gebäude eine Art Zweitwohnsitz irgendeines betuchten Lords oder Earls gewesen zu sein, dessen Nachkommen im Zeitalter moderner Verkehrsmittel kein Sommerhaus mehr brauchten, weil sie ihre Ferien weit weg von ihrer Insel verbrachten. Da war es sicher auch wärmer.

Der Taxifahrer lud unsere Regenschirme aus dem Kofferraum, dann verlangte er fünfzig Pfund. Genau diesen Betrag hatte ich noch schnell im Frankfurter Flughafen eingewechselt, obwohl Sascha mir empfohlen hatte, das lieber in England zu tun, da sei der Kurs günstiger. »Am ersten Tag brauchst du sowieso kein Geld, und die Banken haben auch samstags auf.«

Die Mädchen waren schon die breite Treppe hinaufgestiegen und suchten nach einem Klingelknopf. Ich fand auch keinen. Statt dessen gab es einen blankpolierten Messingknüppel, mit dem ich mehrmals gegen die Tür hämmerte. »Hoffentlich haben sie drinnen wenigstens Strom!«

Eine zierliche schwarzhaarige Frau öffnete. Sie habe uns bereits vor drei Stunden erwartet, Miss Rashburn habe schon ein paarmal angerufen, aber jetzt sollten wir doch erst einmal hereinkommen, wo denn unsere Koffer seien, ob wir einen guten Flug gehabt hätten, da hinten den Gang entlang gehe es zum Frühstückszimmer, links daneben sei der Fernsehraum, und übrigens heiße sie Mrs. Hamilton. Die berühmte Lady sei eine direkte Vorfahrin ihres Mannes, eine Behauptung, deren Wahrheitsgehalt ich stark anzweifelte. Doch ich kam sowieso nicht zu Wort, denn Mrs. Hamilton redete ohne Punkt und Komma, während sie uns eine schmale Treppe in den zweiten Stock hinaufführte, auf halbem Weg eine Tür öffnete, weil sich dort das Bad befand, und schließlich vor einer geschwungenen Flügeltür haltmachte. Sie zog einen goldenen (jawohl!) Schlüssel mit kunstvoll verziertem Oberteil hervor und schloß auf.

»Uuiiihh!« rief Nicki. »Das ist ja der totale Wahnsinn!«

Das Zimmer war ungefähr fünfzig Quadratmeter groß. Es enthielt ein Doppelbett und drei einzeln stehende Betten, Tisch, Stühle, einen voluminösen Kleiderschrank, ein Waschbecken und neben dem unerläßlichen Erkerfenster ein antikes Möbel mit einem Spiegel in der Mitte sowie unzähligen kleinen Schubfächern. Vielleicht hatte Lady Hamilton selig in einem davon ihre Schönheitspflästerchen aufbewahrt. In einer Ecke stand ein Fernsehapparat, und direkt neben der Tür waren auf einem Tischchen die Utensilien für den Morgentee aufgebaut. In Ermangelung eines Kammerdieners, ohne den Lords und Earls ja nie zu reisen pflegten, würden wir den Tee allerdings selber zubereiten müssen. Zu diesem Zweck gab es einen »Kettle« genannten elektrischen Heißwasserkocher, Teebeutel der verschiedensten Geschmacksrichtungen, Würfelzucker und Büchsenmilch. Da es manche Gäste unbegreiflicherweise vorzogen, morgens lieber Kaffee statt Tee zu trinken, wurde das Stilleben durch ein Glas Pulverkaffee vervollständigt. Statt der stilgerechten Wedgewood-Tassen (das kann man in jedem klassischen englischen Roman nachlesen!) mußten wir jedoch simple Keramikbecher benutzen, und die Silberlöffel waren aus zeitgemäßem Plastik. Trotzdem fand ich diese Miniküche großartig.

»Mach mal Tee!« sagte ich zu Nicole, nachdem Mrs. Hamilton endlich gegangen war, um Vicky von unserer Ankunft zu verständigen.

Schon nach zwei Minuten brodelte das Wasser. »So lange braucht ja unser Herd, bis erst mal die Schnellkochplatte heiß wird«, wunderte sich Katja. »Du, Määm, so 'n Teil nehmen wir mit nach Hause.«

Inzwischen gibt es diese Elektrotöpfe mit der dicken Heizspirale am Boden auch bei uns zu kaufen, aber seinerzeit waren sie hier noch völlig unbekannt.

»Willst du Earl Grey, Darjeeling oder...«

»Mir egal, Hauptsache heiß.« Ich fror nämlich. Wir waren alle ziemlich luftig gekleidet, doch die sommerlichen Temperaturen hatten England entweder noch nicht erreicht oder waren schon wieder verschwunden. Der Himmel sah auch gar nicht nach Sommer aus. Die Straßen waren zwar trocken, doch einen vertrauenerweckenden Eindruck machten die dicken Wolkenberge nicht gerade.

Katja spielte am Fernseher herum. »Mach das Ding aus, du verstehst ja doch nichts!«

»Ich will mich auch nur an den Tonfall gewöhnen.« Sie drückte ein Knöpfchen nach dem anderen und hatte endlich das ihr genehme Programm gefunden: Ein klampfender Jüngling mit Gleichgewichtsstörungen hüpfte auf einer Bühne herum und schrie. Ich schrie so lange mit, bis sie den Kasten wieder ausschaltete. Diese Methode hatte ich schon früher — und immer mit Erfolg! — angewandt.

Vor der Konfrontation mit der neuen Verwandtschaft hätten wir uns ganz gern umgezogen, aber das war nicht möglich. Bisher hatte es noch niemand für nötig befunden, unser Gepäck herüberzubringen, und als Vicky eine Viertelstunde später an die Tür klopfte, stand sie auch mit leeren Händen da. Nicht mal Seife zum Händewaschen hatten wir.

Wahrscheinlich hätte ich meine ab morgen amtlich sanktionierte Schwiegertochter jetzt in den Arm nehmen und viele nette Worte sagen müssen, doch ich brachte es einfach nicht fertig. Sie war mir zu fremd, die Sprachbarriere schuf ein zusätzliches Hindernis, und so war ich froh, daß die Zwillinge mit der zwischen jungen Leuten üblichen Formlosigkeit die etwas ungemütliche Situation entschärften.

»Hi«, sagte Katja und musterte ihre künftige Schwägerin kritisch, um dann festzustellen, daß sie ohne dicke Backe erheblich besser aussähe. Ich fand das stark untertrieben. Vicky war ein bildhübsches Mädchen, und allmählich konnte ich Sascha verstehen. Sein Gesichtssinn ist schon immer ausgeprägter gewesen als sein Verstand.

Am besten kämen wir jetzt erst einmal mit, sagte Vicky, die anderen seien schon alle da, Thomas und Jill müßten ebenfalls bald kommen, Mel sei bereits heute früh eingetroffen...

»Ob die auch noch alle zum Clan gehören?« wisperte Nicole, als wir hinter Vicky die Treppe hinabstiegen. »Wer soll sich denn die ganzen Namen merken?«

»Wer Thomas ist, weiß ich, den hat sich doch Sascha als *best man* ausgesucht.« Im Gegensatz zu dem bei uns üblichen Hochzeitszeremoniell schreitet das Brautpaar in England nicht Arm in Arm zum Altar, sondern der Bräutigam hat bereits vorher dort zu sein und darauf zu warten, bis seine Zukünftige in Begleitung ihres Vaters als letzte die Kirche betritt. Diese Minuten können sich endlos in die Länge ziehen, und deshalb bekommt der ohnehin schon nervöse Bräutigam als moralische Unterstützung einen nicht weniger nervösen Freund zur Seite gestellt. Sascha hatte Thomas um diesen Dienst gebeten, einen Österreicher, mit dem er lange auf dem Schiff zusammengearbeitet hatte. Genau wie Sascha hatte er nach der letzten Weltreise der christlichen Seefahrt Servus gesagt und — vielleicht war so was ja ansteckend — Vickys Kollegin Jill gleich mitgenommen. Die nächste Hochzeit war also schon vorprogrammiert.

Vickys Elternhaus lag in einer ruhigen Sackgasse. Ein frischgestrichener Holzzaun grenzte den in voller Rosenblüte stehenden Vorgarten zur Straße hin ab. Dahinter erhob sich ein wunderhübsches weißes Häuschen mit einem verschnörkelten Giebel und vielen in Vierecke unterteilten Fenstern. Der Erker fehlte natürlich auch nicht. Hinter der Scheibe, die Gardine wie einen Brautschleier über seinen Wuschelkopf gehängt, saß ein Rauhhaardackel. Kaum hatte er uns gesehen, räumte er laut kläffend seinen Platz und hing Sekunden später an meinem

Bein. Es war eine sehr stürmische Begrüßung, die sich fortsetzte, als Janet aus der Tür trat.

Sascha hatte mich darauf vorbereitet, daß seine Schwiegermutter »ein bißchen rundlich« sei, doch das war milde ausgedrückt. Janet war dick. Sehr dick sogar. Darüber täuschten weder das geschmackvolle Kleid noch das dezente Make-up hinweg, aber die überströmende Herzlichkeit, mit der sie uns willkommen hieß, ließ alles andere nebensächlich erscheinen.

Im typisch englisch eingerichteten Wohnzimmer hing Sascha in einem Sessel, Beine auf einen Hocker gelegt, und schlief. Daneben hockte Stefanie, Teetasse auf den Knien, und starrte gelangweilt in den Fernseher. Sie sah müde aus. »Ich dachte schon, ihr kommt überhaupt nicht mehr. Sascha pennt seit Stunden, und ich langweile mich zu Tode. Die sind hier zwar alle ganz reizend, ich verstehe sie bloß so schlecht. Janet fragt dauernd, ob ich was haben will oder ob sie etwas für mich tun kann — ihr zuliebe trinke ich schon den vierten Topp Tee, Kekse kann ich nicht mehr sehen —, aber nun will ich endlich unter die Dusche und was anderes anziehen.«

»Wo sind denn unsere Koffer?«

»Noch im Wagen.«

»Wo steht der denn? Ich habe ihn nirgends gesehen.«

»Um die Ecke. Vorhin war hier alles vollgeparkt.«

Katja verpaßte dem Hocker einen Tritt, Saschas Beine fielen unsanft auf den Boden, er schreckte hoch, sah uns und murmelte: »Ach, ihr seid's bloß?« Dann klappten seine Augenlider wieder zu.

»Jetzt reicht's!« sagte ich wütend. »Steh gefälligst auf. Schlafen kannst du heute nacht.«

»Eben nicht«, erwiderte er gähnend, »ich muß mit den Jungs in den Pub und mich besaufen. Angeblich feiert man hier auf diese Weise Abschied vom Junggesellenleben.« Er rappelte sich aber doch auf und verschwand Richtung Küche. »Janet, can I have a coffee, please?«

Vicky kam mit einem Teetablett, gefolgt von einem

ebenfalls blendend aussehenden jungen Mädchen, das uns als ihre beste Freundin Mel vorgestellt wurde. Wir tauschten die uns mittlerweile schon recht geläufigen Höflichkeitsfloskeln aus, dann ließen uns die beiden allein.

»Wie war denn die Fahrt?« fragte ich Steffi. »Hast du unterwegs ein bißchen schlafen können?«

»Ja, leider. Sonst wäre der Unfall bestimmt nicht passiert.«

»Wieso? Habt ihr 'n Crash gebaut?« Bisher hatte Nicole gelangweilt in ihrer Tasse gerührt, jetzt wurde sie hellhörig. »Wen habt ihr denn ins Jenseits befördert?«

»Niemanden. Schlimm war's sowieso nicht, wir sind bloß mit einem französischen Milchauto kollidiert. Bei uns ist die Stoßstange hin und der rechte Scheinwerfer, dem anderen hat es den Kotflügel eingedellt. Normalerweise hätten wir die Adressen ausgetauscht, und den Rest hätten die Versicherungen erledigt. Aber der Kerl hat uns nicht verstanden und wir ihn nicht. Also hat er nach der Polizei gebrüllt und nicht eher Ruhe gegeben, bis wir hinter ihm hergefahren sind. In irgendeinem obskuren Kaff hat er den Bullen erst aus dem Bett klingeln müssen, dann wurde ein Protokoll aufgenommen, Sascha hat unterschrieben, obwohl er gar nicht wußte, was drinsteht, aber bis wir einen Dolmetscher aufgetrieben hätten, wären Stunden vergangen, und wir hätten überhaupt keine Fähre mehr gekriegt. Die erste war natürlich weg, und die zweite ausgebucht. Die dritte ging erst um elf.«

»Wann ist denn das gewesen?«

»Der Unfall? So gegen fünf Uhr morgens. Frag mich nicht, wo, es war ja stockduster. Sascha hatte mich eine halbe Stunde vorher abgelöst, und ich bin erst aufgewacht, als es schon gescheppert hatte.«

»Wer war denn schuld?« forschte Katja.

»Sascha natürlich. Er behauptet zwar, er habe Vorfahrt gehabt, aber ich bin extra ein Stück zurückgelaufen und habe nirgends ein Schild gesehen. Der andere kam von rechts, also ist die Sache sonnenklar.«

»Das wird eine teure Geschichte.«

Steffi kicherte. »Das hat er nun von seiner Sparsamkeit! Ich durfte nie schneller als neunzig fahren, weil das angeblich die optimale Geschwindigkeit sei, um den geringsten Spritverbrauch zu erzielen. Hätte ich aufs Gas treten dürfen, wären wir mindestens eine Stunde früher an der bewußten Kreuzung gewesen. Da hat der Milchmann bestimmt noch gepennt. Ich bin ja bloß froh, daß *ich* nicht am Steuer gesessen habe, als es bumste«, schloß sie aufatmend.

Mein Sohn sah die Angelegenheit völlig anders. Selbstverständlich sei er absolut schuldlos, der andere hätte aufpassen müssen, aber da bei Sascha immer nur zwei Meinungen existierten, nämlich seine und die falsche, gab ich nicht viel auf seine Unschuldsbeteuerungen. Dann wollte er von mir wissen, ob ich eine Rechtsschutzversicherung hätte.

»*Ich* ja, die nützt dir bloß nichts.«

»Hat Steffi nicht auch...«

»So siehst du aus«, fauchte sie los, »du baust den Crash, und ich soll dafür geradestehen! Außerdem hast du ja selbst bei der Polizei den Wisch unterschrieben, also laß mich gefälligst aus der Sache heraus.«

»Habt ihr eine Kopie von dem Protokoll?« fragte Nicki.

Aus der Hemdentasche zog Sascha ein zerknittertes Stück Papier. »Meinst du das hier?«

Die Zwillinge beugten sich über den Zettel und buchstabierten an dem Text herum. »Eine Schrift hat der Kerl... ist das hier ein n oder ein u?«

»Ich glaube, das soll ein n sein, dann heißt das nämlich Je conviens de...«

»Und was bedeutet das?« forschte Sascha mißtrauisch weiter.

»Daß du zugibst, den Milchwagen nicht gesehen zu haben«, triumphierte Katja, während Nicole zögernd weiterübersetzte: »...und daß du für den entstandenen Schaden aufkommst. Datum. Unterschrift.«

»Wetten, daß der Bulle ein Kegelbruder von dem Milchmann ist?« giftete Sascha.

»Bestimmt nicht«, widersprach Katja trocken, »in Frankreich spielt man Boule.«

Eine Stunde später saßen wir — immer noch ungewaschen — zu viert zusammengedrängt auf dem Sofa unterm Erkerfenster und kamen uns sehr überflüssig vor. Unentwegt wuselten irgendwelche Leute durch das nebenan liegende große Eßzimmer, schoben Tische hin und her, gruppierten Stühle, debattierten die Großwetterlage, von der die zusätzliche Möblierung des Gartens abhängig gemacht wurde, und immer wieder steckte jemand seinen Kopf durch die Schiebetür, um einen Blick auf die deutschen Gäste zu werfen. Sascha war mit Vicky zum Bahnhof gefahren, um Thomas abzuholen, es gab also niemanden, dem wir klipp und klar sagen konnten, was wir wollten: Nichts wie weg! Wir standen, beziehungsweise saßen allen im Weg, obwohl Janet permanent das Gegenteil behauptete, die angebotene Hilfe ablehnte und meinte, wir sollten uns lieber ausruhen. Ausruhen wovon? Nicht mal Sir Henry hatte ein Einsehen. Die ganze Zeit hatte er auf Katjas Schoß gesessen, doch als sie sich von Janet die Hundeleine geben ließ, um mit ihm spazierenzugehen und auf diese Weise der entnervenden Betriebsamkeit zu entkommen, kroch er unters Sofa.

Endlich fiel mir eine glaubhafte Ausrede ein: Die Koffer! Sie befanden sich samt unseren Hochzeitskleidern noch im Wagen, mußten also in Mrs. Hamiltons Herberge transportiert werden. Wieso nicht jetzt und gleich?

»Sascha hat den Autoschlüssel in der Tasche«, war alles, was Steffi dazu zu sagen hatte.

Also wieder nichts! Wir tranken weiter Tee und guckten aus dem Fenster, obwohl es gar nichts zu sehen gab.

Ein Wagen hielt. Ihm entstiegen außer Sascha und

Vicky ein junger Mann mit dunklem Kraushaar über der schon etwas gelichteten Stirn sowie ein junges Mädchen mit unzähligen Sommersprossen im Gesicht. »Endlich mal eine, die nicht ganz so hübsch ist«, stellte Nicole befriedigt fest, vorsichtig die Gardine wieder zusammenschiebend, »mit der können wir gerade noch Schritt halten.«

Erneute Begrüßungsarie, frischer Tee, lebhafte Unterhaltung natürlich in Englisch —, und dann endlich schien sich Sascha zu erinnern, daß wir ja auch noch da waren. »Was mache ich denn jetzt mit euch?«

»Überhaupt nichts«, sagte ich kurz. »Du gibst Steffi die Autoschlüssel, damit wir endlich mal an unser Gepäck kommen, und dann verschwinden wir.«

»Wollt ihr nicht erst noch was essen? Leigh ist gerade beim Chinesen.«

Doch, Hunger hatten wir, der Plastiklunch im Flugzeug hatte genauso geschmeckt, wie er ausgesehen hatte, nämlich nach gar nichts, deshalb hatten wir ihn auch kaum angerührt, aber wie, um alles in der Welt, sollte inmitten der ganzen Hochzeitsvorbereitungen ein Essen stattfinden?

Es fand statt! Der ganze Küchentisch stand voller Pappschachteln, angefüllt mit allen erdenklichen chinesischen Gerichten, daneben Teller und Besteck. Im Gänsemarsch zogen wir an dem improvisierten Büfett vorbei.

»Hat das etwa alles Janet gekocht?« Katja schaufelte sich Nudeln auf die Bambussprossen, goß rote Soße darüber und krönte das Ganze mit Entenbrust und Sojabohnenkeimlingen. »Ich weiß ja nicht, wie sie englisch kocht, aber chinesisch kann sie!«

Weshalb Sascha grinste und Thomas verstohlen lächelte, bekam ich erst später heraus. Wer in England nicht kochen will oder kann, geht zum nächsten Takeaway und holt sich das, was er braucht. Das Angebot reicht von den berühmten Fish-and-Chips bis zu einem

Komplettmenü mit fünf Gängen — alles ofenheiß in Warmhaltepackungen verstaut. Warum gibt es so was nicht bei uns?

Ich glaube, nicht nur wir waren erleichtert, als wir uns endlich mit Anstand verabschieden konnten. Sascha brachte uns noch zum Wagen und versprach, uns am nächsten Morgen so gegen halb zehn abzuholen. Janet habe ohnedies angedroht, ihn rauszuschmeißen, also würde er lieber freiwillig gehen und uns ein bißchen die Stadt zeigen.

»Vor allen Dingen eine Bank«, verlangte ich, »ohne Geld in der Tasche fühle ich mich nur als halber Mensch. Das Taxi hat mich meine ganzen Devisen gekostet.«

»Waaas??? Das war doch schon bezahlt. Wieviel hast du denn noch gelöhnt?«

»Genau fünfzig Pfund!«

Er sah mich ungläubig an. »Das darf doch nicht wahr sein! Eine Fahrt vom Flugplatz hierher kostet nicht mehr als die Hälfte, das ist Festpreis. Na, laß mal, das Geld kriegste wieder, Vicky soll morgen bei dem Verein anrufen und die Sache klarstellen.«

Natürlich hatte Vicky am nächsten Tag andere Dinge im Kopf, und natürlich hatte Sascha keine Ahnung, mit wem Vicky den Transfer ausgehandelt hatte, und ebenso natürlich geriet die ganze Sache in Vergessenheit. Die Taxiquittung bekam der Steuerberater, der sie unter »steuermindernde Abzugsposten« verbuchte.

Es war noch gar nicht richtig dunkel, als wir endlich unsere Koffer ausgepackt und uns häuslich eingerichtet hatten. »Wir können doch jetzt noch nicht ins Bett gehen, wer kann denn um neun Uhr schlafen?« jammerte Katja. »Laßt uns lieber noch ein bißchen bummeln.«

»Ohne Geld?« gab ich zu bedenken.

»Will jemand Tee?« fragte Nicole.

»Nein!!!« brüllten wir einstimmig.

»Schade, mir macht der Kocher so viel Spaß.«

Bevor wir uns darüber einigen konnten, was wir mit

dem Rest des Abends anfangen sollten, war es tatsächlich dunkel geworden, und damit erlahmte auch Katjas Unternehmungsgeist. »Na schön, geh'n wir pennen!« Sie schaltete den Fernseher ein. »Is' eigentlich wie zu Hause: essen, fernsehen, schlafen gehen. Warum sind wir überhaupt hergekommen?«

Noch siebzehn Stunden bis zur Hochzeit!

7

Gleich nach unserer Ankunft hatte uns Mrs. Hamilton gefragt, was wir denn zum Frühstück haben möchten. Nun hatte mir ein vielgereister Freund erzählt, daß man in England nur dann halbwegs gut essen könne, wenn man dreimal täglich frühstücke. Gedünstete Nierchen und gebackene Forellen sind allerdings nicht das, was mir um halb neun Uhr morgens vorschwebt, doch derartig Handfestes bekommt man sowieso nur im Dorchester-Hotel oder als Gast beim Landadel. Mehr aus Neugier denn aus Überzeugung hatten Steffi und ich »a typical English breakfast« bestellt. Die Zwillinge hatten sich für Toast und Marmelade entschieden, für Experimente am frühen Morgen sind sie nicht zu haben.

Der Frühstücksraum mußte wohl mal eine Art Gartenpavillon gewesen sein, jetzt führte ein mit gelbem Wellblech gedeckter Gang dorthin und täuschte strahlenden Sonnenschein vor. Dabei waren die Wolken über Nacht noch ein bißchen grauer und bedrohlicher geworden. Hochzeitswetter war das jedenfalls nicht. Es war im Gegenteil lausig kalt.

Das Frühstück kam. Es bestand aus zwei Scheiben

kroßgebratenem Speck, der großartig schmeckte, zwei gummiartigen Spiegeleiern Typ Mikrowelle sowie drei fingerlangen, ins Hellgraue schimmernden Würstchen.

»Na, ich weiß nicht, sehr vertrauenerweckend sieht das aber nicht aus.« Vorsichtig schnitt Steffi einen Zentimeter Wurst ab und schob ihn sich in den Mund. »Das läßt sich gar nicht kauen, und schmecken tut's nach lauwarmem Kartoffelbrei. Wenn du willst, Määm, kannst du meine auch noch haben.«

Ich wollte aber nicht. Um unsere Wirtin nicht restlos zu beleidigen, würgten wir uns die Eier hinein — zusammen mit dem Speck rutschten sie ganz gut — und schielten neidisch zu den Zwillingen, die genußvoll Orangenmarmelade auf ihren Toast löffelten.

Als Mrs. Hamilton die angeknabberten Würstchen abräumte, meinte sie kopfschüttelnd, sie verstünde gar nicht, weshalb ihre deutschen Gäste immer die sausages zurückgehen ließen. Ich hätte es ihr sagen können, aber ich bin ein höflicher Mensch. Für den nächsten Tag orderten wir vorsichtshalber Toast. Wegen der hervorragenden Konfitüre. Mrs. Hamilton war wieder versöhnt, sie hatte die Marmelade nämlich selbst gekocht.

Sascha erwischte uns noch im Frühstückszimmer. So viel Pünktlichkeit war ich von ihm nicht gewöhnt. Bei Janet gehe alles drunter und drüber, sagte er, um sieben habe sie ihn schon aus dem Bett geworfen, dabei sei er erst um eins reingekommen, und wo denn Thomas und Jill seien.

»Woher sollen wir das wissen?«

»Die wohnen doch auch hier.«

Gesehen hatten wir sie allerdings noch nicht.

Auf der Suche nach einer geöffneten Bank — die ersten zwei hatten geschlossen — bummelten wir durch die Straßen von Southsea. Sascha informierte uns über den Tagesablauf. Die Trauung sollte um zwei Uhr stattfinden und etwa eine halbe Stunde dauern. Danach begann der Empfang in Janets Haus, und nach dem Abgang des letzten Gastes würde auch das Brautpaar verschwinden, um die Hochzeitssuite im Holiday-Inn zu beziehen, ein Geschenk von Vickys Bruder Grant.

»Und wann geht ihr zum Standesamt?«

»Überhaupt nicht, da kommt einer in die Kirche.« Woraus ich schloß, daß englische Behördenangestellte keinen Beamtenstatus haben, denn von den hiesigen Staatsdienern würde man wohl keinen am geheiligten Samstagnachmittag zu einer Amtshandlung bewegen können. Nicht mal für einen Überstundenzuschlag. Bankleute bestimmt auch nicht. In England arbeiten sie. Jedenfalls einige. Ich bekam mein Geld getauscht, und kaum hatte ich es verstaut, da hatte Nicole schon einen Elektroladen ausfindig gemacht. »Jetzt kaufst du gleich einen Kettle.«

»Das hat noch Zeit«, sagte Sascha. »Ihr bleibt doch bis Mittwoch. Das Ding könnt ihr auch in London holen, da ist es sogar billiger.«

»Das hat *keine* Zeit«, widersprach Nicole. »Wer weiß, ob Määm bis dahin nicht schon alles ausgegeben hat.«

Also kauften wir für umgerechnet dreiundsechzig Mark einen Kettle und bekamen als Bonus einen kleinen Reiseföhn dazu. »Das ist hier so üblich«, sagte Sascha. »Als Vicky unseren Mikrowellenherd gekauft hat, kriegte sie die Kaffeemaschine gratis.«

Es gibt in England durchaus Sitten und Gebräuche, die man sofort nach Deutschland exportieren sollte.

Gegen elf wurde Sascha unruhig. »Ich glaube, wir sollten allmählich zurückgehen. Ihr müßt euch noch umziehen, und ich brauche auch 'ne Weile, bis ich mich in Schale geschmissen habe.«

»Wie gedenkst du vor den Altar zu treten? Im Cut?« spöttelte Katja. »So richtig mit steifem Kragen und Seidenplastron?«

»Quatsch! Ich habe mir in Hongkong einen Anzug machen lassen.«

»Aha, Billiglohnland. Hoffentlich sieht man's nicht allzusehr.«

Man sah es nicht! Als wir eine Stunde später das Brauthaus (sagt man so?) betraten — auf dem Weg dorthin war uns so manch verwunderter Blick gefolgt, denn die normalerweise beturnschuhten Mädchen hatten gewisse Schwierigkeiten mit ihren halbhohen Absätzen —, kam uns Sascha schon entgegen. »Ich brauche eine Mutter! Irgendeine, welche, ist mir egal. Der Knopf ist abgerissen.« Gleichzeitig betrachtete er uns von oben bis unten, um dann befriedigt festzustellen: »Na ja, man kann sich mit euch zeigen.«

»Mit dir aber auch«, sagte Katja zur allgemeinen Verblüffung, schwächte ihr Kompliment jedoch sofort wieder ab: »Vielleicht liegt das auch nur daran, weil ich dich noch nie in einem Anzug gesehen habe. Wozu hast du dir das hier umgewürgt?« Sie deutete auf den seidenen Kummerbund. »Damit du den Bauch nicht dauernd einziehen mußt?«

Sascha ging gar nicht darauf ein. Er drückte mir das Jackett in die Hand und schob mich ins Wohnzimmer. »Hier ist der Knopf, und irgendwo hinterm Fernseher steht der Nähkasten. Aber auf Stiel nähen oder wie das heißt, sonst kriege ich ihn nicht zu.«

Janet und ihre Hilfstruppen mußten am vergangenen Abend noch Schwerarbeit geleistet haben. Das Zimmer war völlig umgekrempelt worden, alles, was nicht zu Sitzgelegenheiten umfunktioniert werden konnte, war, der Himmel weiß wohin, abtransportiert und durch Sessel und Stühle ersetzt worden, dazwischen standen kleine Beistelltische. Im Nebenraum wartete das kalte Büfett, gekrönt von einer dreistöckigen Hochzeitstorte.

»Sogar frische Erdbeeren gibt es, Krabbensalat und Hummermayonnaise, und alles ganz toll dekoriert«, hatte Nicole nach einer flüchtigen Inspektion herausgefunden. »Das mußt du dir unbedingt ansehen. Wann bist du denn mit dem dämlichen Knopf fertig?«

Das wollte auch Sascha wissen. Ungeduldig trabte er auf und ab, zupfte an seiner Smokingschleife (»Sitzt sie immer noch grade?«), zerrte an den Manschettenknöpfen und benahm sich genau so, wie sich ein Bräutigam kurz vor dem entscheidenden Moment zu benehmen hatte.

»Such mal eine Schere! Wenn ich den Faden abbeiße, hast du Lippenstift am Jackett.« Ein Paradebeispiel meiner Nähkünste war diese Arbeit nicht, aber sie würde den Tag mit Sicherheit überdauern. Vorsichtshalber hatte ich die Nähseide vierfach genommen.

»Eine Schere finde ich nicht, tut's auch ein Küchenmesser?« Ich half ihm noch in die Jacke, dann endlich konnte ich meinen Sohn in voller Montur bewundern. Doch, er sah fabelhaft aus! Der dunkelgraue Seidenanzug mit den mattglänzenden schwarzen Revers saß wie eine Eins.

»Was hast du dafür bezahlt?«

»Weiß ich nicht mehr genau. Inklusive Bauchbinde und maßgefertigtem Hemd so um die vierhundert Dollar, Fliege inbegriffen.«

»Ich glaube, nach Hongkong muß ich auch mal.«

Immer mehr würdig gekleidete Herren und in Raschelkleider gehüllte Damen füllten das Haus. Die meisten kannte ich bereits und kannte sie doch nicht wieder. Thomas zum Beispiel, der gestern noch in Jeans und schlampigem Pullover aufgekreuzt war und jetzt dunkelblau gewandet durch den Garten tigerte, halblaut seine Rede memorierend. Er war noch nervöser als Sascha. Zu den Aufgaben eines *best man* gehört nämlich außer der seelischen Unterstützung des Bräutigams noch die Aufbewahrung der Trauringe, später das laute Verlesen der Glückwunschtelegramme und vor dem Beginn der allgemeinen Freßorgie eine Ansprache, die erstens nicht zu lang und zweitens möglichst launig zu sein hat. Und das alles in englisch. Angeblich hatte Thomas schon in Salzburg an dem Konzept der Rede gebastelt, sie gestern noch mit Saschas Hilfe ausgefeilt, und nun lernte er sie auswendig. Die meisten Gänseblümchen hatte er schon plattgetrampelt.

Von der Braut war nichts zu sehen. Ab und zu hörte

man von oben Gekicher, doch niemand hätte gewagt, auch nur die unterste Treppenstufe zu betreten. Janet offerierte Tee, den niemand wollte, bot Gehaltvolleres an, das ich ganz gern gewollt hätte, mich aber nicht traute, um nicht als Säuferin abgestempelt zu werden, und dann fuhr Leighs Auto vor, gefolgt von Grants BMW. »Die Mütter zuerst«, hieß es. Janet, deren blaues Kleid recht geschickt ihre problematische Figur kaschierte, steckte mir noch schnell rosa Blümchen ans Revers, dann saßen wir auch schon im Wagen. Genaugenommen hätten wir die paar hundert Meter zur Kirche recht gut zu Fuß gehen können, doch das wäre wohl nicht stilvoll genug gewesen. Als wir ausstiegen, begann es leicht zu tröpfeln. Wir flüchteten unter das Dach, denn rein konnten wir nicht, da war noch eine andere Hochzeit im Gange.

Grants Auto spuckte drei würdige Matronen aus, zwei ehemalige Tanzlehrerinnen von Vicky und ihre Patentante. Alle drei fühlten sich bemüßigt, die Bräutigamsmutter zu unterhalten. Die verstand aber nur einen Bruchteil von dem, was sie heraussprudelten, lächelte verbindlich und betete im stillen, daß endlich jemand käme, der sie von diesem Triumvirat erlösen würde. Nicht mal Janet konnte mir helfen, sie mußte die sich so nach und nach einfindenden Gäste begrüßen.

Leigh baggerte die nächste Fuhre aus. Zum Glück war Thomas dabei. Endlich jemand, mit dem ich reden konnte. Wir stellten uns ein bißchen abseits und beobachteten den Aufmarsch von Taft und Seide. Kräuselkrepp war auch darunter. Immer wieder klopfte Thomas verstohlen auf die Anzugtasche.

»Piekt da irgendwas?«

»Na, gar nix. I hob nur a Ongst, doß i die Ring verliar.«

Der nächste Transport lieferte Sascha und seine drei Schwestern ab. Sofort wurde der Bräutigam umlagert. Mit auf dem Rücken verschränkten Händen plauderte er bereitwillig mit diesem und jenem — an wen erinnerte mich diese verbindlich-lässige Haltung bloß? Richtig, an

Prinz Philipp, der steht auch immer so da! — und schaffte es schließlich, sich zu uns vorzuarbeiten.

»Sag mal, kennst du die alle?« fragte Steffi.

»Ach was, nicht einen einzigen. Soviel ich weiß, sind ein paar Onkels von Vicky dabei, irgendwelche Kusinen und Freundinnen von Janet, der Rest ist Fußvolk, Nachbarn, Geschäftsleute und weiß der Geier, wer noch. Janet wohnt seit dreißig Jahren hier, die gehört zum Stadtbild.«

»Du, Sascha, kann ich das Gemüse hier nicht abmachen?« Mißmutig zupfte Katja an ihrem Blumengesteck herum. »Nichts gegen Rosa, aber das beißt sich nun wirklich mit dem roten Gürtel und den Ohrringen.«

Erst jetzt fiel mir auf, daß wir alle diese kleinen Ansteckblümchen trugen. Ob das eine Art Erkennungszeichen war?

»Laß sie wenigstens noch bis zu Hause dran«, bat Sascha, »sie sind nämlich ein Zeichen, daß ihr zur Familie gehört.«

Das schien sowieso schon jeder zu wissen. Nur sind Engländer bekanntlich taktvolle und disziplinierte Menschen, also starrten sie uns nicht direkt an, doch ich spürte ihre verstohlenen Blicke ganz genau. Besonders im Rücken.

Die Tür öffnete sich, ein Brautpaar trat heraus, ein Pfarrer, dann die Hochzeitsgesellschaft. Einen Augenblick lang ließ sich nicht feststellen, welche Gäste zu welchem Paar gehörten, aber das Durcheinander löste sich schnell auf. Die bereits Abgefertigten drifteten nach links in den Kirchgarten, wo schon der Fotograf wartete, wir anderen schritten gemessen durch das Portal. Offenbar zu früh, denn zwei Frauen waren damit beschäftigt, in Windeseile den gelben Blumenschmuck gegen rosa Blüten auszuwechseln.

»Warum denn das?« fragte ich Sascha leise. »Die Blumen sind doch noch ganz frisch.«

»Ist egal, die Dekoration muß man so oder so bezahlen. Vicky wollte Rosa, also kriegt sie Rosa.«

»Finde ich sehr unökonomisch. Was geschieht denn mit den ausrangierten Blumen?«

»Keine Ahnung, Friedhof, Altenheim — irgendwo werden sie schon landen.«

»Mich würde es nicht wundern, wenn du sie morgen an einer Straßenecke im Wassereimer wiederfindest, pro Strauß ein Pfund«, lästerte Katja. »Für 'n Friedhof sind sie viel zu schade, und die Toten haben sowieso nichts mehr davon.«

Als das letzte rosa Sträußchen an der letzten Kirchenbank hing, durften wir uns hinsetzen. »Natürlich mitten auf'm Präsentierteller«, meckerte Nicole, nachdem uns der Kirchendiener in die erste Reihe gewinkt hatte. Da saßen wir nun wie die Orgelpfeifen, erst Janet, dann ich, nebendran die Mädchen.

»Sascha ist viel schlimmer dran.« Verstohlen deutete Stefanie auf die gegenüberliegende, nur durch den Mittelgang getrennte Bank. Da hockte mein Sohn und starrte angestrengt auf seine blankpolierten Schuhspitzen. Thomas, neben ihm, half dabei.

Wenn man ganz vorne sitzt, kann man nicht nach hinten gucken, das gehört sich nicht. So wußte ich noch immer nicht, für welches der drei mitgebrachten Kleider sich Mel entschieden hatte, vermutlich für das pfirsichfarbene, es hatte ihr am besten gestanden. Einen passenden Hut hatte sie ebenfalls dabeigehabt. Sogar Tönungscreme für die Beine, weil die noch nicht braun genug waren. Vickys Freundin Mel war die einzige gewesen, mit der ich mich gestern längere Zeit unterhalten hatte. Sie hatte keinerlei Dialekteinschlag und darüber hinaus schnell mitbekommen, daß ich sie recht gut verstand, wenn sie langsam sprach. Das allerdings war diesem Temperamentsbündel schwergefallen.

Ein Mann in schwarzem Anzug schritt gemächlich durch den Mittelgang. Der Pfarrer? Nein, nur der Organist. Er nahm am Harmonium Platz und begann zu präludieren. Zehn Minuten später präludierte er immer noch. Leichte Unruhe machte sich breit. Wo blieb die Braut?

Thomas eilte zur Tür, guckte hinaus, kam schulterzuckend zurück. Nichts zu sehen. Der Pfarrer war auch noch nicht da. Leigh, gestern abend noch im Umgang mit Saschas Videokamera unterwiesen, hatte bereits die einzelnen Bankreihen rauf- und runtergefilmt und war jetzt bei den Kirchenfenstern angekommen. Den Altar hatte er auch schon von allen Seiten drauf.

Endlich Geräusche vor der Tür. Der Organist brach sein einlullendes Spiel ab und begann mit Lohengrin. Wir standen alle auf... und setzten uns wieder. Es war nur der Kirchendiener. Ohne Braut. Er tuschelte mit dem Organisten, der nickte, und dann warteten wir weiter.

Plötzlich wurde das Portal weit geöffnet, der Pfarrer schritt hindurch, dann Gaynor mit dem Blumenmädchen an der Hand, und unter den Klängen von Wagners Hochzeitsmarsch erschien nun tatsächlich die Braut. Am Arm ihres Bruders, der eine ausgesprochen verbiesterte Miene zur Schau trug, schritt sie langsam zum Altar vor, und ich mußte mich schon sehr täuschen, wenn es um ihre Mundwinkel nicht verräterisch zuckte. Vor Lachen. Was war da draußen bloß passiert?

Vicky sah zauberhaft aus. Heimlich beobachtete ich Sascha. Anfangs hatte er stur geradeaus gesehen, wie es wohl vorgeschrieben war, aber dann siegte die Neugier. Er drehte sich um und bekam ganz große Augen. Offenbar hatte er eine so traumhaft schöne Braut nicht erwartet.

Da stand er nun, der siebenundzwanzig Jahre lang mein Sohn gewesen war, und gehörte ab jetzt einer anderen. Ein eigenartiges Gefühl ist das schon, aber wahrscheinlich würde es noch schlimmer sein, eines der Mädchen weggeben zu müssen, denn Sascha war in den letzten Jahren ohnehin nur noch zu Stippvisiten nach Hause gekommen.

Eine Trauung in angelsächsischen Ländern verläuft etwas anders als hier bei uns, wo das Brautpaar auf die entscheidende Frage nur mit Ja zu antworten hat. In England muß man einen ganzen Sermon herunterspulen. »Ich nehme dich, Mary Smith...« und so weiter. Sascha hatte seine Lektion gut gelernt, nur beim Namen kam er ins Schwimmen. »I, Sascha Sanders, take you, Victoria Laura, Lou-l-l-Louise Rashburn...«

Vielleicht hätte er doch nicht die drei Sherry vorher trinken sollen, raunte Janet mir zu, aber er sei doch so schrecklich nervös gewesen.

Als der Pfarrer, von der Nickelbrille bis zum Wohlstandsbäuchlein eine getreue Kopie von Nobby Blüm, die beiden zu Mann und Frau erklärte, erklang draußen ein mächtiger Donnerschlag, der einzige, den wir an diesem Tag hörten.

Nun waren Sascha und Vicky rechtmäßig verheiratet. Sie hatten die Ringe gewechselt, den Segensspruch empfangen und standen vor dem Altar, ohne recht zu wissen, was sie jetzt tun sollten. Schmunzelnd meinte der Pfarrer, er hielte es für eine gute Idee, wenn der Bräutigam die Braut jetzt küssen würde.

Da konnte ich einfach nicht mehr! Verzweifelt suchte ich nach einem Taschentuch, um es mir auf den Mund zu pressen, links neben mir gluckste Steffi, rechts wischte sich Janet die Lachtränen aus den Augen — es war so umwerfend komisch, wie Sascha seine Frau erleichtert umarmte und ihr einen vorsichtigen Kuß gab, damit um Himmels willen der Lippenstift nicht abfärbte.

Sodann schritt die gesamte Familie unter den Klängen, nein, keines Chorals, sondern einer Musical-Melodie, in die Sakristei, wo wir uns vor dem blumengeschmückten Tisch gruppierten und zuguckten, wie das frischgebackene Ehepaar Urkunden unterzeichnete. Erst mit einem simplen Kugelschreiber, dann — für den Fotografen — mit einem hellblauen Gänsekiel. Als auch das überstanden war, formierten wir uns aufs neue, und dann durften wir, das Brautpaar vorneweg, die Kirche verlassen.

Draußen wartete schon die nächste Hochzeitsgesellschaft einschließlich frierender Braut, der irgend jemand ein schwarzes Jackett über die Schultern gehängt hatte. Wir hatten den Zeitplan völlig durcheinandergebracht.

»Das geht ja hier wie am Fließband.« Katja zitterte wie Espenlaub. Zwölf Grad plus und Sommerkleid vertragen sich eben nicht. »Hoffentlich kommen wir mit einem der ersten Wagen weg.«

Doch erst mußten auch wir noch in den Kirchgarten zum Fototermin. Brautpaar allein, Brautpaar mit den Müttern, Brautpaar mit den Schwestern, Brautpaar mit kompletter Familie, Brautpaar mit Blumenmädchen... Es nahm und nahm kein Ende. Als der Fotograf endlich seine Kamera verstaute, ging alles noch mal von vorne los, nur jetzt mit etwas action bitte. Für einen Videofilm braucht man Bewegung. Also drapierten wir Vickys Schleppe, spielten Bäumchen-wechsle-dich, damit jeder mal an einem anderen Platz stand, und bemühten uns nicht sehr erfolgreich, das Zähneklappern zu unterdrücken.

Noch immer hatte ich keine Gelegenheit gehabt, dem frischgebackenen Ehepaar zu gratulieren, und als ich es endlich tun wollte, zischelte Sascha: »Nicht jetzt, erst zu Hause.«

Na schön, wenn das hier so üblich war, bitte sehr. Mein Getreide wurde ich auch nicht los. Beim letzten Einkauf im Supermarkt hatte ich eine Tüte Milchreis mitgenommen, der war am billigsten gewesen, doch kaum hatte ich eine Handvoll aus der Tasche geholt, stürzte Janet auf mich zu. Bloß keinen Reis, der würde in den Haaren und vor allem an Vickys Kleid hängenbleiben und noch Stunden später überall herausrieseln. Das war einzusehen, aber ich mußte wieder einmal feststellen, daß der Wahrheitsgehalt angelsächsischer Filme in wesentlichen Punkten anzuzweifeln ist.

Im ersten Wagen, der zwar auf Hochglanz poliert, aber

ohne jeglichen Blumenschmuck auf das Brautpaar wartete — derartige Dekorationen sind in England ebenfalls nicht üblich, man gibt sich dezent —, fuhren die Jungvermählten ab. Und als so nach und nach die übrige Gesellschaft eintrudelte, standen sie mitten im Wohnzimmer und nahmen die Glückwünsche entgegen. Und die Geschenke, soweit sie nicht schon vorher abgeliefert worden waren.

»Wie lange halten Hochzeitsgeschenke eigentlich?« wollte Nicki von mir wissen, eine kristallene Blumenvase begutachtend.

»Das kommt vermutlich auf die Intensität des jeweiligen Ehekrachs an«, sagte Katja. »Jedenfalls würde *ich* diese Vase als erstes an die Wand schmeißen.«

In Gedanken ließ ich meine damaligen Hochzeitsgeschenke Revue passieren, konnte mich jedoch nicht erinnern, noch ein einziges Teil davon zu besitzen. Vor einigen Jahren war als letztes das Schlafzimmer hinausgeflogen, Präsent der Schwiegereltern, aber zwanzig Jahre Birke geflammt war nun wirklich genug gewesen. »Ich glaube, das einzige, was ich von meiner Hochzeit noch habe, ist euer Vater«, mußte ich zugeben, womit Nicoles Frage wohl hinreichend beantwortet worden war.

Mit einem Glas Champagner in der Hand verkrümelten wir uns wieder in unsere Sofaecke, hoffend, der allgemeinen Aufmerksamkeit etwas entgehen zu können. Doch das war ein Irrtum. Jeder, der an dem Brautpaar vorbeidefiliert war, hatte das Bedürfnis, nunmehr die deutsche Verwandtschaft kennenzulernen. Zurückhaltung war nicht mehr nötig, jetzt war man ja unter sich.

Nun kann ich mich in englisch zwar ganz gut verständigen, bin in der Lage, über das Wetter zu plaudern und, wenn's denn sein muß, sogar über das Essen (es empfiehlt sich allerdings, bei diesem Thema seine ehrliche Meinung nicht kundzutun!), aber längere Unterhaltungen scheitern immer wieder an meinem zu geringen Wortschatz. Zum Glück beschränkte sich die Neugier der uns inspizierenden Gäste auf immer die gleichen fünf Fragen.

Erstens: Ob wir zum erstenmal in England seien? Das ließ sich mit einem einfachen Ja beantworten.

Zweitens: Wie uns England gefiele. Hier war natürlich Begeisterung angebracht. Die entsprechenden Adjektive wie beautiful, enchanting oder exceedingly nice kannte ich noch von der Schulzeit her.

Drittens: Ob wir schon in London gewesen seien. Nein, natürlich nicht, wir seien ja gestern erst angekommen.

Viertens: Ob wir London noch besuchen würden? Selbstverständlich, was wäre ein Englandaufenthalt ohne eine excursion (das heißt »Abstecher«, das Wort hatte ich mir von Thomas sagen lassen) in die berühmte Metropole.

Fünftens: Wie lange wir denn bleiben würden. Bis Mittwoch, dann müßten wir — leider, leider — wieder nach Hause.

Damit war die Konversation in der Regel beendet. Mit einem »So I hope you will have a nice time« verabschiedete sich der jeweilige Interviewer, um dem nächsten Platz zu machen. Nach geraumer Zeit gingen uns die Antworten richtig flüssig von den Lippen, gelegentlich variierten wir sie sogar und heimsten eine zusätzliche Frage ein: Wo wir so gut Englisch gelernt hätten.

Das Glas, mit dem Thomas um Ruhe bat, hielt dem Messergriff nicht stand und zerbrach, aber es hatte seinen Zweck erfüllt. Alles starrte den Übeltäter an. Er räusperte sich und begann mit seiner Rede. Da sie weder vom Wetter noch vom Essen handelte, bekam ich nicht allzuviel mit, doch sie muß wohl recht amüsant gewesen sein, denn häufig wurde gelacht, und der Beifall am Schluß war nicht höflich, sondern enthusiastisch. Glückwunschtelegramme waren noch nicht eingegangen, und so durfte Thomas schließlich den Sturm aufs Büfett freigeben.

Mit dem Kampf um Truthahn in Aspik und Waldorfsalat hinreichend beschäftigt, hatte sich das Gros der Gäste im Nebenzimmer zusammengedrängt. Sascha öffnete verstohlen den obersten Hemdenknopf, während Vicky in den nächsterreichbaren Sessel sank und erleichtert ihre Schuhe abstreifte. »Only for five minutes.« Doch so viel Zeit blieb ihr gar nicht. Die ersten Gratulanten, gesättigt und abgefüllt, gingen bereits, dafür kamen neue. Und wieder fing es von vorne an: »Oh, Mrs. Sanders, have you already been in London?«

Irgendwann hatte ich genug. Ich schnappte mir Sir Henrys Leine, der sich gleich uns auf dem Sofa verkrochen hatte, und entschwand durch die Hintertür. Steffi hinterher. »Ich komme mit, Knobby muß bestimmt auch mal raus.«

Bei Knobby handelte es sich um eine Art vierbeinigen Berberteppich. Er gehörte Vickys Schwester Gaynor und hatte sich im Gegensatz zu Sir Henry als so kommunikationsfreudig gezeigt, daß er kurzerhand im Bad eingesperrt worden war. Zwei Laufmaschen und fünf Zentimeter abgerissene Spitze gingen bereits auf sein Konto.

Mit unseren Alibi-Wauwaus machten wir einen ausgedehnten Spaziergang. »Ach, tut das gut!« Steffi atmete ein paarmal tief durch. »Du glaubst gar nicht, wie mir das Geschwafel da drin auf den Wecker geht. Eins weiß ich jedenfalls heute schon: Wenn ich mal heirate, dann nur im engsten Familienkreis in irgendeiner kleinen Kirche im Bayerischen Wald.«

Es war fast dunkel, als wir zurückkamen, und beinahe wäre ich die drei Treppenstufen vor dem Haus hinaufgefallen. Ein kräftiger Arm hielt mich im letzten Augenblick fest. Der war aber auch das einzig Kräftige an der ganzen Gestalt, die zusammengesunken auf der untersten Stufe hockte, neben sich eine umgekippte Champagnerflasche, Grund meines Ausrutschers. »I'm so sorry, Madam, so sorry«, lallte die Gestalt, vergeblich bemüht, sich hochzurappeln. »You are such a nice lady, I'm so sorry...«

»Trottel!« schimpfte Steffi und konnte gerade noch verhindern, daß Knobby Trottels Hosenbein bewässerte.

Im Flur lief uns Thomas über den Weg. »Da draußen sitzt einer, voll wie zehntausend Mann, wer is'n das?«

»Der sitzt do scho lang, ober i woaß a net, wer dös iiiß.«

»Sollten wir nicht lieber Leigh oder Grant Bescheid sagen?«

»Ja, dös sollt ma vielleicht tun«, sagte Thomas und begab sich auf die Suche. Sie mußte wohl ergebnislos verlaufen sein, denn zwei Stunden später war die Gestalt immer noch da, nur lag sie jetzt zwischen den Rosen.

Drinnen war es leerer geworden. Auch das Büfett, wie Steffi sofort bemerkte. »Siehste, warum hast du mich vorhin nicht rangelassen? Jetzt ist kaum noch was da.« Sie hatte ja recht, doch als sie sich in das größte Getümmel hatte stürzen wollen, hatte ich sie zurückgehalten. »Wir sind Familie, also warte gefälligst!«

»Warum? Darf die Familie keinen Hunger haben?«

Wenigstens war noch genügend Hochzeitstorte da. Das feierliche Anschneiden hatten wir verpaßt, doch es war ja der Nachwelt auf Video erhalten geblieben. Ich habe es mir später noch oft genug ansehen müssen, und zwar immer dann, wenn wir Besuch bekamen.

Wir kauten noch auf dem zuckersüßen Zeug herum, als Katja mit allen Anzeichen des Entsetzens auf mich zukam. »Jetzt hol uns bloß von diesem gräßlichen Weib weg! Sag einfach, dir sei schlecht geworden und wir müßten dich nach Hause bringen, oder laß dir was anderes einfallen. Hauptsache, du kannst uns loseisen.«

»Von wem denn?«

»Ach, Sascha hat sie uns angeschleppt, weil sie französisch spricht. Sie war mal Lehrerin in Oxford, wahrscheinlich schon zu Queen Marys Zeiten, und jetzt kriegen wir ihre ganze Lebensgeschichte zu hören. Im Augenblick ist sie mitten im zweiten Weltkrieg, wir haben also noch fünfundvierzig Jahre vor uns. Komm bloß schnell!«

»Mach ich.« Doch zuerst suchte ich Sascha und fand ihn in der Küche. »Wen hast du den Zwillingen aufgehalst?«

Erst wußte er gar nicht, von wem ich sprach, dann schien er sich zu erinnern. »Meinst du die Professorin?«

»Keine Ahnung, ich kenne sie nicht. Aber wer immer das auch ist, die Mädchen werden sie nicht wieder los.«

»Ich habe ihnen doch nur einen Gefallen tun wollen. Mit ihrem Englisch ist es ja nicht so weit her, und da dachte ich, sie würden sich lieber auf französisch unterhalten. Mrs. IchWeißnichtmehrwiesieheißt ist ja auch ganz angetan von den beiden.«

»Möglich, aber jetzt sieh zu, daß du sie anderweitig beschäftigst, sonst rastet Katja noch völlig aus.«

»Something wrong?« Janet hatte zwar nichts verstanden, aber bemerkt, daß irgend etwas nicht in Ordnung war. »Can I help you?«

Mit dem Problem vertraut gemacht, schritt sie sofort zur Tat. »Excuse me, Dorothy.« Sie zog die vor den Zwillingen kniende, schon recht betagte Lady vom Fußboden hoch und brachte sie zu einer Gruppe ähnlich bejahrter Matronen.

»Länger hätte ich das auch nicht ausgehalten«, stöhnte Nicki, »ich muß so dringend auf die Toilette.«

»Warum biste nicht gegangen? Vielleicht wäre sie dann auch abgezittert.«

»Ich wollte dich mit dieser Nervensäge nicht allein lassen.«

Irgend etwas war mir an diesem Stilleben unangenehm aufgefallen, und jetzt wußte ich auch wieder, was. Wie konnten es zwei halbwüchsige Gören zulassen, daß eine um mindestens sechzig Jahre ältere Frau vor ihnen kniet? »Ist eigentlich keine von euch auf den Gedanken gekommen, aufzustehen und der Dame den Stuhl anzubieten?«

»Natürlich!« Richtig empört war Katja. »Glaubst du denn, uns ist diese Herumrutscherei auf dem Boden nicht peinlich gewesen? Aber sie wollte ja nicht. Da kannste mal wieder sehen, die Engländer haben wirklich alle einen Spleen.«

»Nicht alle.«

»Aber die meisten!«

Davon konnte ich mich wenig später selbst überzeugen. Ich hatte mich gerade wieder in meiner Sofaecke niedergelassen, als die beiden Tanzlehrerinnen auf mich zukamen. Sie gehörten auch zu denen, die mich im Laufe des Nachmittags schon interviewt hatten. Jetzt wollten sie sich verabschieden. Ich versuchte aufzustehen, da versanken beide vor mir in einen tiefen Knicks. Du liebe Zeit, wer war ich denn? Die Queen? Ich war entsetzlich verlegen, wußte nicht, wie ich mich verhalten sollte, doch da hatten die beiden sich schon wieder erhoben, murmelten noch einige Höflichkeiten und gingen.

»Was war denn *das*? Sehe ich tatsächlich schon so alt aus?« Hilfesuchend wandte ich mich an Katja. »Die waren doch bestimmt schon über siebzig, weshalb also dieser Kotau?«

»Na, eine hatte eine ziemlich dicke Brille auf, und die Beleuchtung hier hinten ist nicht so besonders«, meinte Katja tröstend, »bei Tageslicht wäre das bestimmt nicht passiert.«

Ich war so lange empört, bis mich Vicky beruhigte. Der Knicks sei nichts anderes gewesen als eine Reverenz vor der Mutter des Bräutigams. Na, wennschon, ich fand es ausgesprochen albern.

Gegen neun Uhr, als schon seit einer halben Stunde kein weiterer Gratulant mehr erschienen und die meisten anderen gegangen waren, erklärte Sascha den offiziellen Teil der Hochzeitsfeierlichkeiten für beendet, hängte sein Jackett über eine Stuhllehne, die Halsbinde daneben, und zog mit sichtbarem Behagen die Schuhe aus. Allgemeines Aufatmen seitens der anderen Männer, gefolgt von einem ähnlich dezenten Striptease. Vicky verschwand sogar nach oben und war fünf Minuten später im Jogginganzug wieder da.

»Was du kannst, kann ich auch«, sagte Sascha. Bei ihm ging es sogar noch schneller. In Jeans und Sweatshirt sah er gar nicht mehr bräutigamsmäßig aus.

Ob jemand Tee wolle, fragte Janet. Niemand wollte welchen, ein Magen ist schließlich kein Schwamm, und Getränke jeglicher Art hatte es genug gegeben. Auch gut, dann könne sie ja jetzt ihr Dinner zu sich nehmen. Mit einem Glas milchweißer Flüssigkeit und einem hundekuchenähnlichen Keks kam sie aus der Küche zurück.

»This is really your dinner? Milk and a cracker?«

Das sei keine Milch, sondern ein Spezialgetränk, davon lebe sie schon seit Wochen, sagte sie lachend, und allmählich habe sie sich daran gewöhnt. Sie sei ja noch viel dicker gewesen, nehme aber dank der Cambridge-Diät kontinuierlich ab und hoffe, so um Weihnachten herum endlich mal wieder ein fertiges Kleid kaufen zu können. Ihre Schneiderin hoffe allerdings das Gegenteil. Nein, das Übergewicht sei nicht krankheitsbedingt, es sei schlicht und einfach angefressen. Nachdenklich rührte sie in ihrem Vitamingebräu. Ob man im Zeitalter das Schlankheitswahns nicht vielleicht noch die Worte »Durch dick und dünn« ins Ehegelübde aufnehmen sollte? Dabei sah sie durchdringend ihre Tochter an.

»Why?« fragte die.

Eines Tages werde sie auch mal fünfundfünfzig sein, prophezeite Janet, worauf Sascha versprach, an Vickys vierzigstem Geburtstag werde er den Griff der Kühlschranktür fünf Zentimeter über dem Boden anbringen.

Das würde ich ihm glatt zutrauen!

Lange blieben wir nicht mehr. Das Brautpaar machte sich auf den Weg zur Hochzeitssuite und löste damit den allgemeinen Aufbruch aus. Kaum hatte sich die Tür hinter uns geschlossen, da jammerte Katja: »Können wir nicht irgendwo noch was essen gehen? Ich habe einen Mordshunger.«

Den hatte ich auch. Vor lauter Höflichkeit waren wir alle irgendwie zu kurz gekommen. Zwei kleine Schnittchen, zwei Löffelchen Salat, eine Ecke Hochzeitskuchen — genaugenommen hatten wir seit unserem frugalen Frühstück nichts Vernünftiges in den Magen gekriegt. »Also schön, probieren wir mal die berüchtigte englische Restaurantküche aus.«

Auf der Suche nach einer solchen kamen wir an einem hellerleuchteten Supermarkt vorbei. »Guckt mal, der hat ja noch auf! Warum holen wir uns nicht hier was zu essen?«

Stefanie protestierte. »Nee, nicht schon wieder kalte Küche. Was haltet ihr von Take-away? Da drüben ist einer.«

Take-away, das magische Wort! Mit je einem halben Hähnchen und einer großen Packung Pommes frites kehrten wir in unsere Herberge zurück. Katja schaltete den Fernseher ein, Nicole kochte Tee, und dann saßen wir rund um den Tisch, guckten in die Röhre und kauten Huhn aus Pappschachteln. »Wie zu Hause«, konstatierte Katja zum zweitenmal, »essen, fernsehen, Bett.«

»Nicht ganz«, widersprach Nicki, »zu Hause haben wir Teller.«

8

Wenn ich mal sonntags keine Lust zum Kochen oder festgestellt habe, daß die letzten tiefgefrorenen Putenschnitzel dem Raubzug der Zwillinge zum Opfer gefallen sind (auswärts lebende Studenten lernen als erstes, wie man mütterliche Kühlschränke plündert), dann gehen wir essen. Das tut man in England auch, nur heißt es dort »Sunday-lunch«.

Vicky und Sascha hatten zu einem solchen geladen. Als wir uns gegen elf Uhr versammelten, waren wir genau dreizehn Personen, eine Zahl, die auch in England nicht gerade als glückbringend gilt. Trotzdem war Janet nicht zum Mitkommen zu bewegen. Sie hatte Angst, wieder rückfällig zu werden. Notgedrungen ließen wir sie mit den zwei Hunden und ihrem bereits angerührten Vitamincocktail allein. Sie sündigte sowieso schon. In der Küche stand ein Schüsselchen Salat, den sie gerade mit Zitrone beträufelte. »It's *my* Sunday-lunch«, sagte sie und schob uns zur Tür hinaus.

Das Speisehaus oder wie immer man diese an eine Bahnhofswirtschaft erinnernde Lokalität bezeichnen will, war bis zum letzten Platz besetzt, und zwar überwiegend von Männern, je nach Familienstand mit Sohn oder Zeitung neben sich, häufig sogar mit beidem.

»Ich dachte, die Frauenbewegung ist mal von England ausgegangen, aber kurz danach muß sie wohl wieder stehengeblieben sein.« Schon immer hatte sich Katja für die Suffragetten interessiert, allerdings nur so lange, wie sie vereinzelt aufgetreten waren. »Wieso hocken hier bloß die Herren der Schöpfung und mampfen? Oder sind alle Engländerinnen auf Diät?«

Es sei hier üblich, die Hauptmahlzeit erst am Abend einzunehmen und mittags nur eine Kleinigkeit zu essen. In der Regel gingen die Männer sonntags zum Frühschoppen in den Pub, und oft blieben sie dann gleich zum Lunch, erläuterte Sascha.

Katja nickte verstehend. »Jetzt ist mir wenigstens klar, weshalb Vicky mit dir in Deutschland leben will. Wahrscheinlich hättest du sonst in zwei Jahren genauso einen Mollenfriedhof wie Grant.«

Vickys Bruder hatte wirklich das, was man früher zurückhaltend-vornehm Embonpoint nannte, heute jedoch von Schlankheitsaposteln weniger vornehm als Wampe bezeichnet wird. Vielleicht hatte ihn deshalb der Pfarrer gestern als ihren Vater angesehen und entsprechend begrüßt, was bei Grant begreiflicherweise helles Entsetzen ausgelöst hatte und bei Vicky einen Lachanfall, von dem sie sich noch immer nicht erholt hatte, als sie schon vor dem Altar stand. Oder weshalb sonst hatte während der ganzen Zeremonie die Schleife hinten auf dem Kleid so gewackelt?

Es dauerte eine Weile, bis wir uns zu dem reservierten Tisch durchgeschlängelt und Platz genommen hatten. Wie die Heringe saßen wir zusammengedrängt, was ja angeblich die Gemütlichkeit fördern soll, die Bewegungsfreiheit jedoch ziemlich einschränkt. Viel brauchten wir ohnedies nicht. Das Essen wurde fix und fertig auf dem Teller serviert und war bei allen das gleiche: Roastbeef mit Röstkartoffeln, verschiedenen Gemüsen und Yorkshirepudding.

Seitdem ich in einem Kochbuch mal das Rezept für den berühmten Plumpudding gefunden habe, weiß ich, daß Pudding nicht gleich Pudding ist; ich jedenfalls habe für meine Schokoladencreme noch niemals Nierenfett gebraucht. Mit den Ingredienzen des nicht minder bekannten Yorkshirepuddings hatte ich mich vorsichtshalber erst gar nicht befaßt, deshalb konnte ich auch nicht enttäuscht werden.

»*Das* soll Pudding sein?« Mit der Gabel stach Nicole in das pastetenartige Gebilde, woraufhin der aufgeblasene Brandteig mit nichts als Luft in der Mitte zusammenschrumpfte. »Wie ißt man denn das?«

»Mit Messer und Gabel«, knurrte Sascha.

»Himmel ja, das weiß ich auch. Ich meine, ist das eine Beilage oder so was?«

Bekanntlich schreibt die englische Küche vor, daß man Gemüse in Salzwasser zu kochen hat und darin so lange schwimmen läßt, bis man es essen will. Genauso schmeckt es dann auch. Für Leute mit weniger abgestumpften Geschmacksnerven gibt es Gewürze, nämlich Salz und Pfeffer. Und Soßen. Zwei standen auf dem Tisch. Worcestersauce und Ketchup.

»Attention, it's sugar!« rief Mel warnend.

»I know it.« Ungerührt streute Stefanie einige Zuckerkrümel über ihre Karotten, probierte und nickte befriedigt. »Jetzt sind sie wenigstens genießbarer.«

Sieht man davon ab, daß Katja beim Kampf mit ihrem etwas zähen Yorkshirepudding das Gewicht zu sehr auf den Tellerrand verlagerte, woraufhin der Pudding, garniert mit grünen Erbsen, teils auf ihrem Schoß und teils auf dem Boden landete, verlief das Essen ohne Zwischenfälle. Der Waschraum befand sich übrigens, nur über eine hühnerleiterartige Stiege zu erreichen, ein Stockwerk höher, hatte kein Fenster, aber dafür eine kaputte Lampe.

»Was machen wir jetzt?« fragte Steffi, als wir die gastliche Stätte verlassen hatten. »Was tut man denn hier sonntags?«

»Dös siagst doch, ma schlooft!« Grinsend deutete Thomas auf die umliegenden Häuser, vor deren Fenstern zum großen Teil die Rolläden herabgelassen waren.

»Warum gehen wir nicht mal an den Strand?« schlug ich vor. »Angeblich ist das hier ein Seebad, bloß vom Meer habe ich noch nichts gesehen.«

»Richtig, das gibt's ja auch noch«, erinnerte sich Nicole. »Nichts wie hin! Ich bin noch nie an der Nordsee gewesen.«

»Du bist hier nicht an der Nordsee, sondern am Ärmelkanal«, korrigierte ihr Bruder.

»Meer ist Meer! Wo geht's denn lang?«

Eine knappe Viertelstunde brauchten wir, dann hatten wir die niedrigen Klippen erreicht und liefen zum Wasser. Was heißt überhaupt laufen? Wir balancierten über die mehr oder weniger großen Steine, die den halben Strand bedeckten und erst weiter unten in grobkörnigen Sand übergingen. »Iihhh, ist das kalt!« Nicki hatte einen Schuh ausgezogen und die Zehenspitzen ins Wasser gestreckt. »Die Steine pieken auch. Nee, da hat es mir in Kenia besser gefallen. Hier kriegste ja Frostbeulen!«

»Dabei hat die Saison bereits angefangen.« Steffi deutete auf die gar nicht so wenigen Badegäste, die zum Teil schon im Bikini am Strand lagen, aber sofort nach einem Handtuch griffen, sobald die milchige Sonne hinter einer Wolke verschwand. »Die müssen Eskimos unter ihren Vorfahren haben.«

»Hatten sie ja auch«, bestätigte Katja. »Soviel ich weiß, waren hier doch mal die Wikinger zugange, Erich der Rote, Hägar der Schreckliche ...«

»... verheiratet mit Katja der Dußligen!« ergänzte Sascha. »Bist du jetzt fertig? Dann könnten wir nämlich auf die Suche nach einer Teestube gehen, mir ist kalt.«

So weit kamen wir gar nicht. Auf halbem Weg befand sich ein großer Vergnügungspark, und damit war der Nachmittag gelaufen. Plötzlich befand ich mich in Begleitung einer Horde quiekender und kreischender Kinder, die mit Hallo das Kettenkarussell stürmten, das Gesicht mit Zuckerwatte beschmierten, Papierhütchen aufsetzten und paarweise einen Wettbewerb im Schiffschaukeln austrugen. Die Sieger durften umsonst aufs Riesenrad. Nichts ließen sie aus, weder den Gespensterzug noch die Wahrsagerin, die Vicky prophezeite, sie werde im nächsten Jahr den Mann ihres Lebens kennenlernen. Sogar Grant quetschte sein — hm, sagen wir Bäuchlein — in die Achterbahn, obwohl er doch immer gleich seekrank wird und es auch prompt wurde. Thomas schoß seiner Jill einen Teddybären, Sascha schaffte nicht mal eine Papierblume.

»Der Himmel gebe, daß uns der Weltfrieden erhalten bleibt«, meinte Nicole, »wenn die Bundeswehr lauter solche Blindgänger produziert, sehe ich schwarz.«

Als sie schließlich vereint das Kinderkarussell mit seinen wunderschön lackierten Holzpferdchen enterten und der Antriebsmechanismus daraufhin seinen Geist aufgab, komplimentierte man uns höflich, aber bestimmt vom Platz. Es war sowieso beinahe dunkel. Kichernd und gackernd, behängt mit allem möglichen Krimskrams, zogen wir nach Hause. Es gab auch keine Sprachprobleme mehr, Nicole unterhielt sich angeregt mit Jill,

Steffi hatte Leigh untergehakt und redete lebhaft auf ihn ein, Katja kabbelte sich mit Gaynor, und ich fand mich neben meiner Schwiegertochter wieder, die mir laufend versicherte, wie froh sie sei, in such a splendid family geheiratet zu haben.

Um diesen Eindruck aufrechtzuerhalten, würden wir unser künftiges Leben wohl auf einem Rummelplatz verbringen müssen.

Nach London fährt man mit dem Zug. *In* London fährt man Taxi. Oder U-Bahn, das ist billiger. Auf keinen Fall jedoch fährt man mit dem eigenen Wagen, weil es keine Parkplätze gibt. Wo es welche geben könnte, darf man nicht, und wo man darf, parken die Anwohner. Deshalb werden die Londoner Straßen auch überwiegend von jenen schwarzen Autos bevölkert, die alle ein bißchen so aussehen, als seien sie zwischen zwei Möbelwagen geraten. Dafür kann man aber problemlos mit Hut einsteigen.

Sascha und Vicky hatten sich bereit erklärt, uns durch London zu führen. Wir kämen ja vom Lande, seien außerdem der Sprache nur unzureichend mächtig und folglich potentielle Irrläufer. Nie würden wir dorthin kommen, wohin wir wollten. Meinen Einwand, ich sei immerhin in Berlin aufgewachsen, ließ Sascha nicht gelten. Das sei vierzig Jahre her, und Berlin ließe sich mit London ohnehin nicht vergleichen.

So zuckelten wir denn am vierten Tag unseres England-Aufenthalts mit einem ganz gewöhnlichen Bimmelbähnchen nach London, hielten an jeder Station — es gab sehr viele! — mit teilweise recht merkwürdigen Namen, aber eine davon hieß Wimbledon. Genau weiß ich nicht, was ich eigentlich erwartet hatte, vielleicht Tennisnetze statt Bahnsteigsperren oder eine als Racket getarnte Uhr, doch nichts deutete darauf hin, daß hier jedes Jahr zwei Wochen lang der Welt größter Tenniszirkus stattfindet. Englisches Understatement.

An welchem der zahlreichen Londoner Bahnhöfe wir ankamen, weiß ich nicht mehr. Wir stiegen sowieso gleich in die Unterwelt in irgendeine U-Bahn-Linie, kamen nach ein paar Stationen und einem halben Dutzend Rolltreppen wieder ans Tageslicht und standen vor Herrn Nelson. Genauer gesagt, vor einer Säule, die oben mit einem Gerüst zugebaut war. Der Admiral wurde gerade von Taubendreck gereinigt.

»Am besten fangen wir mit einer Stadtrundfahrt an«, bestimmte Sascha, »da kriegt ihr alles Wichtige zu sehen, und das andere machen wir dann zu Fuß.«

Wir enterten eines der als Sightseeing-Bus ausgeschilderten zweistöckigen Fahrzeuge, und weil die Mädchen unbedingt fotografieren wollten, mußten wir nach oben. Oben gab es jedoch kein Dach über dem Kopf, was einerseits logisch ist, sonst hat man ja immer irgendwelche Streben vor dem Objektiv, andererseits kriegt man aber den Wind aus erster Hand und — ebenso logisch — den Regen. Noch schien die Sonne, doch sie verkroch sich immer wieder hinter Wolken. Sofort wurde es ekelhaft kalt.

Neben jedem Sitz hingen Kopfhörer, und wenn man an dem in der Armlehne verborgenen Rädchen drehte und im richtigen Augenblick den richtigen Knopf drückte, konnte man den Ausführungen des Fremdenführers sogar in seiner Muttersprache folgen. Da ich zuerst den japanischen Sender und dann den italienischen erwischt hatte, sind mir nähere Angaben über die Fleet Street entgangen. Daß man dort Zeitungen macht, hatte ich ohnehin schon gewußt.

Ich habe nicht gezählt, über wie viele Brücken wir gefahren sind, wahrscheinlich mehrmals über jede, denn den Tower haben wir von allen Seiten gesehen, an Big Ben sind wir zigmal vorbeigekommen, sogar das neue Fernheizwerk ist in das Programm der Stadtbesichtigung aufgenommen worden, obwohl es nun wirklich nicht sehenswert ist, aber jedesmal, wenn der Fahrer wieder die

Richtung zum Fluß einschlug, fing das große Zähneklappern an. Ungebremst durch Häuser, fegte ein eiskalter Wind über die Themse, wir krochen immer tiefer in unsere Jacken, die wir sowieso schon bis zum Hals zugeknöpft hatten, und vermutlich lag es an den blaugefrorenen Händen, daß die spätere Fotoausbeute elfmal Tower, sechsmal Parlament und fünfmal Big Ben enthielt, jedoch keine einzige Themsebrücke.

Kurz vor dem Gefrierstadium kamen wir wieder bei Lord Nelson an. »Ich b-b-brauche jetzt w-w-was W-warmes zum Auf-t-tauen«, sagte Katja bibbernd und sprach uns allen aus der Seele. »Gibt's hier irgend-w-wo T-t-tee?«

Inzwischen hatten wir herausgefunden, daß der Tee in England zwar unterschiedlich gut, jedoch immer trinkbar ist, was man vom Kaffee nicht so ohne weiteres behaupten kann. Zwangsläufig waren wir zu Teetrinkern geworden. Sascha kannte eine Teestube »ganz in der Nähe«, die er schon früher mal frequentiert hatte, doch wo genau sie zu finden war, wußte er auch nicht mehr. »Ich glaube, wir müssen dort lang.« Er zeigte vage in eine Straße mit Bäumen rechts und links, die sich in der Ferne verlor. Sie führte dann auch genau zu einem Seiteneingang vom Buckinghampalast.

»Glaubst du wirklich, daß uns Lieschen König zum Tee einlädt?« stichelte Stefanie. »Du und deine Ortskenntnis! Lieber kaufe ich mir einen Stadtplan, der redet wenigstens nicht so viel.«

Die Teestube fanden wir natürlich nicht, statt dessen landeten wir in einem Pub. Der war auch viel interessanter. In einem langen, schmalen Raum mit einer Theke am entgegengesetzten Ende standen beziehungsweise drängten sich fast ausschließlich Männer zusammen, tranken schweigend ihr Bier, kauten ebenso schweigend ihr Sandwich, und manche schafften es sogar, dabei auch noch eine zusammengefaltete Zeitung zu lesen.

»Lunchtime«, stellte Sascha nach einem kurzen Rundblick fest. »Wollt ihr wirklich hier rein?«

Und ob wir wollten! Hier war es wenigstens warm. Und Hunger hatten wir auch. Gleich neben dem Eingang befand sich eine kleine Nische mit zwei Tischchen und jeweils drei Stühlen. Ein Tisch war noch frei. »Wenn wir immer nur eine Pobacke benutzen, haben wir sogar alle Platz«, sagte Katja.

Schlecht gesessen ist besser als gut gestanden. Wir quetschten uns zusammen, und plötzlich erinnerte mich die ganze Atmosphäre an eine Düsseldorfer Altstadtkneipe, wo — o selige Jugendzeit! — so manche in der Redaktion begonnene Geburtstagsfeier ihre Fortsetzung gefunden hatte.

»Was kann man denn hier essen?« forschte Katja. »Bloß diese mit dem aufgeweichten Salatblatt garnierten Stullen?«

»Sieh doch selber nach«, empfahl Sascha, »hinter der Theke ist alles aufgebaut.«

Das wollte sie nun doch nicht. »Erstens wüßte ich nicht, wie das ganze Zeug heißt, und zweitens bin ich nicht im Nahkampf ausgebildet. Die stehen da vorne doch in Dreierreihen vor dem Tresen. Meinst du, da läßt mich jemand durch?«

Sie kannte die englische Mentalität noch nicht. Kaum hatte sie im Windschatten ihres Bruders die Menschentraube erreicht, als sich sofort eine schmale Gasse öffnete und den Durchgang zu dem kulinarischen Angebot freigab.

»Gereizt hat mich ja nichts davon, aber ich habe auf Saschas Empfehlung Shephard's Pie für uns bestellt.« Sie schob sich wieder auf ihren halben Stuhl. »Es sieht zwar aus wie schon einmal gegessen, doch er sagt, es würde ganz gut schmecken.«

Shephard's Pie besteht aus Kartoffelbrei mit Hackfleischsoße, schön zusammengerührt, in flache Auflaufformen gekippt und dann im Ofen überbacken. Aus Gründen der Schnelligkeit kam das Zeug hier jedoch in die Mikrowelle, wodurch die angeblich so delikate braune Kruste fehlte, aber trotzdem schmeckte die Pampe erstaunlich gut. Und noch besser, wenn man beim Essen die Augen zumachte.

Gesättigt und gut geräuchert — die dichte Qualmwolke unter der niedrigen Decke hatte sogar mir Tränen in die Augen getrieben — waren wir zu weiteren Besichtigungen bereit, nur hatten wir etwas verschiedene Vorstellungen. Was mich interessiert hätte, fand bei den Mädchen wenig Anklang, und mich reizten weder Harrod's noch die Oxford Street. Einkaufsstraßen und Warenhäuser gab es auch zu Hause. Zumindest in einem Punkt waren wir uns einig: Wir wollten nach Soho.

Das berühmte Chinesenviertel erwies sich bei Tageslicht als ähnlich faszinierend wie die Reeperbahn morgens um zehn. Viel gesehen haben wir sowieso nicht, weil wir ständig mit gereckten Hälsen Ausschau nach unserem Ehepaar halten mußten, das zehn Meter vor uns im Eiltempo durch die Straßen raste. Die beiden kannten ja schon alles und verstanden nicht, weshalb wir ehrfurchtsvoll vor Scotland Yard stehenblieben (man hatte ja seinen Edgar Wallace gelesen) oder einen zweiten Blick auf die Westminster-Kathedrale werfen wollten.

»Können wir uns nicht mal trennen und in einer Stunde oder so wieder treffen?« maulte Nicole, nachdem ihr Bruder sie ungeduldig aus dem Postkartenshop gezerrt hatte. »Geht doch inzwischen turteln, und laßt uns ein bißchen Zeit zum Gucken.«

»Ich denke, ihr wollt in den Tower?«

»Na und? Je länger wir warten, desto älter wird er«, gab Katja zurück. »Große Lust habe ich eh nicht, durch dieses Gemäuer zu latschen und mir den Richtblock anzusehen, auf dem Maria Stuart einen Kopf kürzer gemacht worden ist. Die liegt mir immer noch im Magen.«

»Wieso?«

»Weil ich seinerzeit die Deutscharbeit total vergeigt habe. Im Heft stand so was Ähnliches wie: ›Bei Frage vier müssen dich alle guten Geister verlassen haben. Es gelingt mir beim besten Willen nicht, einen Zusammenhang zwischen deinen Ausführungen und denen Schillers zu entdecken.«

Die Besichtigung des Towers wurde also auf einen noch nicht näher bezeichneten Zeitpunkt irgendwann in diesem Jahrhundert verschoben, statt dessen bestiegen wir wieder die U-Bahn, um den wächsernen Damen und Herren in Madame Tussauds Etablissement einen Besuch abzustatten. Gleich am Eingang informierte uns eine Tafel, daß als neuer Gast Boris Becker hinzugekommen sei, zu besichtigen neben der Treppe. Wir besichtigten ihn, fanden ihn hübscher als das Original, und dann mußte ich die Zwillinge knipsen, wie sie rechts und links neben ihm standen und Küßchen auf seine noch glänzende Wange hauchten. Als Gegenleistung erbat ich ein Foto mit Humphrey Bogart, der sich bereitwillig von mir unterhaken ließ. Er konnte sich ja nicht dagegen wehren, der Ärmste.

Bestimmt war ich nicht die erste Besucherin, die über ein Paar Füße stolperte und sich mit rotem Kopf bei der alten Dame entschuldigte, ehe sie bemerkte, daß die müde Lady auf dem abgenutzten Sofa ebenfalls aus Wachs war. Auch diese Begegnung ist dank Katjas schußbereiter Kamera im Fotoalbum verewigt worden.

Sascha drängte zum Aufbruch. Wir müßten den Sechs-Uhr-Zwanzig-Zug erreichen, und jetzt in der Rush-hour kämen wir ohnedies nur langsam vorwärts. Das stimmte. Sämtliche Rolltreppen, die uns wieder unter die Straßen Londons baggerten, waren überfüllt, doch niemand drängelte, keiner schubste, alles ging sehr geordnet zu. Mir fiel auf, daß auf jeder Treppenstufe immer nur eine Person stand, und das auch noch völlig unenglisch auf der rechten Seite. Die linke hatte für diejenigen frei zu bleiben, die überholen wollten und es auch zügig taten.

Auf den Bahnsteigen ging es ähnlich gesittet zu. Sobald ein Zug hielt, bildete sich vor jeder Tür eine Schlange, dann stieg man, einer hinter dem anderen, ein. Niemand hätte zu drängeln gewagt, wir natürlich auch nicht, und so kam es, daß die halbe Familie schon im Wagen war und die andere Hälfte noch draußen, als sich die automatischen Türen schlossen.

»Was nu?« Etwas verblüfft sahen Steffi und ich dem abfahrenden Zug hinterher. »Weißt du noch, an welcher Station wir aussteigen müssen?«

»Nee, keine Ahnung«, gab sie achselzuckend zurück. »Ich weiß ja nicht mal, wo wir *um*steigen müssen.«

»Das kriegen wir schon raus!« sagte ich zuversichtlich, obwohl mir gar nicht danach zumute war. »Jetzt steigen wir erst mal *ein*.«

Der nächste Zug war schon eingelaufen, und als wir die erste Station erreichten, sah ich meine Sippe, gleichmäßig über den Bahnsteig verteilt, angestrengt in jeden Wagen linsen. Vicky entdeckte uns zuerst und signalisierte den anderen, daß sie uns gefunden hatte.

»Die sind ja doch weitblickender, als ich gedacht hatte.« Erleichtert ließ Steffi den Haltegriff los, woraufhin der mit Leder bezogene und an einer Art Spirale hängende Holzknauf ihrem Hintermann an die Stirn knallte. »Excuse me, please«, stotterte sie erschrocken. In diesem Moment blieb der Zug mit einem Ruck stehen, sie verlor das Gleichgewicht, und bevor ich sie halten konnte, saß sie schon einem würdig aussehenden Gentleman auf dem Schoß beziehungsweise auf seiner *Times*. Ihr Gesicht nahm eine tomatenrote Färbung an. »I . . . I . . . I am so sorry, but I . . .« Sie sprang auf und hastete aus dem Zug. Ich hinterher. Warum eigentlich? Die beiden attackierten Herren hatten nicht eine Miene verzogen, nur was sie sich gedacht haben, möchte ich lieber nicht wissen.

Vor unserer Rückfahrt nach Southsea kauften wir noch schnell diverse Ansichtskarten, die erst zu Hause in Deutschland wieder zum Vorschein kamen und zur Enttäuschung der Briefmarken sammelnden Empfänger mit heimischen Wertzeichen, aber wenigstens mit englischem Text abgeschickt wurden.

Dank Saschas Sklaventreibermethoden (»Nun beeilt euch doch mal ein bißchen! Könnt ihr nicht etwas schneller laufen? Müßt ihr vor jedem Schaufenster stehenbleiben?« und so weiter...) hatte ich den Londonbesuch ohne nennenswerte finanzielle Einbußen überstanden. Lediglich für Sven hatte ich ein Mitbringsel gekauft, etwas absolut Schwachsinniges, doch es hatte mir so ausnehmend gut gefallen. Quer über die Vorderseite des weißen T-Shirts war in roter Schrift der Vorwurf zu lesen: My Mom went to London and all I got was this lousy shirt.

Für Leser, deren Englischkenntnisse ähnlich umfassend sind wie meine, hier die Übersetzung: Meine Mutter ist nach London gefahren, und alles, was sie mir mitgebracht hat, war dieses blöde Hemd.

»Bin ich froh, wenn wir wieder zu Hause sind und etwas Vernünftiges zu essen kriegen«, sagte Steffi, mit anklagender Miene an dem trockenen Toast mümmelnd, »hoffentlich kann Janet wenigstens kochen.«

Wir waren nämlich alle zum Essen geladen. Abends. Irgend etwas typisch Englisches sollte es geben, als Dessert Applepie — was immer das auch sein mochte —, angeblich eine Spezialität von Vickys Mutter und nicht mal in einem Nobelrestaurant in so hervorragender Qualität zu bekommen. Aus Zeit- und auch aus Gründen der Sparsamkeit hatten wir es uns verkniffen, in einem solchen zu speisen (ab vier Sternen auf der Speisekarte ißt man nicht, da speist man!), doch nach meinen bisherigen Erfahrungen mit der englischen Küche war mir der Verzicht nicht schwergefallen.

»Müßten wir für Janet nicht ein paar Blümchen mitnehmen?« Katja hatte recht, das müßten wir wohl. Mrs. Hamilton wußte auch, wo wir welche bekommen würden. Gleich rechts die Straße runter, dann bei der Gabelung links und wieder die zweite Seitenstraße rechts. Der Laden war nicht eben groß und hatte außer diversen

Topfpflanzen nur drei Wassereimer voll Schnittblumen zu bieten. In einem schwammen Nelken, im zweiten Astern und im dritten Moosröschen, die ihr Haltbarkeitsdatum um mindestens zwei Tage überschritten hatten.

»Ist das alles?« wunderte sich Nicole. »Damit blamieren wir uns ja bis auf die Knochen. Kommt, wir suchen ein anderes Geschäft.«

Zwei fanden wir noch. Das erste hatte Moosröschen, Astern und Nelken zu Auswahl, und das zweite hatte Nelken, Moosröschen und Astern. Zusätzlich allerdings noch ein paar gelbe Freesienblüten. Zusammen mit einigen Röschen könnte das ganz ansprechend aussehen. Die Verkäuferin zupfte die gewünschten Blumen aus dem Eimer und verschwand damit im Hinterzimmer. Als sie zurückkam, traute ich meinen Augen nicht. Sie hatte lediglich die Stengel zusammengebunden, kein bißchen Spargelkraut oder sonstiges dekoratives Grünzeug dazugetan, und als ich sie um Komplettierung dieses armselig aussehenden Sträußchens bat, wußte sie gar nicht, was ich eigentlich wollte. Ich hätte mir die Blumen doch selber ausgesucht.

Da gab ich es auf, bezahlte einen unangemessen hohen Preis und tröstete mich mit der Wahrscheinlichkeit, daß Janet mit den Gepflogenheiten einheimischer Blumenhändler vertraut war. Irgendwann würde sie ja mal nach Deutschland kommen, dann konnte ich ihr zeigen, was man unter einem Blumenstrauß zu verstehen hatte. Mit einem richtigen Bukett würde ich sie begrüßen!

Vor dem Haus herrschte geschäftiges Treiben. Sascha belud den Transporter, oder besser gesagt, er versuchte es. Würde er alles verstauen wollen, was um ihn herum schon aufgebaut war und was Vicky und Gaynor unentwegt heranschleppten, bräuchte er einen Möbelwagen. Große Koffer und mittlere Koffer, Kleidersäcke, unzählige Kisten und Kartons, Federbetten, Stereoanlage, zwei Stehlampen aus getriebenem Messing (Souvenir aus Indien), Elektrogeräte, mindestens dreißig Stofftiere verschiedener Größe, Bilder, nicht gezählt die ganzen Hochzeitsgeschenke, die vom Kühlschrank bis zum Eßservice für sechs Personen reichten.

Mir konnte es ja egal sein, wie sie das ganze Zeug im Wagen unterbringen würden, nicht egal war mir die Frage, *wohin* sie damit wollten! Eine Wohnung hatten sie noch gar nicht, lediglich eine in Aussicht, aber die war erstens noch nicht ganz fertig und zweitens auch noch nicht vertraglich zugesichert. Das junge Paar würde sich also auf unbestimmte Zeit mit unserem Gästezimmer begnügen müssen, eine Tatsache, die mir überhaupt nicht schmeckte.

»Sind die eigentlich nicht ganz gebacken?« Entgeistert sah sich Katja um. »Wo wollen die denn mit dem Krempel hin? Etwa zu uns? Soviel Platz haben wir doch gar nicht.«

»Bis auf die Kleider, die Betten und das, was man sonst noch so haben muß, kommt erst mal alles in die Keller«, sagte Sascha unbekümmert. »Ihre ganze Abendgarderobe läßt Vicky sowieso noch hier.«

»Die wird sie zum Milchholen ja auch nicht brauchen«, murmelte Nicole, und dann lauter: »Wann warst du zum letztenmal in unserem Keller? Der ist nämlich voll.«

»Blödsinn. Wenn man da mal gründlich aufräumt, gibt es haufenweise Platz.«

»Da wird sich Mami aber freuen. Sie löchert uns schon seit einem Jahr, daß wir da unten mal Klarschiff machen sollen.«

»Ihr glaubt doch nicht etwa, daß ich . . .« fauchte Sascha.

»Wer denn sonst? Es sind ja nicht unsere Klamotten, die untergestellt werden müssen.«

Das Ein-, Aus-, Um- und wieder neu Einladen dauerte bis zum Spätnachmittag, dann endlich drückten wir zu dritt die hintere Tür zu und konnten nur hoffen, daß der schon etwas marode aussehende Schließmechanismus halten würde.

»Am besten gehst du jetzt in die Kirche und zündest eine Kerze an«, empfahl Steffi ihrem Bruder.

»Warum denn das?«

»Ich stelle mir gerade vor, was die Zollbeamten zu dieser vollgestopften Karre sagen werden! Was ist, wenn die auf einer Durchsuchung bestehen?«

Das wußte Sascha auch nicht. »Werden sie schon nicht«, beruhigte er sich selbst, »wir kommen ja nachts an die Grenze, und ich habe noch keinen deutschen Beamten erlebt, der zwischen Mitternacht und Morgen mehr tut, als er unbedingt muß. Er hat anwesend zu sein, das genügt. Etwaige Kontrollen stehen in seinem eigenen Ermessen, und das läuft nachts auf Sparflamme.«

Sascha sollte recht behalten. Der Zöllner beäugte zwar die beiden übernächtigten Gestalten mißtrauisch, gab sich jedoch mit der beinahe noch druckfrischen Heiratsurkunde und der Versicherung zufrieden, man transportiere lediglich die Aussteuer der Braut zu ihrem zukünftigen Domizil. Daß er Steffi zur Vermählung gratulierte, geschah rein privat und trug ihr ein angeschlagenes Schienbein ein. Sie hatte gerade energisch gegen diese Unterstellung protestieren wollen, als Sascha ihr einen heftigen Tritt versetzte. Völlig perplex nickte sie nur und mußte sich hinterher sagen lassen, daß sie eine dumme Gans sei und beinahe unübersehbare Komplikationen heraufbeschworen hätte. »Ein normaler Ehemann reist vier Tage nach der Hochzeit mit seiner Frau zusammen und nicht mit seiner Schwester.«

»Du sagst es«, konterte Steffi, »ein *normaler* Ehemann.«

Während die beiden Chauffeure mit der vorletzten Fähre über den Kanal schwammen, saßen wir in Janets gemütlichem Eßzimmer und futterten. Der Himmel mag wissen, wo sie kochen gelernt hatte, vielleicht war sie auch ein Naturtalent, jedenfalls mundete alles, was sie uns vorsetzte, großartig. Als ich nach der dritten Portion Applepie endgültig streikte, fragte sie besorgt, ob es mir nicht geschmeckt habe, ich hätte nur so wenig gegessen.

Der Abschied war lang und herzlich und endete mit Janets Zusage, das kommende Weihnachtsfest in Deutschland zu verleben. Sie würde auch einen echt englischen Christmas-cake mitbringen. Vorsichtshalber erkundigte sich Katja, ob sie den selber backen würde. Nein, den kaufe sie immer bei Harrod's, antwortete Janet. Woraufhin Katja sofort abriet, sich mit einem doch sicher zerbrechlichen und vor allem teuren (bei Harrod's ist *nichts* billig!) Kuchen zu belasten, sondern lieber mal deutschen Christstollen zu probieren.

Daß ich den auch immer fertig kaufe, sagte sie allerdings nicht.

Pünktlich um neun Uhr morgens, als ich dem Taxifahrer unser sofortiges Erscheinen signalisieren wollte, knallte ich mir zum letztenmal den Rahmen vom Schiebefenster auf den Ellenbogen. Das ist auch so eine typisch britische Einrichtung, mit der ich mich nicht hatte anfreunden können. An sich gefielen mir diese meist hellgetünchten Häuser mit den oft etwas altmodisch anmutenden Fassaden sehr gut, sie sehen schon von außen so gemütlich aus, doch an den Fensterkonstruktionen bin ich beinahe verzweifelt. Entweder gingen sie erst gar nicht auf, oder sie fielen gleich wieder runter. Und immer genau auf meinen Arm.

Zusammen mit dem Frühstück hatte uns Mrs. Hamilton die Rechnung und das Gästebuch serviert. Erstere war schnell erledigt, über dem zweiten brüteten wir gemeinsam eine geschlagene halbe Stunde, bis wir in hoffentlich wohlgesetzten Worten unsere Zufriedenheit zum Ausdruck gebracht hatten. Das Wörterbuch lag nämlich schon im Koffer, und keinem von uns fielen die Vokabeln für »Betreuung« oder »Aufmerksamkeit« ein.

Vicky wartete bereits, und mit ihr zwei Koffer sowie eine Kosmetikbox. Zusammen mit unserem eigenen Gepäck, das beim besten Willen keinen Platz mehr im Transporter gefunden hatte, war das entschieden zuviel. In den Kofferraum meines Wagens würde nicht mal die

Hälfte passen. Englische Taxis scheinen anders konzipiert zu sein, jedenfalls ging alles rein, sogar wir.

Nun ist es ohnehin nicht ganz einfach, sich an ein neues Familienmitglied zu gewöhnen, besonders dann nicht, wenn man es noch kaum kennt. Und wenn dieses neue Familienmitglied obendrein noch schuld ist, daß man beinahe sein Flugzeug verpaßt, stärkt diese Tatsache auch nicht unbedingt das Zusammengehörigkeitsgefühl. Als nämlich Vicky ihr Kosmetikköfferchen durch den Scanner schob, fing der so laut zu piepsen an, daß sich sofort alle Blicke auf uns richteten. Mit dem Corpus delicti wurden wir in einen Nebenraum eskortiert — jawohl, eskortiert! Rechts und links hatten wir je einen Polizisten als Seitendeckung! —, wo man erst unser Handgepäck durchsuchte und dann Vicky aufforderte, ihr Beautycase zu öffnen. Zum Vorschein kamen neben dem üblichen Kosmetikkram unzählige Schachteln und Schächtelchen, in denen noch kleinere Schächtelchen steckten, und überall lag ein Schmuckstück drin. Wunderhübsche Ringe, Kettchen, Broschen, Armbänder ... Sichtlich entzückt, begutachtete die Polizeibeamtin jedes einzelne Stück, ließ sich erzählen, aus welchem Land es stammte (Südafrika und St. Thomas müssen besonders preiswerten Schmuck anbieten), wobei sie immer wieder bedauerte, bei ihrem letzten Urlaub in der Karibik keine Ahnung von den günstigen Einkaufsquellen gehabt zu haben, wo sie doch Smaragde so liebe.

Gleich zu Beginn der Inquisition hatte Vicky eine Kopie ihrer Heiratsurkunde vorgezeigt, womit jeglicher Verdacht auf »heiße Ware« ausgeräumt worden war. Ihr Trauring glänzte ja auch noch ganz neu. Das Interesse an ihren Pretiosen beschränkte sich nur noch auf private weibliche Neugier. Die männliche Leibwache war ohnedies abgezogen, nachdem sie statt des erwarteten Weckers mit Zeitzünder nur eine Armbanduhr mit kleinen Brillis drumherum gefunden hatte.

In der drittletzten Schachtel lag ein herrlicher Rubinring, doch bevor sich Vicky wunschgemäß über Preis und Herkunft auslassen konnte, ertönte ein unüberhörbares Dingdong, gefolgt von einer Lautsprecherstimme, die die Passagiere Sanders aufforderte, sich unverzüglich zum Flugsteig 6 zu begeben. Dies sei der letzte Aufruf.

Wir haben die Maschine noch bekommen, allerdings mit hängender Zunge und unter Hinterlassung dreier Regenschirme, die wir bei unserem überstürzten Aufbruch vergessen hatten. Wahrscheinlich sind sie einer karitativen Institution zugeführt worden oder ruhen noch heute zwischen Schildpattkämmen und elfenbeinernen Spazierstöcken in der Asservatenkammer des Flughafens Heathrow.

Es war reiner Zufall, daß die Gattin unseres Heizölllieferanten in derselben Maschine saß. Der dazugehörige Ehemann stand mit Blümchen in der Empfangshalle und bekam Kulleraugen, als er neben mir Vicky entdeckte.
»So, hen Se sich a B'süchle mitbrocht?«
»Das ist kein Besuch, sondern meine Schwiegertochter«, klärte ich ihn auf.
»Ha no, weller von dene Kerle hat denn g'heiert?«
»Sascha.«
»Ond von derer Sach hat mer nix im Blättle g'lese?«
Ach ja, das Blättle, wöchentlich erscheinende Nachrichtenbörse für sämtliche Schulen, Vereine und sonstige Institutionen, nicht zu vergessen seine Funktion als »Schwarzes Brett«, wo vom Abstellplatz für einen Wohnwagen bis zum Verkauf von Junghennen alles angeboten beziehungsweise gesucht wird. Am interessantesten sind aber die Familienanzeigen. Wer hat wen geheiratet, wer hat ein Kind gekriegt (»Das ist schon das sechste, ja, haben die denn keinen Fernseher?«), wer hat sich verlobt, und wer hat seine Gesellen-, Meister- oder sonstige Prüfung bestanden? Ich nahm mir vor, gleich morgen eine Vermählungsanzeige zu entwerfen, auf daß die gesamte

Einwohnerschaft von Bad Randersau über unsere veränderten Familienverhältnisse informiert werde. Das mußte sein, sonst sprach sich die Neuigkeit viel zu langsam herum, und ich würde bei jedem gemeinsamen Auftreten in der Öffentlichkeit — einkaufen gehört auch dazu — langwierige Erklärungen abgeben müssen.

Inzwischen war auch Herrn Schlemps Gattin erschienen, leicht echauffiert, weil ausgerechnet sie ihren Koffer hatte öffnen müssen (»wo ich doch no net mol en Tee mitbrocht hab, was mer jo derf«), und nun mußte ich noch einmal nähere Erläuterungen herunterbeten. Frau Schlemp begutachtete Vicky von Kopf bis Fuß, um dann gönnerhaft festzustellen: »A hibsches Mädle hot er sich do ausguckt. Wo kommet Se denn her?«

Hilflos sah mich Vicky an. Sie hatte natürlich kein Wort verstanden. »Meine Schwiegertochter ist Engländerin und spricht noch kein Deutsch.«

»Ha, so ebbes aber au. Wie tun Se no mit ihra schwätze?«

»Englisch, wie denn sonst?« sagte Katja patzig, ungeduldig von einem Fuß auf den anderen trippelnd. »Könnt ihr euch nicht ein anderes Mal unterhalten?«

»Recht hosch, Mädle«, bestätigte Herr Schlemp erleichtert. »Machet mer, daß mer hoimkomma.«

Da fiel mir etwas ein. »Haben Sie in Ihrem Wagen vielleicht noch Platz für zwei Koffer?« Ich deutete auf unseren überladenen Gepäckkarren. »In mein Auto kriege ich das alles nicht rein.«

»Aber freilich«, sagte Herr Schlemp sofort, »welle soll ich denn nemma?«

»Die beiden größten. Wir holen sie nachher gleich ab.«

»Das braucht's net, die bring ich Ihna scho vorbei. Dem Sascha muß ich doch au no gratuliere.« So, wie er Vicky ansah, hatte ich allerdings den Eindruck, daß ihm Sascha ziemlich egal und die nähere Bekanntschaft mit dessen Frau viel wünschenswerter war. Das vermutete wohl auch Frau Schlemp, denn sie erinnerte ihren Kurti recht nachdrücklich an seine häuslichen Pflichten, die in erster

Linie aus der Kompostierung des doch hoffentlich inzwischen gemähten Rasens bestand sowie aus der Notwendigkeit, die Ligusterhecke zu schneiden. »Die Hase hosch g'wiaß au no net g'mischtet.«

Um weiteren Vorhaltungen zu entgehen, setzte er sein Gepäckwägelchen in Bewegung und marschierte los. Wir warteten noch einige Minuten, ehe auch wir die Rolltreppe zur Tiefgarage ansteuerten. Auf ein nochmaliges Zusammentreffen legte ich im Augenblick keinen Wert.

Der erstaunlich schnell regenerierte Rolf erwartete uns schon sehnsüchtig. Immer noch in Gips, doch entgegen ärztlicher Anweisung ohne Stock, kam er angehumpelt, sobald er den Wagen gehört hatte. Ich bekam einen flüchtigen Kuß, die Mädchen einen Nasenstüber, Vicky eine herzliche, ganz und gar nicht väterliche Umarmung. Weitere Kommunikationsversuche scheiterten an Sprachschwierigkeiten. Rolf ist Lateiner und beherrscht lediglich die englische Terminologie der Werbebranche. Französisch kann er auch, Englisch nicht.

Katja war sofort in die Küche gestürmt und dort an den Kühlschrank. »Wurst, Käse, Fleischsalat, Tomaten — alles da!« stellte sie befriedigt fest.

»Frau Keks hat sogar Mittagessen für alle gekocht«, sagte Rolf. »Gemüseeintopf, weil man den schnell aufwärmen kann. Steht alles im Mikrowellenherd.«

»Weshalb hast du denn noch nichts gegessen?« Mir war nach einem kurzen Blick in die große Keramikschüssel aufgefallen, daß ihr Inhalt unberührt geblieben war.

»Ich konnte nicht.«

?????

»Bei dem alten wußte ich ja Bescheid, aber bei dem neuen hier habe ich keine Ahnung, wie man die Tür aufkriegt.«

9

Von nun an herrschte bei uns das absolute Chaos. Obwohl Stefanie einen Teil der Hochzeitsgeschenke in ihrem eigenen Keller untergebracht hatte, war immer noch genug übriggeblieben, um unser Haus in ein Flüchtlingslager zu verwandeln. Oben bei den Zwillingen standen zwei Plastiksäcke voller Plüschtiere, und der kleine Flur vor ihrer Zimmertür war vollgepackt mit Koffern, Kleidersäcken und zerbrechlichen Dingen, von denen wir hofften, daß sie abseits der Hauptverkehrswege einigermaßen sicher waren. In die Keller kamen wir schon gar nicht mehr rein. Einmal pro Tag kämpfte sich jemand mit schriftlich fixierten Angaben zum Vorratsschrank durch, um den jeweiligen Tagesbedarf an Lebensmitteln zu holen. Die Tiefkühltruhe war restlos blockiert, und als mir auf der Kellertreppe eine Tüte platzte und sämtliche Kartoffeln zwischen Federbetten und übereinandergeschichteten Kartons verschwanden, bekam ich einen Schreikrampf. So ging das einfach nicht weiter!

Das fand auch Sven, als er gut erholt und braungebrannt von Kreta zurückkam. Ein paar Tage lang sah er sich das Durcheinander an, dann hatte er eine Idee. »Weißt du was, Määm? Bis die in ihre Wohnung ziehen, stelle ich ihnen meine Bude zur Verfügung. Da haben sie wenigstens anderthalb Zimmer, 'ne Küche, ein eigenes Bad und ungestörte Zweisamkeit. Den größten Teil von ihrem Kram können sie auf dem Dachboden stapeln, der ist fast leer. Dann gehe *ich* eben solange ins Gästezimmer. Ich sitze dir auch nicht ständig auf der Pelle, ich bin ja höchstens mal abends da.«

Seine überraschende Bereitwilligkeit war vermutlich dem Umstand zu verdanken, daß seine derzeitige Freundin ebenfalls über eine eigene Wohnung verfügte und seinem geregelten Liebesleben somit auch weiterhin nichts im Wege stand. Darüber hinaus waren die nunmehr zu erwartenden Dienstleistungen wie zum Beispiel warme Mahlzeiten, schrankfertige Wäsche und kostenlose Telefonbenutzung nicht zu verachten. Trotzdem versprach ich ihm aus lauter Dankbarkeit eine neue Autobatterie.

Die Aussicht, nicht mehr ständig über Kartons steigen zu müssen, wenn ich frische Handtücher holen wollte, und endlich wieder die Flaschen- und Döschenparade im Badezimmer loszuwerden, setzte ungeahnte Kräfte in mir frei. Schon am nächsten Morgen fuhr ich die erste Ladung Koffer in Svens Wohnung, nahm auf dem Rückweg einen Teil seiner Sachen mit, und als mir unterwegs die Zwillinge begegneten, aus deren Ente oben der immer noch in Knisterfolie verpackte und mit rosa Schleifchen geschmückte Gummibaum herausragte, wurde mir erst richtig klar, daß wir bald wieder ein normales Leben führen würden. Wir könnten uns wieder auf deutsch unterhalten, brauchten nicht mehr ständig an Zimmertüren zu klopfen und würden uns wieder normal ernähren. Katja hatte schon überlegt, ob sie als demnächst milchproduzierendes Rindvieh nicht sogar subventionsberechtigt sei.

Daß Vicky Vegetarierin war, hatten wir in England gar nicht mitbekommen. Aufgefallen war es mir zum erstenmal während der Abiturfeier, als sie sich bei der anschließenden Freßorgie nur einige Salatblättchen vom reichbestückten kalten Büfett nahm und behauptete, keinen Hunger zu haben.

»Dabei gehört das Grünzeug doch bloß zur Dekoration«, flüsterte mir Nicole zu. »Warum ißt sie nichts Vernünftiges? Hast du übrigens mal den mexikanischen Salat von Frau Bettin probiert? Einsame Spitze, sag ich dir.«

Ein letztes Mal waren wir Eltern aufgefordert worden, zum Gelingen des Festes beizutragen. Hinlänglich trainiert, hatten wir wieder Salate zusammengerührt, Aufschnittplatten komponiert, dutzendweise Isolierkannen mit Kaffee und Tee angeschleppt, während die Väter angehalten worden waren, für das geistige Wohl der Festgäste zu sorgen. Ganz Spendable hatten sogar Champagner herausgerückt. Vielleicht waren es auch nur die besonders Dankbaren gewesen, deren Sprößlinge trotz gegenteiliger Befürchtungen das Abitur doch noch geschafft hatten.

Diese Abschlußfeier war Vickys erstes öffentliches Auftreten im Familienverband. Nachdem Rolf sich geweigert hatte, im Jogginganzug zu erscheinen — das Gipsbein hinderte ihn noch immer an einer standesgemäßeren Bekleidung — und Sven sich unter dem Vorwand, seinem Vater Gesellschaft leisten zu müssen, gedrückt hatte, blieb es an Sascha hängen, die männliche Komponente des Clans zu vertreten, wozu er sich nur widerwillig bereitfand. Nicht mal die Aussicht, mit einer nunmehr amtlich sanktionierten und darüber hinaus sehr dekorativen weiblichen Seitendeckung erscheinen zu können, stimmte ihn milder.

»Was soll ich denn da? Mich mit irgendwelchen Müttern, die ich nicht kenne, über ihre Blagen, die ich auch nicht kenne, unterhalten? Und ob es nicht ungerecht ist, daß der Paul oder Emil eine Vier in Latein gekriegt hat, obwohl doch Opa immer regelmäßig die Vokabeln abgehört hat?«

»Du bist ein Idiot!« fertigte ihn Katja ab. »Was glaubst du denn, wo du hingehst? In die Grundschule?«

Daran erinnerte die festlich geschmückte Aula nun wirklich nicht, schon eher an Kirche, was vor allem der weihevollen Stille zuzuschreiben war. Auch die von Lorbeerbaumtöpfen umrahmte Bühne mit dem Rednerpult in der Mitte wirkte ein bißchen sakral. Nur die dahinter aufgereihte Big Band der Schule paßte nicht so ganz ins Bild, obwohl Schlagzeuger und Blechbläser ihre Instrumente noch zugedeckt hatten und nur die Streicher das gedämpfte Stimmengemurmel mit Klassischem untermalten.

Wir waren ziemlich spät dran, denn Vicky hatte sich nicht entscheiden können, welches Teil ihrer Garderobe dem feierlichen Anlaß entsprechen würde, und als sie endlich ihre Wahl getroffen hatte, mußten wir erst den richtigen Kleidersack finden. Jedenfalls sah sie in dem weinroten Kostüm richtig brav aus, also genau so, wie nach ihrer Vorstellung eine Ehefrau in einer deutschen Kleinstadt auszusehen hat. Ich hatte noch einmal mein Schwiegermutterkleid hervorgeholt, bevor es endgültig in der hintersten Ecke des Schrankes verschwinden würde. Was es auch tat, bis ich es drei Jahre später der Rotkreuz-Kleiderstube vermachte.

Als wir die Aula betraten, kam uns Katja schon ungeduldig entgegen. »Wo bleibt ihr denn? Nicki sitzt da drüben in der dritten Reihe und verteidigt mit Zähnen und Klauen eure Plätze.«

»Ich denke, die sind reserviert?«

»Doch nur für die Eltern und nicht für die ganze Sippe. Steffi ist nämlich auch noch nicht da.«

Wenig später kam sie. »'Tschuldigung, aber erst habe ich dieses blöde Kaff nicht gefunden, dann habe ich zehn Minuten lang die Schule gesucht, und als ich die endlich hatte, gab's nirgendwo mehr einen Parkplatz. Jetzt stehe ich irgendwo neben einem Rübenfeld. Keine Ahnung, ob ich den jemals wiederfinde, hier gibt es ja nur Rübenfelder.«

In kluger Voraussicht hatte Katja ihre Schwägerin neben Dr. Greininger geparkt, seines Zeichens Englischlehrer und als solcher befähigt, seiner Nachbarin die wesentlichen Aussagen der nun folgenden Ansprachen zu übersetzen. Er tat es mit einer unerwarteten Bereitwilligkeit und so gründlich, daß Vicky mich später fragte, ob die Reden wirklich so entsetzlich langweilig gewesen seien.

Zuerst sprach der Direx. Der hatte so etwas schon oft getan und faßte sich kurz. Dann kam der stellvertretende Direktor, der mit Beginn des neuen Schuljahres das Amt seines Vorgängers übernehmen würde und noch nicht so geübt war. Seine Ansprache dauerte einundzwanzig Minuten. Danach folgte die Elternbeiratsvorsitzende. Da ihre Tochter auch zu den Schulabgängern gehörte, verabschiedete sie sich nur kurz und übergab ihre Aufgaben mit einigen netten Worten der bereits gewählten Nachfolgerin. Die wiederum brauchte achtzehn Minuten, um sich einzuführen, was ohnehin niemanden interessierte, denn mit ihr würden wir ja nichts mehr zu tun haben. Dann kamen noch der Schulsprecher und zum Schluß die Rede des Einser-Abiturienten.

Es ist mir schon immer ein Rätsel gewesen, weshalb ausgerechnet der Jahrgangsbeste dazu verdonnert wird, die unerläßliche Eloge auf Schule und Lehrerkollegium zu halten. Eine Einskommaund in Mathe und Physik ist doch nicht gleichbedeutend mit Rhetorik, und eine sonst mittelmäßige Schülerin vielleicht viel eher befähigt, eine spritzige, amüsante Rede aufzusetzen. Aber nein, die Tradition will es anders.

Da stand er nun, der arme Kerl, kaum wiederzuerkennen im dunklen Anzug mit Kulturstrick um den Hals — ich hatte ihn immer nur in Jeans gesehen —, blätterte fahrig im mitgebrachten Manuskript, räusperte sich und legte los. Was er sagte, weiß ich nicht mehr, ich hatte Mühe, die Augen aufzuhalten. Opa vor mir war bereits selig entschlummert, und zwei Reihen hinter mir schnarchte es auch schon. Sogar der Direx ganz vorne gähnte alle zwei Minuten verstohlen in sein Programmheft hinein. Wen wundert's? Die musikalischen Einlagen mitgerechnet, hockten wir seit anderthalb Stunden auf unseren Holzstühlen und ließen uns vollblubbern.

Endlich brandete Beifall auf. Es mußten doch noch einige wach geblieben sein. Ob Niels wohl ahnte, daß achtzig Prozent des anhaltenden Klatschens Ausdruck der Erleichterung war?

Nun folgte noch die Zeugnisausgabe, also das von den Zwillingen befürchtete Spießrutenlaufen, wenn die Schüler einzeln nach vorne kommen und sich so dem gesamten Auditorium präsentieren mußten, begleitet von halblaut gemurmelten Kommentaren. »Des Kleid von dr Saschkia isch aber scho a bißle arg g'wagt, findsch net au,

Albert? Wundre tut's mi gar net, die isch jo scho als Vierzehnjährig mit so em schulterfreie Hemdle rumg'laufe.«— »Wie ka mer bei so aner Figur so an Rock oziehn? Gugg mal g'scheit na, Willi, wenn ich's net besser wüßt, tät ich sage, dä Angelika isch schwanger.« — »Dem Thomas sei Eltern hätte dem Bua amol an richtige Ozug kaufe könne anstatt dem Jäckle, mit dem er scho beim Tanzschtundeball rumglaufe isch. Des Geld dazu hend se doch.« — »Ebe net, Herta, die neue Scheuer isch viel teurer, wie se 'dacht hend.«

Hier kannte eben jeder jeden, ganz besonders dann, wenn man im selben Dorf wohnte. Der liebe Gott weiß alles, aber die Nachbarn wissen mehr!

Dann war auch das überstanden. Kaum hatte Ziegler, Anita, als letzte ihr Zeugnis in Empfang genommen, da setzte ein Run auf die Toiletten ein. Die mit einer weniger sensiblen Blase ausgestatteten Eltern drifteten in die entgegengesetzte Richtung, wo in mehreren Klassenräumen lange Tische aufgebaut waren. Seinen Stuhl hatte bitte sehr jeder selbst aus der Aula mitzubringen. Das kalte Büfett hatte man in den Handarbeitssaal verlegt, da waren die Tische breiter. Mit Vergnügen stellte ich fest, daß die beiden Schüsseln mit meinem Kartoffelsalat schon fast leer waren, obwohl er so gar keine Ähnlichkeit hat mit der hiesigen Variante. Schwäbischer Kartoffelsalat besteht nämlich aus Zwiebeln, Pfeffer, Salz und lauwarmem Wasser. Nimmt man statt dessen Fleischbrühe, schmeckt er ein bißchen besser, aber nicht viel.

Nachdem Vicky ihr Karnickelfutter verdrückt und nichts Eßbares mehr gefunden hatte, das weder Fleisch, Wurst noch Eier enthielt, drängte sie ihren Mann zum Aufbruch. Der hatte jedoch gar keine Lust dazu. Erstens war er noch gar nicht richtig satt, und zweitens hatte er ein paar frühere Klassenkameraden entdeckt. Die Zwillinge hatten sich auf den Schulhof verkrümelt, wo die feierliche Bücherverbrennung stattfinden sollte. Steffi konnte ich auch nirgends finden.

Wieder einmal verwünschte ich Saschas kosmopolitische Anwandlungen. Hätte er nicht etwas Deutschsprachiges heiraten können? Meinetwegen eine Schweizerin, sofern sie nicht gerade aus Bern stammte, oder jemanden aus dem Elsaß? Sogar eine Österreicherin hätte ich in Kauf genommen, obwohl meine eigenen Erfahrungen mit dieser Spezies nur auf dem Logierbesuch von Tante Elfi beruhten, jener nach Amerika ausgewanderten Freundin meiner Mutter, die uns eine Woche lang heimgesucht und sich ausschließlich von Steaks und Whisky ernährt hatte. Abgesehen von den sonstigen Folgen war das eine kostspielige Angelegenheit gewesen. Doch außer Champagner, den wir sowieso nie im Haus hatten, trank Vicky keinen Alkohol, also hätte sie meinethalben ruhig Österreicherin sein können. Aber sie war nun mal Engländerin, sprach außer einigen Höflichkeitsfloskeln noch immer kein Wort Deutsch, und so blieb es wieder einmal an mir hängen, meine Schwiegertochter zu unterhalten. Zum Glück befanden wir uns in einer Schule, und die dazugehörigen Vokabeln lernt man bereits in der ersten Englischstunde. So beschloß ich, ihr das ganze Gebäude zu zeigen. Schon im Physiksaal wurde es schwierig. Was, bitte sehr, heißt Bunsenbrenner auf englisch?

Ohnehin schien Vicky herzlich wenig Wert zu legen auf meine unqualifizierten Erläuterungen, und so war ich heilfroh, als Dr. Greininger unseren Weg kreuzte. »Sie können das doch viel besser!« sagte ich sofort. »Wollen Sie meiner Schwiegertochter nicht mal zeigen, wie eine deutsche Schule von innen aussieht?«

»Auf jeden Fall unmoderner als eine englische«, erwiderte er prompt. »Die sind da drüben viel besser ausgestattet als wir, zumindest auf technischem Gebiet. Fast überall haben sie schon richtige Sprachlabors.«

Dann war Vicky auf die falsche gegangen, sonst hätte sie wenigstens ein *bißchen* Deutsch können müssen. Umgekehrt war ich immerhin in der Lage, mich halbwegs geläufig über das Wetter und neuerdings sogar über die Londoner Sehenswürdigkeiten zu unterhalten.

Ich begab mich auf die Suche nach den Meinen. Sascha laberte noch immer mit seinen Freunden, die Zwillinge vermutete ich in der Aula, wo die Big Band endlich Beat statt Beethoven spielen durfte, was sie im übrigen auch viel besser konnte, und Steffi war nirgends zu finden. Also gesellte ich mich dorthin, wo ich den ungeschriebenen Regeln zufolge hingehörte: zu den Müttern. Nach neun Schuljahren und mindestens drei Dutzend Elternabenden kennt man sie alle. Offenbar hatte man schon auf mich gewartet, denn ich wurde sofort mit Fragen überschüttet. Welche Zukunftspläne denn die Zwillinge hätten und ob es stimme, daß sie als Entwicklungshelferinnen nach Afrika gehen würden.

»Wer hat denn diesen Unsinn aufgebracht?«

Das wußte niemand so ganz genau, aber die Katja habe dem Ritchie erzählt, daß es ihr in Kenia so gut gefallen habe, sie aber nicht einem einzigen Entwicklungshelfer begegnet sei, obwohl die immer noch dringend nötig seien, und überhaupt sollte man viel mehr für die Länder der dritten Welt tun.

So also entstehen Gerüchte!

Ich beeilte mich, meine Zuhörer über die Berufspläne meiner Töchter aufzuklären. So so, also Lehrerinnen wollten sie werden? Na ja, bei dem nicht gerade überwältigenden Notendurchschnitt der beiden waren die Studienmöglichkeiten natürlich eingeschränkt, und die vielen Aussiedler würden ja auch alle Kinder mitbringen, da brauche man Lehrer. Holger dagegen würde selbstverständlich die juristische Laufbahn einschlagen und später die Kanzlei seines Vaters übernehmen. (Und vermutlich genauso ein Ekel werden wie der Papa, der sich beim letzten Elternabend eine halbe Stunde lang über die fehlenden Parkplätze ausgelassen hatte. Der neue Golf seines Sohnes weise bereits zwei unübersehbare Schrammen auf, lediglich auf das unzumutbare Rangieren zwischen den engen Abstellplätzen zurückzuführen.)

Niels würde natürlich Medizin studieren, Kristina wollte Dolmetscherin werden und Daniel Pilot. Wegen der Stewardessen, hatte Nicki vermutet, denn er galt schon seit etlichen Jahren als Klassen-Casanova. Zwei Anwärterinnen für den Nobelpreis gab es auch schon; Sandra und Anne wollten sich auf die Biochemie und dort wiederum auf die Genforschung werfen, während Heiko das väterliche Gut bewirtschaften würde, wozu er allerdings erst ein Studium der Agrartechnik benötigte. Anscheinend war er nicht auf den Anbau von Zuckerrüben erpicht.

Dagegen konnte ich mit meinen Lehrerinnen in spe natürlich nicht ankommen. So überließ ich die künftigen Akademikermütter den Erörterungen über spätere Verdienstmöglichkeiten ihrer Sprößlinge und verabschiedete mich. Voraussichtlich würde ich sie nie wiedersehen.

In der Aula wackelten die Wände. Die von ihren Lehrern mit so beredten Worten in den Ernst des Lebens entlassenen Abiturienten tobten wie Halbwüchsige durch die Halle, und wer nicht gerade auf der Tanzfläche Freiübungen machte, war anderweitig beschäftigt. Zum Beispiel mit dem Aufblasen von Luftballons, die später in das Büro vom Direx gestopft werden sollten, nach Möglichkeit bis unter die Decke. Andere wieder füllten Pappbecher mit Wasser und bauten sie, immer weiter rückwärts kriechend, dicht an dicht auf dem Fußboden des Lehrerzimmers auf. Langsam bezweifelte ich, daß diese herumalbernden, in ihrem so ungewohnt feierlichen Outfit verkleidet wirkenden Teenies jemals erwachsen werden würden.

Vicky stand unter der Dusche, als ich nach Hause kam, und Sascha in der Küche. »Hast du denn immer noch Hunger?«

»Ich nicht, aber Vicky.«

Auf dem Herd brodelte eine weiße Flüssigkeit. Sascha

warf geraspelten Käse hinein, rührte um, fügte Kräutlein hinzu und Gewürze, rührte um, probierte, hobelte noch mehr Käse ab, probierte wieder, goß in diesen zähen Kleister etwas Ketchup hinein, rührte weiter...

»Was soll das eigentlich werden?«

»Abendessen für Vicky.«

»Ißt man das später mit dem Löffel oder mit der Gabel?«

Ein vernichtender Blick traf mich. »Das wird eine Käse-Sahne-Soße für die Bohnen.« Richtig, da stand ja noch eine Konservendose auf dem Tisch. »Baked beans« las ich. »Stammt nicht von mir. Hast *du* die etwa gekauft?«

»Vorsichtshalber habe ich einige Büchsen aus England mitgebracht, aber inzwischen habe ich gesehen, daß es die hier auch gibt. Gott sei Dank, denn wir Deutschen sind ja ein Volk von Fleischfressern.«

»Das hat dich bisher nie gestört.«

»Tut's auch jetzt noch nicht, aber du weißt doch, daß Vicky Vegetarierin ist, das schränkt den Radius abwechslungsreicher Kost erheblich ein.«

»Schick sie doch mal in den Garten. Seitdem Sven im vergangenen Jahr den Rasen neu eingesät und dazu die als besonders robust bezeichnete Wiesenmischung verwendet hat, haben wir eine reichhaltige Auswahl an Gewächsen, die mit Rasen nicht die geringste Ähnlichkeit haben. Einige davon sind bestimmt eßbar.«

Unter den bitterbösen Blicken das Küchenchefs verschwand ich lieber. Etwas später wollte ich mir eine Tasse Tee machen und fand Sascha immer noch vor dem Herd stehend. »Warum brauchst du denn so lange für das bißchen Soße? Oder rührst du einen Impfstoff an?«

Er schaute mich gar nicht an, servierte seiner Gattin das Dinner in den oberen Gemächern und ward an diesem Abend nicht mehr gesehen.

Die Zwillinge auch nicht. Lange nach Mitternacht hörte ich sie glucksend und kichernd die Treppe hinaufstolpern. Genau vor meiner Tür machten sie halt. »Ich finde es eine gute Idee, daß wir schon jetzt das nächste Klassentreffen vereinbart haben«, sagte Katja. »Ob man schon Kalender für 1993 kriegt? Irgendwo müssen wir den Termin doch notieren, in fünf Jahren haben wir den sonst längst vergessen.«

»Ich bin neugierig, ob wir uns dann überhaupt noch wiedererkennen werden. Stell dir bloß mal vor, Katja, die Jungs alle ohne Bärte!«

Ich lächelte leise vor mich hin. Wer weiß, was in fünf Jahren sein würde.

Es wurde ruhig im Haus. Das junge Paar hatte unter Hinterlassung der Plüschtiere sowie der Wintergarderobe Svens Behausung bezogen und widmete sich nun intensiv der Wohnungssuche. Zwar war die fest zugesicherte Neubauwohnung inzwischen tatsächlich fertig geworden, nur hatte der Eigentümer dann doch lieber dem Rentnerpaar mit Cockerspaniel den Vorzug gegeben. Bei Jungverheirateten weiß man nie, ob Nachwuchs kommt, eine Gefahr, die man bei den schon recht betagten Rentnern ausschließen konnte, und der Hund war auch nicht mehr der jüngste. Im Gegensatz zu ihm, dem man notfalls die Schnauze zuhalten konnte, pflegen sich Säuglinge selten an die amtlich verordneten Ruhezeiten zu halten, und sobald aus ihnen Kinder geworden sind, machen sie sowieso immer bloß Krach. Darüber hinaus blieb auch noch dahingestellt, ob eine Engländerin den Anforderungen der schwäbischen Kehrwoche gewachsen sein würde. Sascha konzentrierte seine Suche jetzt mehr auf ein Haus.

Die Zwillinge hatten ihren Babysitterdienst im Zeltlager angetreten. Der anfängliche Enthusiasmus, mit dem sie sich in die völlig ungewohnte Aufgabe gestürzt hatten, war bald verflogen. »Weißt du, was das größte Hindernis ist für ein gutes Verhältnis zwischen Betreuern und Kindern?« fragte mich Nicki am Telefon. Die Antwort gab sie gleich selber: »Kinder!«

»Wie alt sind denn deine Schutzbefohlenen?«

»Zwischen sechs und neun, also genau die Altersgruppe, die ich mir später mal aufhalsen will. Ob ich nicht doch lieber Archäologie wählen soll? Da sind die Studienobjekte nicht so entsetzlich lebendig.« Ein tiefer Seufzer kam durch den Hörer. »Na ja, vielleicht muß man berücksichtigen, daß die Kids jetzt Ferien haben. Im Klassenzimmer kann ich sie wenigstens zusammenstauchen. — Ach ja, Määm, was ich noch fragen wollte: Was macht man, wenn sich so ein Gör drei Hände voll Seesand in den Mund stopft? Ich hab' ihm erst mal einen halben Liter Wasser verordnet. War das richtig?«

»Keine Ahnung, aber paß auf, daß es jetzt nicht noch Zement frißt!«

Katja hatte andere Probleme. »Also eins weiß ich mit Sicherheit«, sagte sie überzeugt, »Religionsunterricht gebe ich nie! Wir hatten heute früh einen ökumenischen Gottesdienst, echt locker aufgezogen das Ganze, sogar den drei Moslems hat es gefallen. Als ich hinterher unser verzogenes Architektensöhnchen gefragt habe, ob es eigentlich weiß, was ›Preiset den Herrn‹ bedeutet, da sagt dieser Knabe doch prompt: ›Bezahlt den Mann!‹ — Mir ist glatt die Kinnlade runtergeklappt. Was soll ich denn machen, wenn ich später mal so einen Typ in meiner Klasse habe?«

»Hoffen, daß er katholisch ist.«

An sich hätte ich jetzt genug Zeit gehabt, mich an die Schreibmaschine zu setzen und an meinem seit Monaten ruhenden Manuskript zu arbeiten. Ich versuchte es sogar, doch es kam nichts dabei heraus. Die ungewohnte Stille im Haus war mir unheimlich. Hatte ich früher leise geflucht, wenn alle zehn Minuten jemand in mein Zimmer getrampelt war und meine geistigen Höhenflüge unterbrochen hatte, so fehlten mir jetzt diese ewigen Störungen. Ich wurde ja überhaupt nicht mehr gebraucht! Wie sollte das erst werden, wenn die Mädchen ihr Studium aufgenommen hätten? Dann würden sie bestenfalls nur noch zum Wochenende zu Hause sein. Zwar näherte ich mich in beängstigendem Tempo dem Rentenalter, doch so ein beschauliches Ruhestandsdasein war das Letzte, was ich mir vorstellen konnte. Keine Jugend mehr im Haus, dafür doppelt soviel Ehemann und halb soviel Geld.

Und dann war endlich wieder alles beim alten. Die Zwillinge kamen zurück. Außer zwei Koffern voll Dreckwäsche hatten sie eine herrenlose Wüstenspringmaus mitgebracht, die der eigentliche Besitzer im Trubel der Abreise wohl vergessen hatte, und als ich mich über Lebens- und Ernährungsgewohnheiten dieses Winzlings kundig gemacht hatte, benutzte er seine abendliche Freilaufstunde zur Flucht in den Garten, wo wir ihn natürlich niemals wiederfanden. Den verwaisten Käfig bezog ein Streifenhamster namens Elvira, der wenig später aus biologischen Gründen in Elvirus umgetauft wurde. Zur Zeit haben wir Elvirus den Vierten.

Mitte September begaben wir uns auf »Budensuche«, und bereits im Oktober hätte ich ohne weiteres in Heidelberg Taxifahrer werden können. Zuerst versuchten wir es über Makler. Die meisten winkten gleich ab, weil sie entweder erst gar keine Studenten vermittelten (»Was können denn diese jungen Leute schon zahlen?«) oder nichts Geeignetes im Angebot hatten und mit Sicherheit auch nicht bekämen. Das waren die mit den futuristischen Büros in der Innenstadt und bebildertem Katalog, in dem die Mieten bei zweieinhalbtausend Mark anfingen. Nur einer zeigte sich interessiert. Er wollte wissen, wieviel wir denn auszugeben bereit wären, und als ich ihm die Summe nannte, meinte er, man könne auch über einen geringeren Betrag reden, sofern die Mädchen an seinen monatlich stattfindenden Herrenabenden teilnähmen. Da sich dieser Dialog am Telefon abspielte, ist diesem Prachtexemplar seiner Zunft die wohlverdiente Ohrfeige erspart geblieben.

Als nächstes probierten wir es mit Anzeigen. Erst waren sie sachlich, dann betont originell im Stil von »Suche

Badezimmer mit kleiner Wohnung drumherum«, aber das nützte auch nichts. Angebote hatten wir bekommen, doch was für welche?

Da war zum Beispiel die gemütliche Dachgeschoßwohnung in einem romantischen Bauernhaus, etwas außerhalb gelegen. Kein Problem, die Zwillinge waren ja motorisiert. Das Haus war wirklich hübsch, nur lag die angepriesene Wohnung über dem ehemaligen Kuhstall und war vermutlich der Heuboden gewesen. Die Pumpe im Hof funktionierte noch, doch es war ohnehin eine Wasserleitung nach oben geplant. Sollten wir uns zur Anmietung der zwei Zimmer nebst Kochgelegenheit im Flur entschließen können, würde man die Sache sofort in Angriff nehmen. Wir verzichteten dankend.

Danach besichtigten wir die Zweizimmerwohnung mit offenem Kamin, allerdings im Souterrain gelegen, dafür aber mit Blick in den Garten. Auch gut, Grün soll bekanntlich für ein ausgeglichenes Gemüt sorgen, was sich dann hoffentlich auch auf den Lerneifer der Mädchen auswirken würde.

Hinter dem mit einem großen Schlüsselbund bewaffneten Hauseigentümer stiegen wir in die Tiefen des Sechsfamilienhauses hinab. »Hier ist das eine Zimmer«, sagte er, eine stählerne Tür öffnend.

»Ach ja?« Mehr brachte ich nicht heraus. Lediglich das Metallgitter war von dem ganz normalen Kellerfenster entfernt worden, und die nackten Wände hatte man mit einer himbeerfarbenen Kalkschicht übertüncht. Trotzdem blieb dieser Raum, was er nun einmal war: ein Keller, wenn auch mit Zentralheizung. »Das sieht gleich ganz anders aus, sobald da erst mal ein Teppichboden liegt und Möbel drinstehen«, versicherte uns dieser Gemütsmensch, knipste die 25-Watt-Funzel aus und schloß die Tür. »Das Kaminzimmer liegt schräg gegenüber.«

Es unterschied sich von dem anderen nur durch den an der rechten Seite liegenden Kaminschacht. Dort, wo vermutlich das kleine Türchen für den Schornsteinfeger hingehört hatte, gähnte eine Öffnung. »Können Sie sich vorstellen, wie gemütlich es ist, wenn dort ein munteres Feuerchen prasselt?«

Nun habe ich von Schornsteinen herzlich wenig Ahnung, aber als sich unser Nachbar nachträglich einen Kamin ins Wohnzimmer bauen ließ, mußte das halbe Haus auseinandergenommen und ein zusätzliches kupfernes Ungetüm aufs Dach gesetzt werden. Bei dem Versuch, in diesem Loch hier ein Feuer zu entzünden, würde vermutlich die ganze Bude in die Luft fliegen.

»Und wo ist die Küche?« wollte Nicki wissen. Immerhin war die ja als besonders großzügig und sogar als Wohnküche geeignet angepriesen worden.

»KüBa bitte«, verbesserte Herr Weber, »die ist am Ende vom Gang.«

Bevor wir fragen konnten, was unter einer KüBa zu verstehen sei, wußten wir es. Die ehemalige Waschküche, dank eigener Waschmaschinen von den Mietern nicht mehr benutzt, verfügte über die notwendigen Installationen, um dieses Gemäuer als Küche auszuweisen. Ein ausrangierter Elektroherd aus den frühen sechziger Jahren sollte wohl beweisen, daß man hier schon lange keine Wäsche mehr kochte. »Der Herd ist übrigens im Mietpreis inbegriffen, genau wie die ganz neu installierte Dusche.«

Die hatte ich noch gar nicht gesehen. Sie war hinter einer geriffelten Plastikwand verborgen, bestehend aus jenem Material, mit dem man einen Geräteschuppen abzudecken pflegt. Hinter dieser Wand verbargen sich ein Gestänge vom Typ Freibad (»Vor Benutzung des Beckens bitte gründlich abduschen!«) und zwei Meter daneben eine Toilette. An einem zehn Zentimeter langen Nagel hing eine Klopapierrolle. Das also war das Bad. Und das Ganze nannte sich Küche-Bad, also KüBa. Logisch.

»Schön groß sind die Räume ja wirklich«, sagte Katja mit todernster Miene, obwohl sie sich kaum noch das Lachen verkneifen konnte, »aber mich würde jetzt noch interessieren, wohin eigentlich die ganzen anderen Türen führen.« Sie deutete auf den Gang.

»Das sind die Keller der Mieter.«

»Wohnen die auch da drin?«

»Natürlich nicht, doch zu jeder Wohnung gehört selbstverständlich ein Abstellraum.«

»Aha. Wenn ich also von meinem Kaminzimmer die sechs oder acht Meter ins Bad will, muß ich ständig damit rechnen, daß mir jemand begegnet, der sein Eingemachtes holen will oder sein Rad in den Keller bringt.«

»Keine Sorge, Fräulein, das kommt bestimmt nicht oft vor. Ich treffe hier unten ganz selten mal jemanden.«

»Uns auch nicht!«

Auf die Besichtigung des Gartens, von dem wir durch die Fensterluke ein paar Grashalme gesehen hatten, verzichteten wir. Ebenso auf die Erkundung jener Dachgeschoßwohnung in unverbaubarer Hanglage mit Blick über die Stadt. Als Nicki die zirka neunzig Stufen bis zum tiefergelegenen Parkplatz sah, war sie bedient.

»Stellt euch das bloß mal im Winter bei Schnee und Glatteis vor.«

»Da gibt es bestimmt noch einen anderen Zugang«, vermutete ich. Den gab es tatsächlich. Er führte um den Berg herum, war schätzungsweise einen Kilometer lang und nur zu Fuß begehbar. Kein Wunder, daß dieses hoch oben thronende Häuschen keine Nachbarn hatte.

Das Semester hatte längst begonnen, und noch immer fuhren die Mädchen jeden Tag die siebzig Kilometer nach Heidelberg. Und wieder zurück. An manchen Tagen hatten sie nur eine Vorlesung, an anderen wieder saßen sie acht Stunden im Hörsaal. Oft gab es lange Pausen zwischen zwei Seminaren, dann hockten sie in irgendeinem Café oder bummelten durch die Fußgängerzone, was auf die Dauer etwas kostspielig wurde. Nicht wegen der zwei Tassen Cappuccino, sondern wegen der Schaufensterauslagen.

»Das ganze Studentenleben schwappt an uns vorbei«,

beschwerte sich Katja. »Heute ist Medizinerball, und wir konnten nicht hin. Entweder hätten wir mitten in der Nacht Auto fahren müssen, dürften also nichts trinken, oder wir müßten im Schlafsack in der Mensa pennen. Dabei herrscht bei den Medizinern akuter Frauenmangel. Im Gegensatz zu uns, da kloppen sich zweihundertdreißig weibliche Erstsemester um siebenundzwanzig Männer. Und die kannste bis auf zwei Ausnahmen alle in der Pfeife rauchen.«

Jeden Mittwoch und jeden Samstag stürzten wir uns gemeinsam auf die Wohnungsanzeigen — ich hatte sämtliche im Kreis Heidelberg erscheinenden Zeitungen abonniert —, telefonierten eine Gebühreneinheit nach der anderen herunter, schrieben individuell abgefaßte Bewerbungen und bekamen entweder gar keine oder negative Antworten. Zum erstenmal versuchte ich sogar, mit meinem »Künstlernamen« zu hausieren, aber das brachte auch nichts. Die meisten hatten noch nie etwas von Evelyn Sanders gehört (solche Vermieter waren eben nicht belesen genug, wären also ohnehin nicht in Betracht gekommen, man weiß ja, was man sich schuldig ist!!!), und die zwei anderen (Frauen, was denn sonst?) hatten zumindest schon mal eines meiner Bücher gelesen und hätten auch »liebend gern« die entzückenden Zwillinge aufgenommen, nur hatten sie leider Luxuswohnungen der oberen Preisklasse zu bieten. »Es dürfte Ihnen doch nicht schwerfallen, die Miete aufzubringen. Bei Ihrem Einkommen...«

Haha! Die eine kam aus der Fleischbranche, die andere war Gattin eines Installateurs. Mit Verlegern hatten beide noch nie etwas zu tun gehabt. Deshalb!

Schließlich versuchten wir es mit Angeboten, in denen die offerierte Wohnung mit zusätzlichen Bedingungen verknüpft war. Die »leichte Gartenarbeit« entpuppte sich als Pflege eines halben Hektar großen Erdbeerfeldes, und die zweimal wöchentlich vorzunehmende Reinigung des Treppenhauses mit vierzehn Wohneinheiten schloß auch winterliches Schneeschippen ein. Da es sich um ein Eckhaus mit Hinterhof handelte, wäre das ein tagesfüllendes Programm gewesen. Auch die »stundenweise Betreuung einer älteren Dame« war nicht das, was sich die Zwillinge vorgestellt hatten.

»Mal einkaufen gehen oder Geschirr spülen werden wir schon hinkriegen«, meinte Katja zuversichtlich. »Kamillentee kann ich auch kochen. Und Nicki kann ihr immer die Bildzeitung vorlesen.« Entsprechend optimistisch waren sie zwecks Besichtigung von Wohnung und Dame losgezogen. Mit langen Gesichtern kamen sie zurück.

»Die Wohnung hätten wir sofort genommen, aber die kriegt man nur mit Anhang«, erzählte Nicki. »Frag bloß nicht, mit was für einem.«

»Von wegen ältere Dame«, fuhr Katja fort, »die hat uns nämlich die Tür aufgemacht, und da habe ich mich schon gewundert, weshalb sie betreut werden sollte. Schick angezogen und noch ganz flott auf den Beinen.«

»Wie alt?«

Fragend sah sie ihre Schwester an. »Was meinst du?«

»Irgendwo zwischen fünfundfünfzig und sechzig, würde ich sagen.«

»Danke!!!«

Erschrocken wandte sich Katja zu mir. »Ich glaube, da hat sich Nicki verschätzt. Die war bestimmt schon dicke über sechzig.«

»Jedenfalls zeigte sie uns erst die Wohnung, damit wir auf den Geschmack kommen«, nahm Nicki den Faden wieder auf, »und dann folgte das Aber.«

»Die zu betreuende ältere Dame ist mindestens neunzig, bettlägerig und hat einen an der Waffel. Als sie uns sah, fing sie an zu kreischen, wir wollten sie bestehlen und anschließend vergiften, oder umgekehrt, weiß ich nicht mehr, jedenfalls ist sie total gaga. Unterm Bett stand so 'ne Schüssel, wie man sie in Krankenhäusern kriegt, wenn man nicht aufstehen darf, auf 'm Tisch lag ein Paket

Pampers, und mit der Flaschenbatterie drumherum kannste 'ne ganze Apotheke bestücken. Die braucht 'ne ausgebildete Krankenschwester und keinen, der ihr erbauliche Bücher vorliest!« schloß Katja erbost.

»Habt ihr denn das nicht gesagt?«

»Haben wir, doch die Tochter meinte, es käme ja täglich zweimal jemand vom sozialen Hilfsdienst oder so ähnlich, aber sie selbst arbeite halbtags, und dann müsse einer in der Wohnung sein. Für alle Fälle.«

Nun waren wir zwar um eine Erfahrung reicher geworden, doch eine Bleibe für die inzwischen restlos frustrierten Mädchen hatten wir noch immer nicht. Über das Studentenhilfswerk hatte Rolf versucht, zwei Zimmer in einem der städtischen Wohnheime zu bekommen. »Erstens sind die alle belegt, und zweitens sind wir nicht berechtigt«, teilte er uns nach dem ich weiß nicht wievielten Telefonat mit. »Studentenwohnheime stehen nur minderbemittelten Anwärtern zu.«

»Wenn wir die in Heidelberg üblichen Mietpreise zahlen müssen, sind wir in einem halben Jahr auch minderbemittelt«, sagte ich erbittert. »Wieso sind wir denn nicht berechtigt?«

»Wir zahlen keine Lohn-, sondern Einkommensteuer. Folglich sind wir nach Ansicht dieser Bürohengste begütert und somit in der Lage, tausend Mark Miete monatlich hinzublättern.«

»Bleibt also bloß noch WG.« Ich hatte mich zwar davon überzeugen lassen, daß Wohngemeinschaften heutzutage anders aussahen als noch vor zwanzig Jahren, wo sie samt barbusiger Uschi Obermeier als Ausdruck moralischer Verkommenheit durch einschlägige Illustrierte gegeistert waren, aber daß ich meine Töchter gern in so einer Sammelunterkunft gesehen hätte, kann ich nicht behaupten.

Katja wiegelte auch sofort ab. »Kommt nicht in Frage! Da weißte nie, von wem der Dreckrand in der Badewanne stammt.« Trotzdem streckte sie ihre Fühler in dieser Richtung aus, zog sie aber bald wieder ein, weil keine WG auch nur *ein* Zimmer, geschweige denn zwei anzubieten hatte. Trennen wollten sich die beiden jedoch auf keinen Fall.

Mittlerweile war es Winter geworden mit Morgennebel und Abendnebel, mit erstem Glatteis auf den Straßen und gelegentlichem Schneegestöber. Und immer noch fuhren die Mädchen tagtäglich nach Heidelberg und wieder zurück. Von morgens bis abends lief das Radio, damit ich ja auch keine Verkehrsdurchsage verpaßte und bei Verspätungen die Zwillinge lediglich im Stau und nicht im Unfallwagen vermuten mußte.

»Wenn wir mal überhaupt nicht kommen, dann ist die Ente endgültig verreckt, und wir sitzen am Straßenrand«, bereitete mich Katja auf die demnächst eintretende Wahrscheinlichkeit vor. »An das undichte Dach haben wir uns gewöhnt, aber wenn in Kürze der Boden restlos durchgerostet ist, könnte die Sache unangenehm werden.«

Statt in Maklergebühren und Mietkaution investierten wir die dafür vorgesehenen Gelder notgedrungen in einen Gebrauchtwagen. Es war nur ein ganz kleiner, aber er war wasserdicht und erst fünf Jahre alt. Nach Ansicht des Händlers würde er die Gesamtstudienzeit der Zwillinge auch noch überdauern.

In unserer Nachbarschaft wurde eine Doppelhaushälfte frei. Die jetzigen Mieter, Freunde von uns und nunmehr Besitzer eines dreiviertelfertigen Eigenheims, planten bereits den Umzug. »Spätestens Anfang Februar sind wir draußen«, prophezeite Klaus optimistisch, »es fehlen nur noch ein paar Kleinigkeiten wie Badewanne, Wasserhähne, Heizöltanks und die Treppe zur Haustür. Teppichböden sind auch noch nicht drin, und in die Garage läuft Wasser rein. Aber das kriegen wir auch noch hin.«

»Habt ihr schon Nachmieter?«

»Ach was, das hat noch Zeit. Unser Hauswirt weiß noch nicht mal, *wann* wir ausziehen. Der kriegt den

Schuppen doch sofort los. Sobald bekannt ist, daß hier was frei wird, stehen die Bewerber Schlange.«

»Eben! Gib mir mal die Adresse!«

Ich weiß heute noch nicht, wie Sascha es geschafft hat, seine insgesamt siebenunddreißig Konkurrenten auszubooten, doch er bekam den Zuschlag. »Ich glaube, das habe ich *Frau* Gerold zu verdanken. Als die nämlich hörte, daß ich im Schloßhotel arbeite, war sie hin und weg. Da hat sie doch vor einem halben Jahrhundert ihre Hochzeit gefeiert, und weil das so arg schön gewesen ist und die Ober alle so nett waren, glaubt sie wahrscheinlich, daran habe sich bis heute nichts geändert. Und als der Alte dann auch noch Vicky sah, war sowieso alles gelaufen. Die hat ihn glatt um den Finger gewickelt. Er hat sie zwar nicht verstanden, aber das hat ihn nicht gestört. Er habe auch noch nie einen so hervorragenden Tee getrunken, hat er gesagt, da merke man doch gleich, daß das echt englischer sei.« Sascha grinste. »Da kannste mal sehen, wie sich die Leute beeinflussen lassen. Das war nämlich Tütentee von Aldi. Bloß das Service war englisch.«

»Ist der euch etwa auf die Bude gerückt?«

»Na klar. Als echter Schwabe wollte er sich vergewissern, daß wir nicht zwischen Kellerregalen und Obstkisten hausen. Daß die Möbel alle Sven gehören, habe ich natürlich nicht gesagt.«

Als Anfang März das erste Semester zu Ende war, hatten Vicky und Sascha ihr neues Heim bezogen, Sven war wieder in sein Apartment zurückgekehrt, nur die Zwillinge fuhren weiter Autobahn.

»Vielleicht klappt es ja jetzt zum Frühjahr«, tröstete ich Katja, die mal wieder einen Tiefpunkt erreicht hatte und heulend in ihrem Zimmer saß. »Nach den Staatsexamen werden doch bestimmt haufenweise Zimmer oder sogar Wohnungen frei.«

»Ach, die sind doch längst schon wieder unter der Hand vergeben. Wir haben ja kaum Kontakt zu anderen

Studenten, höchstens mal in der Mensa, aber bei Hackbraten mit gemischtem Salat kannste keine Beziehungen aufbauen. Und ohne Beziehungen läuft in Heidelberg gar nichts«, schniefte sie. »Ist ja lieb, daß du mich trösten willst, aber Trost wohnt im Himmel. Und wir sind leider bloß auf der Erde.«

10

»Ich hab' mal den SPERRMÜLL mitgebracht, vielleicht steht da was drin.« Nicki legte eine Zeitung auf den Tisch, von der ich noch nie etwas gehört hatte.

»Komischer Name!«

»Ist ja auch 'ne komische Zeitung. Nur Anzeigen.«

Und was für welche! Da suchte jemand einen Originalauspuff für ein Käfermodell aus dem Jahre 1972, ein anderer offerierte zwei gebrauchte Karnickelställe, eine noch bis zum Jahresende gültige Plakette für die Schweizer Autobahnen wurde angeboten und gleich daneben zwei Eintrittskarten für *Cats*. Einen Wohnungsmarkt gab es allerdings nicht, die jeweiligen Objekte fanden sich unter der Rubrik Vermietungen und umfaßten die ganze Palette von »Vier-Zimmer-Luxuswohnung, Einbauküche und Gardinen müssen übernommen werden« bis zu »Schlafstelle für Wochenendheimfahrer«. Einige normal klingende Angebote waren auch darunter. Leider alle mit Chiffre-Angaben.

»Kein Mensch inseriert mehr mit seiner Telefonnummer«, erläuterte Nicki, »weil der Apparat von morgens um sechs bis Mitternacht bimmeln würde.«

Einen ganzen Tag lang brüteten die Zwillinge über

einem Standardbrief (nie ist der Mensch so vollkommen wie in seinem Bewerbungsschreiben!), dann hatten sie endlich den vermeintlich richtigen Text. Danach waren sie zwei strebsame und ruhige Studentinnen (anscheinend hatten sie noch nie etwas von Fernseher oder Stereoanlage gehört), Nichtraucher (was ausnahmsweise stimmte), ohne Anhang (zumindest ohne festen), tagsüber selten und am Wochenende nie zu Hause. Genaugenommen bewarben sich da zwei Mädchen um eine Wohnung, die sie eigentlich gar nicht brauchten, weil sie ohnehin nicht da waren.

Und dann warteten wir mal wieder auf Antwort, doch an den künftigen Lehrerinnen schien kein Vermieter interessiert zu sein. Bis auf einen. Der rief abends gegen sechs Uhr an, als Nicki Telefonwache schob. »Wie bitte? Ja, warum denn? Weiß ich nicht so genau, ich gebe Ihnen mal meine Mutter.« Sie hielt den Hörer zu. »Du, ich glaube, das ist ein Spinner. Oder ein Obszöner. Der will wissen, wie groß wir sind. Kannst du mal mit ihm reden?«

»Und ob!« Die männliche Stimme am anderen Ende klang recht sympathisch. »Wundern Sie sich bitte nicht über meine Frage, aber jeder, der über einsachtzig ist, kommt nicht in Betracht.«

»Weshalb nicht? Haben Sie etwas gegen große Menschen?« Wahrscheinlich war das ein zu kurz Gekommener, der es haßte, zu seinen Mietern aufsehen zu müssen.

»Nein, gar nicht«, antwortete er, »ich bin ja selber nicht gerade klein. Aber die Wohnung, um die es sich handelt, hat nur eine lichte Höhe von zwei Metern. Und schräge Wände. Entsprechend niedrig sind die Türen. Verstehen Sie jetzt, was ich meine?«

O ja. Leute mit Gardemaß würden nach kurzer Zeit an Gehirnerweichung leiden oder infolge ständigen Gebücktgehens Bandscheibenprobleme bekommen. »Wäre einsvierundsiebzig noch zulässig?«

Das ginge gerade noch, bestätigte mein Gesprächspartner, vorausgesetzt, die Bewohner würden auf Hängelampen verzichten. Das war einzusehen.

Wo sich denn die Wohnung befinde, wollte ich wissen. In Dossenheim, von Heidelberg gesehen gleich am Ortsanfang, keine zehn Minuten von der Uni entfernt. »Ihre Töchter können sogar mit dem Rad fahren, da gibt es eine Abkürzung durch die Schrebergärten.«

Der Mann wurde mir immer sympathischer. »Ab wann wäre denn die Wohnung frei?«

»Das ist sie schon. Es gibt nur einen kleinen Haken bei der Sache.«

Aha, jetzt kam der Pferdefuß. »Und welchen?«

»Es müßte ein bißchen renoviert werden.«

Na, wenn's weiter nichts war. Im Renovieren waren wir inzwischen Experten. Steffi konnte bereits tapezieren wie ein Maler-Azubi im zweiten Lehrjahr, Sven hatte die Erfahrung gemacht, daß das Verlegen von Steinplatten, was auch zu seiner Ausbildung gehört hatte, wesentlich komplizierter war als das Kleben von Teppichböden, und mit Pinsel und Farbe konnte sogar *ich* schon umgehen.

»Kein Problem«, sagte ich denn auch zuversichtlich. »Wann können wir uns die Wohnung ansehen?«

»Wann Sie wollen.«

»Schon morgen?«

»Aber sicher. Paßt Ihnen fünfzehn Uhr?«

Natürlich paßte es uns, wir wären auch mitten in der Nacht gekommen. »In Ordnung, dann warte ich vor dem Haus auf Sie. Schillerstraße 42.«

Auf dem Weg nach Dossenheim stellten wir Vermutungen an. »Eins ist mal sicher, die Wohnung liegt unterm Dach, sonst hätte sie keine schiefen Wände«, folgerte Katja.

»Schräge Wände«, verbesserte Nicki. »Ob sie auch schief sind, stellt sich spätestens dann heraus, wenn die Tassen im Schrank immer nach einer Seite rutschen.«

»Hat der Herr — wie heißt der eigentlich? Propkowicz? Wer soll sich denn das merken? — also hat der nicht was von verkehrsgünstiger Lage gesagt? Paß auf, Nicki, da geht unten entweder die Autobahn lang, oder wir haben den Bahnhof vor der Nase.«

»Nun wartet doch erst mal ab!«

Das Haus Schillerstraße 42 erwies sich als vierstöckiger Kasten aus der zweiten Adenauer-Ära, direkt an der vierspurigen Durchgangsstraße nach Heidelberg gelegen. Ich sah an der dunkelgrünen Fassade empor. »Ganz oben hört man bestimmt nicht mehr soviel von dem Krach. Und wenn euer Auto mal wieder nicht anspringt, könnt ihr wenigstens die Straßenbahn benutzen.« Die fuhr nämlich auch noch vorbei.

Herr Propkowicz erwartete uns schon. »Na, dann wollen wir mal«, sagte er nach der Begrüßung und schloß die Haustür auf. »Hoffentlich sind Ihre Töchter gut zu Fuß, einen Fahrstuhl gibt es leider nicht.«

Nach sechsundachtzig Stufen waren wir oben angekommen. »Uff«, stöhnte Nicki, »und das mit 'm vollen Einkaufskorb und drei Aktenordnern unterm Arm. Oder mit 'ner Sprudelkiste.«

»Ach was«, winkte Katja ab, »du mußt mal die positive Seite sehen! Was meinste, wie viele Kalorien wir dabei loswerden.«

Im Gegensatz zum Treppenhaus, das frisch gestrichen worden war und einen gepflegten Eindruck machte, schien die Wohnung zum letztenmal während der Regierungszeit von Kanzler Kiesinger renoviert worden zu sein. Das konnte man an den Tapetenresten erkennen. Damals hatten wir auch solche großgemusterten Scheußlichkeiten an den Wänden kleben. Die Linoleumböden waren auch nicht viel jünger.

»Ich hatte Sie ja vorgewarnt.« Klang Herrn Propkowicz' Stimme nicht etwas kleinlaut? Kopfschüttelnd öffnete er nacheinander die Zimmertüren. »So schlimm hatte ich das gar nicht mehr in Erinnerung.« Zwei Pärchen hätten bis vor kurzem hier gewohnt, Musiker oder Schauspieler, so genau wüßte er das nicht mehr, doch da sie bei ihrem

Einzug die Wohnung im damaligen Zustand übernommen hatten, durften sie sie auch ohne Renovierung wieder verlassen. »Allerdings hat sie vor zwei Jahren noch etwas anders ausgesehen.« Mit spitzen Fingern zog er ein Stück Sonnenblume von der Wand. »Ursprünglich ist die Tapete mal gelb gewesen.«

Während ich noch fassungslos in der Diele stand, hatten die Mädchen schon die drei Zimmer besichtigt. »Komm mal her, Määm, von hier hat man einen phantastischen Blick.«

»Wenn ich mein Bett direkt unter das Fenster stelle, kann ich nachts immer in die Sterne gucken«, sagte Nicki träumerisch.

»Sofern welche da sind. Aber wenn du es aufläßt und es fängt zu regnen an, kannste dir morgens das Duschen sparen.«

Anscheinend störte der ramponierte Zustand dieser Kleinstwohnung die beiden überhaupt nicht. Insgeheim betete ich, sie mögen einen Rückzieher machen, doch sie richteten sich bereits in Gedanken ein. »Wer das größere Zimmer kriegt, müssen wir noch ausknobeln, aber aus dem anderen kann man auch was machen. Und das hier vorne nehmen wir als Gemeinschaftsraum mit Eßecke«, bestimmte Katja.

Herr Propkowicz schmunzelte. »Ich habe fast den Eindruck, Ihnen gefällt die Wohnung?«

»Na klar«, kam es unisono zurück. »Die machen wir uns schon zurecht. Würden Sie uns denn als Mieter akzeptieren?«

»*Ich* schon, doch das Haus gehört meiner Schwiegermutter, die hat das letzte Wort.« Er musterte die Mädchen von den Jeans bis zu den etwas wilden Mähnen. »Aber ich glaube nicht, daß sie etwas gegen Sie einzuwenden hat. Hier im Haus wohnen noch mehr Studenten.«

»Wann könnten wir denn einziehen? Vorausgesetzt, Ihre Schwiegermutter ist einverstanden.«

Herr Propkowicz überlegte. »Heute haben wir den

Zweiundzwanzigsten. Ich würde sagen, wir datieren den Mietvertrag auf den fünfzehnten April, aber die Schlüssel bekommen sie schon, sobald meine Schwiegermutter ja gesagt hat. Ein paar Wochen werden Sie ja doch brauchen, um diesen Saustall bewohnbar zu machen. Vorher schicke ich noch einen Elektriker her, damit er die Leitungen überprüft.« Gleich nachher würde er mit seiner Schwiegermutter einen Termin ausmachen, zu dem sich die Zwillinge vorstellen könnten, und dann würde er uns Bescheid geben. »Eigentlich ist das nur eine Formsache, aber die alte Dame legt nun mal Wert darauf. Sonst kümmert sie sich nie um das Haus, den Ärger damit überläßt sie mir.«

Schon zwei Tage später waren die Zwillinge erneut auf dem Weg nach Dossenheim, diesmal in sonst nur feierlichen Gelegenheiten vorbehaltenen Röcken und braven Hemdblusen. Katja hatte ihre Tolle in einem sittsamen französischen Zopf gebändigt, Nicki trug Pferdeschwanz. Sie sahen nicht nur entsetzlich bieder, sie sahen regelrecht verkleidet aus.

»Fürchterlich«, sagte Katja nach einem letzten prüfenden Blick in den Spiegel, »aber was tut man nicht alles für eine Wohnung. Alte Frauen haben nun mal was gegen modisches Outfit.«

Das war auf mich gemünzt! Hatte ich doch kürzlich gewagt, Katjas senfgelben Blazer mit dem großen Überkaro als »reichlich geschmacklos« zu bezeichnen und farbliche Parallelen zu jener Zeit zu ziehen, als ich im BDM-Look herumlaufen und dieses mostrichfarbene, Kletterweste genannte Affenjäckchen tragen mußte.

»Es hat geklappt!« jubelte Nicki ins Telefon. »Wir haben die Schlüssel! Jetzt gehen wir erst mal in die Wohnung zum Ausmessen, und dann besorgen wir gleich Farbe. Wenn die Zeit reicht, suchen wir auch noch Tapeten aus. Ich habe übrigens gewonnen!«

»Gewonnen? Was denn?«

»Das größere Zimmer.«

Die Zeit reichte natürlich nicht. Den ganzen Nachmittag lang waren die Mädchen damit beschäftigt, Länge mal Breite mal Höhe abzüglich Dachschräge im Winkel von soundsoviel Grad zu ermitteln und maßstabgerecht auf Millimeterpapier zu übertragen. Daß ihre Berechnungen vorne und hinten nicht stimmten, stellte sich erst heraus, als sie die Möbel plazieren wollten. »Es kann ja vorkommen, daß man sich mal um ein paar Zentimeter irrt, aber doch nicht um ganze anderthalb Meter!« schimpfte Katja. »Soll Nicki doch sehen, wie sie den Unterschrank wieder los wird, der geht nicht mehr in die Küche rein. Ich hab' ja gleich gesagt, daß da was nicht stimmen kann, aber sie hat behauptet, sie habe dreimal nachgemessen.«

Doch so weit waren wir noch lange nicht. Nachdem der Streit geschlichtet war, ob die Küche hellblau oder hellgrün gestrichen werden solle — den Ausschlag gab schließlich die Tatsache, daß die grünen Folien, mit denen die unansehnlichen Kacheln überklebt werden sollten, »einfach ätzend« aussahen und nur die blauen in Betracht kamen —, rückte die Malerbrigade an, bestehend aus Stefanie, die ein paar Urlaubstage opferte, und Sven, der schon lange nicht mehr krank gewesen war und fand, er müßte endlich mal die ihm zustehende Grippe nehmen.

Währenddessen räumten die Zwillinge ihre Sparkonten ab und gingen auf Möbelsuche. Als beratende und, wie sie insgeheim hofften, auch mal zahlende Institution durfte ich mitkommen. Zuerst ins Teppichgeschäft. Dort wurden wir gleich in die Resteabteilung verwiesen. »Ich weiß ja nicht, wofür Sie eigentlich die Teppichböden brauchen, denn die Maße sind etwas ungewöhnlich. Sind sie für eine Gartenlaube oder ähnliches gedacht?«

Nach kurzer Inspektion entschied sich Nicki für grauen Velours. »Sonderposten« stand auf der Rolle. »Der ist zwar nicht breit genug, aber billig. Wird eben gestückelt.

Rechts soll sowieso der Kleiderschrank hin, da sieht man das gar nicht.«

Katja suchte etwas in Lila. »Die hat doch 'ne Meise, nicht wahr, Määm? Jetzt hat sie schon so einen winzigen Raum, und dann verkleinert sie ihn auch noch optisch.«

»Ich will eine fliederfarbene Tapete, also brauche ich einen passenden Teppichboden. Ist ja mein Bier, oder?«

Für den Wohn-, Eß-, Fernseh- und Aufenthaltsraum fanden wir etwas Preiswertes, das ein bißchen nach Heidschnuckenfell aussah, aber auch noch für die Diele reichte, und in die Küche sollte ein auf Parkett getrimmter Kunststoffboden kommen. Die sechs Quadratmeter Frotteebelag für das Bad stiftete Sascha.

»Mein Einzugsgeschenk und gleichzeitig Äquivalent für nicht geleistete Hilfe. Ich hab' einfach keine Zeit. In den kommenden zwei Wochen haben wir zwei Hochzeiten, vier Konfirmationen und einmal Omas Fünfundsiebzigsten. Gar nicht zu reden von den Rotariern, die drei Tage lang ihre Vereinskasse verfressen wollen. Auf mich müßt ihr also verzichten. Aber zur Einweihungsparty komme ich bestimmt.«

Die Malerarbeiten schritten zügig voran. Aus verschiedenen Farbresten, die von früheren Renovierungsarbeiten übriggeblieben waren, hatte Steffi eine Soße zusammengerührt, von der sie behauptete, in trockenem Zustand würde sie den gewünschten mattvioletten Ton bekommen. Frisch aufgetragen sah sie aus wie Hustenbonbon.

»Was hast du denn da alles reingekippt?« Zweifelnd betrachtete Katja die frischgetünchte Decke. »Wenn jetzt noch die lila Tapete rankommt, sieht's ja aus wie ein Mausoleum.«

»Ich hab' erst mal Weiß genommen und Schwarz, Rot natürlich und etwas Blau, ein ganz klein wenig Grün...«

»Klingt toll! Ich könnte jetzt auch einen vertragen. Wie heißt der Cocktail?« Sven wischte seine Hände an einer alten Unterhose ab und begutachtete Steffis Werk. Erst sagte er gar nichts, suchte vielmehr krampfhaft nach einem Grund, Lobendes auszusprechen, und meinte schließlich gönnerhaft: »Schön gleichmäßig hast du gestrichen, richtig professionell.«

Als die Farbe endgültig trocken war, wurde sie tatsächlich um einiges heller, doch die drei verschiedenfarbigen Lämpchen direkt über Katjas Schreibtisch hängen bestimmt nicht nur aus Dekorationsgründen dort. Glücklicherweise hatte sie keine lila Auslegeware gefunden, die hellgraue paßte später auch viel besser. Doch die Tapeten waren schon da. Violette. Selbstklebend. Angeblich nur durchs Wasser zu ziehen und an die Wand zu klatschen. Das ging schnell. Nach zwei Stunden waren wir fertig. Kaum klebte die letzte Bahn, da fiel die erste wieder runter. Steffi holte Wassereimer und Schwamm, feuchtete die Tapete nochmals an, klebte sie fest. Die dritte Bahn löste sich, und die unterm Fenster rührte sich auch schon.

»Irgendwas müssen wir falsch gemacht haben«, seufzte Katja, als der nächste Streifen herunterfiel.

»Erfahrung ist, was man gewinnt, wenn man die Gebrauchsanleitung erst hinterher liest.« Grinsend hielt uns Sven einen bedruckten Zettel unter die Nase. »Hier steht's doch! Ihr müßt die Tapeten zwei Minuten lang einweichen, damit sich der Kleister lösen und mit dem Wasser verbinden kann.«

Das taten wir denn auch, und als wir genauso naß waren wie die Tapeten, hatten wir es geschafft. Alles saß bombenfest, nirgends ging auch nur ein Zipfelchen ab — bis auf den Teppichboden war Katjas Zimmer fertig. Im Bewußtsein vorbildlicher Arbeit legten wir uns provisorisch trocken, knipsten die nackte Glühbirne aus und fuhren nach Hause.

Am nächsten Tag sammelten wir die Tapeten alle wieder vom Fußboden auf. »Jetzt langt's mir aber!« Wutschnaubend klemmte sich Steffi die noch verbliebene Rolle »Clarissa violett« unter den Arm, nahm vorsichtshalber auch noch ein Stück der schon zweimal eingeweicht gewesenen Tapete mit und fuhr zusammen mit Katja in das Heimwerkergeschäft. »Jetzt sollen die uns mal zeigen, mit welchen Tricks sie ›Clarissa‹ an die Wand kriegen. Vielleicht muß man sie nageln.«

Zurück kamen sie mit einem Eimer Kleister (»Haben wir gratis gekriegt!«) und der ernüchternden Auskunft, daß es sich just bei dieser Tapete um ein relativ schweres Papier handele, bei dem der schon serienmäßig aufgetragene Klebstoff offensichtlich nicht ausreiche. »Während Steffi mit dem Geschäftsführer noch palaverte, habe ich mir die aufgezogenen Muster mal genauer angesehen«, sagte Katja. »Hinter allen pappte eine dicke Schicht Pattex.«

Wir fingen wieder von vorne an. Statt eines nicht vorhandenen Tisches benutzten wir die ausgehängte Küchentür, einen Pinsel in Handfegergröße hatte Steffi schon mitgebracht, und nun sitzt »Clarissa violett« so fest, daß ein Nachmieter Schwierigkeiten haben wird, sie jemals wieder von der Wand zu kratzen.

Auch die aufwendigsten Malerarbeiten sind mal zu Ende, wir konnten an die Innenausstattung gehen. Hin und wieder, wenn wir die Nase voll hatten von Farbtöpfen und Wurzelbürsten, oder wenn Sven uns kurzerhand vor die Tür setzte, weil wir ihm im Weg waren, hatten wir Möbelgeschäfte abgeklappert. Schon im dritten hatte Nicki resigniert. »Was mir gefällt, ist entweder zu teuer oder paßt nicht rein. Und was reinpassen würde, gefällt mir nicht. Jetzt weiß ich auch, weshalb ich allein in meinem Zimmer vierundneunzig Dübellöcher zukitten mußte. Mein Vorgänger hat zwischen Regalen gelebt und auf dem Fußboden geschlafen. Was anderes bleibt mir wohl auch nicht übrig.«

Dabei hatte sie schon ein wunderhübsches Bett gefunden, das auch tatsächlich unter dem großen Dachfenster Platz hatte. Der Blick zu den Sternen war also gesichert. Anfangs hatte sie es gar nicht nehmen wollen. »Wie breit ist das Ding? Einen Meter bloß? Dann darf ich mich ja überhaupt nicht darin bewegen, ich habe doch schon neunundachtzig Zentimeter Hüftweite.«

Nach und nach fanden wir mal hier ein Kommödchen und dort ein Schränkchen, Regale wurden kurzerhand abgesägt und so der jeweiligen Dachschräge angepaßt, und wo wirklich mal ein bißchen Wand von oben bis unten gleich hoch war, kamen die wuchtigeren Möbelstücke hin. Deren Zusammenbau vertagten wir auf einen späteren Zeitpunkt, denn würden sie erst einmal stehen, wäre die Bewegungsfreiheit doch erheblich eingeschränkt gewesen.

»Ein bißchen sehr eng ist es ja«, sagte Steffi, als sie auf der Suche nach einem heruntergefallenen Nagel mit dem Kopf ans Bücherregal und mit dem Hinterteil an den Schreibtisch geknallt war. »Ihr solltet immer eine Tube Mobilat im Haus haben. Das Zeug ist gut gegen stumpfe Verletzungen.«

»Hilft es auch bei Elefanten?« Manchmal kann Katja sehr direkt sein. »Und überhaupt ist die Wohnung nicht eng, sondern kompakt.«

Der Tag des endgültigen Einzugs und der damit fälligen ersten Mietzahlung rückte immer näher, und hatte Rolf noch schweigend das Formular für den Dauerauftrag bei der Bank ausgefüllt, so schwieg er nicht mehr, als die Zwillinge einen weiteren Vorstoß auf seine Brieftasche versuchten.

»Weißt du, Paps, das Nötigste haben wir ja jetzt zusammen...« begann Katja, worauf Nicki sofort unterbrach: »Ja, und alles selber bezahlt, bis zur letzten Glühbirne!«

»Aber die Küche ist noch so leer«, fuhr Katja fort. »Wir können uns nicht mal was kochen, weil wir keinen Herd haben.«

»Ich denke, ihr eßt in der Mensa?«

»Tun wir ja auch, aber doch nicht dreimal täglich.«

»Na schön, eine Kochplatte für den Frühstückskakao bewillige ich euch«, sagte Rolf und kam sich sehr spendabel vor.

»Aber wenn wir nun mal vormittags keine Vorlesung haben...«

»... oder erst ein Seminar am Spätnachmittag«, fiel Nicki ein,

»... dann wäre es doch Blödsinn, extra zum Essen in die Mensa zu fahren. Denk bloß mal an die Benzinpreise. Wenn wir uns selber was machen, wird das viel billiger.«

»Also schön, zwei Kochplatten«, gestattete er gnädig, »für Spaghetti mit Tomatensoße reicht das, was anderes eßt ihr ja ohnehin nicht.«

»Doch, Pizza«, sagte Katja, »und für die braucht man einen Backofen.«

»Schon mal was von Warmhaltepackungen gehört? Ja? Na also. Zwei Kochplatten sind genug.«

Die erste Runde ging an ihn.

Die zweite wurde bei mir in der Küche eingeläutet. »Sag mal, Määm, wann willst du dir endlich einen Herd mit diesem tollen Ceramisfeld zulegen? Dein jetziger ist ja wirklich schon reif für das Museum vaterländischer Altertümer.« Vorsichtig öffnete Katja die Backofentür. »Die klemmt schon seit zwei Jahren, und quietschen tut sie auch.«

»Ja, und nicht mal Umluft hat dieses alte Ding«, bemängelte Nicole, »da kommst du doch mit keinem Fertiggericht klar. Die Garzeiten sind nämlich alle für Umluftherde angegeben.«

»Na und? Die stecke ich doch sowieso in die Mikrowelle.«

Kurzes Schweigen, dann war Katja wieder etwas eingefallen. »Was ist mit Kuchen? Du schimpfst doch selber immer, weil der hinten anbrennt und vorne noch roh ist. Das kann dir mit einem modernen Herd nicht passieren.«

Das passierte mir auch jetzt nicht mehr, seitdem ich mich daran gewöhnt hatte, die Kuchenform nach der halben Backzeit umzudrehen. Allerdings liebäugelte ich schon lange mit einem dieser so eleganten Herde, bei denen man die übergekochte Milch nicht mehr mit diversen

Emulsionen begießen und dann mühsam runterscheuern muß, sondern mit einem Schwammtuch einfach abwischen kann. So machte es jedenfalls die Dame im Fernsehen immer, wenn sie im schicken Cocktailkleid nach Hause kam und entdecken mußte, daß ihre halbwüchsigen Kinder drei Sorten Pudding gekocht hatten. Ich an ihrer Stelle wäre ausgeflippt, aber sie hatte ja eine Ceramisplatte.

Nach zwei Tagen hatten mich die Zwillinge weichgekocht. Ich würde mir einen neuen Herd kaufen und den alten, der plötzlich gar nicht mehr so alt war, ihnen überlassen.

»Danke, Mami!« Es folgte eine doppelte Umarmung. »Das hat uns nämlich schwer im Magen gelegen.«

Die nächste Attacke galt meiner Waschmaschine. Sie war nicht mehr das neueste Modell, hatte auch schon einige Reparaturen hinter sich und schien demnächst ihren Geist endgültig aufgeben zu wollen. Im Schleudergang produzierte sie neuerdings ein merkwürdiges Nebengeräusch. Vorsichtshalber hatte ich Rolf schon darauf hingewiesen, daß wohl bald eine neue fällig sein würde. Er hatte die alte Rechnung herausgekramt, in Relation zu den diversen Reparaturkosten gesetzt und festgestellt, daß sich beides ungefähr die Waage hielt. »Na schön, wenn sie wieder streikt, kriegst du eine neue.«

Für irreparable Haushaltsgegenstände ist Rolf zuständig, beziehungsweise *sein* Bankkonto. Handelt es sich jedoch um Luxusartikel, deren Arbeit man auch mit der Hand erledigen könnte, dann muß ich sie mir selber kaufen. »Meine Mutter hat ihren Braten auch immer mit einem extra scharf geschliffenen Messer geschnitten und nicht mit so einer elektrischen Säge.« Oder: »Wozu braucht man einen Zwiebelhacker? Meine Mutter hat auch immer...« Nicht mal mein Hinweis, Lieschen Sanders habe zwar jahrzehntelang ihre Wäsche auf dem Waschbrett gerubbelt, sei aber eine der ersten gewesen, die sich eine der damals noch sündhaft teuren Waschautomaten zugelegt hatte, konnte Rolf von seinem Glauben abbringen, elektrische Küchengeräte seien überflüssig und nur vorteilhaft für die Hersteller, denn die bekämen einen Haufen Geld dafür.

Nun ging die Waschmaschine aber doch nicht so schnell kaputt, sie bewältigte vielmehr anstandslos zwei Ladungen Kochwäsche und sogar eine Trommel voll Turnschuhen.

»Paps hat doch sowieso keine Ahnung von Technik. Wir drehen einfach die Sicherung raus, dann schleppst du ihn in den Keller, er wird irgendwo mit dem Schraubenzieher herumfummeln und nach fünf Minuten feststellen, daß da nichts mehr zu machen ist. Danach rufst du beim Braun an, er soll die Waschmaschine bringen, die wir vorgestern ausgesucht haben. Ende der Vorstellung.«

Katjas Vorschlag klang gut, doch: »Was wollt ihr mit einer Maschine, die nach deiner Ansicht aufs Altenteil gehört?«

»Ich habe schon mit Michael gesprochen, der checkt sie durch.« Michael gehört zur Clique und hat irgendwas gelernt, das ihn befähigt, jeden Gegenstand zu reparieren, an dem ein Kabel hängt. Er war auch schon für die beim Einzug fälligen Elektroarbeiten vorgesehen. Die Waschmaschine hat er übrigens wieder tadellos hingekriegt. Er brauchte nur die verklemmte Kugelschreibermine zu entfernen.

»Ich habe noch mal nachgemessen«, berichtete Nicole, als die Zwillinge spätabends von den Aufbauarbeiten in Dossenheim zurückkamen, »ein Kühlschrank geht in die Küche noch rein.«

»Hab' ich doch gleich gesagt«, erwiderte ich erfreut, »der ist sowieso viel wichtiger als eine Waschmaschine.«

»Eben. Und weil du doch schon immer gejammert hast, deiner sei viel zu klein, da dachten wir...«

»... daß ich mir einen größeren anschaffe? Keine Chance! Wenn endlich euer Sortiment an Joghurtbechern, Quarkspeisen und Fithaltesäftchen verschwindet, werde ich mehr Platz haben als jemals zuvor.«

Jetzt wurde die Mitleidswalze aufgelegt. »Na ja, sehe ich ein. Dann müssen wir uns eben nur von Nudeln, Konserven und H-Milch ernähren, bis wir einen Nebenjob gefunden haben. Vielleicht können wir uns dann zum Herbst einen Kühlschrank leisten.«

Am nächsten Tag ertappte ich mich dabei, wie ich — rein zufällig natürlich — durch die große Schaufensterscheibe in den Elektroladen linste, wo hinten die neuesten Kühlschrankmodelle aufgereiht standen. Schön sahen sie ja aus, hatten kein Eisfach mehr, in dem man immer mit einem Brotmesser die festgefrorene Petersilienpackung losstemmen muß, hatten viel mehr Platz in den Türen — in meine kriegte ich nicht mal eine große Colaflasche —, waren pflegeleicht und hatten vor allem oben drauf keinen Brandfleck. Wer die heiße Bratpfanne dort mal abgestellt hatte, habe ich nie herausbekommen. Den Fleck auch nicht.

Überflüssig zu erwähnen, daß *mein* Kühlschrank jetzt keinen Brandfleck mehr hat, die Zwillinge haben ihn bei sich mit *meiner* alten Kaffeemaschine abgedeckt.

Den Umzug hatten die Mädchen auf einen Samstag gelegt, weil die angeheuerten Hilfskräfte nur dann Zeit hatten. Noch am Vorabend hatte ich bezweifelt, daß die ausnahmslos zu den Wochenendlangschläfern gehörenden Knaben tatsächlich um acht Uhr auf der Matte stehen würden, aber sie standen! Bernd mit Papas Lieferwagen, Michael mit Bereitschaftskofferchen, in dem vom Phasenprüfer bis zu verschiedenfarbigem Isolierband alles enthalten war, was ein Elektriker so braucht, Angela mit zwei Schüsseln schwäbischem Kartoffelsalat und Mark mit Radiorecorder. »Ohne Musik läuft nichts. Bis Micha die Anlage angeschlossen hat, ist nämlich Abend.«

»Der muß sich erst um den Herd kümmern«, brüllte

Katja von oben. »Kann mal jemand raufkommen und mit anfassen?«

»Wir brauchen Bindfaden«, tönte es aus dem Keller, »oder besser Draht, sonst fällt hier alles auseinander.«

»Alles« waren die beiden Geschirrkisten, gefüllt mit Beständen, die ich erstens »sowieso mindestens dreifach« hatte und zweitens gar nicht mehr brauchte, da ja nunmehr zwei Personen weniger am Tisch sitzen würden. Daß sie bei ihren Wochenendbesuchen nicht aus Plastikschüsseln würden essen wollen, mußten die Zwillinge bei ihren Raubzügen glatt übersehen haben.

Der Konvoi fuhr ab. Ich hatte gerade die Fußspuren von der letzten Treppenstufe gewischt, da klingelte das Telefon. »Schreib mal auf«, sagte Nicki, »99 27 19.«

»Was ist das?«

»Unsere Telefonnummer. Gestern muß noch einer dagewesen sein und hat den Kasten angeschlossen. Die Möbel sind schon fast alle oben, und wenn du in einer halben Stunde abfährst, kommst du genau richtig.«

»Richtig wozu?«

»Zum erstenmal abwaschen. Die saufen hier wie die Weltmeister. Der eine Sprudelkasten ist schon fast leer. Ach ja, noch was: Würdest du den Kettle mitbringen? Nur leihweise natürlich, aber dann könnten wir wenigstens mal was Warmes trinken. Der Herd funktioniert nämlich noch nicht, die Strippen sind zu kurz. Michael holt gerade neue.«

Da die meisten Teenager eine Abneigung gegen jede Art von Hülsenfrüchten haben, obwohl die doch kalorienarm und ballaststoffreich sind (oder weshalb sonst bestehen ihre Zwischenmahlzeiten neben Gummibärchen überwiegend aus Vollkornknäcke?), hatte ich schon gestern einen großen Topf Gulaschsuppe gekocht. Etwas Warmes braucht der Mensch! Bei unseren früheren Umzügen hatten wir die Möbelpacker immer mit kalten Rippchen abgefüttert, offenbar genauso Tradition wie die Batterie Bierflaschen, doch die Zwillinge hatten davon nichts wissen wollen. »Da bleiben so viele Knochen übrig, und wir haben noch keinen Mülleimer.«

Die Klingel war anscheinend kaputt, und mein Klopfen hörte niemand, weil drinnen gehämmert und gebohrt wurde. Schließlich donnerte ich mit dem Fuß gegen die Tür. Sie öffnete sich einen Spaltbreit. »Moment, ich muß erst den Herd zur Seite rücken«, sagte Michael, tat ein solches und ließ mich durchschlüpfen. »Geben Sie lieber mal den Topf her, den stelle ich gleich in die Badewanne, da ist er sicher.«

»O Gott, noch einer mehr!« kam es aus der Küche, wo ein bärtiger Zweimetermann mit eingezogenem Kopf Löcher in die frischgestrichenen Wände bohrte. Den kannte ich nicht. »Wer ist denn das?«

»Patrick«, stellte Katja vor. »Der wohnt unter uns und hat 'ne Schlagbohrmaschine. Die haben wir nämlich vergessen mitzunehmen. Und das ist meine Mutter.«

»Hat sie was zu essen mitgebracht?«

Wie ich später erfuhr, kam Patrick aus Norddeutschland und hatte auch nichts übrig für schwäbischen Kartoffelsalat. Dafür besaß er einen intakten Herd und jede Menge Müslischüsseln. Die Geschirrkisten standen nämlich noch zugebunden auf dem Klodeckel.

Es war gar nicht leicht, die gesättigten, müde vor sich hindösenden Knaben wieder an die Arbeit zu treiben. Wenn sich dieses Chaos bis zum Abend so weit lichten sollte, daß sich die Mädchen zu ihren Betten durchkämpfen konnten, war ein bißchen mehr Tempo angebracht.

»Was sind das eigentlich für Bretter hier draußen im Treppenhaus?«

»Der Allzweckschrank«, sagte Nicole. »Der soll in den Gemeinschaftsraum gleich hinter die Tür. Da sieht man ihn nicht. In die Küche geht er nicht mehr rein.«

»Dann baut ihn doch endlich zusammen.«

»Nur keine Hektik, erst kommen die Hängeschränke dran, damit die Küche frei wird und Michael mit seinem Herd von der Diele verschwindet. Danach nehmen wir uns das große Teil vor«, meinte Bernd zuversichtlich. »Keine Angst, wir haben alles im Griff. Ist noch Cola da?«

Drei Stunden später war ich wieder auf Nahrungssuche. Die Kaffeezeit war herangerückt, nur hatten die Zwillinge weder an Kaffee gedacht noch an das, was ihnen viel wichtiger erschien: Kuchen. Kartoffelsalat wollte niemand.

»Irgendwo wird's ja wohl ein Café geben, frag einfach mal!« Katja drückte mir eine Kehrschaufel voll Abfall in die Hand. »Kannste das mal auskippen?«

»Wo denn?«

»Weiß ich nicht.«

Ich gab die Schaufel an Mark weiter und suchte Patrick. »Kennen Sie hier in der Nähe eine Futterquelle für Kuchen?«

Er empfahl mir den Bäcker gleich um die Ecke.

»Hat der am Samstagnachmittag auf?«

Wahrscheinlich nicht, räumte Patrick ein. Er kenne jedoch nur Cafés in der Heidelberger Fußgängerzone, und die seien wohl ein bißchen zu weit entfernt. Parkplätze gäbe es auch nicht.

»Erkundige dich einfach gegenüber bei der Tankstelle«, riet Nicki, »die wissen bestimmt Bescheid.«

Der Tankwart war Student und kam aus Mannheim. »Ich jobbe hier bloß am Wochenende.« Er könne mir aber Kekse verkaufen, sogar Pulverkaffee und Büchsenmilch. So viel Gebäck, wie die hungrige Meute da oben verdrücken würde, hatte er gar nicht vorrätig. »Vielen Dank, vielleicht finde ich doch noch ein Café.«

Zum Glück kannte Oma mit Hund eins. Ich traf sie, als ich in eine Sackgasse geraten war und zwischen abgestellten Autos herumrangierte, um wieder herauszukommen. Ganz einfach sei das zu finden, nur drei Ecken weiter. »Da ist ein Café, Blum heißt es.«

Es entpuppte sich als Bäckerei mit Tchibo-Filiale, wo man sich an drei kleinen Stehtischen eine Tasse Kaffee genehmigen konnte, und zwar wochentags von neun bis achtzehn und sonnabends von acht bis dreizehn Uhr.

Also doch die Tankstellenkekse! Es war reiner Zufall, daß ich auf dem Rückweg das Café entdeckte, keine dreihundert Meter vom Haus der Zwillinge entfernt. Allerdings im ersten Stock, und wer guckt schon nach oben, wenn er Schwarzwälder Kirschtorte sucht? Da findet man doch höchstens Chinarestaurants.

Es sah schon viel aufgeräumter aus, als ich, in jeder Hand ein Kuchenpaket, nach sechsundachtzig Stufen keuchend durch die angelehnte Wohnungstür trat. Die Stille war verdächtig.

»So«, hörte ich Michaels Stimme, »daß mir jetzt keiner einen Lichtschalter oder was anderes Elektrisches anfaßt. Ich weiß nicht, ob's hinhaut. Entweder brennt der Herd gleich, oder es macht peng.« Gebannt starrten wir alle auf die Schnellkochplatte. Michael trat einen Schritt zurück, drehte mit ausgestrecktem Arm den Einschaltknopf und — »Es funktioniert!« jubelte er. »Rein theoretisch konnte auch gar nichts schiefgehen«, meinte er dann, ganz cool die Glückwünsche der anderen entgegennehmend, »aber so hundertprozentig sicher war ich mir doch nicht. Einen Herd habe ich nämlich noch nie angeschlossen.«

»Na siehste, nu kannste auch das«, lobte Katja. »Theorie ist, wenn man alles weiß und nichts geht, und Praxis ist, wenn alles klappt, und keiner weiß, warum.«

»Kaffeepause!« kommandierte Nicole. »Aber erst mal muß einer Tassen spülen.«

Ich wusch nicht nur Tassen ab, sondern den gesamten Inhalt der beiden Geschirrkisten, und als ich alles in die neuen Hängeschränke geräumt hatte, war die Stereoanlage installiert, und das Gerippe vom Allzweckschrank stand auch schon auf der Diele. Bernd paßte die Schiebetüren ein. »Na also!« Befriedigt betrachtete er sein Werk. »Die Bretter legen wir rein, wenn das Ding an seinem Platz steht. Los, alle Mann anfassen!«

Egal, wie sie den Schrank auch drehten und kippten, er

ließ sich nicht aufstellen. Durch die Tür ging er spielend, doch dann war immer ein Stück Dachschräge da, die ein völliges Aufrichten des sperrigen Möbels verhinderte. Nach dem letzten Versuch, bei dem sie den Schrank ein paar Zentimeter durchs Fenster schoben und trotzdem nichts erreichten, gaben sie auf.

»Ich hab's kommen sehen!« Die heimliche Schadenfreude in Katjas Stimme war nicht zu überhören. »Aber ihr wolltet das Teil ja unbedingt in der Diele zusammenkloppen. Warum habt ihr es nicht gleich im Zimmer aufgebaut?«

»Weil hier draußen mehr Platz war«, blaffte Mark zurück. »Du hättest ja mal eher was sagen können!«

»Na ja, so ganz sicher war ich mir nicht. Die Berechnung von schiefen Winkeln ist nie mein Fall gewesen«, gab sie zu, »und ehe ich mich vor einem Mathe-Zweier blamiere, habe ich lieber den Mund gehalten.«

Den hielt Mark jetzt auch. Wütend begann er den Schrank wieder auseinanderzunehmen.

Michael feixte sich eins. »Beim zweitenmal kriegt ihr ihn bestimmt viel schneller zusammen. Wer aus seinen Fehlern nichts gelernt hat, hat bisher einfach zuwenig falsch gemacht.«

»Halt doch die Klappe, du Angeber! Du hast mit dem dämlichen Herd ganz einfach Glück gehabt. Genausogut hätte dir der ganze Krempel um die Ohren fliegen können! Das maximale Volumen subterraler Agrarproduktivität steht im reziproken Verhältnis zu der spirituellen Kapazität ihrer Erzeuger!«

»Was ist los?« Michael hatte nichts verstanden. Ich auch nicht.

»Der dümmste Bauer erntet die dicksten Kartoffeln«, sagte Mark lakonisch. »Also los, Bernd« — er bewegte eine imaginäre Klappe, wie sie vor Filmaufnahmen üblich ist — »Besenschrank zweitürig, Kiefer furniert, Standort Wohnzimmer, zum zweitenmal.«

Es war schon dunkel, als ich die letzten Papierfetzen und Bindfadenreste in einen der vielen Kartons stopfte. Die Hilfstruppen waren schon lange abgezogen und hatten neben zwei leeren Sprudelkisten auch noch viele Fußabdrücke verschiedener Größe auf den schönen neuen Teppichböden hinterlassen.

»Halb so schlimm«, sagte Nicki müde abwinkend, »wir haben ja deinen Staubsauger noch hier, damit orgeln wir morgen mal kurz durch die Bude, dann ist alles weg. Du hast doch von Frau Keks gelernt, daß Dreck, den man nicht sieht, sauber ist.«

»Den sieht man aber. Soll ich nicht schnell...«

»Untersteh dich! Für heute habe ich die Schnauze voll — äh, ich meine, für heute ist mein Bedarf an manueller Tätigkeit gedeckt.« Sie gähnte ausgiebig.

»Na gut, dann kann ich mich wohl auch verabschieden.« Siedendheiß war mir eingefallen, daß ich an meinen verwaisten Ehemann nur selten und an den morgigen Sonntag überhaupt nicht gedacht hatte, sprich: Es war mal wieder nichts zu essen im Haus. Auch gut, dann gehen wir eben essen. Jetzt kostete es ja nur halb soviel wie sonst immer.

»Weißt du was, Määm«, begann Katja zögernd, »wenn ich dieses Durcheinander hier sehe und den ganzen Mist, der noch herumliegt« — sie ließ ihren Blick über die Bücherstapel auf dem Fußboden, über die an der Wand lehnenden Bilder und Regalbretter, über die hunderttausend Kleinigkeiten, die noch auf das Einräumen warteten, schweifen — »dann hätte ich größte Lust, noch mal mit nach Hause zu fahren. Morgen beim Aufstehen als erstes über 'n Hammer zu stolpern und dann sämtliche Kartons nach Zahnpasta zu durchforsten, ist nicht gerade das, was ich mir unter einem Sonntagmorgen vorstelle. Was meinst du, Nicki, vertagen wir die erste Nacht im eigenen Heim auf Montag?«

»Müssen wir sowieso«, kam es aus der Küche zurück, »oder weißt du vielleicht, was wir morgen essen sollen?«

11

Nun waren sie also weg. Der Zeitpunkt, zu dem die Zwillinge flügge werden und das Elternhaus verlassen würden, war viel zu schnell herangekommen. Zwanzig Jahre alt waren sie gerade, und nun sollten sie plötzlich auf eigenen Füßen stehen, ihr Geld statt für modisches Outfit jetzt für Bandnudeln und Waschpulver ausgeben und sich um den täglichen Kleinkram kümmern müssen, den ich bisher für sie erledigt hatte. Sie hatten auch ihre Schwierigkeiten damit. Wenn das Telefon klingelte, griff ich als erstes nach Block und Bleistift.

»Hallo, Määm, wir kommen mit der polizeilichen Anmeldung nicht ganz klar. Wo ist denn nun unser Zweitwohnsitz? Kannst du gleich mal zurückrufen?« Aufgelegt.

Diese Methode hatte sich eingebürgert, nachdem die Mädchen ihre erste Telefonrechnung bekommen hatten. »Telefonieren können wir uns nicht leisten«, hatte Katja sofort erklärt, »höchstens mal einen Anruf in die Pizzeria oder beim Notarzt, mehr ist nicht drin. Wenn es in Zukunft zweimal bei dir klingelt, dann aufhört und gleich danach noch zweimal, rufst du *uns* an, ja?«

Meistens klappte dieses Verfahren, aber manchmal nahm ich gleich nach dem ersten Läuten versehentlich den Hörer ab und mußte mir vorwurfsvoll sagen lassen, daß ich mal wieder völlig umsonst der Bundespost den Gegenwert von einem Brötchen in den Rachen geschmissen hätte. »Wir rechnen nämlich nicht in Gesprächseinheiten, sondern in Naturalien.«

Eine Zeitlang machte ich dieses Spiel mit, dann taten

sie mir leid. Den Kontakt zu ihren Freunden sollten sie nicht verlieren, aber ich weiß nur zu gut, wie schnell man sich am Telefon festquasselt. Rolf hat bis heute keine Ahnung, daß die Dossenheimer Telefonrechnung von meinem Konto abgebucht wird. (Da er meine Bücher aus Prinzip nicht liest, wird er es wohl auch nie erfahren!)

Um den monatlichen Unterhalt, den er seinen Töchtern zubilligte, hatte es ohnehin erbitterte Auseinandersetzungen gegeben. »Fünfhundert Mark pro Kopf sollten ja wohl reichen«, hatte er gesagt und nachgerechnet, wieviel ihn das am Ende der vierjährigen Studienzeit gekostet haben würde.

»Bärbel kriegt siebenhundert«, hatte Nicki protestiert.

»Die ist auch allein. Zu zweit lebt man billiger«, hatte das Gegenargument gelautet.

»Wann bist du zum letztenmal einkaufen gegangen?«

»Vorgestern.«

»Und wieviel hast du ausgegeben?«

»Sechs Mark neunzig. Für eine Taschenlampe.«

Wir einigten uns darauf, daß die Mädchen zwei Monate lang ein Haushaltsbuch führen und wir danach eine endgültige Entscheidung treffen würden. Damit war Rolf einverstanden. Seine Mutter habe so was auch gehabt und nur die besten Erfahrungen damit gemacht. Am Monatsende habe sie sogar immer noch Geld übrigbehalten. »Weiß ich, sie hat mir ihre Buchführung mal gezeigt«, sagte ich. »Die höchsten Beträge waren immer unter der Rubrik ›Sonstiges‹ vermerkt.«

»Sonstiges gibt es nicht«, belehrte uns der Haushaltsvorstand, »für alles findet man einen Oberbegriff.«

»Aha. Worunter würdest du zum Beispiel eine Taschenlampe aufführen«, wollte Katja wissen.

»Ihr könnt meine alte haben«, erwiderte ihr Vater.

Fünf Tage lang war es jetzt immer recht still im Haus, ein Zustand, an den ich mich nur schwer gewöhnen konnte. Manchmal sehnte ich den Freitagabend regelrecht herbei. Im Gegensatz zu Rolf, der mittags auf die

Uhr guckte und dann seufzend fragte: »Wen schleppen sie denn diesmal an? Kennen wir den wenigstens schon?«

»Sie bringen Ulli mit, haben sie gesagt, aber der war noch nie hier.«

Seitdem die Mädchen auch an dem außerplanmäßigen Hochschulleben teilnehmen konnten, hatten sie schnell Anschluß gefunden, und den brachten sie etappenweise mit nach Hause. Überwiegend handelte es sich um Studenten, deren Heimathafen zu weit entfernt war, um ihn übers Wochenende anzulaufen, und da sie alle immer hungrig und meistens pleite waren, nahmen sie die Einladung, von der ich oft erst in letzter Minute erfuhr, nur zu gern an.

»Es macht dir doch nichts aus, wenn ich Thorsten mitbringe, nicht wahr, Mami?« schmeichelte Nicki ins Telefon. »Der arme Kerl hockt im Studentenwohnheim mit so einem gräßlichen Strebertyp zusammen, der das ganze Wochenende büffelt. Nicht mal das Radio darf er anstellen.«

Natürlich machte es mir nichts aus. »Was ißt er denn?«

»Alles.«

»So viel habe ich nicht im Haus.«

Bei dem avisierten Ulli handelte es sich ausnahmsweise mal um ein Mädchen, das Ulrike hieß und ein Allroundgenie war. Sie konnte Haare schneiden, was von den Zwillingen im Hinblick auf die ständig steigenden Friseurkosten sehr begrüßt wurde, konnte Maschine nähen, was sie schon bei Nickis Gardinen bewiesen hatte, konnte — zumindest nach Ansicht meiner Töchter, die ich aber als nicht unbedingt kompetent bezeichnen würde — hervorragend kochen und war außerdem zwei Semester weiter. Ihre Referate hatte sie alle aufgehoben und somit den Zwillingen manche Eigenleistung erspart.

»Fällt denn das nicht auf?« fragte ich besorgt.

»Wie denn bei dreihundert Studenten pro Seminar? Oder glauben Sie im Ernst, der Dozent liest den ganzen Kram? Der notiert doch bloß, ob auch jeder seine Arbeit abgegeben hat.«

Mein Weltbild vom strebsamen Studenten und den

nicht minder bemühten Professoren geriet immer mehr ins Wanken. Zu viel hatten die Mädchen schon von dem Massenbetrieb erzählt, von überfüllten Hörsälen und praxisfernen Seminaren. »Zum Beispiel Philosophie! Kannste total abhaken. Brauchen wir später nie, aber den Schein müssen wir haben«, schimpfte Katja. »Also sitzen wir unsere Stunden ab und können nicht mal schwänzen, weil der Dozent eine Anwesenheitsliste führt. Na ja, wer nicht stricken kann, muß sich eben anderweitig beschäftigen. Ich nehme mir immer was zu lesen mit.«

»Heute waren wir zum erstenmal auf 'ner Demo«, hieß es ein andermal, »die halbe Uni war auf den Beinen.«

»Wogegen oder wofür habt ihr denn demonstriert?«

»Weiß ich nicht mehr, ich glaube, für mehr Bafög«, sagte Nicki, »aber wir haben ein paar riesig nette Mediziner kennengelernt, mit denen wir später in einer urigen Kneipe gelandet sind.«

Es dauerte gar nicht so lange, dann wurden die regelmäßigen Wochenendbesuche unregelmäßiger. Die Mädchen hatten keine Zeit mehr. Sie jobbten. »Wenn man sich außer Brot und Lätta auch mal was zum Anziehen kaufen will, bleibt einem ja gar nichts anderes übrig«, hatte Nicki gesagt und sich um die Abendschicht bei einer Milchverwertungszentrale beworben. Nach zwei Wochen hatte sie im wahrsten Sinne des Wortes die Nase voll gehabt. »Wenn ich Joghurt nur rieche, wird mir schlecht.«

Katja hatte es bei einem Presseunternehmen versucht, das Kataloge und andere Druckerzeugnisse für Großkunden verschickte. Sie streikte schon nach zehn Tagen. »Erstens ist das Knochenarbeit, und zweitens habe ich mich dabei ertappt, wie ich mich mit dem Fließband unterhalten habe. Bevor das noch schlimmer wird, höre ich lieber auf.«

Kellnern wollten beide nicht, obwohl diese Arbeit nicht nur gut bezahlt, sondern speziell für die Abendstunden und die Wochenenden angeboten wird. »Kommt nicht in Frage. Sollen wir uns vielleicht für sechzig Pfennig Trinkgeld von so 'nem alten Knacker betatschen lassen?«

Nach diesem kurzen Gastspiel im Berufsleben beschlossen sie, den Gelderwerb bis zu den Semesterferien zu vertagen. »Dann schauen wir, daß wir einen Bürojob bekommen. Während der Urlaubszeit werden immer Aushilfen gesucht.«

Das stimmte, nur wollte man lieber Studenten der Betriebswirtschaft haben beziehungsweise solche, die schon mal in einem Büro gearbeitet hatten. Ein Rechtsanwalt gab Katja trotzdem eine Chance, oder genauer gesagt, dessen Sohn, ein Kandidat der Jurisprudenz und offensichtlich daran gewöhnt, jedes Mädchen in seine sturmfreie Bude zu kriegen. Als er Katja seine Plattensammlung zeigen wollte, biß er auf Granit. Woraufhin der Herr Papa am übernächsten Tag meinte, es täte ihm ja sehr leid, aber er brauche eine Aushilfe, die wenigstens Maschine schreiben könne.

»Vielleicht hätte ich ihn doch nehmen sollen«, meinte sie hinterher, »schlecht hat der Junior ja nicht ausgesehen.«
»Ich denke, er hatte so feuchte Hände?« erinnerte Nicki.
»Das schon, aber auch einen tollen Sportwagen.«
»Na bitte!«
»Nicht na bitte. Du mußt mal an später denken! Einen Sportwagen kannste doch nicht mit ins Bett nehmen, die Hände sind aber immer dabei.«

Ein kurzes Zwischenspiel als Zimmermädchen in einem Vororthotel rief in Katja wieder die Erinnerung wach an jenen Sommer, als sie noch eine Karriere als Hotelkauffrau angestrebt und unter der Ägide ihres Bruders ein »Schnupper-Praktikum« gemacht hatte. Knapp sechzehn war sie damals gewesen und zum erstenmal weg von Mutters Schürzenzipfel.

»Wenn Sascha Frühdienst hatte, hat er mich um sechs aus dem Bett geschmissen und eine Stunde später mit dem Aufschnittwagen durchs Restaurant tigern lassen. Dabei habe ich die kaum verstanden. Lauter Japaner und Amis. Einer wollte mal ash-tray haben, und weil ich nicht wußte, welche Wurst das ist, habe ich gesagt, er soll mal draufzeigen. Hat er aber nicht, sondern bloß gelacht und immer wieder ash-tray verlangt. Schließlich bin ich ins Office gerast und habe gefragt. Woher sollte ich denn wissen, daß der Kerl bloß 'n Aschenbecher haben wollte?«

Und das peinliche Versehen, mit einem telefonisch georderten Kamillentee in das falsche Zimmer gegangen zu sein, wo statt des magenkranken Staatssekretärs ein kerngesunder Franzose im Bett gelegen hatte, und das nicht mal allein, hatte Katja restlos die Lust auf eine Zukunft im Hotelgewerbe genommen.

Auch jetzt fand sie die Tätigkeit eines Zimmermädchens wenig befriedigend, zumal dieser Job miserabel bezahlt wurde. »In Heidelberg hat das keinen Zweck, da übersteigt das Angebot die Nachfrage«, meinte sie, als man ihr wahlweise den freien Posten einer Toilettenfrau oder diverse Putzstellen in Großraumbüros angeboten hatte. »Wir versuchen es jetzt mal in Heilbronn.«

Da suchte ein großes Einkaufszentrum Kassiererinnen für den Supermarkt. »Warum nicht?« sagte Nicki. »Dabei kann man wenigstens sitzen. Mal sehen, was die zahlen.«

Offenbar war die Auskunft zufriedenstellend. Die Mädchen ließen sich anheuern, wurden drei Tage lang im Umgang mit Registrierkasse und Scanner unterwiesen und dann auf die Menschheit losgelassen. Und jeden Abend begannen sie das gleiche Spiel:

»Blumenkohl?« — »615.«

»Richtig. Fleischtomaten?« — »637.«

»Falsch, 635. 637 ist Sellerie.«

Bis es Rolf zu dumm wurde. »Was soll der Quatsch?«

»Das sind die Registriernummern für Obst und Gemüse, die müssen extra eingetippt werden. Bloß die für Knoblauch kann ich mir nie merken.«

»644«, sagte Nicki. Ob ihre Behauptung, sie habe nachts im Schlaf ihr Kopfkissen über einen imaginären Scanner gezogen, stimmte, weiß ich nicht, aber möglich wäre es schon. Jedenfalls hielten die Mädchen diesmal durch. Sie waren nur nicht begeistert, wenn plötzlich jemand Bekanntes oder gar die Mutter eines ehemaligen

Klassenkameraden neben der Kasse stand und etwas herablassend fragte: »So so, hier schafft ihr jetzt? Hot's fürs Schtudium net g'langt? Oder habt ihr net g'wellt? Lieber schnell schaffe ond's Geld verdiena für die Ausschteuer, gell?«

Sechs Wochen lang saßen sie eisern ihre acht Stunden täglich ab (oder auch mehr, denn der Dienstleistungsabend war schon erfunden), dann kauften sie für das Selbstverdiente neue Badeanzüge, ein Zweimannzelt sowie einen halben Zentner Konserven und fuhren an die französische Atlantikküste, Urlaub machen.

»Wer kümmert sich denn inzwischen um euer Grünzeug?« Bisher war wenigstens einmal in der Woche eine der beiden abends in die gemeinsame Wohnung gefahren, hatte gelüftet und die Blumen gegossen (Nickis Zimmer sah ohnehin schon aus wie ein Botanischer Garten), aber mir schwante, daß dieser Liebesdienst jetzt an mir hängenbleiben würde.

»Ist schon geregelt«, beruhigte mich Katja, »ich habe Volker gebeten, die Pflanzen zu gießen.«

»Volker?« sagte Nicki gedehnt. »Der ist doch viel zu unzuverlässig. Dann gieße ich sie lieber selber nicht.«

Sven war es, der mir die Ausflüge nach Dossenheim ersparte. Zusammen mit einem Sack voll Seramis setzte er sich in Marsch, topfte das ganze Grünzeug um und installierte eine komplizierte Anlage, mit deren Hilfe das Gemüse bewässert wurde. Es hat auch ausnahmslos überlebt.

Allmählich hörte der Zulauf akademisch gebildeter Hausgäste auf. Der letzte war Markus, ein schon älteres Semester sowohl an Jahren als auch an Studienzeit, der sich in verschiedenen Sparten versucht hatte und bei keiner richtig hängengeblieben war. Soweit ich mich erinnere, hatte er mit Biologie begonnen, war dann zu Germanistik übergewechselt mit ein bißchen Geschichte nebenbei, hatte zwei Semester Physik belegt und war jetzt bei Mathematik angekommen. »Zur Zeit kriegt er noch

Bafög, doch womit er mal seine eigenen Brötchen verdienen will, weiß ich nicht«, hatte Katja gesagt. »Eins hat er uns aber allen voraus: In ›Trivial Pursuit‹ ist er nicht zu schlagen.«

Diese Feststellung nötigte mir denn auch die erwartete Hochachtung ab. *Ich* schaue bei dem vertrackten Frage-und-Antwort-Spiel nämlich nie besonders gut aus!

Markus war ein Typ, der selbst im ausgeleierten Sweatshirt so aussah, als habe er eine Krawatte um, und vermutlich würde er selbst in einer Hängematte steif wie ein Brett liegen. Er war höflich (ich auch), hilfsbereit (ich auch, denn ich sorgte für regelmäßigen Nachschub an Kaffee und nähte ihm zwei abgerissene Knöpfe an), doch als er nach vier Tagen noch immer nicht verschwunden war, wurde ich unhöflich und schmiß ihn raus. Zu Weihnachten bekam ich eine Grußkarte von ihm mit Dank für erwiesene Gastfreundschaft.

Und dann kam der Tag, an dem mir die Mädchen eröffneten, sie würden jetzt nicht mehr so oft nach Hause kommen, da sie »anderweitig engagiert« seien. Die Töpfchen hatten ihre Deckelchen gefunden! Wie es sich gehört, fast zum gleichen Zeitpunkt, und — wie bei Zwillingen nicht erstaunlich — heißen beide Knaben Thomas. Einer studiert was Technisches, der andere ist Tauchlehrer mit eigenem Sportartikelgeschäft. Katja hatte seinerzeit in Kenia mit dem Tauchen angefangen und später weitergemacht, obwohl deutsche Baggerseen für Exkursionen in die Tiefe nicht gerade verlockend sind. Statt Korallenriffen und Feuerfischen sieht man entweder gar nichts oder bestenfalls Zivilisationsmüll, doch wer im nächsten Urlaub die Unterwasserwelt in der Karibik erforschen will, muß erst mal durch heimische Tümpel, sonst darf er nämlich nicht.

Zusammen mit dem noch druckfrischen Befähigungs-Zertifikat präsentierte Katja uns ihren Tom. Eigentlich entsprach er rein äußerlich so gar nicht ihrem Traummann. Er war zwar groß (»Er hat sich gerade die

Haare ganz kurz schneiden lassen, damit er bei uns nicht immer die Zimmerdecke fegt«) und dunkelhaarig, trug jedoch einen kurzen Vollbart und war Raucher. Ob auch er so wie ich bei meinen gelegentlichen Besuchen in der Küche zum Dachfenster hinausqualmen muß, weiß ich nicht, nehme es jedoch an. Im übrigen pflegen Verliebte negative Angewohnheiten, die sie bei anderen Menschen kritisieren, bei ihren Angebeteten zu tolerieren.

Meine anfängliche Befürchtung, Tauchlehrer seien so etwas Ähnliches wie Tennistrainer und Skilehrer, die sich in jedem Kurs etwas Passendes für die Freizeitgestaltung suchen, haben sich bis jetzt nicht bewahrheitet. Tauchlehrer sind im Gegenteil sehr solide, sehr fleißig und nie langweilig. Allerdings kenne ich nur den einen.

Nickis Thomas ist ein Einzelkind, ein bißchen verwöhnt, ein bißchen unselbständig, ein bißchen konservativ mit unauffälliger Brille und unauffälligem Auto, der jünger aussieht, als er ist, und sich manchmal auch so benimmt. Offenbar erweckt er in meiner Tochter mütterliche Instinkte. Aber er spielt Wasserball, womit zumindest auf *einem* Gebiet gewisse Parallelen bei den Zwillingen wieder hergestellt sind. Wasser ist Wasser, ob einer oben schwimmt oder unten drunter, spielt letztendlich keine Rolle.

Das ganze Ausmaß dieser nunmehr festen Bindungen wurde mir zum erstenmal Anfang Dezember bewußt, als auch bei mir die Weihnachtsvorbereitungen anliefen. Seitdem man hierzulande schon im August Lebkuchen, Ende September Schokoladen-Nikoläuse und im Oktober Adventskalender kaufen kann, komme ich mit dem Jahresablauf immer ein bißchen durcheinander. Ehe ich mich versehe, ist tatsächlich erster Advent, und dann kann es schon mal passieren, daß ich in letzter Minute einen Kranz kaufe und erst zu Hause feststelle, daß er nicht grün ist, sondern grau und eigentlich als Grabschmuck gedacht war.

Traditionsgemäß ist Weihnachten ein Fest der Familie.

Da die beiden Thomasse ebenfalls Familie haben, feierten sie Heiligabend zu Hause. Der eine mit Großeltern, Eltern und Geschwistern, der andere mit Mama, Papa, zweimal Oma und Opa sowie diversen Tanten, die der Ansicht sind, daß Weihnachten nur dort schön ist, wo es auch Kinder gibt. Das nunmehr fünfundzwanzigjährige Kind langweilte sich entsetzlich und tauchte zu späterer Stunde doch noch bei uns auf.

Anders die nachfolgenden Feiertage, die ja in erster Linie der kalorienreichen Nahrungsaufnahme dienen. Wir hatten uns darauf geeinigt, daß am ersten Feiertag bei uns gegessen wird, während am zweiten die Thomasse nebst Freundinnen zu ihren Familien fahren würden. Besonders die Tanten legten großen Wert darauf, sie hatten Nicki noch nicht kennengelernt. Zu Weihnachten gibt es Gans. Auch das ist Tradition, an der sogar die Zwillinge festhalten, obwohl sie sonst alle Dickmacher kategorisch ablehnen.

Wer Kinder in die Welt setzt und gelegentlich über die Pamperszeit hinaus an später denkt, hat allenfalls die berufliche Karriere seiner Sprößlinge im Sinn. Kaum jemand macht sich darüber Gedanken, daß sich diese vergnügt krähenden Winzlinge eines Tages verdoppeln werden. Bei einem oder zwei Nachkommen läßt sich das noch in den Griff kriegen, bei fünf ist die Katastrophe förmlich programmiert.

»Wieviel werden wir eigentlich sein?« fragte ich so ganz nebenbei, als wir um unseren Beerdigungskranz saßen, der durch die eine brennende Kerze auch nicht viel weihnachtlicher aussah, vor mir eine Liste mit Dingen, die ich demnächst erledigen mußte. Darunter auch eine genaue Aufstellung aller Vorlieben und Abneigungen, was die Zusammenstellung der bunten Weihnachtsteller betraf. Katja ißt kein Marzipan, liebt aber Nougat, Sven futtert alles außer Blätterkrokant, Steffi bevorzugt Rumkugeln und Walnußpralinen, Vicky mag nichts mit Alkohol, Sascha liebt alles mit Alkohol, Horst Herrmann will keine

Milchschokolade, Nicole alles mit lila Papier drum, Rolf ißt gerne Knickebein... ohne Gedächtnisprothese ist man da aufgeschmissen.

»Was mögen denn die Thomasse und was nicht?«

»Thomas ißt alles und am liebsten Geleebananen«, sagte Nicki. Nun ja, mal was Neues, Geleebananen hatte ich noch nie auf meiner Wunschliste.

»Tom mag keine Süßigkeiten«, gab Katja zu Protokoll. »Einmal hat er bei uns tatsächlich zwei Stück Kuchen gegessen und hinterher gesagt, damit sei sein Jahresbedarf an Süßem gedeckt. Geschmeckt hat es ihm sowieso nicht, er wollte bloß höflich sein. Das war noch ganz am Anfang, weißt du.«

Das war eine völlig neue Situation. Ein männliches Wesen, gleich welchen Alters, das sich nicht auf jedes Stück Schokolade stürzt, war mir noch nicht untergekommen. »Ich kann dem armen Kerl doch nicht zwei Tüten Kartoffelchips auf seinen bunten Teller kippen.«

»Könntest du«, sagte Katja, »mußt du aber nicht. Es gibt ja inzwischen diese niedlichen Pizza-Kekse oder bei Hussel das asiatische Knabberzeug. Käsegebäck ißt er auch gerne, da finden wir schon was.«

Ich schrieb auf meine Liste: Tom = Salziges. »So, und jetzt will ich endlich wissen, wer sich am ersten Feiertag um meinen Freßnapf schart.«

»Ist doch ganz einfach.« Nicki zählte auf: »Erst mal der Familienstamm, das sind immer sieben gewesen und sind es heute noch, dann Vicky, Horst Herrmann, Thomas und Tom. Daß Svens Tussie kommt, glaube ich nicht, soviel ich weiß, fliegt die mit ihren Eltern über Weihnachten nach Gran Canaria. Die haben doch Kohle ohne Ende.«

»Also sind wir elf«, rekapitulierte Katja, »wo liegt das Problem?«

»In der Gans! Eine ist zuwenig, und zwei kriege ich nicht in den Ofen.«

»Das ist ein Argument«, gab sie zu, »da müssen wir uns

wirklich was einfallen lassen.« Ihr fiel auch tatsächlich etwas ein. »Den zweiten Vogel schieben wir drüben bei Sascha in die Röhre.«

»Und ich renne alle halbe Stunde fünfzig Meter weit, um das Vieh zu begießen, oder wie stellst du dir das vor?«

»Dabei wechseln wir uns eben der Reihe nach ab.«

Na gut, das wäre eine Möglichkeit, doch: »Wie soll ich elf Leute um den Tisch kriegen?«

»Das könnte in der Tat etwas eng werden«, räumte sie ein. »Vielleicht ginge es, wenn wir den kleinen Eßtisch von Sascha dazustellen?«

»Aber wohin mit den Stühlen? Soviel Platz haben wir doch gar nicht«, warf Nicki ein.

»So viele Stühle auch nicht. Ich bekomme maximal zehn zusammen einschließlich des Hockers aus dem Bad.«

»Sascha hat doch auch welche.«

»Der wird sich schön bedanken, wenn wir ihm ausgerechnet zu Weihnachten die halbe Bude ausräumen«, erwiderte ich.

»Ach was, dafür kriegt er ja ein kostenloses Mittagessen.«

Er erhob auch keinen Protest, sondern stellte im Gegenteil vom Salzstreuer bis zur Aufschnittgabel alles zur Verfügung, was mir vielleicht noch fehlen würde. Sogar seine handgeschliffenen Gläser, Hochzeitsgeschenk einer begüterten englischen Tante, die er nie gesehen hatte.

Die Gläser brauchte ich nicht, sie waren das einzige, wovon ich selber genug hatte. Alte Römer mit dicken geriffelten Stielen, ererbt von meinem Großvater. Da wir sie nie benutzten, waren sie sogar noch vollständig. Anderthalb Dutzend.

Im Gegensatz zu meinem Geschirr, das nur noch aus Fragmenten bestand. Wie in jeder deutschen Familie üblich, hatten wir mal zwei verschiedene Ausführungen besessen, eine für täglich, die andere für »gut«, wobei unsere Meinungen, wann denn nun das gute aufzulegen sei, schon immer auseinandergegangen waren. Ich hätte es am liebsten nie auf den Tisch gestellt, weil es ein so herziges Streublümchenmuster hatte, das allenfalls für Kaffeetassen akzeptabel gewesen wäre. Doch meine Großmutter, Malchen Jäger, hatte schon immer ein Faible für Blumen gehabt; das hatte bei Maiglöckchenparfüm angefangen und bei sonnenblumenbestickten Sofakissen noch lange nicht aufgehört. Dieses als gut deklarierte Geschirr stammte auch von ihr und war uns zum zehnten Hochzeitstag überreicht worden. Weil wir damals erst drei Kinder hatten und der Wunsch nach weiterem Nachwuchs noch nicht geäußert worden war, hielt Omi die Ausführung für sechs Personen als ausreichend. Ein paar Jahre später saßen jedoch sieben Leute am Tisch, was die Aufstockung der Blümchenteller notwendig gemacht hätte. Allerdings konnte man das Dekor nicht mehr nachkaufen, es hatte sich schon damals um ein Auslaufmodell gehandelt. Komplett war es ohnedies nicht mehr, denn die zum Küchendienst verpflichteten Helfer hatten im Laufe der Jahre für erhebliche Dezimierung gesorgt.

Genaugenommen hatte mich mein unzulänglicher Geschirrbestand nie gestört. Unsere Freunde auch nicht. Für den Kaffee — wenn sie denn welchen tranken — benutzten sie lieber die Keramikbecher, da ging mehr rein, Gläser hatten wir genug, Suppentassen auch, und zum Abendessen stellte ich rustikale Holzbretter hin. Mittags hatten wir selten Gäste, abgesehen von der zeitweiligen Studenteninvasion, doch die war mehr an dem interessiert, was drauflag, als an den sowieso nicht vorhandenen Markenzeichen der Teller.

Jetzt sah die Sache allerdings anders aus. *Mir* hätte es ja nichts ausgemacht, meine Gänsekeule von einer blauweiß gemusterten Aufschnittplatte auf meinen Streublümchenteller zu legen, aber ich wollte die Zwillinge nicht blamieren. Zu genau konnte ich mir ausmalen, wie die Tanten am Abend über Thomas herfallen und ihn ausfragen würden, und wenn ich ihm auch keine umfassenden Kenntnisse in punkto Tischkultur zutraue, so würde er trotzdem mein Sammelsurium an Einzelstücken ziemlich genau beschreiben können.

Bei Tom hätte ich weniger Bedenken gehabt. Der war schon ein ganzes Stück in der Welt herumgekommen und hatte sogar einmal geröstete Maden auf Baumrinde essen müssen. Wo das gewesen ist, weiß ich nicht mehr, doch es muß eine sehr unzivilisierte Gegend gewesen sein.

Es half nichts, ich mußte wohl oder übel zum Ankauf eines neuen Services schreiten. Für zwölf Personen. Und mit mindestens zehn Jahren Garantie für Nachlieferung. Eventuelle spätere Verlobungs- beziehungsweise Hochzeitsfeierlichkeiten waren ja auch einzukalkulieren, denn nicht jeder meiner Nachkommen würde im Ausland heiraten, was ich im nachhinein übrigens als äußerst bequem empfunden hatte.

Die Zwillinge beorderten mich für Dienstag nach Heidelberg. Da hätten sie morgens nur zwei Stunden Vorlesung und anschließend genügend Zeit, mir beim Geschirrkauf beratend zur Seite zu stehen. »Letztendlich müssen wir ja auch davon essen.«

Begonnen haben wir bei den diversen Kaufhäusern. Außer schlichtem Weiß mit erhabenem Teppichfransenmuster fanden wir nichts, das in Frage gekommen wäre. Präzise ausgedrückt: *Ich* fand nichts, die Zwillinge schon. Katja verliebte sich sofort in ein schwarz-grün gestreiftes Service mit eckigen Tellern und konisch verformten Schüsseln. »Sieht das nicht stark aus?«

»Zumindest originell«, gestand ich ihr zu, doch ich suchte nichts Originelles, sondern etwas Modernes, das trotzdem solide aussehen sollte.

»Was schwebt dir denn so vor?« hakte Nicki nach.

»Weiß ich doch nicht.«

»Und mit solch präzisen Angaben soll man nun einkaufen gehen.«

Die Geschirrabteilungen der Kaufhäuser hatten wir bald durch, jetzt kamen die Spezialgeschäfte dran. Sie zeichneten sich durch beflissene Verkäuferinnen aus, aber das, was ich suchte, hatten sie auch nicht. Ich wollte keine Teller mit Goldrand, und die mit dem dezenten hellgrünen Streublümchendekor (es scheint nie auszusterben!) schon gar nicht.

Als um halb sieben die Läden schlossen, hatte ich einen Christstollen gekauft, drei Packungen Weihnachtsservietten und eine Seifenschale für die Küche.

»Ich versuche es mal in Heilbronn«, sagte ich, nachdem ich die Mädchen vor ihrer Haustür abgesetzt hatte, »vielleicht finde ich dort etwas. Die Schwaben sind solide Leute, die kaufen keine eckigen Teller.«

Diesmal nahm ich Vicky mit. Sie hatte inzwischen recht gut Deutsch gelernt und stand (steht!) nur noch mit dem *Sie*, das es im englischen ja nicht gibt, auf Kriegsfuß, doch das scheint niemanden zu stören. Jeder Verkäufer überschlägt sich vor Eifer, wenn sie mit ihrem unnachahmlichen Lächeln fragt: »Kannst du mir das rote Topf da oben einmal zeigen, bitte?«

Um die Kaufhäuser machten wir gleich einen Bogen, sie würden auch nichts anderes zu bieten haben als ihre Heidelberger Filialen, aber »Glas und Porzellan« galt als Fachgeschäft. Es war auch eines, hauptsächlich für Glas, und ein Eßservice aus Acryl wollte ich nun doch nicht haben, es erinnerte mich zu sehr an Campinggeschirr.

Die Abteilung Porzellan bot Blumenvasen jeglicher Größe an mit viel Gold und Schnörkel, nachgemachtes Meißen (Omi hatte auch mal Zwiebelmuster besessen, bis sie es kurz nach dem Krieg an die Amis verscherbelt hatte, aber das war wenigstens echt gewesen), Kerzenständer und Porzellankörbe mit bunten Engelchen als Griff. Drei Tische waren mit Geschirr dekoriert. Eins zeigte weihnachtliche Motive (wer, um alles in der Welt, kauft sich ein Service für nur drei Tage im Jahr?), das zweite kannte ich schon, es war das mit dem Goldrand, und das dritte war tiefschwarz. Ein etwas zu scharf gebratenes Steak würde man nur mit Mühe darauf finden.

»Ich verstehe nicht, weshalb in Deutschland haben die Leute eine solche schlechte Geschmack«, sagte Vicky, als wir Putten und Engelchen hinter uns gelassen hatten und auf der Suche nach dem nächsten Geschäft waren. »In England es ist sehr leicht zu finden gutes Geschirr.« Für den, der Teetassen mit handgemalten Rosen drauf liebt, sicherlich.

Im letzten Geschäft, das mir meine Putzfrau als »arg gut sortiert« empfohlen hatte, hätte ich beinahe zugegriffen, allerdings mehr aus Verzweiflung. Mindestens acht Läden hatten wir abgeklappert, mindestens achtzig verschiedene Muster begutachtet, teilweise nur im Katalog, aber »des bschtelle mer Ihne gern«, und noch immer nichts gefunden, was meiner Vorstellung nur annähernd entsprochen hätte. Hellgrau mit Rosa war zwar auch nicht das, was ich suchte, aber es sah wenigstens sehr edel aus. »Zusammen mit rosa Servietten und passenden Kerzen müßte es eigentlich wirken«, sagte ich zu Vicky. Wennschon, dennschon!

Sie schüttelte nur den Kopf. »Das du dir siehst bald übrig. Es ist genau wie mit zu moderne... wie heißt diese Papier an die Wände?«

»Tapeten?«

»Ja, Tapeten. Erst dir gefällt großartig, und nach ein Jahr du kannst nicht mehr sehen.«

Recht hatte sie! Also kein Rosa und Grau, dann schon lieber Steingut, ganz weiß ohne Schnörkel. Gab's billig bei Ikea, Erstausstattung für junge Paare.

Welcher Zufall uns in jene Ecke geführt hatte, an der ich, wenn überhaupt, immer nur achtlos vorbeigelaufen war, kann ich nicht mehr sagen. Wahrscheinlich wäre ich auch diesmal vorübergegangen, hätte Vicky mich nicht zurückgehalten. »Sieh mal, Evelyn, hier ist noch eine kleine Geschäft, aber die Fenster sieht gut aus.«

Kunststück, es war das Rosenthal-Studio! Und klein

war es keineswegs, es wirkte nur von außen so winzig. Eine Treppe höher betraten wir ein Paradies, angefüllt mit mattschimmerndem Porzellan und funkelndem Kristall. Und da stand es, *mein* Service, in der dritten Vitrine links. Ein kleines bißchen asymmetrisch mit einem wie zufällig entstandenen Dekor in zwei verschiedenen Grautönen.

»Das ist es!« sagte ich sofort. Vicky pflichtete mir bei. »Es ist sehr schön und sicher sehr teuer.«

Das stimmte. Als wir die nötigen Zubehörteile wie Schüsseln, Sauciere, Platten und was sonst noch auf einen festlich gedeckten Tisch gehört, zusammengestellt hatten und die Verkäuferin die einzelnen Beträge in die Kasse tippte, kam eine Summe heraus, für die ich den halben Geschirrbestand von Ikea hätte erwerben können. »Das schenke ich mir eben selbst zu Weihnachten! Im vergangenen Jahr ist es die Perlenkette gewesen, diesmal ist es Porzellan. Beides hat bleibenden Wert.« Ich wandte mich an die Verkäuferin. »Und jetzt hätte ich gern das gleiche nochmals als Kaffeeservice.«

»Du bist verrückt!« sagte Vicky.

»Ich weiß, nur bezeichnet man das in meinem fortgeschrittenen Alter nicht mehr als verrückt, sondern als exzentrisch.«

Zum Einladen der porzellanenen Kostbarkeiten durften wir sogar in die Fußgängerzone fahren, ein Privileg, das ich mir schon immer gewünscht hatte, hauptsächlich dann, wenn so ein Lieferwagen, den ich nicht hatte kommen sehen, genau neben mir durch eine tiefe Regenpfütze gebrettert war.

Unser Einkauf hatte nur einen Haken: Die beiden Services waren nicht vollständig. Als wir endlich nach Hause fuhren, lagen im Kofferraum acht Suppenteller, zehn Eßteller, zwei Schüsseln und die Sauciere. Der Deckel von der Zuckerdose war unauffindbar gewesen. Die Verkäuferin, in der Schlußphase der Verhandlungen durch den Geschäftsführer verstärkt, hatte mich jedoch beruhigt. Selbstverständlich kämen die fehlenden Teile noch vor den Feiertagen, und ebenso selbstverständlich werde man sie mir dann unverzüglich zustellen. Vielen Dank und auf Wiedersehen.

Rolf begutachtete meine Neuerwerbung, fand sie sehr schön, aber viel zu teuer, obwohl ich ihm nur die Hälfte des wirklichen Preises genannt hatte. Hätte ich ihm die Wahrheit gesagt, würde er sich vermutlich geweigert haben, jemals davon zu essen. Regelrecht begeistert war Sascha. »Das sieht wirklich toll aus! Da mache ich was draus. Den Tisch decke *ich*, und keiner redet mir rein, klar?«

Aber bitte, gern. Schließlich hatte er das gelernt.

»Ich brauche nur noch ein paar kleine Accessoires, aber die muß ich selber aussuchen. Am Samstag habe ich Zeit, da fahren wir zusammen los, einverstanden?«

Was blieb mir anderes übrig? Wer A sagt, muß bekanntlich auch B sagen, doch wenn ich gewußt hätte, wie B aussieht, hätte ich wahrscheinlich sogar auf A verzichtet.

»Erst mal müssen wir eine graue Tischdecke haben«, sagte mein Sohn, als er sich hinter das Steuer klemmte, »ungefähr drei Meter lang und einsachtzig breit. So etwas hast du doch nicht, oder?«

Ich hatte überhaupt keine Tischdecken für unseren Eßtisch, weil wir Sets benutzen. Riesentücher schon gar nicht. »Bei Partys mit kaltem Büfett nehme ich immer ein Bettlaken, aber das ist dir wohl zu profan?«

Er antwortete überhaupt nicht. Erst nach einer Weile zählte er weiter auf: »Silbernes Deko-Band, ein bißchen was Weihnachtliches und dann natürlich Kerzenständer.«

»Die habe ich«, bremste ich sofort ab, »und zwar in genügender Menge.«

»Ja, ich weiß, deine Keramikleuchter, aber die passen nun wirklich nicht dazu.«

»Ach nein, und woran hast du gedacht?«

»Weiß ich noch nicht, das muß man sehen. Glas vielleicht, wenn dir Silber zu teuer ist.«

»Das *ist* mir zu teuer, und außerdem muß man es immer putzen. Mir reicht schon die blöde Messinglampe.«

Natürlich gab es in keinem Geschäft eine Tischdecke des von Sascha gewünschten Ausmaßes, und was uns an sogenannten Tafeltüchern vorgelegt wurde, war weiß, rosa und hellblau. Oder mit Blümchen.

»Dann mußt du eben eine nähen lassen!« Er steuerte die Stoffabteilung des Kaufhauses an. Die Länge hätte zwar gestimmt, nur die Breite nicht, das wäre lediglich bei hellgrauer Futterseide der Fall gewesen, und die wiederum wollte Sascha nicht.

»Also doch Bettlaken?«

»So weit sind wir noch lange nicht. Jetzt kaufen wir erst mal Leuchter.«

Die Geschäfte kannte ich alle schon, es waren die mit dem Goldrandporzellan und den Engelkörben. Bereits im dritten fanden wir das nach Saschas Ansicht »genau richtige«. Eine Art überdimensionaler Weingläser, deren lange Stiele hohl waren und mit Wasser gefüllt werden mußten. Wenn später die darin befindlichen Kerzen herunterbrannten, sollte das Wasser entsprechend steigen, so daß zum Schluß die Kerzenstummel immer noch in gleicher Höhe auf der Flüssigkeit schwimmen würden. Den physikalisch bedingten Vorgang habe ich bis heute nicht kapiert, und geklappt hat die ganze Sache sowieso nicht.

Schon mehrmals hatte ich Sascha auf die Rollen mit silbernem Geschenkband aufmerksam gemacht, das er ja auch noch haben wollte, aber er hatte nur verächtlich abgewinkt. »Doch nicht so was, ich suche ganz etwas anderes.« Was genau, konnte er mir aber nicht sagen. Wenigstens durfte ich einige künstliche Tannenzweige kaufen, die später in der Mülltonne landeten, weil sie nach Meinung unseres Serviermeisters zu kitschig ausgesehen hätten.

Eine Tischdecke hatten wir noch immer nicht. Nach kurzem Zögern schlug er den Weg zur Hauptpost ein und verzog sich in die Ecke mit den Telefonbüchern. Im Branchenverzeichnis fand er das, was er suchte. »Ich wußte doch, daß wir hier so was haben.«

»So was« entpuppte sich als Spezialgeschäft für Dekoration und Schaufenstergestaltung, irgendwo außerhalb gelegen, sehr groß und sehr voll. (Weihnachtseinkäufe sind das beste Training für den Winterschlußverkauf!) Wir kämpften uns vorbei an riesigen Christbäumen von Gold bis Lila, Säcken voll versilberter Tannenzapfen, die man selber abwiegen mußte, an kilometerlangen Glitzerketten, alle auf Kabeltrommeln gewickelt (Metermaß daneben) bis hinten zur Stoffabteilung. Und da endlich leuchteten Saschas Augen auf. Er zog einen Ballen Graues aus dem Regal und legte ihn auf den Tisch. »Genau die Farbe, die wir brauchen.«

Als Bezugsstoff für Sitzkissen hätte ich den Stoff akzeptiert, notfalls auch als Übergardine, doch Sascha ließ mich gar nicht erst zu Wort kommen. »Ja, ich weiß, normalerweise hängt das irgendwo im Schaufenster, und davor steht eine Klosettschüssel oder 'ne Puppe im Negligé, aber das ist doch völlig wurscht. Die Farbe paßt, und darauf kommt es an.«

Mir war sowieso schon alles egal, sollte er doch machen, was er wollte. Die Silberfolie fanden wir auch noch. Sie war fünfzehn Zentimeter breit, hatte lauter kleine Löcher und fühlte sich an wie die Rollfilme für Kleinbildkameras.

Der Handhabung einer Nähmaschine unkundig und nicht gewillt, zehn Meter Tischtuch mit Nadel und Faden zu säumen, brachte ich das voluminöse Stück Stoff zu unserem Schneider, der auch immer meine Hosen kürzen muß (meine Körpergröße ist nämlich völlig aus der Mode!). Der betrachtete zweifelnd die Stoffbahn. »Ha no, was gibt denn des? An Theatervorhang?«

»Nein, eine Tischdecke.«

»Ja, wenn Se moine...«

Bei den Architekten der siebziger Jahre waren Wohnküchen verpönt gewesen und Eßzimmer als Relikt der Vorkriegszeit aus den Bauplänen verbannt worden. Statt dessen erfand man Eßdielen, die immer direkt neben der Küche liegen, was für die Hausfrau natürlich vorteilhaft ist. Als weniger vorteilhaft erweist sich die Tatsache, daß von diesen Eßdielen nicht nur die Tür zur Küche abgeht, sondern häufig auch noch die Treppe nach oben beziehungsweise die andere hinunter zum Keller. Bei uns ist das jedenfalls so. Genaugenommen ist dieser Raum nichts anderes als ein quadratischer Flur, in dem gerade so viel Platz ist, daß man Tisch, Stühle und — wenn man Glück hat und etwas schmales Hohes findet — ein vitrinenartiges Möbel aufstellen kann.

Nachdem wir den Eßtisch bis zum allerletzten Zwischenstück verlängert hatten, konnte man elf Gedecke unterbringen, vorausgesetzt, jeweils zwei Personen würden sich einen Stuhl teilen. Mehr paßten nicht hin.

»Versuchen wir es mal halbschräg«, sagte Sascha. Das ging, nur hätten die am Fenster Sitzenden unterm Tisch durchkriechen müssen, um zu ihren Plätzen zu kommen.

»Und wenn wir die Tafel einfach im Wohnzimmer aufbauen?«

»Geht nicht, da ist der Weihnachtsbaum im Weg.« Katja hatte schon die zur Verfügung stehende Fläche ausgemessen. »Es sei denn, wir stellen die Sessel solange auf die Terrasse.«

Damit war nun wieder ich nicht einverstanden. »Möglich, daß euch diese Kleinigkeit entgangen ist, aber draußen regnet es.«

»Also doch schräg«, bestimmte Sascha, »dann müssen eben die mit der leistungsfähigsten Blase an die Fensterseite. Aufstehen während des Essens geht nicht.«

Von weihnachtlichem Frieden oder gar Besinnlichkeit konnte bei uns keine Rede sein, es herrschte nur noch Hektik. Die Gans brutzelte zwar schon leise vor sich hin, aber jedesmal, wenn ich die Küche verlassen wollte, mußte ich mich an den übereinandergestapelten Stühlen vorbeidrücken oder aufpassen, daß ich nicht mit einem anderen Übereifrigen kollidierte. Am Couchtisch im Wohnzimmer schälte Nicki Kartoffeln, Steffi stand im Anorak draußen unterm Balkondach und schnippelte Rotkohl für den Salat, und Sven hockte auf der dritten Treppenstufe und versuchte das Geheimnis der schwimmenden Kerzen zu ergründen. Katja hatte sich zwecks Beaufsichtigung der zweiten Gans in das Haus ihres Bruders begeben. Vicky hatte nämlich keine Ahnung von Gänsen, kannte sie nur aus dem Fernsehen und hatte noch nie eine gegessen. In England gibt es zu Weihnachten Turkey. Von ihren Vegetariermenüs war sie in der Zwischenzeit abgekommen, bei dreimal wöchentlich Brokkoli mit Sahnesoße ja auch kein Wunder. Ihr Zugeständnis an normale Kost beschränkte sich allerdings auf Fisch und weißes Fleisch. Jetzt gab es zum Brokkoli wenigstens noch ein Hühnerbein oder ein bißchen Putenbrust. Da eine Gans im Urzustand auch Federn hat, fiel sie also nicht unter das Tabu.

Suppe gab es nicht. Bis zum verlorengegangenen Zuckerdosendeckel waren die fehlenden Geschirrteile termingerecht angeliefert worden, nur die Suppenteller nicht. Ein bedauerliches Versehen, untröstlich, gar nicht zu verzeihen, doch die Hektik vor den Feiertagen... Ich entschuldigte alles und strich die Suppe.

Als die Kartoffeln schon zum zweitenmal übergekocht waren, dekorierte Sascha immer noch. Die Thomasse waren inzwischen gekommen, hatten artig ihre Blümchen abgeliefert und im Wohnzimmer Platz genommen. Rolf war zum Tanken gefahren und noch nicht zurück. Horst Herrmann hatte sich um den Wein kümmern wollen und saß immer noch im Keller. Mir egal, dann war er wenigstens nicht im Weg.

Das Telefon klingelte. Katja. »Ich glaube, die Gans muß aus dem Ofen, oder ist es normal, wenn sie oben schwarz wird?«

Sascha schrie nach Stecknadeln, mit denen er die Silberfolie am Tischtuch feststecken wollte, sie würde sich immer wieder zusammenrollen. Endlich lag sie flach. »Wo ist das Besteck?«

»Auf dem Tablett unterm Weihnachtsbaum.«

Kurzes Klappern, dann die entsetzte Frage: »Määm, du willst doch wohl nicht im Ernst diese Gartengeräte auf den Tisch legen?«

»Warum nicht, das ist klassisches Tafelsilber.«

»Das sind Mordinstrumente! Damit ißt doch heutzutage kein Mensch mehr.«

Wahrscheinlich hatte er recht. Dieses schwere, unhandliche Besteck hatte ich ebenfalls von meinen väterlichen Großeltern geerbt, aber die hatten auch noch ein richtiges Eßzimmer gehabt mit großem runden Tisch, gradlehnigen Stühlen, zwei Kredenzen und passenden Ölgemälden. Ich habe nie verstanden, weshalb der tote Fasan, in vollem Federkleid dekorativ auf einen Zinnteller gebettet, appetitanregend wirken sollte. Und das an der gegenüberliegenden Wand hängende Bild mit der durchgeschnittenen Melone und den Weintrauben drumherum fand ich auch nicht viel besser.

Ach so, das Besteck. »Von dem anderen kriege ich nicht genug zusammen.«

»Dann müssen wir das goldene nehmen«, bestimmte mein Sohn. »Schick mal jemanden rüber, der unsern Kasten holt.«

Nun hört sich »das goldene Besteck« ziemlich hochtrabend an, und wer sich noch an die Klatschgeschichten über Curd Jürgens erinnert, weiß vielleicht, daß dessen goldenes Tafelgeschirr als Ausdruck höchster Dekadenz oft genug durch die Regenbogenpresse gegeistert ist. Mit unserem Gold hat es eine andere Bewandtnis. Von seiner Weltreise hatte mir Sascha einen Besteckkasten mitgebracht, angeblich recht preiswert in Bangkok gekauft, erfolgreich durch den Zoll geschmuggelt und bestückt mit einem kompletten Satz für sechs Personen. Die Griffe sind aus Rosenholz und die Metallteile aus einer Legierung, die tatsächlich ein bißchen wie Gold aussieht.

Leider sind die meisten Asiaten uns Europäern an Körpergröße unterlegen, und dementsprechend fällt alles aus, was da unten hergestellt wird. Man merkt das ja auch an Textilien. Steht »Made in Hongkong« drauf, muß man sie zwei Nummern größer kaufen. Genauso ist es mit dem Besteck. Es sieht alles so niedlich aus. Die Gabeln sind kaum länger als unsere Kuchengabeln, und mit den Fischmessern kann man bestenfalls einer Sardine zu Leibe rücken. Als ich einmal bei einem Familiengeburtstag den »goldenen« Tortenheber rausgeholt hatte, konnten wir ihn nicht benutzen, weil die Auflagefläche viel zu klein war. Anscheinend ißt man in Thailand nur Petits fours.

Mit Saschas Besteck, der seinen identischen Kasten auch in einem Schrank vergraben hat, bekamen wir elf Gedecke zusammen. So ganz paßten sie nicht zur Silberfolie, aber das störte jetzt nicht mal mehr Saschas ästhetisches Empfinden. Genau wie wir hatte er nur noch Hunger. Schnell band er noch die Hängeleuchte hoch, die sonst irgend jemandem vorm Gesicht gebaumelt hätte, dann betrachtete er befriedigt sein Werk. Wir ebenfalls.

»Sieht sehr schön aus, aber wenn du nicht bald die Gänse tranchierst, sind sie kalt«, erinnerte ich ihn, band ihm eine Schürze um und schickte ihn in die Küche. Sven schoß ein paar Fotos, auf daß das festliche Stilleben auch der Nachwelt erhalten bliebe, aber die sind längst nicht so schön geworden wie die zehn Meter Videofilm, heimlich aufgenommen von Horst Herrmann, als die drei Mädchen unter dem Tisch zu ihren Plätzen krabbelten.

Im übrigen hat der Gänsebraten auch nicht anders geschmeckt als all die Jahre davor, als wir noch kein Rosenthal-Studio-Line »Asymmetrica« besaßen.

12

»Wir haben eine Überraschung für dich«, verkündete Nicki, als ich mal wieder mehrere Tage »auf Dichterlesung« war und zwecks Entgegennahme etwaiger Katastrophenmeldungen das spätabendliche Telefonat mit den Daheimgebliebenen führte. Die Mädchen hatten sich bereit erklärt, eine Woche lang die Uni zu schwänzen sowie auf Liebes- und Großstadtleben zu verzichten, um ihren Vater vor dem Hungertod zu bewahren. Zwar hatte sich auch Vicky als Köchin angeboten, doch Rolf mag keinen Brokkoli mit Sahnesoße.

»Was für eine Überraschung?«

»Sage ich nicht«, kam es kichernd aus dem Hörer, »sonst wäre es ja keine mehr.«

Nun bin ich dank langjähriger Erfahrung jeglichen Überraschungen gegenüber mißtrauisch. Eine Überraschung kann zum Beispiel ein frisch angelegtes Beet im Garten sein, dem mein Haselnußstrauch zum Opfer fallen mußte, und das nur, weil Sven im Sonderangebot für 4,95 Mark fünfzig Dahlienzwiebeln erstanden hatte. Aufgegangen sind dann tatsächlich siebzehn Stück.

Eine Überraschung war auch der neue Küchenboden, praktischerweise in blendendem Weiß, damit man auch jeden Kaffeetropfen darauf sieht. Himbeermarmelade macht sich ebenfalls gut, und ganz besonders wirkungsvoll sind Tomatenflecken. Die kriegt man nur mit Scheuersand weg.

Nun hatte ich also eine neue Überraschung zu erwarten und in meinem ungemütlichen Hotelzimmer Zeit genug, darüber nachzudenken.

Er stand schon in der geöffneten Tür, als ich vor das Haus fuhr, um Koffer, Bücher und Blumenstrauß auszuladen. Aufgeregt trippelte er hin und her und versuchte immer wieder, die erste Treppenstufe hinunterzuspringen, scheute dann aber doch jämmerlich quiekend vor der unüberwindlichen Höhe. Die kleinen Schlappohren wedelten mit dem winzigen Schwänzchen um die Wette.

»Was ist denn *das*?«

»Ein Hund«, sagte Katja.

»Das sehe ich auch, aber was wird das mal für einer, wenn er fertig ist?« Ich stand noch immer neben der offenen Autotür und starrte auf das Fellbündel. Jetzt hatten mir die Gören doch tatsächlich einen Wauwau aufgehalst.

»Das ist ein echt bayrischer Rauhhaardackel.« Katja nahm den Kleinen auf den Arm und kam die Treppe herunter. »Ist der nicht süß?«

Vorsichtig strich ich über sein Köpfchen, und sofort war eine winzige rosa Zunge da, die hingebungsvoll mein Handgelenk abschleckte.

»Nun nimm ihn doch mal, es ist ja deiner!«

Als Kind hatte ich mir immer einen Hund gewünscht, doch nie einen bekommen, weil nach Omis Ansicht ein Tier nicht in eine Mietwohnung gehörte. Sie duldete nicht mal einen Vogel. Folglich suchte ich mir einen Leihhund in Gestalt eines Foxterriers, der unserer Hauswartsfrau gehörte und von mir zweimal täglich zum Gassigehen abgeholt wurde. Drei Jahrzehnte später wollten meine eigenen Ableger einen Hund, und diesmal streikte *ich*. Wir besaßen bereits eine ständig wechselnde Anzahl von Goldhamstern (sie richtete sich danach, wie schnell Sven den jeweiligen Nachwuchs wieder los wurde, es fanden sich immer seltener Abnehmer), ferner zwei australische Springmäuse, eine heimatlose Katze, einen zugeflogenen Wellensittich, eine Schildkröte und einen Igel, der bei uns im Keller überwinterte und sich später in der Hecke häuslich niedergelassen hatte. Einen Hund brauchten wir wirklich nicht mehr. Die Kinder hatten das eingesehen und sich nun ihrerseits Leihhunde geholt, wobei Steffi es nicht unter einer Dogge machte, während sich die Zwillinge mit einem Beagle begnügten, der immer das Katzenfutter auffraß.

»Wie heißt er denn? Oder ist er eine Sie?« Das Hundebaby hatte sich inzwischen bis zu meiner Schulter vorgearbeitet und begann mein Ohr abzulecken.

»Es ist ein Er und heißt Zorro.«

»Blödsinn!«

»Kein Blödsinn. Das steht im Stammbuch.«

»Dann müssen wir ihn eben umtaufen.« Zorro war Tyrene Power, umschwärmter Filmheld der fünfziger Jahre, wie er mit wehendem Umhang und schwarzer Maske auf einem feurigen Rappen über die Leinwand preschte und alle Bösewichter erdolchte, die die armen mexikanischen Bauern drangsalierten. Der Dackelwelpe sah aber gar nicht mutig aus. »Wie alt ist er überhaupt?«

»Drei Monate.«

»Ist er wenigstens schon stubenr...«

Nein, er war es nicht. Als ich die Autotür zuschlug, schreckte er zusammen, und dann lief es auch schon lauwarm über meine Hand. »Iiihhh...«

»Nun hab dich nicht so!« Katja nahm mir den Hund ab und setzte ihn neben die Birke. »Wir arbeiten ja schon seit zwei Tagen daran.« Offenbar ohne nennenswerten Erfolg, oder wie sonst war der kleine Eimer mit Schwamm und Seifenwasser zu erklären, der direkt neben der Küchentür stand?

»Wie seid ihr bloß auf *die* Idee gekommen?« fragte ich eine halbe Stunde später, nachdem die allgemeine Begrüßung beendet war und ich im Sessel vor einer Tasse Kaffee saß. Auf meinen Knien lag Zorro und schlief.

»Freiwillig gehst du doch nie spazieren«, begann Nicole, »Dabei solltest du dich wirklich ein bißchen mehr bewegen. Immer bloß am Schreibtisch sitzen ist höchst ungesund. Jetzt *mußt* du laufen! Mindestens dreimal täglich.«

»Außerdem ist nun immer jemand da, der sich freut, wenn du nach Hause kommst«, argumentierte Katja.

»Und überhaupt sieht es neuerdings viel zu aufgeräumt bei dir aus. Seitdem wir weg sind, liegt gar nichts mehr rum.«

»Stimmt!« bestätigte ihr Zwilling. »Hier herrscht eine richtig sterile Atmosphäre.«

»Ihr spinnt doch alle beide! Ich genieße es nämlich, nicht mehr dauernd über abgestellte Schulmappen zu stolpern, nicht dauernd Kassetten, dreckige Socken, Kaugummipapier und angebissene Mohrrüben zusammensammeln zu müssen und endlich ein aufgeräumtes Bad zu haben. — Na ja, Lidschatten, Clearasil und vier Sorten Shampoo wird der Hund wohl nicht brauchen. Was hat übrigens euer Vater zu dem Wollknäuel gesagt?«

»Der hat sich gefreut. Kein Wunder, *er* ist ja mit Hunden aufgewachsen. Aber Gassigehen will er trotzdem nicht mehr, hat er gesagt«, fügte Katja kleinlaut hinzu.

Es klingelte. Sofort wurde Zorro wach, wollte von meinem Schoß herunter, schaffte es nicht, winselte kläglich. Ich setzte ihn auf die Erde. Er wieselte zur Tür, die Nicole schon geöffnet hatte, und als er zurückkam, hatte er sich verdoppelt. Sein Ebenbild kugelte neben ihm her, einträchtig beschnupperten sie meine Schuhe, und einträchtig pinkelten sie dicht daneben auf den Teppichboden.

»Sind das etwa zwei?« rief ich entsetzt.

»Ja, aber der andere ist mir.« Vicky stand im Türrahmen und lachte Tränen. »Das sind nämlich halbe Brüder.«

»Halbbrüder«, verbesserte Katja. »Sie haben denselben Vater, aber verschiedene Mütter. Deshalb ist Mäxchen auch drei Tage älter.«

»Wenigstens hat er einen vernünftigen Namen«, sagte ich.

»I wo, eigentlich heißt er Yoschi, aber Sascha hat ihn gleich umgetauft.«

»Und wie nennen wir unseren? Moritz?«

»Klingt gar nicht schlecht«, überlegte Nicole laut, »obwohl ich finde, daß er nicht wie ein Moritz aussieht. Eher wie Willi.«

»Willi geht nicht, so hieß mein Großvater, und der hatte mit Hunden nichts am Hut.«

Nach zwei Tagen hatten wir endlich einen passenden Namen gefunden: Otto. Und nach vier Tagen wußte ich, daß mindestens sechs männliche Bewohner der umliegenden Häuser, den Briefträger eingeschlossen, ebenfalls Otto hießen. Erst guckten sie etwas indigniert, wenn ich lauthals hinter ihnen her brüllte, doch dann entdeckten sie das Hundebaby in meiner Nähe und grinsten. Otto bekam ein grünes Halsband, das er nach erbittertem Widerstand schließlich akzeptierte, und eine dazu passende Leine, die wir gleich wieder in die Flurkommode verbannten. Der erste Versuch, den Hund damit aus dem Haus zu bekommen, hätte beinahe mit seinem Selbstmord durch Erwürgen geendet.

Von nun an bestimmte Otto den Tagesablauf. Die Zwillinge waren unter Hinterlassung eines Dackelaufzuchtbuches wieder nach Dossenheim gefahren, und ich las jetzt morgens beim Frühstück statt der Tageszeitung den Leitfaden zur sachgemäßen Aufzucht von Welpen. Im übrigen war er ähnlich ergiebig wie seinerzeit der dicke Wälzer über Babypflege. Sven hatte nichts von dem getan, was er laut Buch hätte tun müssen, er hatte gebrüllt, wenn er hätte schlafen sollen, hatte geschlafen, wenn Essenszeit war, hatte viel zu spät den ersten Zahn bekommen und viel zu früh mit Laufen angefangen.

Otto verhielt sich ebensowenig kooperativ. Brachte ich ihn stündlich in den Garten, wo er nun wirklich genug Auswahl an Bäumen und Sträuchern hatte, dann wuselte er durch den Rasen, schnüffelte sich via Terrasse zurück ins Haus und suchte sich wenig später unter der Heizung oder vor der Bücherwand einen ihm genehmen Platz, den er befeuchten konnte. Es beeindruckte ihn auch nicht im geringsten, daß er anschließend sofort wieder an die frische Luft gesetzt wurde. Den größten Teil des Tages verbrachte ich auf Knien rutschend mit Schwamm und Trockenschaum. Nach vier Wochen hatte ich ihn so weit, daß er wenigstens jedes zweite Mal den Garten bewässerte, aber richtig stubenrein wurde er erst nach Monaten. Rolf meinte dann, ein neuer Teppichboden sei ohnedies mal wieder nötig gewesen.

Vickys Max dagegen war ein sehr intelligenter Hund. Er hob bereits sein Bein vorschriftsmäßig am Baum, als Otto noch wie ein Hundemädchen sitzend in die Gegend pinkelte. Er marschierte stolz an der Leine, während Otto fiepend unter den Tisch kroch, sobald ich mit dem Ding ankam, und Max konnte auch schon bellen, als Otto immer noch heisere Krächzlaute von sich gab. Irgend etwas mußte bei ihm schiefgelaufen sein.

Sein amtlich beglaubigter Stammbaum war zwar länger als mein eigener, doch nach gründlichem Studium stellte ich fest, daß alle an Ottos Entstehung beteiligten Hunde eng miteinander verwandt gewesen waren — Großväter, Neffen ersten Grades sowie Onkel, Cousins und sogar Brüder, samt und sonders adelig (es sei denn, eine eventuelle Mesalliance ist schamhaft verschwiegen worden). Allem Anschein nach war Otto das dekadente Produkt einer Ahnenreihe, die permanent Inzucht betrieben hatte.

Nachdem ich ihn zweimal aus weiter entfernt liegenden Gärten zurückholen mußte, wo er zum Entsetzen der Eigentümer die Blumenbeete durchgepflügt hatte, zäunten wir unseren Garten ein. Bisher hatte die Hecke genügt, jetzt genügte sie nicht mehr. Kostenpunkt: Mehrere hundert Mark. Kurze Zeit später schlossen wir eine Haftpflichtversicherung ab. Die Hose vom Briefträger war nicht ganz billig gewesen. Dann mußten Rolfs Schonbezüge in die Reinigung; Otto hatte das Autofahren nicht vertragen.

Ich habe zwar nie herausbekommen, welchen Betrag die drei Mädchen für Otto hingeblättert haben, doch die Folgekosten hatten schon nach einem Vierteljahr mindestens die doppelte Höhe erreicht. Otto brauchte ein größeres Körbchen, Otto brauchte eine Wurmkur und Spritzen vom Tierarzt. Otto mußte Steuern zahlen, und vor allen Dingen mußte Otto fressen. Wie bei allen Noch-Teenies gehörte seinerzeit die Fernsehwerbung mit zum Lieblingsprogramm der Zwillinge, nur hatten sie sich bis dato mehr für Mode und Pickelbeseitigungsprodukte interessiert. Jetzt wandten sie ihre Aufmerksamkeit den Erzeugnissen der Hundefutterhersteller zu.

»Hast du ihm schon mal die kleinen Lieblingsknochen gegeben?« wollte Katja wissen, während Nicole darauf bestand, ich müsse beim nächsten Einkauf unbedingt das neue Blechbüchsenfutter mitbringen und dürfe auch nicht vergessen, den Petersilienstengel an den Rand vom Freßnapf zu legen. Bald wußte ich genau, was Kauknochen kosten und Hundeschokolade, hatte aber nur noch eine ungefähre Vorstellung von den Preisen für Makkaroni und Filtertüten. Sogar Rolf beschwerte sich. Der Inhalt von Ottos Fach im Küchenschrank enthalte ein größeres Sortiment als die Süßigkeitenschublade im Wohnzimmer. Als ich mich wieder einmal mit dem Büchsenöffner herumquälte, meinte er nur kopfschüttelnd: »Unsere Dackel haben immer das gekriegt, was vom Mittagessen übriggeblieben war. Mir wäre im Traum nicht eingefallen, daß man mal eine Konservendose aufmachen muß, um einen Hund zu füttern.«

Noch immer war Otto nicht zu bewegen, wie ein ordentlicher Hund an der Leine zu laufen. Zog ich nur das betreffende Schubfach auf, verschwand er unter irgendeinem Möbel, und hatte ich ihn dort endlich hervorgezerrt, ließ er sich auf den Bauch fallen, streckte alle viere von sich und sah mich mit herzerweichendem Blick an.

»Setz ihn doch mal auf unser altes Skateboard und zieh ihn hinterher«, empfahl Katja. »Wenn ihm das zu albern wird, springt er von ganz allein runter.« Vielleicht hätte er das wirklich getan, aber ich kriegte ihn erst gar nicht auf das Ding rauf.

Ich holte Max, der beim Anblick seiner eigenen Leine jedesmal vor Freude wie ein Gummiball auf und ab hüpfte, und hielt ihn meinem Angsthasen als lobendes Beispiel vor Augen. Otto hob nur den Kopf, beäugte seinen Kumpan und legte sich wieder platt.

Vielleicht gefällt ihm die Farbe nicht, dachte ich im stillen, ich mag ja auch kein Grün, kaufte eine leuchtendrote Leine und erntete nur einen verachtungsvollen Blick. Auf Rot stand er also auch nicht. Schließlich rief ich Stefanie an. »Wie hast du deinen Hund an die Leine gekriegt?«

Sie lachte laut los. »Will Otto nicht? Jojo wollte auch nicht, da habe ich ihn mit Wurstscheiben geködert. Alle fünf Meter eine.«

Auf die Idee hätte ich wirklich selbst kommen können! Zuerst versuchte ich es mit Geflügelaufschnitt. Ich hielt ihm ein Stückchen als Anreiz vor die Nase, doch Otto schnupperte nur kurz und drehte den Kopf zur Seite. Verständlich, *er* brauchte ja noch nicht die Kalorien zu zählen.

Vom nächsten Einkauf brachte ich Rindersalami mit. Damit kriegte ich ihn wenigstens auf die Beine. Unter den Arm geklemmt, die drei Stufen hinuntergetragen, auf den Boden gesetzt, Leine am Halsband befestigt. Sofort lag Otto da wie ein gestrandeter Seehund. Zwei Meter vor seine Nase legte ich eine Scheibe Wurst. Er schnüffelte, stellte sich auf seine Pfoten, spürte die Leine, ließ sich wieder fallen und — robbte bäuchlings vorwärts. Nach der fünften Wurstscheibe gab ich auf. Otto hatte tatsächlich die ganze Strecke kriechend zurückgelegt.

Der Tierarzt schüttelte nur den Kopf, als ich ihm meinen Problemfall auf den Tisch setzte und seine genaue Untersuchung forderte. »Vielleicht hat er Rheuma oder Arthritis oder irgendein seelisches Trauma. Ich kenne mich doch mit Hunden nicht aus, das hier ist mein erster.«

»Der Bursche ist kerngesund, dem fehlt überhaupt

nichts«, sagte der Herr Doktor, ließ sich die Leine geben, machte sie fest und spazierte los. Und Otto trabte bereitwillig neben ihm her, dreimal um den Tisch herum, dann durchs Wartezimmer bis hinaus auf die Straße.

»Könnte es sein, daß ihm die männliche Autorität gefehlt hat?« Lachend drückte mir der Arzt die Leine in die Hand und schloß die Tür. Otto drehte sich um, sah niemanden mehr und legte sich prompt wieder auf den Bauch. Es nützte ihm nichts. Erst schrie ich ihn an, was er von mir nicht gewohnt war, dann zog ich ihn ohne Rücksicht auf die vielen Kieselsteinchen hinter mir her. Das kannte er auch noch nicht. Er jaulte, fiepte, stemmte alle vier Pfoten in den Boden, doch schließlich gab er auf und folgte mir ergeben. Ich hatte meinen ersten Sieg davongetragen!

Zu Hause kämpften wir allerdings auch weiterhin um die Vormachtstellung. Otto sollte nicht aufs Sofa, Otto wollte aber. Also schlossen wir einen Kompromiß. Wenn die extra für ihn gekaufte Decke dort lag, durfte er. Die Decke lag ständig da. Otto auch. Neben der Decke.

»Das Gute an dunklen Hosen ist, daß man damit so schön die Hundehaare von den Polstermöbeln wegkriegt«, sagte Rolf und trug zu Hause nur noch helle.

»Du solltest den Hund an sein Körbchen gewöhnen«, empfahl Stefanie. »Er muß wissen, daß das sein ureigener Platz ist.«

Das begriff Otto sehr schnell. Der Korb wurde seine Schatzkammer, in der er alles deponierte, was ihm wertvoll erschien: Strumpfhosen, drei Wochen alte, nach mehrmaligem Umlagern im Garten ausgebuddelte Knochen, die Fernbedienung vom Videorecorder, Katjas pelzgefütterten Hausschuh, abgekaute Gardinenschnüre, Ansichtskarten, eine leere Ölsardinenbüchse und gelegentlich auch mal Reste aus seinem Freßnapf, die er wohl als Mitternachtssnack vorgesehen hatte. Nur selber ging er nie hinein. Vielmehr lag er davor und bewachte eifersüchtig seine gehorteten Schätze.

Es half nicht, daß ich jedesmal das Sammelsurium auf die Terrasse kippte, nachdem ich die noch verwertbaren beziehungsweise unappetitlichen Teile aussortiert hatte, Otto konnte sich von nichts trennen. Er schleppte nach und nach die einzelnen Sachen wieder ins Haus, versteckte sie erst einmal an unzugänglichen Stellen, um sie später nach vorsichtigem Rundumblick erneut in seinen Korb zu tragen. War meine Putzfrau anfangs noch erstaunt gewesen, wenn sie hinter der Übergardine einen Quirl und neben dem Schuhschrank einen zerfetzten Socken gefunden hatte, so fragte sie später nur noch: »Im Blumenwagen liegt eine Serviette. Brauchen Sie die noch, oder gehört sie dem Hund?«

Dabei hatte er genug Spielzeug, um den Neid eines Kleinkindes zu erwecken. Gummibälle, Stofftierchen, einen Beißring, das abgeschnittene Hosenbein von Svens Jeans, das man sich so herrlich um die Ohren hauen konnte, und natürlich Quietschpüppchen in verschiedenen Tonlagen, ausnahmslos Mitbringsel tierliebender Freunde, die selbst keine haben. Diese Sachen liebte Otto sehr. Und ganz besonders liebte er sie, wenn im Fernsehen ein Krimi lief. Zehn Minuten vor Schluß, wenn der Mörder gerade unter der Indizienlast zusammenbricht, pflegte Otto durch das Zimmer zu spazieren, in der Schnauze das am lautesten quiekende Spielzeug, und so lange darauf herumzukauen, bis wir entweder den Kasten auf volle Lautstärke drehten, um wenigstens noch das Ende mitzukriegen, oder dem Störenfried die Geräuschquelle entrissen. Das nützte nur nicht viel, denn er holte sofort die nächste. Wir haben auch versucht, ihn auszusperren, doch dann kratzte er so lange empört an der Tür, bis wir sie entnervt wieder öffneten.

Früher hatte für mich Weihnachten immer erst dann begonnen, wenn die Batterien in den neuen Spielsachen leer waren, jetzt ging es mir so ähnlich. Der häusliche Friede war gesichert, sobald ich den Quietschmechanismus von Ottos Püppchen mit einer Stricknadel entfernt oder durch energisches Bohren wenigstens auf eine erträgliche Lautstärke gebracht hatte. Dann allerdings hatte er jegliches Interesse daran verloren und schmiß die Sachen nur noch in der Gegend herum. Sehr zu Katjas Befriedigung. »Nun sieht das Haus doch wenigstens wieder bewohnt aus!«

Ob sich allerdings unsere Nachbarin dieser Meinung angeschlossen hat, bleibt dahingestellt. Als sie mir einen fehlgeleiteten Brief herüberbrachte, trat sie auf Ottos Gummiknochen, verlor das Gleichgewicht und knallte mit dem Kopf an die Haustür. Otto betrachtete diese Entgleisung als persönlichen Affront und fuhr ihr wütend an die Beine, woraufhin sie sich schreiend aufrappelte und die Flucht ergriff.

Abends war der dazugehörige Gatte da. Seine Frau habe sich noch immer nicht beruhigt, einen regelrechten Schock habe sie erlitten, und überhaupt sei der Hund eine Belästigung, weil er belle. »Erst vorgestern hat er siebenmal gekläfft, genau zwischen sechzehn und achtzehn Uhr. Draußen im Garten.«

»Ja, und?« fragte Rolf verblüfft. »Die Mittagsruhe dauert bis fünfzehn Uhr.«

»Das ist egal. Mein Sohn schläft immer nachmittags, wenn er abends Training hat.«

»Dann ist das sein Problem.«

Gleich darauf hatten wir auch eins. Es war Otto nicht entgangen, daß ihm dieser unfreundliche Herr nicht wohlgesonnen war, und sofort brachte er sein Mißfallen zum Ausdruck, indem er kurzerhand dessen Schuh füllte. Es erwies sich als vorteilhaft, daß er Sandalen trug und alles an den Seiten wieder hinausrinnen konnte, aber trotzdem bestand er auf Schadenersatz. Der Versicherungsvertreter meinte später, einen derartigen Fall habe er noch nicht in seinen Akten. Vorsichtshalber hatte er ein Schild für unsere Haustür mitgebracht, »Warnung vor dem Hund« stand darauf.

»Finden Sie das nicht ein bißchen übertrieben?« fragte ich lachend.

»Nein, gar nicht, sonst tritt doch noch mal jemand auf ihn drauf.«

Inzwischen ist Otto beinahe vier Jahre alt und vollwertiges, von allen heißgeliebtes Familienmitglied. Seine kindlichen Unarten hat er abgelegt, sich mit den Nachbarn arrangiert, und seitdem ich unserem Briefträger empfohlen habe, dem Hund doch mal vom Sonntagsessen einen Knochen mitzubringen, genießt er dessen uneingeschränkte Sympathie. Otto hat seinen Stammbaum im Garten und zirka achtundsiebzig Lieblingsbäume auf den diversen Spazierwegen. Selten läßt er mal einen aus. Sein Verhältnis zu Katzen ist gespalten. Für ihn gibt es zwei Kategorien dieser Spezies: Die eine läuft vor ihm weg, kann also ohne Bedenken gejagt (und nie eingeholt!) werden, die andere bleibt sitzen, wodurch sie als in höchstem Grad gefährlich einzustufen und weitläufig zu umrunden ist. Da ich aus der Ferne nie erkennen kann, ob die hundert Meter vor uns sitzende Katze nun der ersten oder der zweiten Kategorie zuzuordnen ist, muß Otto bei Spaziergängen durch bewohnte Gegenden an die Leine. Steffi hat da liberalere Ansichten, besser gesagt, hatte!

Es war an einem Frühlingssonntag, als sie telefonisch ihren Besuch ankündigte. »Wir wollen zum Kaffee kommen, ist euch das recht? Kuchen bringen wir mit, allerdings nur akademischen.«

»Was ist denn das?«

»Na, dieses Schnellzusammenrührzeug von Dr. Oetker.«

Es dauerte auch nicht lange, dann standen sie vor der Tür: Steffi, Horst Herrmann und Jojo, ein Mischling, dessen Zusammensetzung bis heute noch nicht restlos entschlüsselt ist. In der Tierarztkartei wird er als Dackel geführt, doch von dieser Rasse hat er am wenigsten abgekriegt. Mit Sicherheit steckt ein bißchen Pudel mit drin, die Beine stammen von einem Terrier, die Ohren von einer Fledermaus, und Schwänze dieser Art findet man im allgemeinen nur in Schweineställen. Jedesmal, wenn Jojo aus dem Stand kerzengerade in die Höhe springt, kann ich mich des Eindrucks nicht erwehren, daß zu seinen Vorfahren auch ein Känguruh gehört, und wenn er Männchen macht (seine Rekordzeit liegt bei 3,7 Minuten), erinnert er mich an die Braunbären im Zoo. Offenbar hat er von sämtlichen Ahnen nur die guten Eigenschaften geerbt, denn er ist eine Seele von Hund.

Die Sonne schien, zum Kaffeetrinken war es sowieso noch zu früh, in den Wauwaus waren Frühlingsgefühle erwacht, sie wollten raus, frische Luft ist gesund und Spazierengehen fördert den Appetit. Rolf haßt Spaziergänge, sofern sie nicht an irgendeiner Pilzfundstelle im Wald enden, im März wachsen aber noch keine, also ließen wir ihn zu Hause und machten uns auf den Weg. Im Vorbeigehen sammelten wir noch Mäxchen ein, der grollend im Sessel lag und darauf wartete, daß Sascha und Vicky ihr Mittagsschläfchen beendeten.

»Gehen wir durch den Schloßpark«, schlug Steffi vor. »Mal sehen, ob die Bäume schon Blätter kriegen.«

Im Schloßpark steht ein altes Schloß, deshalb heißt er ja auch so, und um das Schloß herum zieht sich ein als See bezeichneter Tümpel, weshalb das Gemäuer in der Mitte in allen Prospekten unter dem Namen »Wasserschloß« abgebildet ist. Ein Teil des Sees ist durch eine Mauer vom Park abgetrennt, der andere Teil ist offen, damit die Enten auch mal an Land gehen können.

Kaum hatten wir den Park betreten, als Steffi auch schon die Hunde von der Leine ließ. »Die müssen sich mal richtig austoben.«

»Auf deine Verantwortung!« warnte ich, doch da war es schon zu spät. Wir hörten nur noch ein doppeltes Platschen, und dann sahen wir zwei Hundeköpfe, die sich zielstrebig den Enten näherten. Am Ufer trabte ein aufgeregter Jojo entlang, jaulte zum Steinerweichen, doch seine Angst vor dem Wasser war größer als seine Sorge um seine zwei Kumpel. Die hatten inzwischen das Entenrudel erreicht und räumten auf. Laut quakend flatterten die Vögel haarscharf über das Wasser, wohl wissend, daß sie für die Störenfriede unerreichbar waren, aber trotzdem verängstigt auf der Suche nach einem Fluchtpunkt. Wir schrien uns die Kehlen heiser, doch die Hunde hatte der Jagdeifer gepackt. Unermüdlich wechselten sie die Richtung, paddelten immer wieder hinter den Enten her und gaben erst auf, als sie keine Kraft mehr hatten. Erschöpft zogen sie sich an Land und ließen sich ins Gras fallen.

»Jetzt aber nichts wie nach Hause, sonst erkälten sie sich.«

»Eben nicht!« widersprach Steffi. »Die müssen laufen, damit sie wieder warm werden.« Sie rannte los und die erstaunlich schnell regenerierten Hunde hinterher. Und dann sahen sie die Katze! Kurzer Blickkontakt, leichter Schwenk nach links, weg waren sie. Wir hörten sie nur noch quieksen.

»Jetzt haben wir den Salat!«

»Ach was, die kriege ich schon.« Steffi spurtete los, und Horst Herrmann setzte sich ebenfalls in Trab. Bevor Jojo auf den Gedanken kommen würde, sich den Sprintern anzuschließen, nahm ich ihn an die Leine. »Seht zu, wie ihr klarkommt, *ich* gehöre jedenfalls nicht zu euch!« brüllte ich noch, dann schlenderte ich langsam und mit betont desinteressierter Miene den Weg entlang. Mir schwante nämlich Fürchterliches.

Der Schloßpark grenzt an eine neu erbaute kleine Reihenhaussiedlung, deren Gärtchen damals noch mit frisch gepflanzten Hecken oder halbfertigen Zäunen abgeteilt waren, die den vom Jagdeifer gepackten Hunden keinerlei Hindernisse bieten würden. Taten sie auch nicht. Ich hörte Schimpfen, wütendes Kläffen, es klirrte, Sekunden später plätscherte etwas, und dann war ich nahe genug heran, um das Spektakel auch sehen zu können. Vorneweg die Katze mit Zielrichtung Mostapfelbaum, der den Baumaschinen versehentlich entgangen sein mußte. Dahinter die zwei Hunde. Ihnen auf den Fersen eine dicke Frau mit drohend geschwungenem Schrubber, gefolgt von einem Mann, der sich mit einer Harke bewaffnet hatte. Beide kreischten um die Wette. Und ganz hinten, schon ziemlich außer Atem, Steffi und Horst Herrmann.

Inzwischen hatte sich die Katze auf den Baum geflüchtet, umkreist von den wütend bellenden Hunden, die jetzt ihre Aufmerksamkeit zwischen dem fauchenden Zimmertiger und dem heruntersausenden Schrubber teilen mußten. Ich wollte gerade dazwischengehen, als Horst Herrmann der Frau in den Arm fiel. »So geht's nun auch nicht!«

Während des folgenden Dialogs vergrößerte sich mein Repertoire an schwäbischen und hessischen Schimpfwörtern (Horst Herrmann stammt aus Darmstadt). Doch endlich ging allen Kontrahenten die Puste aus. Mit der Drohung, das nächstemal »diese verdammten Köter zu ersäufen«, zogen sich die Gartenbesitzer schnaufend zurück.

Jetzt erst fing Steffi an zu lachen. Sie konnte sich überhaupt nicht mehr beruhigen. »Es war zu ko-komisch«, gluckste sie. »Erst ist die Alte zur Salzsäule erstarrt, als Mäxchen plötzlich vor ihren Füßen auftauchte, dann schoß Otto vorbei, und das war wohl zuviel. Zuerst hat sie mit dem Schrubber zuschlagen wollen, natürlich viel zu spät, sie hat bloß die Krokusse geköpft, und als die Hunde quer durch den Goldfischteich gerast sind, ist sie ihnen nach. Auch durchs Wasser. Ich glaube, das hat sie gar nicht gemerkt.«

»Ich habe aber noch ein Klirren gehört.«

»Das war der Mann.« Wieder lachte Steffi los. »Der hat einen Stein nach Otto geworfen und dabei die Scheibe von seinem Frühbeet getroffen.«

Wir sammelten die Hunde ein, die hechelnd im Gras lagen und noch immer sehnsüchtig nach oben zu ihrer entgangenen Beute stierten, dann verließen wir umgehend die Stätte ihres Triumphes.

Otto hat nie mehr ohne Leine den Schloßpark betreten, und um die Siedlung machen wir noch heute einen großen Bogen.

Ob sich mein Gesundheitszustand seit Ottos Anwesenheit verbessert hat, weiß ich nicht, doch zum Entsetzen der Zwillinge bin ich jetzt bestens über den Stadtklatsch informiert und gebe ihn auch bereitwillig weiter. Fährt man nämlich mit dem Auto zum Einkaufen, guckt man bloß auf die Straße und sonst nirgendwohin. Geht man aber zu Fuß zum Supermarkt und muß wegen des Hundes an jedem zweiten Baum anhalten, dann sieht man ständig etwas Interessantes. Die neue und sehr aufwendige Haustür von Müllers in Nummer sechs zum Beispiel oder den Kinderwagen auf der Terrasse von Gerolds, der zu Spekulationen herausfordert. Immerhin haben Gerolds doch nur eine Tochter. Verheiratet ist die bestimmt noch nicht, das hätte sonst im Blättchen gestanden. Frau Niedermeier, die mir gerade mit Pudel Hansi entgegenkommt, weiß sicher Näheres. Während sich die Hunde begrüßen, werde ich darüber informiert, daß Gerolds Tochter in Tübingen studiert und der Kinderwagen zu dem Besuch aus Dresden gehört. Nebenbei erfahre ich noch Einzelheiten über Hansis Kampf mit dem Cocker Chico, der Otto auch schon mal ans Leder wollte. Leute, die ihre Hunde nicht erziehen können, sollten keine haben! Otto weiß das und geht nur dann auf seine Artgenossen los, wenn ich in der Nähe bin und ihm den Rücken stärken kann. Ich sehe aber nicht nur neue Haustüren und unbekannte Kinderwagen, sondern auch die ersten Blüten an den Mandelbäumchen, die Stadtgärtner, wie sie in brütender Hitze Unkraut jäten, und das kleine Aussiedlerkind, das nur Russisch spricht und traurig am Gartenzaun lehnt. Als ich zurückkomme, ist es immer noch da. Den Lutscher will es nicht annehmen. Es wartet wohl darauf, daß jemand mit ihm spielt.

Nur Otto habe ich es zu verdanken, wenn sich mein Blick erweitert hat und ich vieles bemerke, was ich früher gar nicht wahrgenommen habe. Deshalb empfinde ich das Gassigehen auch nicht als lästig, sondern als gesundheitsförderndes Vergnügen. Jedenfalls im Sommer. Wann dieses Vergnügen zur leidigen Notwendigkeit wird, bestimmt Otto selber. Wir brauchen nämlich kein Thermometer mehr.

Öffne ich morgens die Terrassentür, damit er seinen Stammbaum besuchen kann, und er kommt nicht wieder zurück, dann haben wir mindestens fünfzehn Grad. Bleibt er fünf Minuten draußen, ist es immer noch zehn Grad warm. Der kritische Punkt beginnt bei Null, dann nämlich ist Otto nach längstens einer Minute wieder da. Dreißig Sekunden bedeuten Minusgrade, und steckt er bloß die Schnauze aus der Tür, so daß ich mit einem sanften Fußtritt nachhelfen muß, dann wird es Zeit für lange Unterhosen.

So weit war es jedoch noch nicht. Wir hatten Sommer, und zwar seit langem den ersten, der uns tropische Hitzegrade bescherte.

Die Zwillinge hatten Semesterferien, waren aber in Dossenheim geblieben, um Geld für den Urlaub und für »Sonstiges« zu verdienen, worunter die beiden erstmals etwas völlig Verschiedenes verstanden. Nicole sparte für eine komplette Skiausrüstung und Katja für einen Trockentauchanzug, mit dem man auch bei vier Grad minus in einen Baggersee steigen kann, um dann auf dem Grund rostige Blechdosen und alte Autoreifen zu besichtigen. Lediglich die Wochenenden verbrachten sie zu Hause, vorwiegend in der Hängematte oder auf der Gartenliege.

»Du weißt ja gar nicht, wie schön du es hier hast.« Katja wechselte von der Bauch- in die Rückenlage. »Was glaubst du, wie wir in Büchsenbach braten, wenn die Sonne von morgens bis abends aufs Dach knallt! Wir gucken schon gar nicht mehr aufs Thermometer, wir zählen bloß noch die benutzten Gläser in der Spüle.«

»Kochen tun wir auch nicht mehr«, ergänzte Nicki. »Zur Zeit ernähren wir uns von Salat und Speiseeis.« Was sie allerdings nicht hinderte, beim sonntäglichen Mittagessen kräftig zuzuschlagen. »Guck mal, Katja, richtige Kartoffeln. Wann haben wir die eigentlich zum letztenmal gegessen?«

Rolf erinnerte sich des Lamentos wegen des angeblich unerläßlichen Küchenherds. »Wer von euch beiden — die momentane Hitzewelle mal ausgeklammert — hat eigentlich das Kochen übernommen?«

»Ooch, das ist nicht so genau festgelegt«, antwortete Katja gleichmütig, »da wechseln wir uns ab. Mal schneidet Nicki die Tütensuppen auf und mal ich.«

So etwas Ähnliches hatte ich mir schon gedacht. »Auf die Dauer ist das aber eine sehr einseitige Ernährung, man kann nicht nur von Fertigfutter existieren. Kennt ihr denn überhaupt die Grundarten von Lebensmitteln?«

»Doch ja«, meinte Katja zögernd, »tiefgefroren, in Dosen, in Flaschen und in Beuteln.«

»O Gott«, sagte Rolf nur.

Ich muß allerdings zugeben, daß die Mädchen hervorragende Köchinnen geworden sind, und zwar alle beide. Ich genieße es, wenn sie mich mal vom Herd suspendieren und die Küche zur Bannmeile erklären. Was später auf den Tisch kommt, kenne ich in der Regel nicht, aber es schmeckt immer großartig. Am meisten liebe ich Nicolas Coq au vin, auch wenn sie der Ansicht ist, es sei schade, daß man Hühner nicht mit Tausendfüßlern kreuzen könne, »dann bekäme nämlich jeder ein Bein«.

Im Herbst hatten sie ihr erstes Praktikum und mußten vier Wochen lang täglich jeweils eine Stunde Unterricht geben. Was also lag näher, als die Schule im Nachbarort anzupeilen und vorübergehend mal wieder ins Elternhaus zu ziehen, wo ihnen außer geregelten Mahlzeiten auch schrankfertige Wäsche und seelischer Zuspruch garantiert waren. Den brauchten sie auch.

»Das wichtigste an einem Lehrer ist nicht sein didaktisches Können und so weiter, sondern seine Frustrationstoleranz«, stellte Katja bereits am zweiten Tag fest. »Die Kids von heute sind ja teilweise noch widerlicher, als wir es gewesen sind. Sagt doch so ein Rotzlöffel zu mir: ›Kein Wunder, daß Sie so gut in Geschichte Bescheid wissen, Sie haben ja das meiste davon noch selbst miterlebt!‹ Dabei ist der Bengel bestenfalls acht Jahre jünger als ich.«

Nicole kämpfte mit anderen Schwierigkeiten. Ihr hatte man eine zweite Grundschulklasse zugeteilt mit der Aufgabe, das menschliche Gebiß durchzunehmen. Nachdem sie einen Nachmittag lang sämtliche Lexika gewälzt und zum Schluß noch das mir von meiner Großmutter vererbte Standardwerk *Die Frau als Hausärztin*, Jahrgang 1907, zu Rate gezogen hatte, meinte sie achselzuckend: »Da steht auch nichts Vernünftiges drin. Na gut, dann kann ich morgen wenigstens mal meine pädagogischen Fähigkeiten voll entfalten, wenn ich etwas erklären muß, wovon ich selber keine Ahnung habe.«

Trotz dieser destruktiven Äußerungen machte ihnen das Praktikum großen Spaß. Als die Zeit herum war, tat es ihnen sogar leid. »In diesen vier Wochen haben wir mehr gelernt als während der vergangenen drei Semester Uni«, sagte Katja überzeugt. »Was da von den Dozenten geboten wird, ist doch bloß Grüne-Tisch-Philosophie, rein theoretischer Kram also, mit dem man in der Praxis nicht das geringste anfangen kann. Das habe ich jetzt mitgekriegt. Ich glaube, wenn nicht Moses, sondern irgend so ein Fachgremium die Kinder Israels geführt hätte, wären sie immer noch in Ägypten.«

»Wie kommst du denn jetzt darauf?« fragte Rolf verblüfft.

»Ich mußte heute Vertretung in Religion machen.«

13

Wenn Pfingsten, Geburts- und Muttertag auf ein und dasselbe Datum fallen, hilft nur eins: Flucht! Diese komprimierte Fürsorge, Hilfsbereitschaft und Dankbarkeit ist nur mit sehr starken Nerven zu ertragen, und die habe ich nicht mehr. Früher mußte ich sie haben. Das begann beim Frühstück im Bett mit leicht verbranntem Toast, lauwarmem Kaffee und zum Teil selbstfabrizierten Gedichten und hörte beim eigenhändig gekochten Mittagessen (in der Regel gab es Hackfleischbraten) noch lange nicht auf. Zwischendurch kamen die Präsente, bei denen anfangs die Kindergärtnerinnen Hilfestellung geleistet hatten, später der zuständige Lehrer für den Werkunterricht. Ich besaß Unmengen von bemalten Kleiderbügeln, die alle abfärben, sobald man etwas Feuchtes draufhängte. Das bestickte Nadelkissen liegt immer noch im Nähkasten und ist nur zum Ansehen da; hineingepiekte Nadeln rosten nämlich. Svens Aschenbecher steht nach wie vor auf meinem Schreibtisch, obwohl er wie ein zu klein geratener Blumentopf aussieht und auch sehr unpraktisch ist, und gleich daneben hat Saschas Dafantel seinen Platz, eine Mutation, die man in der freien Natur vergeblich suchen würde: vorne und hinten Elefant, in der Mitte Dackel. Sogar die Beine sind krumm.

Der Zeitpunkt, an dem sich die verschiedenen Ereignisse auf einen Tag konzentrieren, wiederholt sich alle zehn bis zwölf Jahre. So bin ich zwar immer rechtzeitig gewarnt und doch nie richtig vorbereitet. Die Blumenvasen reichen nicht, Kuchen ist immer viel zuviel da, denn jeder bringt noch welchen mit, weil ja Muttertag ist und ich keine Arbeit haben soll. Nach Ansicht meiner Familie habe ich im Sessel zu sitzen und mich bedienen zu lassen. Das ist aber ganz und gar nicht mein Fall. Besonders dann nicht, wenn sich vor der Tür Bruder und Schwester in den Haaren liegen, wie viele Löffel Kaffee in die Maschine müssen, während sich die Zwillinge nicht einigen können, ob die Servietten nun zu Bischofsmützen oder zu Schwänen gefaltet werden sollen. Zu allem Überfluß muß ich auch noch ein Stück von jeder selbstgebackenen Torte probieren, ergibt mindestens vier, hinterher ist mir regelmäßig schlecht, aber das liegt dann nicht am Kuchen, sondern an der Aufregung.

Nun war es mal wieder soweit. Der dreifache Festtag rückte immer näher, und ich hatte schon vorsichtshalber meine Freundin Irene um Asyl gebeten. Berlin ist weit genug weg.

»Den Muttertag wirst du zwangsläufig auch hier ertragen müssen, doch abends seilen wir uns ab. Wir gehen schick essen und dann ins Theater oder in die Oper, ganz wie du willst. Ist mein Geburtstagsgeschenk.«

Das klang verlockend, und dabei wäre es vermutlich auch geblieben, hätte Steffi nicht eine noch viel bessere Idee gehabt. »Was hältst du von einem Urlaub?«

»Urlaub? Um diese Jahreszeit? Wo denn?« Wir hatten Mitte April, meistens nieselte es, und im Thermometer verkroch sich immer noch das Quecksilber. Sogar in Kenia hatte die alljährliche Regenzeit begonnen. »Jetzt kann man keinen Urlaub machen, höchstens in der Karibik oder irgendwo in Südostasien, und daran hattest du wohl nicht gedacht?«

»Natürlich nicht. Viel zu weit und viel zu teuer. Ich kann aber ganz billig ein Wohnmobil kriegen, und damit könnten wir doch losziehen. Südfrankreich zum Beispiel, Camargue, Provence, ein bißchen die Küste lang, und wo es uns gefällt, bleiben wir ein paar Tage. Wir sind autark, auf keinen Campingplatz angewiesen, können stehenbleiben, wo wir wollen... was hältst du davon?«

»Gar nichts!« sagte ich sofort. »Und du hast dich auch immer über die Wohnwagenurlauber mokiert, die wie Schnecken ihr Haus mit sich herumschleppen.«

»Ich rede doch nicht von einem Wohn*wagen*, sondern von einem Wohn*mobil*. Das ist ein Motor mit Haus drumrum. Hier, guck dir das Ding doch erst mal an!« Sie legte einen bebilderten Prospekt auf den Tisch. Ich bestaunte Wohnmobile von Güterwagengröße, in denen immer eine lächelnde Mami am hinteren Ende vor dem Herd stand, umgeben von zwei bis vier Kindern, am Tisch in der Mitte saß eine kartoffelschälende Oma, und draußen auf einer Blümchenwiese beschäftigte sich der Papi mit dem Gartengrill. Das ganze Freiluftmobiliar entsprach in Anzahl und Größe ungefähr unseren Terrassenmöbeln.

Doch es gab auch kleinere Wohnmobile. Die hatten ein Ziehharmonikazelt auf dem Dach, das man abends aufzuklappen hatte, wenn man schlafen gehen wollte. Da auf allen Fotos die Sonne schien, blieb es der Phantasie des Betrachters überlassen, wie gemütlich diese luftige Bettstatt bei Sturm und Regen sein würde.

»Nee, danke, das ist nichts für mich.« Ich faltete den Prospekt wieder zusammen.

»Du gehst immer gleich ins Extreme. Die mittleren Größen hast du dir überhaupt nicht angesehen.« Steffi blätterte erneut und zeigte auf ein Gefährt, das mit seinen geriffelten Wänden ein bißchen wie Baucontainer aussah. Über der Fahrerkabine befand sich eine Ausbuchtung. »Der da wäre es. Ist für vier Personen konzipiert, also hätten wir zu zweit mehr als genug Platz.«

»Zugegeben, etwas handlicher ist er ja, aber du glaubst doch wohl nicht im Ernst, daß ich mit so einem Möbelwagen über die Landstraßen fahre? Ich würde garantiert jedes zweite Verkehrsschild mitnehmen.«

»Fahren würde *ich* natürlich«, sagte Steffi sofort, »mir macht das nichts aus. Ich bin schon mit größeren Kalibern fertig geworden.«

Das allerdings stimmte. Alles, was einen Motor und vier Räder darunter hat, kann von Steffi vorwärtsbewegt werden. Sie hat es sogar geschafft, mit einem Achttonner fünfundvierzig Kilometer weit über die Autobahn bis zur nächsten Raststätte zu brettern, weil der Fahrer einen Asthmaanfall bekommen hatte. »Ich konnte den armen Kerl mitsamt seinen hunderttausend Adventkerzen doch nicht einfach sitzenlassen.«

Da es sich bei dem armen Kerl um einen gar nicht so armen Kegelbruder mit gutgehender Spedition handelte, haben wir nie mehr Probleme, wenn wir mal einen Lkw brauchen. Doch wann braucht man den schon?

Steffi bohrte weiter: »Im Mai soll es in Südfrankreich am schönsten sein, schon richtig warm, noch nicht so viele Touristen, vielleicht kann man ja sogar baden...«

»Im Mittelmeer? Nein, danke, und wenn, dann nur im Taucheranzug. Das ist schon vor dreißig Jahren eine Kloake gewesen, nur hat man's damals noch nicht so genau gewußt.«

Eben! Und deshalb bin ich auch jeden Tag mehrere Male hineingestiegen, selbst wenn ich hinterher jedesmal zum Bademeister gehen und mir die Öl- und Teerspuren von den Beinen entfernen lassen mußte. Der war jedoch darauf eingerichtet gewesen und hatte immer schon mit diversen Lappen sowie einer großen Flasche Chemie parat gestanden. Trotzdem war es eine schöne Zeit gewesen damals in Loano, diesem entzückenden kleinen Badeort mit dem jahrhundertealten Ortskern, den verwinkelten Gassen und der herrlichen Palmpromenade. Nur wenige Hotels hatte es gegeben, weiter hinten angesiedelt, damit das historische Stadtbild nicht zerstört wurde. Doch auf Hotels war ich gar nicht angewiesen gewesen. Meine Mutter hatte eine Wohnung im obersten Stock eines Neubaus gehabt mit Sonnenterrasse und Blick zum Meer, nur gemietet natürlich, aber dafür ganzjährig. Im Sommer hatte sie das Touristikbüro geführt, im Winter hatte sie ihre Lire als viel frequentierte Dolmetscherin verdient. Und ich hatte immer ein kostenloses Urlaubsdomizil gehabt. Wie es wohl jetzt dort aussehen mochte?

»Könnten wir auf dem Rückweg nicht an der italienischen Küste entlang bis nach Genua fahren und dann durch die Poebene und am Vierwaldstädter See vorbei wieder nach Hause?«

»Klar können wir«, sagte Steffi bereitwillig, »in Italien war ich sowieso noch nie.« Sie holte tief Luft. »Heißt das, du machst mit?«

»Zumindest lehne ich es nicht mehr ganz ab.«

»Also ja!«

»Nein, bis jetzt nur vielleicht. Ich muß erst mal drüber schlafen und dann den Familienrat befragen.«

»Da der nur noch aus Papi und Otto besteht, der erstens kein Stimmrecht hat und zweitens mitkommt, sehe ich keinerlei Probleme.«

»Otto soll mit? Der kann doch gar kein Französisch.«

»Jojo auch nicht.«

Zwei Hunde, zwei Frauen, ein Wohnmobil und ein fremdes Land, in dem man eine Sprache spricht, die ich vor vierzig Jahren zwar mal gelernt, dann aber nie wieder gebraucht habe — konnte das denn gutgehen?

Der große Familienrat, vorsichtshalber doch von Stefanie einberufen, meinte ja. Das sei doch mal etwas anderes als so ein vorgefertigter Urlaub mit Hotelreservierung und drei Mahlzeiten täglich.

»Wieso? Brauchen wir diesmal kein Essen?«

»Nimm nicht alles so wörtlich«, tadelte Sascha, »aber ihr könnt euch doch aussuchen, ob ihr selber kocht oder essen geht. In der Provence gibt es auch im kleinsten Nest eine hervorragende Küche.«

»Woher weißt du das?«

»Habe ich gelesen.« Später stellte sich heraus, daß Saschas Lektüre der Guide Michelin gewesen war, in dem tatsächlich einige provenzalische Spezialitäten-Restaurants aufgeführt waren, weit abseits unserer Route und so teuer, daß wir unserer Reisekasse hinterher nicht mal mehr eine Tankfüllung Benzin hätten zumuten können.

Nicht mal Rolf hatte etwas gegen unsere Pläne einzuwenden. Wir sollten ruhig fahren, dann hätte er endlich seine Ruhe, mit der Mikrowelle käme er jetzt auch zurecht, und überhaupt könne er ja Freund Felix für ein paar Tage kommen lassen, der sei nämlich auch solo, weil Marianne im Mai zur Kur müsse. Das allein wäre schon Grund genug gewesen, die Reise wieder abzublasen! Sascha versprach, ein wachsames Auge auf die beiden Strohwitwer zu haben. Trotzdem wollte er wissen, ob ich nicht etwa mit den Zahlungen für die Hausratsversicherung im Rückstand sei.

Aus nicht erklärbaren Gründen erreichen Sven die familiären Neuigkeiten immer erst dann, wenn sie gar nicht mehr neu sind, und deshalb kreuzte er mit seinen diversen Reiseführern und Sehenswürdigkeiten-Sammlungen (es gibt kein Land der Erde, über das Sven nicht irgend etwas Wissenswertes katalogisiert hat) drei Tage vor unserer Abfahrt auf, als wir die Route schon längst festgelegt hatten. Wir beschäftigten uns bereits mit den handfesteren Vorbereitungen.

»Ihr müßt unbedingt einen Abstecher nach Lyon machen und euch die Aquädukte der gallorömischen...«

»Müssen wir gar nicht, von den Dingern habe ich schon genug gesehen. Steffi, schreib mal Hundefutter auf die Liste.«

»Dann seht euch wenigstens die Kathedrale Saint-Jean an, die stammt aus dem 12. Jahrhundert.«

»Na und? Die in Arles ist noch älter, und da müssen wir sowieso durch. Gehört zum Inventar des Wohnwagens auch ein Schneebesen, oder müssen wir den selber mitnehmen?«

»Erst kommt das Fressen und dann die Kultur«, zitierte

Sven frei nach Bert Brecht, packte seine Kartothek wieder zusammen und widmete sich dem Studium der Landkarte, auf der wir mit einem roten Stift die genaue Route nach Süden und mit blauer Farbe mögliche Nebenstraßen markiert hatten.

»Das sieht aus wie 'n Strickmuster. Was wollt ihr denn in Avignon? Etwa die halbe Brücke besichtigen?«

»Die auch, aber in erster Linie den Papstpalast.«

»In Frankreich? Ich denke, flying Paolo residiert in Rom?«

O heilige Einfalt! Nun sind meine Geschichtskenntnisse zwar etwas umfassender als die von Sven, aber so richtig sattelfest bin ich denn doch nicht, deshalb erschien mir ein genereller Themenwechsel angebracht. »Könntest du mal im Keller nachsehen, ob man unseren Gartengrill zusammenklappen kann? Wenn nicht, müssen wir noch einen besorgen.« Grillfeuer scheinen zum Campingurlaub ebenso zu gehören wie Plastikgeschirr und Propangas. Ohnehin hatte Steffi sich schon alles zusammengeschnorrt, was auf platzsparende Weise transportiert werden konnte, also Klappstühle und Klapptisch, Klappfahrräder, zwei zusammenklappbare Liegen, von denen die eine bei der ersten Belastungsprobe kurz vor Marseille schon zusammenbrach, und nun brauchten wir noch einen Grill, weil der unsere ein etwas zu luxuriöses Modell war, mit dem wir nicht mal durch die Wohnmobiltür gekommen wären. Auf unserer Einkaufstour fanden wir auch einen, der zwölf Mark kostete und genauso lange hielt. Im übrigen lernte ich schon am dritten Tag unserer Reise, daß man am besten nichts Teures mitnimmt. Was nämlich nicht auf dem letzten Lagerplatz vergessen wird, geht kurze Zeit später sowieso kaputt. Campen, ob im Wohnmobil oder nur im Zelt, ist eine verlustreiche Angelegenheit.

Am nächsten Morgen räumte ich meinen Kofferraum leer, bestückte ihn mit Unmengen von leeren Körben und Tüten und fuhr mit Steffi zwanzig Kilometer weit zum

Einkaufszentrum. Unterwegs versuchte sie ihr Stenogramm zu entziffern. Als Expertin für Tütensuppen und Fertiggerichte hatte Katja telefonische Ratschläge erteilt. Das hatte sich ungefähr so angehört: »Wenn ihr Ravioli mitnehmt, dann nur die von Maggi, das sind die besten. Papiersuppen dagegen von Knorr, die machen wenigstens satt, vor allem der deftige Kartoffeltopf. Die Frühlingssuppe ist auch gut. Von Fertigsoßen solltet ihr die mit den Tomaten drin einpacken, mit Oregano aufgepeppt sind sie genießbar. Überhaupt sind Gewürze das wichtigste, sag Mami, sie soll das ganze Regal mitnehmen, oder weiß sie vielleicht, was Salbei und Zwiebelsalz auf französisch heißt? Und denkt an Nudeln, die braucht man nicht zu schälen, frisches Baguette schmeckt aber viel besser, und vergeßt nicht Ottos Futternapf, der frißt doch aus nichts anderem.«

Der ganze Vormittag ging drauf, dann hatten wir genügend Vorräte eingekauft, um einen Tante-Emma-Laden zu bestücken. Sogar an Kaugummi hatte Steffi gedacht und an Tabletten gegen Durchfall. »Du tust gerade so, als gäbe es in Frankreich keine Geschäfte.«

»Frankreich ist teuer!« sagte sie nur, ein Satz, den sie in den kommenden Wochen mindestens zwanzigmal pro Tag von sich gab.

Dann kam das Wohnmobil. Es gehörte dem Bruder vom Schwager einer Freundin (oder so ähnlich), jedenfalls kannte Steffi den Eigentümer gar nicht persönlich, und ich wunderte mich mal wieder, mit welchem Vertrauen wildfremde Menschen meiner Tochter ihr Hab und Gut überließen. Im übrigen war dieses Gefährt außen größer, als ich geglaubt, und innen kleiner, als ich mir ausgemalt hatte. Die Tür befand sich hinten gleich neben dem Ende der Stoßstange, war reichlich schmal und ziemlich hoch über dem Boden. »Wir brauchen eine Fußbank«, sagte ich als erstes, bevor ich den Wagen enterte, »haben wir so etwas?«

Hatten wir nicht. Eine Nachbarin — es hatten sich

schon deren mehrere zwecks Besichtigung der mobilen Wohnstatt eingefunden — konnte aushelfen.

Im Heck stand eine Spüle mit Unterschrank, daneben war eine kleine Arbeitsfläche befestigt. »Wo ist denn der Herd?«

Steffi klappte die Platte hoch und deutete auf das zweiflammige Gerät darunter. »Da isser doch.« Jetzt wußte ich wenigstens, warum die Prospekt-Oma die Kartoffeln am Tisch geschält hatte.

Gleich neben der »Küche«, nur durch eine widerborstige Tür getrennt, war das Bad installiert mit Chemietoilette, Waschbecken und einem dreieckigen Hängeschrank. »Wo ist die Dusche? Im Katalog hieß es doch: Bad mit Dusche.«

»Du stehst bereits drin!« sagte Steffi lakonisch. Tatsächlich! Unterhalb der Decke hing ein Schlauch mit Duschkopf. »Bedeutet das etwa, diese gesamte Naßzelle wird bewässert, sobald man das Ding da oben aufdreht?«

Steffi nickte nur. Na ja, täglich duschen soll ohnedies nicht so gesund sein, die Haut verliert ihren Schutzfilm. Irgend etwas in dieser Art hatte ich erst kürzlich gelesen. Ich machte die Tür wieder zu, sie sprang auf, ich zog sie etwas fester zu, sie sprang wieder auf, ich faßte die Klinke mit beiden Händen und — hatte sie in der Hand.

»Da ist sicher nur 'ne Schraube locker gewesen«, vermutete Sven, »das bringe ich noch in Ordnung.« Weil sich die Schraube aber während der Fahrt immer wieder lockerte und wir natürlich keinen Schraubenzieher dabei hatten (die Nagelfeile war gleich beim zweiten Reparaturversuch abgebrochen), begleitete uns das rhythmische Klappern bis an die italienische Grenze, wo sich ein freundlicher Camper der Sache annahm. Von da an hatten wir Schwierigkeiten, die Tür wieder aufzukriegen.

Der Kleiderschrank war fünfzig Zentimeter breit und bot lediglich den Hosen Platz. Wenn wir unsere Blusen alle auf zwei Bügeln übereinanderhängten, würden sie vielleicht auch noch reingehen.

Quer zum linken Fenster gab es einen zusammenklappbaren Tisch, rechts und links je eine Bank, direkt gegenüber noch eine etwas längere, die erstens als Bett und zweitens als Deckel für die darunter befindliche Vorratskiste diente.

Das war's! Abgesehen natürlich von der Hühnerleiter zur Schlafkabine im ersten Stock. Bei Maklern heißt es Maisonette-Wohnung, wenn das Schlafzimmer nur über eine Wendeltreppe zu erreichen ist, hier war diese Bezeichnung fehl am Platz. Lag man völlig platt in dieser Koje, hatte man höchstens zwanzig Zentimeter Kopffreiheit, und bei jeder Körperdrehung würde man unweigerlich gegen eine der drei Wände bolzen. Die offene vierte Seite eignete sich nur zum Runterfallen.

»Gibt es außer dem Bügelbrett da drüben noch eine Möglichkeit zum Schlafen?« Ich zeigte auf die lange Bank.

»Natürlich. Wenn du nicht nach oben in den Taubenschlag willst, kriegst du das Doppelbett.« Steffi machte sich sofort an den Umbau. Der Tisch wurde zusammengeklappt und füllte nun den leeren Raum zwischen den beiden querstehenden Bänken. Kopf und Füße lagen gepolstert, der Rücken ruhte auf blankem Holz. Was ich nicht nur sah, sondern auch aussprach. »Ist aber sehr gesund«, meinte Steffi treuherzig. Nach einer Liegeprobe empfahl sie mir allerdings die Mitnahme einer Luftmatratze.

Nur von außen erreichbar war die Gepäckhalterung auf dem Dach. Man mußte eine Schornsteinfegerstiege hinaufklettern, aufpassen, daß man nicht an den hinten befestigten Fahrrädern hängenblieb, sich mit einer Hand irgendwo anklammern und mit der anderen versuchen, den Deckel von dieser kindersargähnlichen Kunststoffbox aufzustemmen. Es war ja sicher ganz praktisch gedacht, alle sperrigen Teile außerhalb des Wohnmobils verstauen zu können, doch nach der zweiten Klettertour hatten wir die Nase voll und deponierten während der Fahrt Campingmöbel nebst Grill zwischen den Bänken. Bei jedem Halt mußten wir also zuerst unseren Freiluftsitz aufbauen, bevor wir uns in dem Vehikel überhaupt bewegen konnten.

Während wir noch unsere künftige Behausung besichtigten und überlegten, wo, um alles in der Welt, wir die ganzen Habseligkeiten unterbringen sollten — die rundherum in Kopfhöhe angebrachten Klappfächer würden niemals ausreichen —, hatte Sven schon mit dem Heraustragen begonnen. Noch ein Wäschekorb voll Konserven, noch ein Pappkarton mit Wäsche, noch eine Schüssel mit Geschirr...

»Das kriegen wir nie weg. Dazu ist das Auto viel zu klein.«

»Nicht klein, kompakt!« widersprach Steffi. »Laß mich das mal machen! Da muß man planmäßig vorgehen. Zum Beispiel bei den Nahrungsmitteln. Was wir erst später brauchen, kommt ganz nach unten«, erläuterte sie und fing mit den Hundefutterdosen an.

»Ob unsere Viecher damit einverstanden sind, wenn sie erst ab der zweiten Woche was zu fressen kriegen?«

Steffi sah das ein und holte die Büchsen wieder raus. »Beginnen wir eben mit den Kartoffeln.«

Es dauerte bis zum Dunkelwerden, dann hatten wir endlich alles verstaut. Wozu brauchten wir bloß so viel Gepäck, wenn wir doch eigentlich alles hinter uns lassen wollten?

»Morgen früh räumen wir noch das ein, was man normalerweise nicht mit in den Urlaub nimmt.«

»Und das wäre?«

»Die Betten zum Beispiel«, zählte Steffi auf, »Küchenhandtücher, Klopapier, Dosenöffner, Kerzen, Sekundenkleber, Fahrradflickzeug...«

»Meine Güte, wir fahren doch nicht durch die Sahara! Wenn wir wirklich etwas vergessen haben, können wir es doch unterwegs besorgen.«

»Kauf mal abends um neun irgendwo am Waldrand einen Büchsenöffner!«

Ich gab mich geschlagen und wollte dieses Instrument sofort und eigenfüßig ins Wohnmobil bringen. Ging aber nicht. Wir besitzen nur einen elektrischen, und der hängt an der Wand.

»Ich leihe mir den von Sascha aus«, fiel Steffi ein, »die brauchen ihn sowieso nicht. Brokkoli mit Sahnesoße gibt es tiefgefroren.«

Saschas Büchsenöffner war ein englisches Modell, nicht elektrisch, aber auch fest verankert. Wir fuhren schließlich ohne ab und kauften in Genf einen, der sechs Schweizer Franken kostete und vermutlich noch heute unter dem Mimosenstrauch südlich von Grenoble vor sich hinrostet.

Um sechs hatten wir starten wollen, um sieben suchten wir noch immer den Autoschlüssel. Wie er in den Küchenschrank gekommen ist, wo ihn Sven so gegen halb neun endlich gefunden hatte, blieb auch eines der ungelösten Rätsel. Ich weiß aber ganz genau, daß Stefanie noch die Mondamin-Packung geholt hatte, weil »man das Zeug immer braucht«.

Begleitet von den Segenswünschen der in Bademänteln aufgereihten Familie — bei den Nachbarn bewegten sich lediglich die Gardinen —, lancierte Steffi das unhandliche Gefährt im Rückwärtsgang ganz langsam aus der Einfahrt. »Geschafft!« sagte sie aufatmend (der Weg ist wirklich sehr schmal), und dann rumste es auch schon. »Scheiße! Die Laterne!«

Hier ist vielleicht eine kurze Erklärung notwendig. Wie in jeder anständigen Straße stehen auch in unserer Laternen, sogar ganz moderne, die sich bei beginnender Dunkelheit von selbst einschalten. Wir können das immer bei heftigen Sommergewittern beobachten. Bei der Planung dieser Beleuchtungskörper hatte wohl ein gewissenhafter Architekt die Anzahl der vorgesehenen Laternen durch die Gesamtlänge der Straße geteilt und dann den jeweiligen Standpunkt ermittelt, wegen der Symmetrie und weil es natürlich besser aussieht, wenn alle Lampen gleich weit voneinander entfernt sind. Diesem Umstand ist es zu verdanken, daß der unsere Häuserreihe bescheinende Lichtmast genau dort steht, wo ein zurücksetzendes Auto dagegen fahren *muß*, sofern es nicht rechtzeitig einen Bogen schlägt. Anwohner sind trainiert genug, dieses Hindernis zu umrunden, Besucher werden vorher gewarnt, Paketzusteller und Bierlieferanten wissen aus Erfahrung Bescheid, sonstige Lkw-Fahrer landen regelmäßig an dem Pfahl. Wir sehen das immer sofort, weil der Mast dann noch ein bißchen schiefer steht als vorher. Früher hatte die Stadtverwaltung jedesmal gleich einen Reparaturtrupp geschickt, jetzt kommt höchstens ein Abgesandter und guckt nach, ob die Lampe noch brennt und auch nichts runterfallen kann. Beurteilt er die Sache positiv, müssen wir mit der schiefen Laterne leben, bis der nächste dagegenfährt und sie endgültig demoliert.

Steffi stieg aus, umrundete den Wagen und kletterte wieder hinter das Steuer. »Nix passiert. An der Stoßstange ist nichts zu sehen, und die Glasschale fliegt frühestens beim nächstenmal runter. Machen wir also, daß wir endlich fortkommen.«

Bis zur Grenze brauchten wir drei Stunden, dann mußten die Hunde einen Baum haben und das Wohnmobil eine Vignette für die Schweizer Autobahnen. Diese Ausgabe hatten wir nicht einkalkuliert, weil vergessen, also strichen wir das geplante Mittagessen mit Bündner Rauchfleisch und kauten statt dessen Butterbrot mit Salami. Die mußte sowieso alle werden, weil sie nicht mehr in den Mini-Kühlschrank paßte und während der Fahrt dreimal vom Geschirrschrank gerollt war, bis ich sie schließlich in die Spüle gestopft hatte.

Nächster Haltepunkt war Lausanne von oben, näher heran kamen wir nicht, es sei denn, wir hätten die Autobahn verlassen. »Nach dem Wunsch deiner Urgroßmutter hätte ich irgendwo da unten meine letzten zwei Schuljahre verbringen müssen«, erzählte ich Steffi, »und wahrscheinlich hätte sie ihre Drohung sogar wahrgemacht, wäre nicht der Krieg dazwischengekommen. Hinterher konnte sie mit ihren Aktien aber bloß noch die Wände tapezieren. Statt in die Leuna-Werke hätte sie lieber bei Krupp investieren sollen.«

»So 'n Nobelinternat wäre doch gar nicht schlecht gewesen. Vielleicht hättest du da einen Grafensproß kennengelernt, geheiratet, und ich wäre jetzt eine Komtesse mit Stammschloß am Rhein und Feriendomizil in Acapulco.«

»Da kommste aber mit einem Wohnmobil nicht hin! Also sei froh, daß der Graf eine andere geheiratet hat.«

Die Hunde hatten mittlerweile jeden Grashalm neben der kleinen Parkbucht beschnüffelt, fanden nichts Interessantes mehr, wollten zurück in den Wagen. Ich auch. Mir war kalt. Von sonnigem Maiwetter konnte überhaupt keine Rede sein.

Wenigstens in Genf schien die Sonne. Weshalb wir mitten durch die Stadt mußten, obwohl wir auch hätten drumherum fahren können, wurde mir erst klar, als Steffi einen Parkplatz ansteuerte. »Ich will endlich mal die Fontäne in natura sehen. Außerdem muß ich mir die Beine vertreten.«

Das war einsichtig. Die Hunde wollten nicht mit. Großstadtgewühl mit hupenden Autos und unendlich vielen Beinen auf dem Gehsteig waren sie nicht gewöhnt. Es half ihnen nichts, sie brauchten was Grünes, möglichst mit ein paar Büschen drauf. »Vergiß die Tüten nicht!« Die hatte Stefanie jedoch schon eingesteckt. Als pflichtbewußte Hundebesitzer hatten wir noch gestern den Automaten im Schloßpark mit unserem gesamten Kleingeld gefüttert, auf daß er in genügender Anzahl jene kleinen Päckchen spende, mit deren Inhalt man die anrüchigen Hinterlassenschaften der Vierbeiner beseitigen kann.

»Den See hatten wir im Rücken, also müssen wir in *die* Richtung«, kommandierte Steffi und marschierte los.

»Stimmt nicht, wir müssen halblinks gehen.«

Beides war falsch, aber das merkten wir erst, nachdem wir eine halbe Stunde lang herumgeirrt und endlich in einem Bistro gelandet waren, wo uns der Patron den rechten Weg wies. Danach brauchten wir nur noch drei Minuten und standen am See. Die Fontäne war abgestellt. Auch sonst gab es nichts Sehenswertes außer unendlich vielen Fahnenmasten, an denen unendlich viele schlaffe Fahnen herabhingen. Außerdem fing es wieder an zu nieseln.

»Den Umweg hätten wir uns wirklich sparen können«, moserte Steffi. »Genf gefällt mir nicht. — Jojo, komm sofort vom Rasen runter, hast du die Schilder nicht gesehen?« Doch der hatte schon ein ihm genehmes Plätzchen gefunden. Wir brauchten zum erstenmal eine Tüte. Otto dagegen hinterließ die Spuren seines Besuchs auf dem Parkplatz. Kaum hatten wir unser Wohnmobil erreicht, da kroch er unter den Wagen und kam wenig später sichtlich erleichtert wieder hervor. »Wo soll er denn auch, hier gibt es ja nicht mal einen vermickerten Löwenzahnstengel, nicht wahr, Otto?« Otto wedelte Zustimmung.

»Wo müssen wir jetzt eigentlich hin?« Die ausgebreitete Karte auf dem Tisch, hockten wir auf den hochkant gestellten Campingliegen, was äußerst unbequem war, und suchten nach dem Weg.

»Ist doch ganz einfach. Immer Richtung Annecy und Aix-les-Bains. Am besten bleiben wir auf der Autobahn.«

»Kommt überhaupt nicht in Frage«, wehrte Steffi ab. »Ich will ein bißchen mehr von Frankreich sehen als Mautstellen und Notruftelefon. Wir fahren die Route nationale.« Sie faltete die Karte zusammen und arbeitete sich zum Führerhaus durch. »Kommst du noch an den Kühlschrank? Ich habe Durst.«

»Wenn du den roten Stuhl etwas nach hinten ziehst

und die beiden Liegen festhältst, könnte es eventuell gehen.« Es dauerte eine Weile, dann hatte ich es geschafft und reichte ihr die Coladose rüber.

»Auf die Dauer ist das keine Lösung, da müssen wir uns etwas anderes einfallen lassen«, sagt Steffi, als ich mich zu ihr durchgekämpft hatte. »Der Vorteil eines Wohnmobils besteht ja darin, daß man sich auch während der Fahrt ungehindert im Wohntrakt bewegen kann. Rein theoretisch könntest du ohne weiteres hinten sitzen und lesen, schlafen oder Kreuzworträtsel lösen.«

Die Praxis sah allerdings anders aus. Ich rutschte auf dem Beifahrersitz hin und her, vor mir die Karte, auf der Ablage Brille und Langenscheidts Taschenwörterbuch Französisch-Deutsch (wer lernt schon in der Schule, daß déviation Umleitung heißt) und neben mir eine lauthals schimpfende Stefanie, die alle übrigen Verkehrsteilnehmer abwechselnd verdächtigte, ihre Führerscheine bei der Fernsehlotterie gewonnen, in der Haferflockenpackung gefunden oder bei Neckermann bestellt zu haben.

Endlich hatten wir die Stadt hinter uns gelassen. »In höchstens anderthalb Stunden müßten wir in Annecy sein.« Sie trat abrupt auf die Bremse, weil ein Huhn über die Straße flatterte. »Könntest du eventuell ein ungerupftes Federvieh tafelfertig zubereiten? Dann würde ich das nächste nämlich kaltblütig erlegen.« Zum Glück für das Huhn begegnete uns keins mehr. »In oder neben oder hinter Annecy ist ein See, da werden wir kampieren.«

»Weißt du denn, ob es dort einen Campingplatz gibt?«

»Määm, zum vierundsiebzigstenmal: *Wir brauchen keinen Campingplatz!!!* Ein Wohnmobil ist verkehrstechnisch gesehen ein Personenkraftwagen und darf überall dort stehen, wo auch ein Pkw parken kann.«

Die Franzosen sehen das aber ganz anders. Oder wie sonst ließen sich die vielen Schilder erklären, auf denen ein rot durchgestrichenes Wohnmobil abgebildet war?

Wir fanden sie überall, auf ganz normalen Parkplätzen neben den Straßen, vor Raststätten (da mußten wir immer ganz nach hinten zu den Omnibussen), sogar vor Supermärkten und an sämtlichen Aussichtspunkten. Ich sah gewisse Schwierigkeiten auf uns zukommen, und Steffi war auch kleinlauter geworden.

Annecy erreichten wir bei einbrechender Dunkelheit. Im Gegensatz zu deutschen Bundesstraßen sind die Routes nationales keineswegs immer gut ausgebaute Straßen, sondern teilweise Landstraßen zweiter Ordnung mit Engpässen, unübersichtlichen Kurven und sehr unterschiedlichem Belag. Manchmal ist auch gar keiner drauf, dann muß man ganz schnell die Fenster zumachen, sonst wird man eingepudert. Jedenfalls war Steffis Zeitrechnung mal wieder nicht aufgegangen.

Den See fanden wir auch nicht, statt dessen standen wir plötzlich vor einem kleinen Flugplatz, zu dem wir gar nicht gewollt hatten. In der Ferne schimmerten die Lichter eines Dorfes. »Da tuckern wir jetzt hin und suchen uns irgendwo am Rand einen Schlafplatz. Für heute habe ich die Schnauze voll vom Fahren!«

Auf der einen Seite hatte das Dorf ein Neubaugebiet mit halbfertigen Häusern, viertelfertigen Straßen und herumstehenden Baumaschinen, auf der anderen gab es niedliche kleine Häuschen mit niedlichen kleinen Gärtchen, und dahinter fing gleich wieder das freie Feld an. Links Weizen, rechts Hafer.

»Gibt es denn hier nicht mal einen Feldweg, auf dem wir parken können?« Im Schrittempo kroch der Wagen die Straße entlang, während ich mit einer Taschenlampe aus dem Seitenfenster funzelte. Kein Weg war zu sehen, nicht mal eine Treckerspur.

»Dreh einfach um und stell dich irgendwo in dieses Neubauviertel. Dagegen wird kaum jemand was einwenden können.«

»Und morgen weckt uns in aller Hergottsfrühe die Betonmischmaschine! Ohne mich! Ich brauche meine acht

Stunden Schlaf, ganz besonders nach dieser Marathonfahrt.« Trotzdem wendete sie den Wagen, bog jedoch von der Hauptstraße ab und tastete sich am Marktplatz vorbei weiter in die Finsternis. »Ein Dorf hat immer vier Seiten, zwei kennen wir erst.« Noch einmal schwenkte sie nach rechts in einen holprigen Sandweg, dann trat sie erleichtert auf die Bremse. »Hier bleiben wir.«

Doch, das war ein sehr ansprechendes Plätzchen. Als ich die Tür öffnete, hörte ich ein Bächlein plätschern, und als ich ausgestiegen war, merkte ich, daß es gar kein Bächlein war, sondern Regentropfen, die sich in einer alten Zinkwanne sammelten. »Es regnet«, sagte ich überflüssigerweise.

»Hat aber gerade erst angefangen.« Steffi öffnete die hintere Tür, und sofort schossen die Hunde ins Freie. »Wenigstens brauchen sie hier keine Tüte.« Unschlüssig betrachtete sie unsere Klappmöbel. »Wohin mit dem Krempel? Wenn wir das vor die Tür stellen, ist morgen alles klatschnaß.«

»Schieben wir's doch einfach unter den Wagen.«

Das hielt sie für eine hervorragende Idee. Daß sie gar nicht so hervorragend gewesen war, merkten wir erst am nächsten Morgen, als wir die Sachen aus dem aufgeweichten Matsch klauben und zum erstenmal die Dusche benutzen mußten. Nicht für uns, nein, dazu reichte hinterher der Wasservorrat gar nicht mehr, sondern für das Campingmobilar. Wir hatten gerade noch genug zum Zähneputzen.

Das Ritual, ein fahrendes Wohnmobil abends in eine stehende Wohnung zu verwandeln, habe ich nie einwandfrei beherrschen gelernt. Ich habe auch nie begriffen, weshalb man während der Fahrt nicht kochen darf, obwohl das doch sehr praktisch wäre. Glücklicherweise ist Stefanie technisch wesentlich talentierter als ich, denn schon nach vierzig Minuten hatten wir heißen Tee, während auf der zweiten Flamme bereits die deftige Kartoffelsuppe brodelte. Als Dessert gab es Himbeerjoghurt.

»Leben wie Gott in Frankreich! Genauso habe ich mir das immer vorgestellt.«

»Wir üben doch noch«, tröstete mich Steffi. »Morgen klappt alles schon viel besser. Vor allem müssen wir uns künftig bei Tageslicht einen Stellplatz suchen.« Sprach's, warf mein Bettzeug aus dem »Schlafzimmer« und kletterte in ihre Koje. »Ich werde garantiert prächtig schlafen.«

Sie ist auch nur einmal wach geworden, als ich samt Luftmatratze aus meinem sogenannten Doppelbett kippte und auf Jojos Hinterteil landete, der lautstark gegen diesen Überfall protestierte. Völlig ungeübt im Umgang mit Luftmatratzen, hatte ich das Ding bis zum Platzen aufgeblasen. In diesem Zustand eignet es sich allerdings nur als Unterlage, wenn man auf dem sicheren Boden nächtigt.

Als ich gegen sieben Uhr erwachte, hatte ich das Gefühl, beobachtet zu werden, und tatsächlich bewegte sich ein Schatten vor dem Fenster. Was es war, konnte ich durch die nur auf Spalt stehenden Rolläden nicht erkennen, aber daß da etwas war, spürte ich genau. Was jetzt? Schreien? Hätte sowieso nichts genützt, wer sollte uns hier schon hören? Die Hunde loslassen? Auch sinnlos, wahrscheinlich würden sie sich ganz schnell irgendwo verkriechen und abwarten, wie die Sache weiterging. Weshalb hatten sie eigentlich nicht angeschlagen? Schöne Wächter!!! Man sollte ihnen das Futter streichen!

»Steffi, da draußen ist wer!« flüsterte ich, bekam jedoch nur ein unwilliges Grunzen zur Antwort.

»Wach auf! Wir müssen irgendwas tun!«

»Du kannst ja schon mal Kaffee kochen«, murmelte sie.

Nichts lag mir ferner. Entschlossen schälte ich mich aus meinem Deckbett und suchte nach einem geeigneten Gegenstand, um notfalls Leib und Leben verteidigen zu können. In einer Hand den Pfefferstreuer, in der anderen das Brotmesser, öffnete ich vorsichtig die Tür. Es muß ein fürchterlicher Anblick gewesen sein ... jedenfalls für den Voyeur. Er galoppierte laut muhend davon.

Kurz darauf wollte Steffi wissen, ob ich Kühe melken könne. Sie zeigte auf die sich im Topf zusammenziehende Milch. »Die ist sauer.«

Das war ich auch, aber aus anderen Gründen. Ich hatte gerade unsere Terrasse aufbauen wollen und die lehmverschmierten Möbel entdeckt. Als ich sie endlich notdürftig unter der Dusche abgeschrubbt hatte, war ich genauso naß wie das gesamte Inventar.

»Am besten lassen wir den ganzen Krempel hier im Bad stehen, da stört er am wenigsten«, entschied Steffi, hatte jedoch nicht bedacht, daß uns jetzt der Zugang zur Toilette versperrt war. Zum Glück gab es weiter oben einige Büsche, und statt Klopapier nahmen wir Küchenkrepp. Man muß eben flexibel sein. »So ein Wohnmobil ist doch eine feine Sache«, knurrte ich erbittert, die aufgeweichte Lehmschicht von den Turnschuhen kratzend. »Man ist absolut autark und auf niemanden angewiesen. Wo kriegen wir jetzt Wasser her?«

»Wir müssen sowieso tanken, da fülle ich den Vorrat gleich auf.«

»Welchen Vorrat?« Aus der Leitung tröpfelte es nur noch. Es reichte nicht mal mehr für eine Tasse Pulverkaffee.

Wir beschlossen den sofortigen Aufbruch und hofften auf ein Bistro mit Café au lait und ofenfrischen Croissants. Solche Lokalitäten scheint es jedoch nur in Paris zu geben, wo man — zumindest pflegte Inspektor Maigret das immer zu tun — schon morgens um sechs an jeder Straßenecke ausgiebig frühstücken kann. Sämtliche Kneipen, an denen wir vorbeikamen, hatten aber noch die Jalousien unten.

Während Steffi tankte und dem Besitzer gestenreich klarzumachen versuchte, daß sie auch Wasser brauchte, nein, nicht aus der Blechkanne für den Kühler, sondern sauberes zum Trinken, kaufte ich in der gegenüberliegenden Bäckerei frisches Baguette und für zwei Mark zwanzig einen Liter Plastikmilch. Und dann saßen wir in der Sonne — Steffi auf der Fußbank, ich in der geöffneten Tür — neben der Dieselzapfsäule und frühstückten. Es war urgemütlich, besonders dann, wenn ein Lastwagen vorbeidonnerte und unser frugales Mahl mit Staub panierte.

Schließlich reihten wir uns auch wieder in den Verkehr ein. Aix-les-Bains, Chambéry — hier wurde die Straße besser, meine Laune auch —, weiter nach Voiron und dann Richtung Valence. »In der Gegend von Orange sollten wir übernachten«, schlug ich vor, »da sieht es auf der Karte so grün aus. Rein theoretisch müßte das liebliche Landschaft bedeuten.«

Wahrscheinlich hatten wir die falsche Straße erwischt. Die liebliche Landschaft entpuppte sich als sehr waldreiche Gegend mit ein paar Schluchten mittendrin, bestens geeignet als Kulisse für Webers *Freischütz*, keineswegs verlockend als Rastplatz.

»Hier würde ich mich zu Tode graulen«, wehrte Steffi ab, als ich auf eine Waldschneise deutete, die malerisch von vereinzelten Sonnenstrahlen beschienen war.

»Dann eben nicht! Mal werden die Bäume ja aufhören.«

Das taten sie auch, und gleich dahinter führte ein Weg nach rechts. »Campingplatz« stand auf einem Schild. »Den sehen wir uns mal an«, beschloß meine Chauffeuse, »vielleicht bleiben wir da. Um diese Jahreszeit ist der bestimmt noch nicht überfüllt.«

Das war er wirklich nicht, genaugenommen war er noch nicht einmal geöffnet. Das hatte jedoch eine Großfamilie nicht daran gehindert, sich häuslich niederzulassen. Sie mußte schon länger dort leben, denn der Abfallberg hinter dem letzten Zelt hatte eine beachtliche Höhe erreicht.

»Sind das nicht Zigeuner?« Vorsichtshalber stoppte Steffi den Wagen in respektvollem Abstand und ließ sogar den Motor laufen. Die Sippe, zu der auch eine Schar

Kinder gehörte, warf nur einen flüchtigen Blick auf uns Eindringlinge, dann interessierten wir sie nicht mehr.

»Nee, hier bleiben wir nicht, die sind mir zu suspekt.«

»Aber in die Camargue zum Sinti-Treff willst du unbedingt hin«, erinnerte ich Steffi. »Wahrscheinlich sind die hier auch auf dem Weg nach Süden, nur sind sie noch ein bißchen zu früh dran. Und dieses Gewäsch von wegen ›alle Zigeuner stehlen‹ ist doch nur ein Vorurteil. Gerade bei den Sinti-Familien herrscht eine beinahe militärische Disziplin, und jedem, der dem Oberhaupt nicht pariert, drohen drakonische Strafen. Das habe ich mal gelesen.«

»Wie viele Zigeuner hast du denn schon persönlich kennengelernt?«

»Keinen«, mußte ich zugeben.

»Papier ist geduldig«, sagte Steffi nur und drehte um. Bevor wir die Landstraße erreicht hätten, zweigte nochmals ein Weg ab, der zu einem Dorf zu führen schien. Auf halber Strecke dorthin gab es einen von Bäumen bestandenen Hügel, und mitten darin war ein uraltes, aus Feldsteinen erbautes Kirchlein.

»Guck mal, Steffi, sieht das nicht aus wie ein Gemälde von Monet?«

»Berge hat der doch nie gemalt, und Kirchen auch nicht. Der hatte es doch immer mehr mit 'm Wasser.«

»Ich meine ja auch nicht unbedingt das Motiv, sondern mehr die Stimmung.«

»Du hast recht, die Sonne steht schon ziemlich tief. Warum bleiben wir nicht einfach hier?«

Ich war einverstanden. Was sollte uns schon im Schatten des Gotteshauses passieren? Während Steffi unser mobiles Heim wieder auf Wohnbetrieb umstellte, inspizierte ich die nähere Umgebung. Die Bäume waren keine Fichten mehr, sondern Pinien, die Wildblumen kannte ich zum Teil gar nicht, und trotz der abendlichen Stunde war es noch so warm, daß ich nicht mal eine Jacke brauchte. Wir näherten uns ganz offensichtlich wärmeren Zonen.

Das Kirchlein, mindestens einige hundert Jahre alt, war einem Heiligen geweiht. Ich weiß nicht mehr, welchem, aber sein Namenstag wird am 21. September gefeiert, und an diesem Tag sollte ihm zu Ehren hier oben ein Gottesdienst stattfinden. Das zumindest besagte ein schon von der Sonne ausgeblichener Zettel, mit profanen Heftzwecken an der dicken Holztür befestigt.

»Wenn uns heute nacht jemand abmurkst, werden unsere sterblichen Überreste spätestens in viereinhalb Monaten gefunden werden.« Ich erzählte Steffi von meiner Entdeckung.

»Hat denn auch die Jahreszahl danebengestanden?« forschte sie mißtrauisch. »Ach ja, eine Frage noch: Weißt du, wo ich die Grillkohlen verstaut habe?«

»Gegenfrage: Haben wir überhaupt welche gekauft?«

Notgedrungen grillten wir die mitgebrachten Steaks auf Pinienzapfen, die entsetzlich qualmten und dem Essen ein ungewohntes Aroma verliehen, aber es schmeckte trotzdem großartig. Vöglein zwitscherten ihr Abendlied, Eidechsen huschten über die sonnenwarmen Steine und brachten die Hunde zur Verzweiflung, und als der Mond hinten über den Weizenfeldern aufstieg, saßen wir immer noch draußen und schauten in die Sterne.

»Hier würde ich es ein paar Tage lang aushalten.«

»Ich nicht«, erwiderte Steffi, »ist mir ein bißchen *zu* einsam. Mir schwebt etwas ganz anderes vor, was Ausgefallenes abseits der üblichen Ferienorte, wo aber trotzdem was los ist.«

»Dann solltest du auf eine Nordsee-Hallig fahren. Du hast ja keine Ahnung, was da los ist, wenn das wöchentliche Postschiff kommt!«

Nach dem dritten Glas Rosé hatten wir die nötige Bettschwere erreicht und verzogen uns in unser luxuriöses Heim. Mit nur halb aufgepumpter Luftmatratze hätte ich eigentlich herrlich schlafen müssen, doch wer behauptet, man solle sich nicht über Kleinigkeiten ärgern, hat noch nie eine Mücke im Schlafzimmer gehabt.

14

»Heute machen wir aber mal in Kultur!« entschied ich, während wir unsere Terrasse abbauten und das Wohnmobil in fahrbereiten Zustand versetzten. »Avignon ist sehr geschichtsträchtig.«

»Muß das sein?« Steffi schob die zusammengeklappten Stühle in den Wagen. »Vergiß nicht wieder, den Krempel im Bad bruchsicher zu verstauen.«

»Habe ich schon.« Nach unserer ersten Übernachtung hatten wir von der Seife bis zum Mückenvertilgungsmittel alles offen stehenlassen und abends ein Chaos vorgefunden. Die ganze Naßzelle roch noch immer intensiv nach Odol, in die hoffentlich letzte Scherbe war ich vorhin erst getreten, und mein Lieblingslippenstift war auch im Eimer. Bei dem Versuch, den kläglichen Rest Shampoo vor dem endgültigen Auslaufen zu retten, hatte Steffi die Hülle einfach plattgetreten. Noch einmal würde so etwas nicht passieren! Im diffusen Mondlicht hatten wir noch gestern abend eine Checkliste aufgestellt und die Verantwortung für die einzelnen Sicherheitsmaßnahmen gewissenhaft geteilt. Künftig war Steffi für den technischen Bereich zuständig, worunter auch die Kontrolle der Wasserbehälter einschließlich Abwassertank und Chemietoilette fiel, während ich die hauswirtschaftlichen Belange zu übernehmen hatte. Würden wir plötzlich ohne Benzin dastehen, wäre das Stefanies Schuld, und wenn wieder einmal das Baguette über den Fußboden kullerte, so war das meiner Nachlässigkeit zuzuschreiben. Vor der Abfahrt hatte es hochkant im Kleiderschrank verstaut zu werden, dem einzigen Platz mit einer Tür davor, wo so ein langes Teil hineinpaßte.

Ohnehin waren wir schon ein recht gut eingespieltes Team. Jeder wußte genau, wann er sich wo hinzusetzen hatte, damit der andere mit einem Tablett in der Hand gefahrlos den Wagen der Länge nach durchqueren konnte. Der Ruf »Vorsicht!« bedeutete, daß man auch seine Beine anziehen mußte, weil die halbe Vorratstruhe ausgeräumt wurde (die zweite Packung Knödel war ganz nach unten gerutscht), und »alle Mann raus!« hieß, es war mal wieder der Schraubverschluß vom Mineralwasser runtergefallen und genau dorthin gerollt, wo man ihn nur mit Hilfe von Handfeger und/oder Kleiderbügel hervorbekam, artistische Verrenkungen inbegriffen.

Auf dem Weg nach Avignon erteilte ich Steffi Geschichtsunterricht. Sehr viel war auch bei mir nicht hängengeblieben, doch wozu gibt es Lexika? Einige Stichworte hatte ich mir notiert. »Von 1309 bis 1377 regierten in Avignon insgesamt sieben Päpste.«

»Neun«, korrigierte Steffi.

»Wirklich? Dann muß es Doppelbesetzungen gegeben haben. Jedenfalls endete mit der Französischen Revolution der Kirchenstaat Avignon und...«

»...seitdem ist auch die Brücke kaputt.«

»Nein, die wurde schon 1669 zerstört.«

»Wodurch?«

»Keine Ahnung. Vielleicht durch Hochwasser.«

»Oder durch Touristen, sofern es damals schon welche gegeben hat. Den schiefen Turm von Pisa haben sie ja auch kleingekriegt.«

»Du redest komprimierten Schwachsinn! Der Turm sackt von allein ab, weil der Untergrund nachgibt.«

»Weiß ich auch. Aber vielleicht würde er nicht so schnell rutschen, wenn nicht seit Jahrzehnten Touristen raufsteigen und sich genau dort hinstellen würden, wo die schiefe Seite ist.«

»Quatsch! Außerdem haben Touristen mit der kaputten

Brücke von Avignon gar nichts zu tun. Die ist ja erst zur Attraktion geworden, *weil* sie kaputt ist.«

»Genau wie die in Heidelberg. Kein Mensch hat sich für den Neubau interessiert, und erst, als er wieder zusammengekracht ist, sind alle hingepilgert und haben sich die architektonische Pleite angeguckt.«

Da gab ich es auf, faltete meine Gedächtnisprothese zusammen und warf sie in die Mülltüte. Die war auch schon wieder voll. Da die Abfallbeseitigung in den hauswirtschaftlichen Bereich fiel, hoffte ich, irgendwo einen Rastplatz zu finden und dort eine noch nicht überquellende Mülltonne. Ich entdeckte weder das eine noch das andere, obwohl wir uns nur noch im Schneckentempo vorwärtsbewegten. Schließlich trat Steffi auf die Bremse und schaltete den Motor aus. »Nichts geht mehr.«

»Stimmt. Alles fährt.«

Gute zehn Minuten hingen wir im Stau, dann konnten wir weiterrollen. Endlich tauchten auf der linken Seite die ersten Mauern der gewaltigen Residenz auf. »Jetzt sollten wir irgendwo anhalten und aussteigen.«

»Haha«, machte Steffi nur, auf die unzähligen Verkehrsschilder deutend, die außer Geradeausfahren so ziemlich alles verboten. Verständlich, denn halb Europa schien sich hier versammelt zu haben. Autos mit Nummernschildern von Finnland bis Portugal krochen vor, hinter und neben uns die Straße entlang, holländische Wagen mit schaukelnden Anhängern, auf dem Dach drei Fahrräder und hinten drin Oma, Opa nebst Enkelkind oder auch mal vier übereinandergestapelte Koffer, die durch ihr Gewicht die Hinterachse fast auf den Boden drückten. Dazwischen eine Selbstmordkandidatin auf dem Fahrrad mit drei Weißbroten unterm Arm.

»Versuch's mal mit Beten«, schlug Steffi vor, »an dieser weihevollen Stätte liegt ein Wunder zumindest im Bereich des Möglichen.«

»Was soll ich?«

»Um einen Parkplatz beten.«

Obwohl ich dieses blasphemische Ansinnen weit von mir wies, geschah das Wunder. Auf der schmalen Grasnarbe, die den Fußweg von der Straße trennt, setzte sich ein Wohnwagen in Bewegung, und sofort steuerte Steffi den freiwerdenden Platz an. Die einbetonierten Parkverbotsschilder übersah sie genauso großzügig wie alle anderen Verkehrsteilnehmer, die dort ihre Autos abgestellt hatten. »Sollen sie uns doch ruhig ein Knöllchen verpassen. Nachher sind wir sowieso wieder weg, und Interpol wird wegen einer simplen Ordnungsstrafe bestimmt nicht bemüht.«

»Was ist, wenn sie gleich Bares kassieren?«

»Dann hast du eben Pech gehabt.«

Vor der Kultur gönnten wir uns und den Hunden einen Spaziergang entlang der Rhône. Obwohl immer ein halbgefüllter Trinknapf im Wohnmobil stand, der trotzdem bei jedem Bremsmanöver überschwappte, stürzte Otto sofort ans Wasser und vor lauter Eifer auch gleich hinein.»Otto, du bist ein Hund, kein Seehund!« brüllte Steffi hinterher. »Wenn der erst mal das Meer sieht, dreht er völlig durch. Laß ihn da bloß nie unbeaufsichtigt, Määm, der schwimmt sonst glatt bis Korsika.«

Jojo dagegen, der Wasser nur als Durstlöscher akzeptiert, obwohl ihm Bier wesentlich lieber wäre, stand einen halben Meter vom Ufer entfernt und jaulte seinem abtrünnigen Freund hinterher. Die ersten Passanten wurden aufmerksam und erwogen bereits Rettungsmaßnahmen, als Otto triefend an Land kletterte und der netten Dame, die ihm einen Keks entgegenhielt, vor lauter Freude an den hellblauen Rock sprang. Danach war sie gar nicht mehr so nett. Von ihrer Schimpfkanonade verstand ich kaum etwas, meine gestammelte Entschuldigung wollte sie nicht hören, und was Fleckenwasser auf französisch heißt, wußte ich sowieso nicht.

»Am besten bringen wir die Hunde zurück in den Wagen, sonst werden sie noch totgetreten.« Sie hatten auch gar nichts dagegen. Als Landhunde benehmen sie sich im Stadtverkehr ähnlich idiotisch wie Urwaldbewohner, die zum erstenmal in ihre Metropole kommen und der Meinung sind, Verkehrsampeln seien eine Art Zauber gegen die bösen Geister und Zebrastreifen eine städtische Variante der heimischen Höhlenmalerei. Jojo wollte sich in selbstmörderischer Absicht vor einen Lkw stürzen, während Otto unter das erste geparkte Auto kroch und nur mit Gewalt wieder hervorgezerrt werden konnte. Im Wohnmobil verzogen sie sich sofort auf ihre Lieblingsplätze, nämlich vorne ins Führerhaus, und dort auf die Fußmatten. Steffi holte noch schnell meine Brille aus der »Küche«, und bevor sie die Tür schloß, ermahnte sie unsere beiden Vierbeiner: »Schön dableiben!«

Darauf neben mir eine Stimme: »Ick würde det aba lieba mit de Handbremse vasuchen.«

Die Hunde waren dem guten Mann entgangen, nicht jedoch Steffis Abschiedsworte zu dem scheinbar leeren Wagen. Über seinen Irrtum aufgeklärt, wurde er zutraulich. »Warten Sie etwa ooch uff wen, der da drin bei die toten Päpste rumlooft?« Mit einer Kopfbewegung deutete er zum Eingang des Palastes, vor dem sich die Menschenmenge in dicken Trauben zusammenballte. »Erst wollte ick ja ooch mit rin, aba erstens is mir det zu voll, und zweetens is die nächste Führung in Deutsch erst wieda in zwee Stunden. Japanisch kann ick aba nich und Spanisch ooch nich. Außerdem war ick schon mal in Rom, det hat ma für mein kirchlichet Bedürfnis jereicht. Da jibt et wenigstens noch 'n lebendijen Papst. Bloß dajewesen isser nich.«

Es stellte sich heraus, daß Herr Malwitzki aus Berlin stammte, was ich schon nach den ersten Worten nicht bezweifelt hatte, und seit einer Woche mit Gattin und Wohnwagen auf dem Weg nach Port Grimaud war, wo er auf dem dortigen Campingplatz seinen alljährlich für Mai und Juni reservierten Stellplatz beziehen wollte. »Da isset noch nich so voll, aba schon scheen warm, und essen müssen wa zu Hause ooch.«

»Kann man um diese Zeit im Mittelmeer schon baden?« wollte Steffi wissen.

»Können kann man, bloß Spaß macht's noch keenen. Fahr'n Se etwa ooch an die Küste?«

»Ja, aber in die Camargue.«

»Kenn ick. Is hübsch da, hat ooch 'n paar jute Campingplätze, bloß verdammt teuer.«

»Wie ist es, Määm, willst du jetzt tatsächlich in dieses Gemäuer rein und dich durchschieben lassen, oder wollen wir nicht doch lieber weiterfahren? Ich finde, von außen sieht es auch ganz beeindruckend aus.«

Eingedenk meiner Erfahrungen mit den vatikanischen Museen in Rom, durch die man ebenfalls im Eiltempo geschleust wird und eigentlich nur das richtig sehen kann, was an die Decken gemalt worden ist, verzichtete ich auf die Besichtigung des Papstpalastes und damit auch auf eine Bereicherung meiner Geschichtskenntnisse. Und auf die Brücke. Wir sahen sie von weitem, doch als Steffi sie durch das Fernrohr beäugte, meinte sie nur: »Die ist auch voller Touristen.«

Versehen mit guten Ratschlägen, von denen sich später nicht einer als brauchbar erwies, ließen wir Herrn Malwitzki weiter auf seine Frau warten und reihten uns wieder in den Verkehr ein. Er war wesentlich flüssiger geworden. Mittagszeit. Die Franzosen waren zwecks Einhaltung der geheiligten Siesta von den Straßen verschwunden, die Touristen saßen auf Klappstühlen, Mauervorsprüngen oder auf der blanken Erde, um sich herum ein Stilleben aus Thermoskannen, Kühltaschen, Babyfläschchen und belegten Broten.

»Das müssen alles Schwaben sein«, vermutete Steffi, »von zwölf bis eins wird gegessen.«

»Ich könnte jetzt aber auch was vertragen. Soll ich uns schnell eine Tütensuppe kochen?«

»Määm, wie oft soll ich dir noch sagen, daß der Herd während der Fahrt nicht benutzt werden darf. Und nicht kann, weil die Gaszufuhr geschlossen ist.«

»Nicht mal für ein ganz kleines Töpfchen Wasser?« versuchte ich es erneut. »Ich hätte jetzt so gern einen Kaffee.«

»An der nächsten Bar halte ich an.«

»Brauchst du nicht, ich kann Café au lait nicht mehr sehen!«

Wenig später stoppte sie neben einer Imbißbude, vor der lauter Skandinavier saßen und Hochprozentiges in sich hineinkippten. Sie wollte Milch, die es nicht gab, dann Kakao, den es auch nicht gab, ich wollte Kaffee ohne Milch und kriegte Espresso, Würstchen waren aus, und nach Crêpes stand uns nicht der Sinn. Hungrig fuhren wir weiter.

»Wir müssen ja bald in Arles sein, da lade ich dich zum Essen ein.« Nicht Großmut war es, die mich zu dieser Zusage veranlaßte, sondern reiner Selbsterhaltungstrieb. Wenn Stefanie nicht regelmäßig gefüttert wird, bekommt sie schlechte Laune, und wenn sie schlechte Laune hat, wird sie kratzbürstig. Das hat zur Folge, daß ich ebenfalls pampig werde, und das Ende ist dann ein zu intensiver Kontakt mit der Böschung oder einem Kilometerstein. Beides hatten wir schon mal gehabt. Das ist zwar lange her, doch die Voraussetzungen dafür waren immer die gleichen gewesen: Hunger.

»Gibt es in Arles nicht auch eine Brücke?«

Himmel, fing sie denn schon wieder an? »Höchstwahrscheinlich«, sagte ich patzig. »Zumindest glaube ich nicht, daß seine Bewohner die Rhône schwimmend überqueren.«

Sie kicherte. »Ich meine doch die berühmte Brücke von van Gogh.«

Ach so, mein Fehler. Aber so ist das nun mal mit der Bildung. Sie ist das, was übrigbleibt, wenn man alles vergessen hat. »Kaum anzunehmen, daß diese Brücke noch besichtigt werden kann. Immerhin ist van Gogh seit hundert Jahren tot. Vermutlich ist der Bach inzwischen kanalisiert, oder es steht schon längst eine Reihenhaussiedlung drauf. Aber ein van-Gogh-Museum gibt es, vielleicht sollten wir da mal rein.«

»Vorausgesetzt, wir finden es. Sag mir lieber, ob ich jetzt rechts oder links abbiegen soll?«

Wir hatten die Ausläufer von Arles erreicht. »Rechts!« sagte ich zuversichtlich, denn ich hatte ein Schild mit der Aufschrift »Centre« gesehen und es logischerweise mit Zentrum, also Stadtmitte, übersetzt. Wenig später standen wir auf einem riesigen Einkaufsareal, und bis wir uns dort wieder rausgewurstelt hatten, war Kaffeezeit.

»Gleich fange ich an zu schreien!« knirschte Steffi mit zusammengebissenen Zähnen, als wir uns einem größeren Platz näherten, auf den ein halbes Dutzend Straßen mündeten. »Wo, um alles in der Welt, geht's denn jetzt weiter?«

Das wußte ich auch nicht. »Fahr einfach dem Hauptverkehrsstrom hinterher.«

Der schob sich durch eine breite Geschäftsstraße, die weiter hinten vor einem Bauzaun endete. Ein Umleitungsschild deutete nach rechts in eine schmale Einbahnstraße. »Wenn das nur gutgeht«, zweifelte Steffi, als sie das unhandliche Wohnmobil vorsichtig um die Ecke bugsierte. Es ging gut, doch nur dreihundert Meter weit, dann war endgültig Feierabend. Die Umleitung mündete rechtwinklig in eine genauso enge Straße, und da kamen wir nicht mehr herum. Ja, wenn dort keine Häuser gestanden hätten oder wenn es wenigstens einen vernünftigen Gehsteig gegeben hätte statt dieses handtuchschmalen Weges ... So aber saßen wir fest. Und das im wahrsten Sinne des Wortes. Die Fahrräder hatten sich an einem Fensterladen verhakt, und unser linkes Vorderrad klemmte zwischen einer Treppenstufe und einem verwitterten Grenzstein.

»Das war's dann wohl.« Steffi stellte den Motor ab und forderte mich zum Aussteigen auf. »Ich kann nicht. Auf meiner Seite geht die Tür nicht mehr auf.«

Hinter uns begann ein ohrenbetäubendes Hupkonzert, untermalt von wenig freundlichen Kommentaren, die aber schnell verstummten, als die ersten zwanzig Autofahrer ausgestiegen waren und sich um das Hindernis versammelt hatten.

»Jetzt bist du dran«, sagte Steffi lakonisch. »Ich kann kein Französisch.«

Daß ich es auch nicht konnte, wurde den Umstehenden schnell klar, nachdem ich den auf mich einprasselnden Wortschwall immer nur mit einem hilflosen Achselzucken quittiert hatte. Ich weiß nicht, *was* diese liebenswürdigen, hilfsbereiten Menschen sprachen, es mußte wohl ein fast ausgestorbener provenzalischer Dialekt gewesen sein, jedenfalls verstand ich kaum ein Wort. Der erste Flic tauchte auf, kurz darauf waren es schon drei, die aber gleich wieder verschwanden, um das hinter uns entstandene Verkehrschaos zu entwirren. Ihre schrillen Pfeifen hörten wir noch lange.

»Steffi, paß auf, da klaut einer unsere Räder!«

Doch der junge Mann löste nur die Fahrräder aus ihrer Verankerung und schuf auf diese Weise einen halben Meter Freiraum nach hinten. Zwei andere, einer davon in hellgrauen Flanellhosen, versuchten, das Fahrzeug vorne aus seiner Umklammerung zu befreien, schafften es jedoch nicht. »Point!« schrie einer, wobei er immer wieder zum Führerhaus deutete.

»Was will er?«

»Ich weiß es doch nicht«, jammerte ich entnervt. »Wer hatte denn Anfang der fünfziger Jahre schon ein Auto? Technische Vokabeln haben wir in der Schule nie gelernt.«

Schließlich verlor die Flanellhose die Geduld. Sie enterte das Wohnmobil und legte den Leerlauf ein. Nun wußte ich, was »point« bedeutete. Daß wir inzwischen als hoffnungslose Idioten abgestempelt waren, nahm ich hin, doch wir waren ja auch zwei Frauen, und diese Tatsache mußte wohl in den ausnahmslos männlichen Franzosen edelmütige Instinkte geweckt haben. Jedenfalls nahm ein bulliger Typ mit Vollbart und Zigarettenkippe im Mundwinkel den Platz der Flanellhose ein, ließ den Motor an, legte den Rückwärtsgang ein und schaffte es nach mehrmaligen Versuchen tatsächlich, das eingeklemmte Vorderrad freizubekommen. Danach begann die Feinarbeit. Ich weiß nicht mehr, wie oft er den Wagen vor- und zurücksetzte, durch Zurufe von außen dirigiert, das Steuer neu einschlug, wieder ein bißchen Spielraum gewann, wieder in den Rückwärtsgang schaltete...

Wer sich von Franzosen gesteuerte Autos einmal genauer ansieht, wird feststellen, daß es kaum einen Wagen ohne Schrammen und Beulen gibt. Für unsere Nachbarn ist ein Auto nichts anderes als ein Gebrauchsgegenstand und eine Delle in der Stoßstange nur ein Beweis dafür, daß sie ihren Zweck erfüllt hat. Ein eingebuffter Scheinwerfer? Kein Problem, Hauptsache, das Licht brennt noch. Kratzer im Kotflügel? Macht nichts, er wird nicht der einzige bleiben. Außenspiegel zersplittert? Na, wennschon, innen ist ja noch einer, und bei Gelegenheit wird man schon mal einen neuen besorgen.

Kein Wunder also, daß ich pausenlos Stoßgebete gen Himmel schickte, während unser Helfer das Wohnmobil zentimeterweise um die Ecke lavierte. In Gedanken überschlug ich den Inhalt der Reisekasse, in der aufwendige Reparaturen nicht vorgesehen waren, hatte auch keine Ahnung, was eine neue Tür oder gar eine Rundumlackierung kosten würde, verwünschte Steffi, die uns diese ganze blöde Fahrt eingebrockt hatte — und kam erst wieder zu mir, als Beifall aufbrandete. Unser hilfsbereiter Mitmensch hatte es tatsächlich geschafft, das Wohnmobil ohne die kleinste Schramme um die Ecke zu setzen. Ein paar Schweißtropfen standen zwar auf seiner Stirn, doch er winkte nur ab, als ich ihm stotternd zu danken versuchte. »Mais où voulez-vous donc partir?«

»Dans la Camargue«, antwortete ich zögernd.

Er grinste nur. »Bon voyage. Mais là-bas au moins les rues sont plus larges.«

Den letzten Satz hatte ich mal wieder nur akustisch verstanden. Seinen Sinn suchte ich mir im Wörterbuch zusammen, während wir noch den Gehsteig blockierten und darauf warteten, daß sich die hinter uns aufgestauten Wagen am Wohnmobil vorbeiquetschten. »Sehr überzeugt scheint unser Retter von deinen Fahrkünsten nicht zu sein.« Ich deponierte das Buch vor der Frontscheibe. Wir würden es wohl noch öfter brauchen. »Er hat uns gute Reise gewünscht und versichert, daß die Straßen in der Camargue viel breiter seien als hier.«

»Hoffentlich«, sagte Steffi, »aber deinen Bildungsfimmel kannst du dir jetzt abschminken. Mich kriegst du jedenfalls mit dieser Karre in keine Stadt mehr rein!«

Zunächst mal mußten wir aus eben dieser raus. Nur wie? »Ich kaufe jetzt einen Stadtplan«, entschied Steffi, als sie einen Parkplatz entdeckte, der ausnahmsweise mal nicht für Wohnmobile verboten war. Sie trabte ab, war jedoch gleich wieder da. »Gib mal das Wörterbuch! Oder weißt du, was Papiergeschäft heißt?«

»Warte, ich komme mit. Die Hunde brauchen sowieso einen Auslauf.«

»Und ich was zu essen.«

Die Möglichkeiten, nachmittags um fünf eine warme Mahlzeit zu bekommen, sind für Ortsfremde begrenzt, und mit zwei Hunden an der Leine nahezu aussichtslos. Lediglich ein Pizzabäcker gewährte uns Zutritt zu seinem Kunststoffmobilar. Weil er sogar Spaghetti bolognese anzubieten hatte, wurde Steffi zusehends friedlicher. Nach zwei Portionen erwachte sogar ihr Unternehmungsgeist. »Jetzt bummeln wir noch ein bißchen durch die Stadt.«

»Also doch van-Gogh-Museum?«

»Wenn's denn sein muß...«

Ihre Toleranz wurde belohnt. Das Museum hatte geschlossen. Aber die Kathedrale St. Trophime konnten wir besichtigen, Krönungsort irgendeines mittelalterlichen deutschen Kaisers, doch welcher das gewesen war, konnte ich Steffi auch nicht sagen. Wir hatten einfach zu viele davon gehabt.

Wenige Meter weiter der phantastische Kreuzgang des Klosters. Sogar Stefanie war beeindruckt. »Was ist das für ein Baustil?«

»Romanisch«, sagte ich prompt. Vielleicht hat es ja gestimmt, doch ich bin nun mal kein Experte für römische Kapitelle und romanische Säulen, und bevor mich meine Tochter noch mehr in Verlegenheit bringen würde, schlug ich einen Standortwechsel vor. »Das Amphitheater müssen wir uns noch angucken.« Da konnte nicht viel passieren. Erbaut hatten es die Römer, und auf die genaue Jahreszahl würde sie bestimmt keinen Wert legen.

Zunächst umrundeten wir das Bauwerk von außen, dann wollten wir hinein. »Meinst du, daß sich die acht Mark Eintritt pro Person lohnen?« Mäßig interessiert lugte sie durch das Gitter (es stammte mit Sicherheit nicht aus der Römerzeit!). »Oben sehe ich Stufen und unten gar nichts. Glaubst du nicht, daß wir das Geld da drüben viel besser anlegen könnten?«

»Da drüben« bedeutete die vielen bunten Tische und Stühle vor den beiden Straßencafés mit Sonnenschirmtupfern dazwischen und bevölkert von sommerlich gekleideten Passanten. Doch, ich konnte jetzt ebenfalls eine Pause vertragen, Kulturdenkmäler gehen in die Füße, besonders, wenn sie weit auseinanderliegen (nicht die Füße!). Die Hunde hatten auch keine Lust mehr zum Laufen, vor allem Otto nicht. Seine Mißachtung antiker Bauwerke hatte er sehr deutlich zum Ausdruck gebracht, indem er mitten auf die große Treppe gepinkelt hatte. Bevor wir nach einem freien Tisch suchten, studierte ich die Getränkekarte. An jedem Sonnenschirm hing ein Exemplar, entgegenkommenderweise gleich in vier verschiedenen Sprachen. Deutsch war auch dabei. Café mit Eis sollte vermutlich Eiskaffee heißen, und wenn die Franzosen darunter das gleiche verstanden wie wir, sollte es mir recht sein. Ob es stimmte, haben wir nicht feststellen können. Wir hatten nämlich auf zwei blauen Stühlen Platz genommen, die zu einem anderen Café gehörten als die roten, und hier gab es nur Bier und Brause. Wenigstens war sie kalt. Und weil der Ober ein Herz für Tiere hatte, stellte er den Hunden sogar unaufgefordert eine Schüssel mit Wasser hin. Der späteren Rechnung nach hätte es allerdings Champagner sein müssen.

Mit einem frischen Baguette (unser Vorrat war auf maximal zwölf Zentimeter Länge geschrumpft), Milch und einem Körbchen Erdbeeren machten wir uns auf den Rückweg. Besser gesagt, wir hatten es vor!

»Weißt du, wo es langgeht?«

Überflüssige Frage, natürlich wußte ich es nicht. Kreuz und quer waren wir durch kleine Gassen spaziert, hatten malerische alte Häuser bewundert, hatten an einem Brunnen die Hunde getränkt, waren links abgebogen und wieder rechts und hatten keinen Moment lang auf den Weg geachtet.

»Jetzt weiß ich, weshalb Theseus mit 'm Stück Strippe ins Labyrinth gezogen ist«, seufzte Steffi, als sie das Haus mit dem ulkigen Giebel wiedererkannt hatte, bei dem wir vorhin stehengeblieben waren, und das dann doch ein anderes war und bloß so ähnlich aussah. »Die Karre finden wir nie wieder! Ich weiß ja nicht mal die Richtung.«

»Kannst du dich an den Straßennamen erinnern?«

»Nee. Oder doch. Ich glaube, es hieß Place de . . .« Sie stockte.

»Und weiter?«

»Weiß ich nicht mehr. Irgendwas langes.«

»Vielleicht Place de la République?« Den gibt es in fast jeder französischen Stadt.

»Bestimmt nicht, den Namen hätte ich ja übersetzen können. Der andere war viel länger.«

Das half uns auch nicht weiter. Wer weiß, wie viele Plätze es in Arles gab, und alle hatten einen Namen. Plötzlich fiel mir etwas ein: »Der Fluß! Wir haben doch oberhalb vom Fluß geparkt. Jetzt müssen wir bloß noch die Rhône finden.«

Die erste französisch aussehende Dame sprach Englisch und war nicht von hier. Der Herr mit typisch französischer Baskenmütze begriff nicht, was ich von ihm wollte, doch das junge Pärchen konnte uns helfen. Es kam aus Deutschland, wandelte schon seit einigen Tagen auf den Spuren van Goghs und hatte sogar das Irrenhaus besichtigt. Nur von außen natürlich, es sei ja ein Kloster und leider immer noch sehr weltabgewandt, Besuchern nicht zugänglich, aber trotzdem sollte man...

»Das wollen wir ja auch, wir müssen nur erst unser Auto finden. Wo, bitte, geht's zum Fluß?« fragte Steffi ungeduldig.

Es war gar nicht weit, doch daß wir mindestens einen Kilometer zu weit nördlich das Ufer erreichten, verlängerte unseren Spaziergang um eine weitere Viertelstunde. Und danach dauerte es noch mal eine kleine Ewigkeit, bis wir endlich die Stadt hinter uns gelassen hatten.

»Ich kann mir nicht helfen, Steffi, aber einen Urlaub habe ich mir etwas anders vorgestellt. Mir schwebte eine Blümchenwiese vor, ein murmelndes Bächlein, dolce far niente auf der Liege — und was haben wir? Großstadtstraßen zur Rush-hour.«

»Meinste, *ich* hab' nicht die Nase voll? Du warst es doch, die unbedingt nach Arles wollte! Ist doch hirnrissig, vor dem Gedränge in der Großstadt zu fliehen, um sich in jeder fremden Großstadt gleich wieder ins Gedränge zu stürzen! Wir suchen uns jetzt einen Stellplatz, und morgen fahren wir ohne Aufenthalt durch bis Saintes-Maries-de-la-Mer.«

Diesmal weckte uns keine Kuh, sondern ein Trecker. In seliger Unkenntnis der Tatsache, daß in Frankreich Feldwege nicht wie bei uns vor einem Wäldchen enden oder sich durch Äcker schlängeln, sondern ausnahmslos zu einem Weingut oder auch mal zu einem abseits gelegenen Bauernhof führen, hatten wir neben einem Rapsfeld geparkt. Von dem Geschimpfe des Bauern verstand ich nur chemin privé, doch ich begriff sofort, daß wir schleunigst von seinem Privatweg verschwinden sollten. Was auch verständlich war, denn wir versperrten ihm die Zufahrt. Die Teekanne konnte ich gerade noch retten, als sich Steffi im Nachthemd hinter das Steuer setzte und den Holperweg bis zur Straße entlangschaukelte, aber die Milchflasche kippte aus dem noch nicht arretierten Kühlschrank, gefolgt von Butterdose und Käseaufschnitt. Im Bad klapperte es auch verdächtig. Zum Glück war außer dem arbeitswütigen Landmann noch kein Mensch unterwegs, wir konnten uns also in Ruhe anziehen und das mobile Heim vom Schlafwagen in den Wohnwagen verwandeln. Sogar der morgendliche Freiheitsdrang unserer Vierbeiner hielt sich in Grenzen. Sie hatten vom Fußboden Milch und Käse gefrühstückt, die Butter allerdings liegenlassen, und waren friedlich.

»Heute müssen wir auf einen Campingplatz«, sagte Steffi nach erfolgtem Check-up, »das Klo ist voll. Wasser brauchen wir auch.«

Die Benutzung unserer Chemietoilette hatten wir auf ein Mindestmaß beschränkt, nachdem uns klargeworden war, daß man den Inhalt nicht einfach in einen Gulli kippen kann. Er muß fachgerecht »entsorgt« werden, und dafür sind nur Campingplätze eingerichtet.

»Davon hast du aber vorher nichts gesagt! Ich glaubte, wir seien von den Segnungen der Zivilisation unabhängig?«

»Man kann ja nicht an alles denken«, knurrte sie. »Abgesehen davon würde ich ganz gern mal wieder richtig duschen.«

Das wollte ich auch. »Also schön, zweimal pro Woche Campingplatzgebühren können wir uns noch leisten.«
Saintes-Maries-de-la-Mer liegt am äußersten Zipfel der Camargue und wäre ein entzückendes kleines Städtchen, würde es nicht den Anspruch erheben, ein Touristenzentrum zu sein. Entlang der Uferpromenade löst eine Bar die andere ab, dazwischen Imbißhallen, Andenkenläden, auf der gegenüberliegenden Seite ein Rummelplatz en miniature, in den Seitenstraßen reihenweise Boutiquen, deren Warenangebot größtenteils aus Strohhüten, Porzellan-Flamingos und ähnlich nützlichen Dingen besteht. Nur das Meer konnte noch nicht verschandelt werden. Hinter einem Wall tonnenschwerer Steine liegt ein herrlicher breiter Sandstrand. Trotz der frühen Jahreszeit war er schon recht bevölkert.
Otto mußte das Wasser gerochen haben. Wie ein Besessener kratzte er an den Wänden, jaulte, quiekte, ließ sich kaum anleinen und schoß los, sobald ich die Tür einen Spaltbreit geöffnet hatte. Ich hatte nur nicht bedacht, daß unsere Fußbank noch nicht draußen stand, flog die letzte Stufe runter und landete bäuchlings im Dreck. Die Leine hatte ich losgelassen, und kaum hatte Otto das spitzgekriegt, als er auch schon davonraste. Zielrichtung Meer. Steffi hinterher. Vorsichtig rappelte ich mich auf, stellte erleichtert fest, daß alle Knochen noch dort waren, wo sie hingehörten (seit meinem Schenkelhalsbruch vor einigen Jahren steige ich nicht mal mehr auf eine Trittleiter), nahm Jojo an die Leine und wollte gerade den beiden anderen folgen, als Steffi schon wieder zurückkam, den sich heftig sträubenden Otto hinterherzerrend. »Erst hat er versucht, die Schaumkronen zu fangen, dann hat er das Salzwasser wieder ausgekotzt, und danach wollte er mit dem gleichen Spiel von vorn anfangen. Määm, du hast einen selten dämlichen Hund!« Sie sah mich von oben bis unten an. »Du solltest mal in den Spiegel gucken und dir bei dieser Gelegenheit gleich eine andere Hose anziehen!«

Vorher war ich noch niemals in einen Pferdeapfel gefallen. Es ist mir auch später nicht mehr passiert, doch in der Camargue steigt man ständig über qualmende Haufen, die mitten auf den Wegen liegen und einen unverwechselbaren Duft nach gesunder Landluft verströmen. Zum touristischen Muß gehört nämlich der Ritt auf einem der berühmten weißen Pferde, entweder in der Gruppe schön hintereinander im Zuckeltrab oder — für Fortgeschrittene — in gestrecktem Galopp den Strand entlang, ganz dicht am Wasser, damit es auch ordentlich spritzt. Weiter hinten an den Klippen steht die Wellblechhütte vom Fotografen. Die Bilder bekommt man schon am nächsten Tag.

Wir beköstigten uns an einer Frittenbude, doch wenn wir erst einmal den Campingplatz gefunden und uns etabliert hatten, wollten wir ein üppiges Grillfest veranstalten mit richtigen Kohlen und richtigen Kartoffeln. Nichts gegen Maggi, aber ich wollte mal wieder mit Messer und Gabel essen.

Der Campingplatz liegt am Ende der Uferstraße schon fast außerhalb des Ortes. Als erstes fiel uns die Verbotstafel ins Auge. Hunde waren nicht gestattet, grillen nicht erlaubt, ab zweiundzwanzig Uhr hatte Ruhe zu herrschen, und der kleine Supermarkt durfte nicht in Badekleidung betreten werden.

»Es muß doch eine Möglichkeit geben, hier rein- und wieder rauszukommen, ohne zu übernachten«, grübelte Steffi. »Ja, wenn ich nicht dringend unseren Lokus entsorgen müßte...« Und dann hatte sie eine Idee. Undurchführbar, wie meistens, aber sie wollte es probieren. Während sie mit den Hunden vor der Umzäunung wartete, erkundigte ich mich beim »Empfang« nach freien Stellplätzen. Doch, es seien noch welche da. Danke schön und auf Wiedersehen bis nachher.

»Der mit den blonden Haaren spricht Deutsch«, teilte ich Steffi mit.

»In Ordnung, dann versuche ich mal mein Glück.« Sie

holte den hinten auf der Straße abgestellten Wagen und fuhr ihn auf das Campingareal. Ich blieb mit den lauthals protestierenden Vierbeinern außer Sichtweite. Es dauerte gar nicht lang, dann kam Steffi aus der Empfangsbude heraus, setzte sich hinter das Steuer und schaukelte davon. Zwanzig Minuten später stand sie wieder am Tor und verschwand erneut in der Holzhütte. Die Tür hatte sie offengelassen. »Entweder sind sie noch nicht da, oder ich habe den Campingplatz verwechselt. Wo gibt es denn noch einen?« hörte ich sie fragen. »Zehn Kilometer? Na, das ist ja noch zu schaffen. Jedenfalls herzlichen Dank und auf Wiedersehen.«

»Was hast du dem denn bloß erzählt?« wollte ich wissen, nachdem sie uns wieder eingesammelt hatte.

»Daß ich hier mit Freunden verabredet sei, aber nicht wüßte, ob sie schon da wären, und ob ich mal nachschauen dürfe. Wie du siehst, durfte ich. Jetzt haben wir wieder ein leeres Klo und einen vollen Wassertank.«

»Aber noch immer kein Standquartier.«

Das fanden wir schnell. Gleich hinter dem Campingplatz, nur durch den mannshohen Zaun und dichtes Gebüsch getrennt, befand sich ein großer Parkplatz, auf dem schon mehrere Wohnmobile standen. Und das nicht erst seit kurzem. Da waren Freiluftherde aufgebaut mit Gasflasche daneben, Sonnenschirme steckten im Sandboden, überall standen Tische und Stühle herum — Camping in Reinkultur.

»Hier bleiben wir!« entschied Steffi sofort. »Das sind alles erfahrene Camper, von denen können wir bestimmt noch was lernen.«

Nur eine Nacht hatten wir bleiben wollen, und dann wurden es doch drei. Tagsüber strampelten wir mit den Rädern durch die Umgebung — es fand sich immer jemand zum Hundesitting —, abends glühten die Grillfeuer und lockten die Ghettobewohner vom Campingplatz an, die mit ihren rohen Steaks erschienen und als Äquivalent für die großmütig überlassenen Kohlen flaschenweise Landwein anschleppten. Sie zeigten uns auch das kleine Hintertürchen, das vom Campingplatz direkt zum Strand führte und tagsüber offenstand. Schamlos benutzten wir sämtliche sanitären Einrichtungen zum Nulltarif, und Steffi hatte sogar die Courage gehabt, in den kleinen Pool zu springen, obwohl der immer von einem bärbeißigen Platzwart bewacht wurde.

Der Abschied fiel uns richtig schwer, als wir uns nach einigen Tagen wieder auf den Weg machten, doch wir wollten noch ein bißchen mehr von der Camargue kennenlernen. Am meisten trauerte Otto. Er hatte die morgendlichen Spaziergänge am Strand entlang geliebt — er im Wasser, Jojo in gebührender Entfernung davon —, und lange noch jaulte er den Pferdeäpfeln nach, die er so gerne gefrühstückt hätte. Am ersten Tag war ihm das noch geglückt, von da an paßten wir auf.

Genaugenommen gibt es in der Camargue nur eine Straße, die von Nord nach Süd führt und in Saintes-Maries-de-la-Mer endet. Davon zweigt eine kleinere schräg nach links ab, Generalrichtung Nîmes. Und das war's auch schon. Alles andere sind mehr oder weniger breite Wege, die in andere Wege münden und immer genau dort einen Bogen machen, wo man eigentlich geradeaus weiterfahren wollte. Das geht aber nicht, denn da ist ein Tümpel. Oder eine sumpfige Wiese. Oder ein Zaun, hinter dem — sehr friedlich und sehr domestiziert — die berühmten wilden Pferde grasen. Von den nicht weniger berühmten schwarzen Stieren haben wir keinen einzigen gesehen, doch Flamingoherden gibt es wirklich noch. Den ersten Exemplaren waren wir auf einer Radtour begegnet. »Guck mal, Steffi, da drüben! Weißt du, was das sind?«

»Ja, Hühner!« erklang es von dem hinter uns radelnden Landsmann, der grinsend sein Leinenhütchen lüftete und in zügigem Tempo überholte, »das sieht man doch.« Später fanden wir diese rosafarbenen Vögel noch oft, wie sie Nahrung suchend durch das Sumpfgelände staksten.

Kreuz und quer fuhren wir durch diese brettebene, rundherum grüne Landschaft mit ihren unzähligen Wasserarmen, entdeckten Wildblumen, die es bei uns gar nicht mehr gibt, kletterten über Zäune, weil ich Steffi unbedingt neben einer friedlich vor sich hin mümmelnden Kuh knipsen sollte, und dann fanden wir sogar meine Blümchenwiese. Nur ein schmaler Weg trennte sie von einem Seitenarm der Rhône; außer einigen Anglern war kein Mensch zu sehen und außer Bienengesumm und Vogelgezwitscher kein Laut zu hören. Eine Idylle. Allerdings nur bis zum Sonnenuntergang.

Stundenlang hatten wir in der Sonne gebrutzelt und uns erst bei Dämmerungsbeginn zu einem Spaziergang mit den Hunden aufgerafft. Wir waren schon auf dem Rückweg, als sie scharenweise über uns herfielen. Wer? Die Mücken!!! Stefanies gelbe Bluse hatte es ihnen angetan. Das behauptete sie jedenfalls, obwohl ich eher auf ihr Haarspray tippte, das jeden mit einem normalen Geruchssinn ausgestatteten Menschen in die Flucht treibt, aber vielleicht bei Mücken das Gegenteil bewirkt. Im Dauerlauf legten wir die restliche Strecke zurück, stürzten ins Wohnmobil und schlugen sofort die Tür hinter uns zu. Ein paar von den Viechern hatten es aber trotzdem geschafft. Steffi benutzte den Schneebesen, ich das Wörterbuch (Mücke = moustique), aber wir haben sie alle erwischt. Wichtigste Regel für die nächsten Tage: Vor dem Öffnen der Tür Licht aus, mit einem Handtuch die sirrenden Vorposten wegwedeln und hinter sich die Tür sofort wieder schließen. Alternative: Ab Einbruch der Dämmerung gar nicht mehr rausgehen.

Doch sobald morgens die Sonne durch die Jalousien blinzelte und beim Frühstück mitten auf der Wiese die erste Biene ins Marmeladenglas fiel, hatten wir alles wieder vergessen. Es war so friedlich hier, so ruhig, kein Mensch störte uns, und wenn gelegentlich auf dem Fluß ein

Hausboot vorübertuckerte, brauchten wir nicht einmal die griffbereit liegenden T-Shirts über unsere Badeanzüge zu werfen; die auf dem Kahn hatten meistens noch weniger an.

Am vorletzten Tag hatte Steffi sogar eine mückensichere Ausgehkleidung kreiert: Jogginganzug, Hände in den Hosentaschen vergraben, auf dem Kopf ein Salatsieb und darüber, arretiert mit Wäscheklammern, eine von den Tüllgardinen, die normalerweise die schmalen Fenster zierten. Die flatternden Enden wurden oben in die Jacke gesteckt, Reißverschluß zu, fertig. Wahrscheinlich haben sich die Mücken totgelacht, jedenfalls hat uns keine mehr belästigt.

Wassermangel und das vermaledeite Chemieklo zwangen uns in die Zivilisation zurück. Darüber hinaus brauchten wir mal wieder Frischfutter. Das Bargeld ging auch zur Neige.

»Also«, sagte Steffi, die schon reichlich mitgenommen aussehende Karte ausbreitend, »wir fahren jetzt nach Aigues-Mortes, von da weiter zur Autobahn, und die hat irgendwo hinter Marseille eine Abzweigung zur Küste runter. Da finden wir bestimmt einen Campingplatz.«

Das klang einleuchtend, nur: »Wie kommen wir nach Aigues-Mortes? Oder weißt du genau, wo wir hier eigentlich sind?«

»Nein. Aber wir müssen nach Norden, die Sonne steht jetzt im Südosten, also fahren wir *da* lang.« Sie deutete in die Richtung eines kleinen Hügels mit vereinzelten Bäumen drauf.

»Da sehe ich bloß keine Straße.«

»Die werden wir schon finden.«

Eine ganze Weile hielt ihr Optimismus an, dann wurde ihre Stimme immer kläglicher. »Ich glaube, dieser Weg hier endet im Nichts.«

»Na und? Ist doch herrliches Wetter für eine Erdumkreisung.«

Ihre verbiesterte Miene wich einem schadenfrohen

Grinsen, als sie auf die Bremse trat. »Da drüben geht jemand. Steig mal aus, und erkundige dich, wie wir zu diesem verdammten Aigues Sowieso kommen.«

»Bist du verrückt? Gesetzt den Fall, der versteht *mich*, dann heißt das noch lange nicht, daß ich *ihn* verstehe.«

»Sei nicht so feige, versuch es wenigstens.«

Das Wörterbuch nahm ich vorsichtshalber gleich mit. »Bonjour, Monsieur« — das zumindest war mit Sicherheit richtig —, »excusez-moi, où est la route à Aigues-Mortes?«

Das Bäuerlein kratzte sich am Kopf, dann nickte es zustimmend. Es hatte mich tatsächlich verstanden! Die Schwierigkeiten begannen auch erst, als es mir den Weg zu erklären versuchte. Erst weiter geradeaus, das begriff ich noch, dann sollten wir nach gauche abbiegen (war das nun links oder rechts? Keine Ahnung mehr, mußte ich gleich nachschlagen), nach cinq kilomètres käme un petit amo, und da gehe die Straße nach Aigues-Mortes devant. »Vous ne pouvez pas la manquer.«

Ich bedankte mich höflich, ging zum Wagen zurück und suchte im Wörterbuch das zusammen, was ich nur unzulänglich hatte übersetzen können. »Also: Zuerst fährst du geradeaus, bei der nächsten Abzweigung nach links, dann kommt nach fünf Kilometern ein amo, und da führt die Straße nach Aigues-Mortes vorbei.«

»Was ist ein amo?«

»Weiß ich nicht. Ich hab' keine Ahnung, wie sich das schreibt, sonst hätte ich es ja längst gefunden. Wahrscheinlich ist es ein auffallendes Gebäude oder etwas in dieser Art, wir müssen eben aufpassen. Der Bauer hat jedenfalls gesagt, wir könnten die Straße gar nicht verfehlen.«

Seufzend ließ Steffi den Motor wieder an. »Was *wir* nicht verfehlen können, das gibt es überhaupt nicht.«

Diesmal hatte sie sich geirrt. Gleich hinter einem Minidörfchen, das aus vier Häusern und einer Kneipe bestand, stießen wir auf die Hauptstraße, obwohl wir doch das wegweisende petit amo nirgends gesehen hatten. Erst zu Hause klärte mich Nicki auf. »Ein amo ist ein kleines Dorf, mehr so 'n Weiler, irgendwo mitten in der Pampa. Kaum biste drin, biste auch schon wieder draußen.«

»Aha. Wie schreibt sich das eigentlich?«

»H-a-m-e-a-u.«

Wer sollte denn das ahnen?

Auf einen Abstecher nach Aigues-Mortes ließ sich Steffi nicht ein. Sie hatte das erste Autobahnschild entdeckt. »Wir fahren jetzt bis zur Küste durch! Aigues-Mortes. Komischer Name. Was heißt das überhaupt?«

»Tote Wasser.«

»Na also. Was sollen wir denn da? Verdreckte Tümpel haben wir in Deutschland zur Genüge.«

Ist man tagelang über kurvenreiche Landstraßen gekrochen, dann hat eine Autobahn doch gewisse Reize. Man kommt schneller vorwärts. Zwar trauerte ich immer noch dem herben Charme der Camargue nach, als die ersten Betonwohnklötze der Marseiller Vorstadt auftauchten, doch die verschwanden bald wieder, allerdings nur, um den nächsten Platz zu machen.

»Fürchterlich!« sagte Steffi. »Die reinsten Arbeiterschließfächer. Und das soll die berühmte Riviera sein?«

»Quatsch, die fängt erst weiter oben an, etwa bei St. Tropez.«

»St. Tropez? Kommen wir da durch?«

»Wir können, müssen aber nicht.«

»Natürlich müssen wir! Diesen Tummelplatz der High-Society lasse ich mir doch nicht entgehen.«

»Na, ich weiß nicht. Seitdem Brigitte Bardot sich weniger um Männer und mehr um herrenlose Viecher kümmert, ist St. Tropez ein bißchen in Vergessenheit geraten«, gab ich zu bedenken. »Das einzige, was von dem verblaßten Ruhm geblieben ist, werden vermutlich die Preise sein.«

»Macht nichts. Einmal wenigstens will ich mitten zwischen den Berühmten dieser Welt am Jachthafen sitzen und lässig einen Cocktail schlürfen.«

»Darf's auch ein Eis sein? Alkohol am Steuer...«

»... schwappt so schnell über, ich weiß. Also gut, ein Eis und ein Erinnerungsfoto.«

Die Berühmtheiten oder auch nur die Reichen haben wir nicht gesehen. Bloß ihre schwimmenden Herbergen, eine größer und luxuriöser als die andere. »Viel Geld müßte man haben«, sagte Steffi, ihr Eis löffelnd und dabei sehnsüchtig zu der schwarzen Jacht hinüberschielend, auf deren Sonnendeck ein Steward die Bordbar auffüllte. »Mit Geld hat man einfach alles.«

»Nicht alles. Zum Beispiel keine unbezahlten Rechnungen.«

Sie lachte.»Sei doch nicht immer so destruktiv.«

Dazu hatte ich allen Grund. Diese beiden Eisportionen waren die teuersten meines Lebens. Für drei kleine Kugeln mit ein bißchen Sahne drauf bezahlte ich vierzehn Mark pro Person, nicht inbegriffen den geklauten Fotoapparat und den Strafzettel wegen überschrittener Parkzeit. Kassiert wurde an Ort und Stelle.

»Du hattest recht, Määm«, seufzte Steffi, als wir endlich wieder im Wagen saßen, »St. Tropez ist wirklich zu teuer für uns. Am meisten ärgert mich aber, daß jetzt die ganzen Fotos weg sind.«

»Bloß die Fotos? Und was ist mit der Kamera?«

»Das war ja deine. Selber schuld, wie kannste die auch an der Stuhllehne hängenlassen? Alter nützt eben bei Torheit nichts.«

15

Campingplätze haben hundert verschiedene Gesichter. Da gibt es die mit einer simplen Holzbude am Eingang und dem Schild davor »Komme gleich wieder«, und wenn man eine halbe Stunde lang gewartet hat, taucht der Besitzer auf und sagt einem, daß zwar noch Plätze frei seien, aber von den drei Toiletten sei eine kaputt, und warmes Wasser gäbe es nur abends. Dann gibt es das andere Extrem, nämlich jene Campingplätze, auf denen alles vorhanden ist, von der Waschmaschine über den Bügelautomaten bis zum Supermarkt mit Champagner, frischen Langusten und viersprachigen Ansichtskarten. Das einzige, was man zu diesen Etablissements mitbringen muß, ist das eigene Zimmer samt Einrichtung. Die Übernachtung auf einem dieser Super-Komfort-Grand-Hotel-Camps ist allerdings nicht viel billiger als ein Bett im Hotel.

»Achte mal ein bißchen auf die Autokennzeichen«, empfahl Steffi, als wir die dritte Anlage besichtigten. »Wenn viele Deutsche da sind, ist der Platz okay.«

»Genau da will ich aber nicht hin!«

»Ist ja nur für zwei Nächte. Hauptsache, die Toiletten sind sauber und die Duschen funktionieren.«

Demnach mußten wir den richtigen Platz erwischt haben. Vom Mercedes aus Stuttgart bis zum Motorroller mit Hamburger Nummer waren so ziemlich alle deutschen Bundesländer vertreten, aber auch ohne diese unübersehbaren Hinweise hätte ich sofort gewußt, daß wir uns in einer deutschen Kolonie befanden. Da gab es Wohnwagen, die inmitten eines transportablen Gartenzauns standen, bei anderen steckte ein schwarz-rot-goldenes Fähnchen in der Zeltstange, und wer besonders originell sein wollte, hatte seinem Heim sogar einen Namen gegeben. »Sanssouci« hieß das feuerrote Zelt mit transparentem Wintergarten davor und »Heinis Klause« der Wohnwagen mit Fernsehantenne obendrauf. Vor dem »Fidelen Duo«, einem besonders luxuriösen Wohnmobil mit drei Meter Kunstrasen neben dem Ausstieg, bewässerte eine gar nicht so fidel aussehende dürre Frau zwei mitgebrachte Geranientöpfe, während an »Krügers Tusculum, bitte zweimal klingeln« ein handgemaltes Schild hing: Sind nicht zu Hause.

»Willst du hier wirklich bleiben? Mich erinnert die ganze Anlage ein bißchen zu sehr an Schrebergartensiedlung. Es fehlen bloß noch die Lampions.«

»Abwarten! Es ist ja noch nicht dunkel«, sagte Steffi.

Dabei gefiel mir der Platz als solcher. Die eine Hälfte lag auf der Meeresseite und erstreckte sich bis zum Strand, die andere befand sich jenseits der Straße in einem weitläufigen Kiefernwald, gefahrlos durch einen Fußgängertunnel zu erreichen. »Na schön, schlagen wir unser Lager im Wald auf«, stimmte ich schließlich zu.

Steffi warf einen flüchtigen Blick auf die vier vereinzelt stehenden Zelte. »Nee, lieber drüben am Meer, da sieht man wenigstens was.«

»Na, was denn wohl, deutsches Familienleben? Dazu brauche ich nicht nach Frankreich zu fahren, das habe ich zu Hause billiger.«

»Du warst eben noch nie auf einem richtigen Campingplatz!«

Die Formalitäten waren schnell erledigt. Wie zu erwarten, sprach man an der Rezeption auch Deutsch. Nein, Strom und Wasseranschluß brauchten wir nicht, aber wir hätten zwei Hunde... so, das gehe in Ordnung? Wunderbar. Fünfzehn Francs pro Tag? Bißchen teuer, nicht wahr? Aha, vielerorts seien Hunde verboten, na ja, dann... Und den Stellplatz dürften wir uns selber aussuchen? Ja, natürlich sagen wir gleich Bescheid, welche Nummer das Areal hat, und die Pässe bringen wir dann ebenfalls mit. Grillen nicht gestattet? Schade, doch durchaus verständlich bei den vielen Bäumen rundherum und der Trockenheit. Ach, seit Februar kein Tropfen Regen? In Deutschland gab es mehr als genug, vielleicht sollte man mal tauschen, hahaha ...

Wir einigten uns auf einen Platz halbwegs zwischen Straße und Meer, wo man von den vorüberdonnernden Lastwagen nichts mehr und vom Strandgetümmel noch nichts hörte. Eine noch sehr jugendliche Eiche spendete etwas Schatten. Die beiden Plätze neben uns waren frei, gegenüber, lediglich durch einen breiten Weg getrennt, standen ein voluminöses Zelt mit einem großen Vorbau und daran angrenzend eine Art Küchentrakt, in dem es sogar Regale mit Töpfen, Geschirr und Vorräten gab. Und daneben lag ein dunkelblaues rundes Samtkissen, über dessen Bestimmung wir uns so lange den Kopf zerbrachen, bis die Zeltbewohner von ihrem Spaziergang zurückkehrten und Liliane auf den Samtpuff setzten. Liliane trug weiße Locken, ein zum Kissen passendes, mit Glitzersteinen besetztes Halsband und auf dem Kopf ein Seidenschleifchen. Liliane war eine Pudeldame. Sie war so fein, daß sie gar nicht erst geruhte, unsere beiden Vierbeiner zur Kenntnis zu nehmen. Niederer Landadel kam für sie offensichtlich nicht in Betracht, und da Jojo nicht einmal den aufweisen konnte, war er für Liliane überhaupt nicht existent. Zur Strafe fraß er gleich am nächsten Morgen ihren Freßnapf leer, als sie zwecks Erledigung eines hündischen Bedürfnisses ihr Sitzkissen verlassen hatte.

Neben Liliane und ihren ebenso hochnäsigen Besitzern hatte ein englisches Ehepaar sein Zelt aufgebaut. Bis zum Nachmittag liefen beide in geblümten Bermudas und nicht weniger farbenfreudigen T-Shirts herum, doch kurz vor vier verschwanden sie regelmäßig im Zelt, um wenig später in korrekter Straßenkleidung wieder aufzutauchen. Und Punkt vier erschien ein ähnlich gewandetes Ehepaar, woraufhin man am schon vorher gedeckten Tisch gemeinsam den Tee einnahm.

»Die Engländer haben doch alle einen Knall!« kommentierte Steffi das sich täglich wiederholende Ritual. »Was glaubst du, ob die sich abends auch noch in den Smoking schmeißen?«

Im Gegensatz zu uns, die wir jetzt sogar richtige Mahlzeiten kochten, pflegte Großbritannien auswärts zu speisen, aber jedesmal verpaßten wir die Abfahrt. Die Frage, ob Abendgarderobe oder nicht, blieb also offen.

Unser diesseitiger Nachbar, allerdings durch zwei noch nicht besetzte Stellplätze getrennt, war der mit dem Gartenzaun. Die ihn überragenden künstlichen Blumen, alle dreißig Zentimeter in den Rasen gesteckt, bemerkte ich erst später. Nicht mal der Gartenzwerg fehlte; er stand gleich neben der Wohnwagentür und bewachte die dort abgestellten Hausschuhe, ohne die die »Villa Sonnenschein« nicht betreten werden durfte.

»Wo kommen die eigentlich her?« Zur vermeintlichen Suche nach einem Papierkorb bewaffnete sich Steffi mit zwei leeren Konservendosen. Die wurde sie zwar nicht los, aber wenigstens war ihre Neugier befriedigt. »Dachte ich's mir doch, das können nur Schwaben sein. Die sind aus BB.«

Wenn Frau Böblingen nicht gerade ihren hausfraulichen Tätigkeiten nachging, also erst den Wohnwagen ausfegte, bevor sie den Boden wischte und die Fenster mit einem besonders imprägnierten Tuch putzte, dann saß sie in ihrem Garten und strickte. Das konnte sie, ohne hinsehen zu müssen, und deshalb entging ihren ständig umherschweifenden Blicken nichts, was sich in der unmittelbaren Umgebung tat. Und was sie selber nicht beobachtete, wurde ihr zugetragen, denn sie war sehr kommunikationsfreudig und sprach ungeniert jeden an, der an ihrem Zaun vorbeikam.

Am ersten Abend war ich ihrer Aufmerksamkeit noch entgangen, am zweiten erwischte sie mich, als ich mit den Hunden zum Meer wollte. »Sie sind neu hier, nicht wahr? Ich habe Sie noch nie gesehen.«

Ich bestätigte, daß wir erst seit gestern hier seien.

»Sie kommen von der Bergstraße, habe ich gesehen.«
Schon wollte ich protestieren, als mir einfiel, daß unser gepumptes Wohnmobil das Kennzeichen von Heppenheim trug, was Steffi bis zum letzten Tag mißfallen hatte. Nach ihrer Meinung können die Heppenheimer alle nicht Auto fahren, und überhaupt bedeute HP nichts anderes als Heil- und Pflegeanstalt und sei deshalb absolut zutreffend. Nur nicht auf sie selber. HN wie Heilbronn sei auch nicht gerade ein Aushängeschild für überdurchschnittliche Fähigkeiten am Steuer eines Automobils, doch immer noch besser als HP. Ich habe ihr schon mehrmals einen Umzug nach Köln oder München empfohlen.

Nachdem die Frage unserer vermeintlichen Herkunft geklärt war, schürfte Frau Böblingen tiefer. Wer denn das junge Mädle sei? So, meine Tochter? »Das habe ich mir schon beinahe gedacht. Ist sie auch Lehrerin?«

»Nein, wieso denn?«

»Wegen der Pfingstferien. Mein Mann ist Konrektor, deshalb sind wir um diese Zeit immer hier. Was macht denn Ihre Tochter?«

Nein, das ging nun wirklich zu weit! »Sie ist Perlentaucherin, hat aber jetzt Urlaub, weil ihre zwei dressierten Delphine inzwischen auch allein arbeiten.« Ich nickte freundlich und ging weiter. Künftig nahm ich lieber einen Umweg in Kauf.

Herr Böblingen war dagegen selten in seinem Garten anzutreffen. Um so öfter sah man ihn auf der Terrasse des Restaurants, das am entgegengesetzten Ende lag und selbst für die Argusaugen seiner Gattin nicht mehr einzusehen war. Nach Hause kam er eigentlich nur zum Essen und Abwaschen. Aus welchen Gründen er zum Spülen vergattert worden war, weiß ich nicht, doch wir sahen ihn dreimal täglich mit einem Plastikwännchen voll Geschirr zu den großen Spülbecken ziehen. Vorher band ihm seine Frau jedesmal eine grüne Schürze über die Shorts, und dann setzte für den Ärmsten ein regelrechtes

Spießrutenlaufen ein, denn das allgemeine Grinsen konnte ihm trotz der niedergeschlagenen Augen kaum entgehen. Erst recht nicht die Kommentare: »Was haste denn ausgefressen, daß du immer die niederen Arbeiten verrichten mußt?« — »Machste det zu Hause ooch?« — »Mit Schürze siehst du gleich viel männlicher aus!«

Geschirrspülen ist eine Tätigkeit, die ich noch mehr hasse als Fensterputzen, deshalb hatte sich auch immer Steffi der Sache angenommen, wenn wir uns das letzte Messer geteilt und mangels sauberer Tassen den Kaffee aus Wassergläsern getrunken hatten. Die Vorstellung, ich würde jemals freiwillig und auch noch mit einer wahren Begeisterung Töpfe abwaschen, war derart utopisch, daß es mir zu Hause niemand geglaubt hat. Es stimmte aber. Nirgends sonst war es so unterhaltsam und so aufschlußreich wie im Kommunikationszentrum Spülecke. Ganz egal, ob die »unmögliche Strandkombination von der Frau mit dem Mann mit dem Gipsfuß« erörtert wurde, die Wahrscheinlichkeit, daß die junge Frau von Parzelle 19 nichts mit dem Magen hat, sondern schwanger ist, oder die Überlegung, ob die Begleiterin von dem Bärtigen nicht vielleicht doch seine Freundin ist (»Von wegen Tochter! Die haben doch gar keine Ähnlichkeit miteinander!«) — jedes Thema wurde von allen Seiten gründlich beleuchtet und durchgehechelt. Oft fiel es mir schwer, ernst zu bleiben und desinteressiert zu tun, doch da ich mich an diesen Gesprächen nie beteiligte, hielt man mich entweder für überheblich oder geistig unterbelichtet. Bald beachtete man mich nicht mehr, sondern schrie sich über meinen Kopf hinweg die jeweiligen Neuigkeiten zu.

»Der mit seinem Lamborschiiini hat doch gestern wieder eine andere abgeschleppt. Möchte bloß wissen, wo der immer die Mädchen herhat.«

»Na, woher wohl? Aus Ste. Maxime natürlich. Da laufen sie doch dutzendweise rum und warten darauf. Ist das ein neues Spülmittel? Kenn ich ja noch gar nicht. Sieht aber komisch aus, so rosa. Was ich noch sagen wollte: Meinen Walter hat ja auch schon so eine angesprochen, wo ich doch bloß ganz kurz im Laden war und die Bildzeitung gekauft habe. Man will ja wissen, was in der Welt passiert. Haben Sie schon von dem Flugzeugabsturz gehört? In Indien oder so mit über hundert Toten. Ja, und wie ich rauskomme, steht doch da so ein Weibsbild und macht meinen Walter an. Na, der habe ich vielleicht was erzählt!«

»Hat sie es denn verstanden?«

»Natürlich nicht, aber sie hat genau gewußt, wo sie mit mir dran war. Ganz schnell war sie weg.«

»Was hat denn Ihr Mann dazu gesagt?«

»Dumm geguckt hat er, was sonst? Und dann wollte er mir noch weismachen, daß ihn die Dame, jawohl, Dame hat er gesagt, nur nach dem Weg gefragt hat. So ein Quatsch, mein Walter kann doch gar kein Französisch. Kann ich das Spülmittel mal probieren?«

Ursprünglich hatte Steffi am ersten Abend nur heißes Wasser holen wollen, um unseren Propangas-Vorrat zu schonen, doch sie kam gleich wieder zurück und begann das gesamte schmutzige Geschirr in unserem größten Kochtopf zu stapeln. »Hilf mir mal tragen, ich kriege das nicht auf einmal weg.«

»Wo willst du denn hin?«

»Da drüben ist das Abwaschen viel bequemer als in unserer Vogeltränke.«

Zugegeben, sehr viel Fassungsvermögen hatte unser Becken nicht, alles, was größer war als ein Eßteller, ging nicht rein, aber trotzdem hatten wir die Salatschüssel und die Suppenkelle immer saubergekriegt.

Gemeinsam trotteten wir zum Waschhaus, in dem sich die großzügig angelegten und blitzsauberen sanitären Anlagen befanden. Neben diesem Betonrondell waren — unter freiem Himmel — zehn emaillierte Spülbecken installiert. Acht waren besetzt. Steffi belegte das fünfte. Rechts davon trocknete Frau England die Teetassen ab, links stand eine lila Kittelschürze, schrubbte eine Aluminiumpfanne und erörterte mit ihrer Nachbarin von Becken sieben den Campingklatsch.

»... zu Gustav gesagt, er soll sich da nicht einmischen, aber ihm hätte die junge Frau so leid getan, hat er gesagt. Kann ich mal Ihren Topfkratzer haben? Danke. Und wie der Gustav dann rüber ist und an die Tür geklopft hat, war es plötzlich ganz ruhig. Was soll man davon halten?«

Das haben wir leider nicht erfahren, weil Frau England mit ihrem Teeservice etwas zu geräuschvoll abzog, doch das freigewordene Becken wurde sofort von einer jungen Frau besetzt, die die Kittelschürze mit einem angewiderten Blick bedachte. »Können Sie sich nicht endlich einmal um Ihre eigenen Angelegenheiten kümmern?«

Es folgte eine längere Debatte, ob lautstark ausgetragene Ehestreitigkeiten eine Privatangelegenheit oder ein öffentliches Ärgernis seien. Als wir mit unserem Abwasch fertig waren, stritten sie immer noch.

»Ich glaube, die einzigen, die bei einem Ehekrach beide Teile anhören, sind die Nachbarn«, sagte Steffi. »Schade, daß wir nicht mehr Geschirr hatten. Das war ja schöner als Kino. Määm, kannst du mal das Sieb aufheben? Wenn ich mich jetzt bücke, fliegen die Teller auch noch in den Dreck. Morgen kaufen wir 'ne schöne große Plastikschüssel.«

»Wir können doch das Tablett nehmen.«

»Wie sieht das denn aus? Hast du nicht bemerkt, daß alle Frauen mit Spülschüsseln angerückt sind? Anscheinend ist das beim Campen ein unerläßliches Muß.«

Wir kauften nicht nur eine orangefarbene Schüssel — andere Farben gab es nicht —, sondern deckten uns gleich mit neuen Vorräten und vor allem mit Geld ein. Tanken mußten wir auch. Das alles konnte man im fünfzehn Kilometer entfernten Einkaufszentrum erledigen, und zum erstenmal beneideten wir die Camper mit Wohnwagenanhänger, die ihr mobiles Heim einfach stehenlassen und mit dem Pkw wegfahren konnten. Wir dagegen mußten unseren Karren erst wieder transportsicher machen, bevor wir mit dem Ungetüm quer über den ganzen Platz und dann auf die Straße schaukeln konnten.

Auf dem Rückweg klopfte ich vorsichtig ab, wie lange meine Tochter denn noch hierzubleiben gedächte. Wir hätten doch noch einiges vor.

»Einen oder zwei Tage. Ich finde es ganz lustig. Du nicht?«

Das wußte ich nicht so genau. Unterhaltsam war der Campingplatz zweifellos. Man lernte die verschiedensten Leute kennen, die gleich uns ihre Vierbeiner in dem gegenüberliegenden Wald frei laufenließen, und dort geschah es auch, daß sich Otto unsterblich in eine Colliehündin verliebte. Zusammen waren sie einem Eichhörnchen hinterhergepest, hatten nach erfolgloser Jagd gemeinsam das Fußbecken leergeschlabbert, und dann hatte Otto vor seiner neuen Freundin gesessen und sie herzerweichend angejault. Er jaulte noch um zehn Uhr abends und fing morgens um sechs wieder an. Ganze Arien sang er, bis ich ihn an die Leine nahm, auf daß er seine Angebetete begrüßen konnte. »Bring wenigstens frische Croissants mit«, knurrte Steffi, durch die Jaulerei aus dem Tiefschlaf geholt, »und wenn das Vieh nicht endlich seine Schnauze hält, koche ich heute abend kantonesisch.«

Zwei Tage hielten wir es noch aus, hauptsächlich deshalb, weil uns ein nettes Krefelder Pärchen zu einer Spritztour in die weitere Umgebung einlud (die nähere hatten wir schon mit den Fahrrädern erkundet), doch dann wollte ich weg. Nach Genua war es noch ein weiter Weg.

Waren wir bisher kaum negativ aufgefallen, so dürfte sich das in der letzten Stunde vor unserer Abfahrt grundlegend geändert haben. Otto hatte genau den Augenblick abgepaßt, als wir unser Freiluftmobiliar in den Wagen räumten und die Tür kurze Zeit offenstand. Er türmte und fegte quiekend und bellend zwischen Wohnwagen, Zelten, Autos, Gartenmöbeln und sonstigen Hindernissen quer über den Platz bis zum Heim seiner Angebeteten, fand das Zelt leer, schlug kurzerhand die Richtung zum Fußgängertunnel ein und ward nicht mehr gesehen. Jojo war ebenfalls entwischt. Nur stürmte er zum Meer in der Hoffnung, wieder einen vergammelten Fisch zu finden, wofür er eine uns unbegreifliche Vorliebe hatte.

Steffi rannte also zum Wasser, ich japste mich durch den Tunnel. Keine Spur von Otto. Die paar Camper, denen Waldesrauschen lieber war als das sanfte Gluckern der Wellen, waren entweder noch gar nicht aus ihren Zelten hervorgekrochen, oder aber sie hatten nichts gesehen. Ich brüllte mir die Lunge aus dem Leib. Otto hörte nichts. Vielleicht wollte er ja auch nicht.

»Wie alt ist denn der Kleine?« Endlich hatte ein Camper Mitleid mit mir.

»Knapp zwei Jahre.«

»Na, dann kann er doch noch nicht weit weggelaufen sein.« Er kratzte sich seinen kahlen, von einer dicken Cremeschicht bedeckten Schädel. »Wissen Sie genau, daß der Kleine hier drüben ist? Ein Kind wäre mir bestimmt aufgefallen.«

»Wer redet denn von Kind? Otto ist ein Dackel.«

Womit das Interesse des eingefetteten Herrn schlagartig nachließ. »Ach so, na ja, dann... Einen Hund habe ich aber auch nicht gesehen.«

Inzwischen war Steffi herangekommen, den mürrischen Jojo hinter sich herzerrend. Sofort leinte sie ihn ab. »Auf, Jojo, such Otto!« Er preschte auch gleich los und verschwand zwischen den Bäumen.

»Jetzt sind wenigstens beide weg!« Ich setzte mich auf einen Baumstumpf und durchsuchte meine Hosentaschen. »Hast du Zigaretten dabei?«

Sie hatte. Nach der zweiten war von den Hunden noch immer nichts zu hören und erst recht nichts zu sehen. »Vielleicht ist der Wald größer, als wir glauben, und die beiden haben sich verlaufen.«

»Unsinn. Otto ist zwar dämlich, aber sein Geruchssinn

ist am besten von allem ausgeprägt. Eine tote Maus riecht der aus hundert Metern Entfernung. Also wird er doch noch seine eigene Spur finden.« Trotzdem wurde ich allmählich unruhig. »Na gut, gehen wir eben noch ein Stückchen weiter.«

Das verhältnismäßig ebene Terrain wurde zunehmend steiler, das Unterholz dichter, und dann zog sich nur noch ein ausgetretener Pfad aufwärts. »Wo geht's denn hier hin?«

»Woher soll ich das wissen? Aber wir sind nicht die ersten, die hier herumkraxeln. Da drüben liegt Zivilisationsmüll.« Ich zeigte auf die beiden leeren Bierdosen neben dem Mimosenstrauch.

Plötzlich hörten wir etwas! Zweige knackten, Jojo bellte, und dann war da noch ein nicht zu identifizierendes heiseres Geschrei. »Die sind irgendwo da oben!« Steffi wischte sich die Schweißtropfen von der Stirn, ich betupfte meine aufgeschrammten Beine mit Spucke. »Irgendwas oder irgendwen haben sie in der Mangel. Na wartet bloß, ihr beiden! Ich stopfe euch zum Abkühlen in den Eisschrank!«

Wir keuchten weiter bergauf, und dann standen wir vor einem wunderhübschen Landhaus mit gepflegter Rasenfläche, Blumenbeeten und mittendrin — nein, nicht die Hunde, sondern ein Pfau, der gravitätisch vor dem Drahtzaun auf und ab schritt, wobei er merkwürdig kichernde Töne von sich gab. Unsere zwei Ausreißer versuchten mit allen Kräften, den Zaun zu zerbeißen oder zu überklettern, Otto hatte sogar schon einen Tunnel in Angriff genommen, doch als sie uns sahen, drehten sie ab und rasten genau den Weg zurück, den wir gerade heraufgestiegen waren. Dieses Wendemanöver war so schnell gegangen, daß wir immer noch verdutzt dastanden, als von den Hunden schon wieder nichts mehr zu sehen war.

»Laß sie laufen, unten kriegen wir sie«, murmelte Steffi, noch immer den Bungalow betrachtend. »Wie kommt dieses Haus hierher? Und vor allem, wie kommen die Bewohner hier rauf? Etwa über den Trampelpfad?«

»Ich nehme an, von der anderen Seite, das hier ist sicherlich bloß der Dienstboteneingang. Muß schön sein, so auf einem kleinen Berg zu wohnen mit unverbaubarem Blick und ohne Nachbar.«

»Ganz besonders bei Gewitter, oder wenn mal das Salz alle ist und die Kartoffeln auf dem Herd stehen.«

Der Herr mit der Glatze erwartete uns schon. Feuerrot leuchtete der Sonnenbrand auf seinem Schädel. »Eben sind hier zwei Hunde durch.«

»Warum haben Sie sie denn nicht festgehalten?« keuchte Steffi

»Weiß ich denn, ob die bissig sind? Außerdem waren sie viel zu schnell.«

»Und wo sind sie jetzt hin?«

»In den Tunnel.«

»Na bravo«, sagte Steffi und rannte los. Ich hatte es nicht so eilig. Zum einen war ich wirklich etwas außer Puste, zum anderen ganz einfach feige. Nur zu genau konnte ich mir vorstellen, was jetzt drüben auf dem Campingplatz los war, wenn zwei wildgewordene Handfeger über das Gelände tobten. Die meisten Gäste saßen bestimmt schon beim Frühstück, entweder in ihren Zelten oder, wie wir immer, im Freien, und Klapptische haben nun mal nicht die gleiche Standfestigkeit wie solide Gartenmöbel.

Auf dem Platz herrschte Chaos. Anscheinend versuchte die halbe Belegschaft, die Hunde einzufangen, und die wiederum betrachteten den ganzen Auftrieb als herrliches Spiel. Die übrigen Vierbeiner, angebunden oder eingesperrt, untermalten die Treibjagd mit empörtem Gebell, denn sie hätten ja liebend gerne mitgespielt. Da ich es für sinnlos hielt, mich auch noch in das Getümmel zu stürzen, schlich ich mich außen herum zu unserem Wohnmobil und bezog dort Posten. Vielleicht erinnerte sich ja doch mal einer der beiden Ausreißer, wo sein Freßnapf stand.

Vorläufig sah es nicht so aus. Otto fegte zwar einmal mit hängender Zunge an mir vorbei, doch bevor ich zugreifen konnte, war er schon wieder weg und unter dem nächsten Wohnwagen verschwunden. Da legte er so lange eine Ruhepause ein, bis Steffi sich auf den Bauch schmiß und hinterherrobbte. Otto flitzte unter der Anhängerkupplung wieder hervor, sah sich kurz um, entdeckte zwischen seinen Verfolgern eine Lücke und wetzte durch. Zwei Männerköpfe knallten aneinander.

»Verdammte Töle!« schrie einer und rieb sich seine geschundene Stirn.

»Mistvieh, dämliches!« echote der andere. »Jetzt mache ich aber nicht mehr mit.«

Trotzdem hatte ich den Eindruck, daß den meisten Campern diese Treibjagd Spaß bereitete. Ernstlich böse war niemand, manche lachten sogar, andere erzählten sich gegenseitig Erlebnisse mit eigenen Vierbeinern, nur Frau Böblingen regte sich auf, weil ihr Mann nun kalten Kaffee trinken mußte. Dem schien das jedoch nichts auszumachen, er kam sogar zu mir herüber.

»Mit den beiden haben Sie sicher keine Langeweile?«

»Mir gehört ja nur einer, aber es stimmt schon, manchmal hält mich der kleine Besen ganz schön in Trab.«

Er seufzte. »Wenn es nach mir ginge, hätten wir schon längst einen Hund, am liebsten eine Dogge, aber meine Frau will keinen. Hunde machen zuviel Dreck, meint sie. Dabei haben wir ein Haus mit einem großen Garten, und gleich dahinter beginnt der Wald. Besser könnte es ein Tier doch gar nicht haben, nicht wahr?«

Das bestätigte ich ihm. »Warum holen Sie sich nicht ganz einfach einen? Möglichst aus dem Tierheim. Diese armen abgelegten Viecher brauchen doch besonders viel Zuwendung.«

Unschlüssig wiegte er seinen Kopf hin und her. »Meinen Sie wirklich?«

»Natürlich. Wenn der Hund erst mal da ist und Ihre Frau nicht gerade ein Herz aus Stein hat, wird sie sich mit ein paar Fußstapfen auf dem Küchenboden schon abfinden.«

»Ob ich es mal versuchen soll?«

Wäre ich ehrlich gewesen, hätte ich ihm davon abgeraten, denn Frau Böblingen sah mir ganz danach aus, als ob sie ihr Herz eher an eine blankgewienerte Edelstahlspüle hängen würde als an einen Hund, doch mir tat der Mann einfach leid. »Ich an Ihrer Stelle...«

»Eeeedwiiin!«

»Ich komme ja schon«, rief Edwin und enteilte. Ich fürchte, auf den Besuch von Edwin wartet das Böblinger Tierheim noch heute.

Plötzlich waren die Hunde wieder da. Nachdem sich niemand mehr um sie kümmerte, hatten sie die Lust an der Herumjagerei verloren und kamen wedelnd angetrabt. Keine Spur von schlechtem Gewissen, ganz im Gegenteil. Beifallheischend standen sie vor mir. Immerhin hatten sie es ja geschafft, sich von niemandem einfangen zu lassen.

Steffi war weniger tolerant. Als ihre Schimpfkanonade anfing, einen bedauerlichen Mangel an Kinderstube zu offenbaren, schob ich sie in den Wagen und schloß die Tür. »Wenn wir es heute noch bis zur Grenze schaffen wollen, sollten wir allmählich mal abfahren.«

Die Frage, ob Autobahn oder Küstenstraße, war schnell geklärt. »Wenn ich schon mal an der Côte d'Azur bin, will ich auch was davon haben«, entschied sie, ein Entschluß, den sie schon bald bereute. Nicht nur wegen der unzähligen Kurven, die ein Überholen von Tanklastwagen und Müllautos nahezu unmöglich machen, sondern wegen der verlorenen Illusionen. Zwar glitzerte das Meer immer noch so herrlich in der Sonne, wie es das seit Tausenden von Jahren tut, doch die Strände waren vollgeklatscht mit

Cafés, Restaurants und nicht zuletzt mit Kassenhäuschen, in denen man erst seinen Obolus entrichten muß, um überhaupt den Strand betreten zu dürfen. Gab es wirklich mal eine freie Stelle, dann war sie ungepflegt und dreckig.

Auf der gegenüberliegenden Straßenseite Häuser ohne Ende — kleine, größere, Appartements, Pensionen, fast alle an die Berge geklebt, neben- und übereinander, dazwischen halbkahle Bäume, die ihrem baldigen Ende entgegenwelkten.

»Das sieht ja grauenvoll aus«, fand Steffi, »und ich habe immer geglaubt, ein Ferienhaus an der Côte d'Azur sei das Traumziel aller Reichgewordenen. Nee, danke, dann nehme ich lieber eins am Titisee. Hat sich hier wirklich mal der Geldadel angesiedelt?«

»Der wird wohl inzwischen auf die Bermudas oder nach Florida ausgewichen sein.«

»Wie gut, daß wir diese Probleme nicht haben. Ist es noch weit bis Cannes?«

»Nein, doch das umgehen wir lieber.«

»Kommt nicht in Frage! Einmal im Leben will ich auch über die Croisette gefahren sein!«

Die berühmte Prachtstraße hat sie erst gar nicht gesehen. Umleitung. Sie führte durch Häuserschluchten, die genauso ausschauten wie in Bremen oder Hannover. Erst später bekamen wir mit, daß ausgerechnet in jenen Tagen die Filmfestspiele stattfanden und die Strandpromenade für den Durchgangsverkehr gesperrt war. Dort parkten die Straßenkreuzer der Leinwandprominenz.

Nächstes Ziel Nizza. Nun hatte selbst Steffi genug von der ach so lieblichen Côte d'Azur, bog von der Küstenstraße ab und wählte eine Umgehung. Sie endete beim Flughafen. »Wie sind wir denn hierher gekommen?« fragte sie verblüfft.

»Weiß ich nicht. Frag lieber, wie wir wieder rauskommen.« Es gab zwar eine Menge Hinweistafeln mit ausführlicher Beschriftung, doch in verkehrstechnischer Hinsicht erwies sich mein Wörterbuch wieder einmal als völlig unzureichend. »Fret steht überhaupt nicht drin. Jetzt bin ich mit meinem Latein wirklich am Ende.«

»Dann solltest du vielleicht mal Französisch lernen!«

Nun gehört Steffi nicht zu jenen Menschen, die nach einer längeren Irrfahrt die Nerven verlieren und in Tränen ausbrechen. Mir ist das schon öfter passiert, ihr noch nie. »Ich fahre jetzt einfach mal weiter, irgendwo wird schon ein Wegweiser auftauchen.«

Auf der Suche nach einem solchen konzentrierten wir unsere Aufmerksamkeit mehr auf das, was in Augenhöhe zu sehen war, und deshalb entgingen uns die niedlichen kleinen Hindernisse auf der Fahrbahn. Mit fünfzig Stundenkilometern bretterten wir über die eingebauten Bodenwellen (die deutsche Übersetzung stand auch nicht im Wörterbuch!).

»Au weia, hoffentlich haben die Achsen nichts abgekriegt.« Ganz langsam fuhr sie weiter, wartete auf ein verdächtiges Knacken, auf ein Auseinanderdriften der Räder, bemerkte nichts Außergewöhnliches, atmete auf. »Noch mal gutgegangen. Das hätte uns auch gerade noch gefehlt.«

Es muß kurz vor Monaco gewesen sein, als ich mich aus dem Beifahrersitz zwängte, um etwas zu trinken zu holen. »Um Himmels willen, Steffi, halt bloß schnell an, da hinten fährt unser Abendessen spazieren.«

»Was?«

»Der Kühlschrank ist auf und alles schwimmt.«

»Ich kann erst an der nächsten Parkbucht halten.«

Na gut, auf die paar Minuten kam es auch nicht mehr an. Zu retten war ohnedies nichts mehr. Die Schüssel mit Gulasch, wegen der bevorstehenden Fahrt schon gestern gekocht, war kopfüber aus dem Kühlschrank gekippt und hatte sich mit dem Inhalt der ausgelaufenen Weinflasche vermischt. Mittendrin schwammen einige Wurstscheiben, und das klebrige Zeug mußte der übriggebliebene Himbeersaft vom Grießpudding sein. Obenauf schaukelte ein halbes Baguette. Nicht mal die Hunde hatten sich an diese unappetitliche Pampe herangewagt. Zusammengerollt lagen sie auf den beiden Bänken und sahen interessiert zu, wie ich breitbeinig zum Kühlschrank stakste, um erst einmal die Tür zu schließen.

»Hast du denn noch immer keinen Parkplatz gefunden?«

»Da hinten kommt einer.«

Und dann standen wir mit hochgekrempelten Hosenbeinen barfuß in der Brühe und versuchten, die schlimmsten Spuren zu beseitigen.

»Ich verstehe gar nicht, wie das passieren konnte.« Mit den Resten einer alten Illustrierten schaufelte Steffi das Fleisch in den Abfalleimer. »Vor der Abfahrt habe ich extra noch den Verschluß vom Kühlschrank kontrolliert.«

»Die Konstrukteure dieses Mechanismus' haben vermutlich nicht mit einer Fahrt über Sprungschanzen gerechnet. Kommst du an den Küchenkrepp ran?«

»Der ist alle, aber hier ist noch eine Klorolle.« Sie warf den eingewickelten Packen herüber. Wieder einmal stellte ich fest, daß Toilettenpapier an den perforierten Stellen am haltbarsten ist. Als Scheuerlappen ist es auch nicht geeignet. »Ein Glück, daß nur das Brot aus dem Schrank gefallen ist. Stell dir bloß vor, die Hosen wären auch alle im Gulasch gelandet.«

»Das stelle ich mir lieber nicht vor, ich habe sowieso nur noch zwei saubere.« Zweifelnd betrachtete Steffi den oberflächlich gereinigten Boden. »Das gibt Ärger! Die Rotweinflecken kriegen wir von diesem Plastikparkett bestimmt nicht runter.«

»Abwarten! Heute abend versuchen wir es mal mit Chemie. Wir müssen sowieso noch unsere Francs loswerden, ab morgen zahlen wir in Lire.«

Am liebsten hätten wir nun auch noch Monte Carlo großzügig umrundet, doch dazu war es zu spät, wir mußten mitten durch. Eine nicht enden wollende Autoschlange, nur unterbrochen von Touristenbussen, schob sich durch die engen Straßen, die meisten auf der Suche nach einem Parkplatz (pro halbe Stunde sechzig Mark!). Rundherum Hochhäuser, irgendwo rechts unten ein bißchen Meer, lediglich durch eine Häuserlücke zu erspähen, das Grüne davor mußte wohl der Botanische Garten sein, anscheinend nur noch per Hubschrauber zu erreichen.

»Bloß raus hier!« sagte Steffi, die eigentlich beabsichtigt hatte, zwanzig Mark im Spielkasino zu riskieren, weil sie noch niemals in einem gewesen war, und den riesigen Gummibaum daneben hatte sie auch sehen wollen. Jedesmal hatte ich von ihm geschwärmt, wenn unser kümmerliches Pendant im Wohnzimmer mal wieder ein Blatt verloren hatte. Wer weiß, ob der Baum nicht schon längst einem lukrativeren Appartementhaus hatte weichen müssen. Dreißig Jahre sind eine lange Zeit.

Menton, letzter Ort vor der Grenze nach Italien. Hier fanden wir nicht nur bequem einen Parkplatz, sondern auch ein hübsches Bistro, in dem wir heiße Schokolade trinken und die Reste unseres französischen Kapitals zählen konnten. Viel kam nicht mehr zusammen, doch: »Für eine Flasche Fußbodenreiniger wird es wohl noch reichen.«

Es reichte sogar noch für ein Telefongespräch nach Hause. Nicki war am Apparat.»Wo steckt ihr denn jetzt?«

»In Menton. Wieso bist du nicht in der Uni?«

»Die Hälfte der Dozenten hat sich schon Pfingsturlaub bewilligt, und stell dir vor, es ist genau die Hälfte, bei der wir Vorlesungen haben.«

»Wer's glaubt, wird selig. Ist Papi nicht da?«

»Nee. Seit dem Vatertag ist er nicht mehr hiergewesen.«

»Waaas???«

Sie kicherte. »Keine Angst, er ist in Düsseldorf. Onkel

Felix hat gemeint, dort gäbe es mehr Kneipen als hier, deshalb sollte Papi lieber zu ihm fahren, statt umgekehrt.«

»Hoffentlich hat er seine Kreditkarte zu Hause gelassen. Gibt es sonst noch was Neues?«

»Nö, nur 'ne Rechnung vom Kundendienst, vierundachtzig Mark siebzig. Die Waschmaschine war im Eimer. Aber dafür habe ich jetzt das Geheimnis der fehlenden Socken gelöst. Sie kriegen schwarze Löcher und entschwinden durch sie in eine andere Welt.«

»Hör auf mit dem... gleich ist das Geld alle... ich rufe wieder...« Klick machte es, dann war die Leitung tot.

»Irgendwelche besonderen Vorkommnisse?« wollte Steffi wissen.

»Die Zwillinge schwänzen die Uni, euer Vater säuft sich durch Düsseldorfs Altstadt, die Waschmaschine ist kaputt, und Nicki hat keine Strümpfe mehr zum Anziehen. Aber sonst ist alles in Ordnung.«

»Dann können wir ja beruhigt weiterfahren.«

Es dämmerte schon, als wir die Grenze erreichten, und es war stockdunkel, nachdem wir sie endlich passiert hatten. Dabei hatten sich die Zöllner weder für unsere Pässe interessiert noch für Wagenpapiere oder Tierarztbescheinigungen, nein, sie hatten schlicht und einfach Langeweile gehabt. Wir waren die einzigen Grenzgänger und boten eine willkommene Abwechslung. Ob wir armi mit uns führen?

Ob wir was??? Eine Sekunde lang war ich verunsichert, dann fiel der Groschen. Richtig, wir waren in Italien, da spricht man Italienisch. Hatte ich mal recht gut gekonnt, leider lag das auch schon dreißig Jahre zurück. Arma = Waffe, folglich mußte armi der Plural sein, aber wir hatten so etwas ja nicht mal in der Einzahl dabei, Brotmesser und Pfefferstreuer ausgenommen.

Trotzdem wünschte der Zöllner, Typ Heintje nach dem Stimmbruch, den Wohnwagen zu besichtigen. Ich wußte zwar nicht, was er zu finden hoffte, doch wenn es ihn glücklich machte, bitte sehr. Nur Otto war damit nicht einverstanden. Er haßt Uniformhosen, und wenn er sich mit unserem Briefträger dank gelegentlicher Liebesgaben auch inzwischen angefreundet hat, so erstreckt sich diese Sympathie keineswegs auf andere Uniformträger. Bundeswehrsoldaten, Bahnbedienstete und Polizisten mag er ebensowenig wie Knöllchenkleberinnen, obwohl die meistens Röcke tragen.

Steffi leinte die knurrenden Hunde an, dann durfte der Zöllner einsteigen. Trotz geöffneter Fenster stank es im Innern des Wagens noch immer wie in einer billigen Kneipe. Der Beamte rümpfte die Nase, warf mir einen beziehungsreichen Blick zu, einen zweiten auf den dreckigen Fußboden, öffnete den Kleiderschrank, aus dem ihm das erst vorhin gekaufte Baguette entgegenfiel, schloß die Tür, öffnete das linke Klappfach und bekam eine Handvoll zusammengerollter Tennissocken auf den Kopf. Er wußte ja nicht, daß man diese Fächer nur zentimeterweise aufmachen darf und ihren Inhalt mit der anderen Hand zurückhalten muß.

Vorsichtshalber wandte er seine Aufmerksamkeit nun der weniger gefährlichen Bank zu. Da unsere Vorräte schon merklich geschrumpft waren, konnte er den restlichen Bestand mit einem Blick übersehen. Er fand nichts Verdächtiges.

»Dopo de che Lei cerco?« Na bitte, das klang doch ganz gut, und der Mann hatte es sogar verstanden.

»Stupefacente«, bekam ich zur Antwort. Aha, nun wußte ich wenigstens, wonach er suchte. Nach Stupefacente, was immer das auch sein mochte. Ich versicherte ihm, daß wir so etwas bestimmt nicht hätten, auch nicht zu kaufen gedächten, und was denn das überhaupt sei.

»Cocaina.«

»Koks? Bei uns???« Ich fing schallend an zu lachen, woraufhin Steffi ihren Kopf zur Tür hereinsteckte und sich nach dem Grund meiner Heiterkeit erkundigte. »Der sucht Rauschgift.«

»Biete ihm doch mal das Mondamin an, vielleicht gibt er sich damit zufrieden.«

Doch der Beamte hatte genug gesehen. Rückwärts kletterte er aus dem Wagen, legte die Hand an den Mützenschirm, wünschte gute Fahrt und verschwand in seiner Zollbude.

Den unfreiwilligen Aufenthalt hatte Steffi zu einer Sondierung des Terrains genutzt und dabei einen großen Parkplatz entdeckt, der zu einem weiter hinten liegenden Hotel gehörte. »Da stehen schon zwei Wohnmobile, also stellen wir uns einfach dazu. In Sichtweite der Polizei sind wir besser aufgehoben als sonstwo.«

»Warum nicht? Im Zollgrenzbezirk habe ich noch nie übernachtet.«

Sie rangierte den Wagen neben einen Kastanienbaum, und während auf dem Herd statt des Gulaschs die beiden letzten Tütensuppen kochten (ich konnte mich nicht erinnern, jemals Grünkernsuppe gekauft zu haben), lagen wir auf den Knien und schrubbten den Fußboden. Ganz sauber wurde er nicht, aber wenigstens klebte man nicht mehr darauf fest.

Wir hatten uns gerade zu unserem frugalen Mahl niedergelassen, als wir ein fernes Grollen hörten. Im selben Augenblick fing das Besteck im Schubkasten zu klappern an, das Grollen wurde zum Donnern, die Hunde bekamen einen hysterischen Anfall, der ganze Wagen erzitterte, und dann verebbte der Krach allmählich, bis es wieder totenstill war.

»Was ist denn *das* gewesen?« Steffi öffnete die Tür und schaute sich um. »Nichts zu sehen.«

»Ich glaube, der Krach kam mehr von oben.« Gemeinsam stierten wir in die Dunkelheit. Ein dicht bewaldeter Berg, davor die Straße, auf der anderen Seite auch viel

Grün — also was, zum Kuckuck, hatte diesen höllischen Lärm verursacht?

Kaum hatten sich die Hunde halbwegs beruhigt, als dieses Grollen schon wieder einsetzte. Diesmal kam es von der anderen Seite. »Hört sich an wie Panzer. Es wird doch nicht etwa der nächste Krieg ausgebrochen sein, und wir wissen noch gar nichts davon?«

Wir kamen gerade noch rechtzeitig nach draußen, um schräg über uns, kaum fünfzig Meter Luftlinie entfernt, einen hellerleuchteten Zug vorbeirattern zu sehen. Als er über die jetzt erst sichtbare Brücke fuhr, klirrten auf dem Tisch die leeren Teller.

»Angenehme Nachtruhe. Wenn mich nicht alles täuscht, ist das die Strecke Genua—Marseille.«

»Und wennschon«, sagte Steffi gähnend, »ich bin hundemüde. Nachts fahren bestimmt keine Züge mehr.«

»Das glaubst auch nur du! Schon mal was von Gütertransporten gehört?«

»Mir egal. Ich kann trotzdem schlafen.«

»Aber ich nicht. Und erst recht nicht die Hunde.« Die saßen zitternd vorne im Führerhaus.

Ich wollte gerade die Tür schließen, als ich Motorengeräusch hörte. »Sieh mal nach links, Steffi! Das eine Wohnmobil tritt bereits den Rückzug an. Denen da drin ist es auch zu laut.«

Dafür tastete sich ein anderes Gefährt auf den Parkplatz, eins Marke Eigenbau. Ursprünglich mußte es ein Transporter gewesen sein, jetzt hatte es unterhalb des Dachs lauter niedrige Fenster, die alle offenstanden, damit die dahinter aufgehängte Wäsche im Fahrtwind trocknen konnte. Bindfäden mit Wimpeln dran sieht man ja öfter, doch eine Rundumbeflaggung mit Ringelsocken, Spitzenhöschen und baumwollenen Herrenslips war eine Novität. Daß dieser rollende Wäscheständer ein englisches Kennzeichen trug, wunderte uns gar nicht.

Zwei Züge zählte ich noch, dann mußte ich wohl doch

eingeschlafen sein. Wach wurde ich von einem fürchterlichen Krach, der jedoch anders klang als das nun schon wohlbekannte Rattern einer Eisenbahn. Die Lärmquelle mußte direkt neben uns sein.

»Was ist *das* nun schon wieder«, schimpfte Steffi ein Stockwerk über mir. »Geh mal raus und sag den Idioten, daß andere Leute noch schlafen. Wie spät ist es überhaupt?«

»Kurz nach sechs.« Ich schob die Jalousetten ein bißchen auseinander. »Es ist bloß die Müllabfuhr. Du hättest gestern nicht direkt neben den Containern parken sollen.«

»Die hab' ich gar nicht gesehen.«

An Schlafen war nicht mehr zu denken. Kaum war das Müllauto weg, kam der Bäckerwagen zum Hotel, gefolgt vom Milchlieferanten. Der Nachtportier brüllte seinem Kollegen von der Tagesschicht einen Morgengruß quer über den Platz zu, und als dann noch der Frühzug über die eiserne Brücke donnerte, kapitulierte Steffi endgültig. »Porca miseria!« (Das ist ein italienisches Schimpfwort und braucht nicht übersetzt zu werden.)

Während des Frühstücks klapperte das Geschirr nur zweimal, der dritte Zug kam erst, als wir gerade abfahren wollten. »Na, dann los«, sagte Steffi, den ersten Gang reinschiebend, »du mia bella Italia, Land der Zitronen und der Caprifischer, jetzt wird es sich ja zeigen, ob deine Schönheit auch bloß ein Produkt der deutschen Schnulzenbranche ist.«

16

Bordighera, San Remo, Diano Marina, Alassio — Namen, die in den fünfziger Jahren auf der Zunge zergingen und das Traumziel aller Deutschen waren, die sich damals schon eine Urlaubsreise leisten konnten. Noch ein bißchen früher pflegten in dieser Gegend abgedankte Potentaten ihr Zipperlein zu kurieren und russische Großfürsten den Untergang des Zarenreiches zu beklagen. Inzwischen fliegen deutsche Urlauber nach Thailand oder auf die Malediven, arbeitslose Könige gibt es nicht mehr, und die Russen kriegen keine Devisen. Italien gehört also weitgehend wieder den Italienern.

Das merkten wir schon nach den ersten Kilometern. Der italienische Autofahrer unterscheidet sich vom deutschen insofern, als bei ihm nicht aufgeblendete Scheinwerfer das effektivste Mittel sind, andere Wagen an die Seite zu scheuchen, sondern die Hupe. Jeder Überholvorgang wird durch anhaltendes Hupen begleitet, und wenn man sich einer Kurve nähert, wird ebenfalls gehupt, damit der Entgegenkommende weiß, daß da gleich jemand mit achtzig um die Ecke schießt. Weshalb die Italiener Radios in ihren Autos haben, weiß ich nicht, hören können sie sie auf keinen Fall. Hatte Steffi noch das erste Dutzend Überholer als Volltrottel, Idioten und potentielle Selbstmörder bezeichnet, so gab sie die Schimpferei bald auf. »Müssen das herrliche Zeiten gewesen sein, als man hier noch mit Kutsche und zwei Pferden entlangfuhr. War es das, wovon du heute noch so schwärmst?«

»Als ich das erstemal nach Loano gefahren bin, gab's schon Autos«, entgegnete ich bissig, »bloß nicht so viele. Wo sind wir jetzt eigentlich?«

»Woher soll ich das wissen? Ich denke, *du* kennst dich hier aus.«

»Nicht mehr«, mußte ich kleinlaut zugeben. Wo war sie denn geblieben, die alte Via Aurelia, auf der schon die römischen Legionen marschiert waren? Das konnte doch unmöglich diese vierspurige Straße sein mit ihren Ampeln, den Parkbuchten und den nicht enden wollenden Verkehrsschildern? Wo waren die kleinen Fischerdörfchen, wo die Überreste jahrhundertealter Mauern, von Blütenkaskaden überrankt, die gerade jetzt im Mai ihren betäubenden Duft versprühen müßten? Wo waren die hübschen kleinen Badeorte mit ihren wenigen Hotels und der Handvoll Pensionen? Richtige Städte waren daraus geworden, die ineinander übergingen, vollgestopft mit Hochhäusern, Diskotheken, Schnellimbissen und Spielsalons.

»Hübsch«, sagte Steffi. »Eigentlich noch viel schöner als in Frankreich! Bist du sicher, daß wir auf der richtigen Straße sind?«

»Nein!!!« schrie ich sofort. »Das ist nicht die richtige Straße, die hat es damals noch gar nicht gegeben. Das ist auch nicht meine Riviera, wie ich sie kenne, das ist alles nur noch scheußlich!« Tränen der Enttäuschung standen in meinen Augen. »Wären wir bloß nicht hergekommen.«

»Sascha hatte dich ja vor diesem Nostalgie-Trip gewarnt.«

Das allerdings stimmte. Nur hatte ich mir einfach nicht vorstellen können, daß man innerhalb von drei Jahrzehnten eine Landschaft so verschandeln kann, wie es hier geschehen war. Einige neue Hotels, ja, die waren sicher nötig gewesen, meinetwegen auch ein paar Geschäfte, aber doch keine dreistöckigen Kaufhäuser und erst recht keine Sex-Shops. »Am liebsten würde ich umkehren.«

»Hier kann ich nicht wenden«, sagte Steffi, »und außerdem sind wir schon in Loano.« Sie deutete auf das Ortsschild.

»Das muß ein Irrtum sein! Zwischen Borghetto S. Spirito und Loano liegen mindestens sechs bis sieben Kilometer Niemandsland, und in Borghetto sind wir noch gar nicht gewesen.«

»Doch, wir fahren gerade raus.«

»Wieso? Ich denke, wir sind bereits in Loano?«

»Meine Güte, Määm, nun begreif doch endlich! *Deine* romantischen Dörfer gibt es nicht mehr, das Ganze ist eine zubetonierte Steinwüste, und wo der eine Ort aufhört, fängt der nächste an. Wo soll ich jetzt abbiegen? Rechts? Links? Geradeaus weiterfahren? Ich nehme doch an, du möchtest ein bißchen auf vertrauten Pfaden wandeln? Die Hunde müssen auch mal raus.«

»Fahr nach links. Da müßte gleich ein Sandweg kommen, der in die Berge führt.«

Den Weg gab es noch, nur war er jetzt asphaltiert und endete vor einem Fabrikgelände. »Umdrehen?« fragte Steffi.

Ich nickte. »Vielleicht finden wir am Meer einen Parkplatz.« Natürlich fanden wir keinen, und dann hatte ich plötzlich genug von dem ganzen Italien, wollte bloß noch weg. Wahrscheinlich hätte ich das Haus gefunden, in dem meine Mutter gewohnt hatte, und möglicherweise war sogar noch der eine oder andere kleine Laden übriggeblieben, in dem ich stolz meine Sprachkenntnisse angebracht und jedesmal Lob eingeheimst hatte, weil ich prezzemolo richtig aussprechen konnte (das heißt Petersilie, und die gab es immer gratis). Aber dieses Loano hatte kein Flair mehr, war eine unpersönliche Stadt geworden, mit der mich nichts mehr verband. »Wenn es nach mir ginge, Steffi, würden wir jetzt hinten über die Autobahn zurückfahren nach Frankreich und uns dort abseits der Küste ein hübsches Plätzchen suchen, an dem wir noch ein paar Tage bleiben.«

»Gott sei Dank«, meinte sie aufatmend, »diesen Gedanken hatte ich schon gleich hinter San Remo, ich habe mich bloß nicht getraut, was zu sagen.«

Bis zur Grenze brauchten wir diesmal nur anderthalb Stunden, hatten also noch genug Zeit, uns mit neuen Vorräten einzudecken. »Welches Menü darf ich dir denn an deinem Geburtstag servieren?« Die Riesenkrabben in der Fischabteilung sahen zwar sehr appetitlich aus, doch Steffis Kochkenntnisse beschränken sich mehr auf solide Hausmannskost. Wer weiß, was sie mit diesem teuren Getier anstellen würde.

»Es wird überhaupt nicht gekocht, wir werden übermorgen ganz groß essen gehen.« Bevor sie protestieren konnte, fiel ich ihr ins Wort: »Nein, nicht aus der Reisekasse. Ich werde endlich mal meine neue Kreditkarte einweihen.«

In dieser Nacht störte uns nichts und niemand, und als ich von einer kalten Hundezunge geweckt wurde, die quer über mein Gesicht fuhr, war es fast neun Uhr. Zwei Stunden und schätzungsweise siebenunddreißig Haarnadelkurven später streikte Steffi. »Könnte es sein, daß du die Karte verkehrtherum hältst und wir uns auf dem direkten Weg nach Andorra befinden?«

»Nein. Wir sind auf der Route Napoléon. Hier ist schon Bonaparte mit seinen Mannen entlanggezogen.«

»Ja, auf 'm Pferd und nicht in einem Wohnmobil. Wenn die Straße noch steiler wird, komme ich nicht mehr rauf.«

»So schlimm kann es doch gar nicht sein, oder hast du nicht bemerkt, daß uns schon zwei Wohnwagen entgegengekommen sind?«

»Doch.« Und dann in einem Ton, wie man ihn gewöhnlich Kleinkindern gegenüber anschlägt: »Sie sind *runtergefahren*.«

Da sagte ich lieber nichts mehr und betete vor jeder neuen Kurve, sie möge endlich den Blick auf das Hochplateau freigeben, das wir uns als Ziel ausgeguckt hatten.

Ein See mußte da sein mit einem Campingplatz, und dort erhofften wir uns noch einige ruhige Tage, bevor wir uns auf die Heimreise machen wollten.

Vom See war noch immer nichts zu sehen, als endlich ein Ortsschild auftauchte: Moustiers Ste.-Marie, Stadt der Fayencen.

»Was sind Fayencen? Was zu essen?«

»Wenn dein Magen Keramikschüsseln verträgt... Komm, laß uns mal aussteigen, vielleicht finden wir etwas Hübsches.«

»Das meinst du doch wohl nicht im Ernst?« kam es entsetzt zurück.

»Warum denn nicht? Den Daheimgebliebenen müssen wir doch irgend etwas mitbringen.«

»Ach so«, meinte sie erleichtert, »du denkst an Souvenirs.«

»Woran denn sonst?«

Eine Antwort blieb sie schuldig.

Dieser Ort muß ebenfalls zu den Anlaufpunkten ausländischer Touristenbusse gehören. Überall standen die geparkten Ungetüme, spuckten ihre Fracht aus und sorgten für umsatzträchtiges Gedrängel. Kaum jemand, der uns entgegenkam und nicht eine Tüte oder ein in Zeitungspapier gewickeltes, unförmiges Paket vor sich hertrug. Auch wir beguckten elegisch dreinblickende Schäferinnen und handbemalte Aschenbecher, gar nicht zu reden von den Obstschalen, deren Dekor nicht den geringsten Zweifel an ihrer Bestimmung offenließen. »Guck mal, Määm, die haben sich schon der Zeit angepaßt. Hier sind sogar Kiwis drauf.«

In einer Seitengasse entdeckte ich einen winzigen Laden. Eine einzige, schon leicht angestaubte Blumenvase füllte das kleine Schaufenster fast völlig aus, und in genau die verliebte ich mich auf den ersten Blick. Noch niemals hatte ich ein so leuchtendes Blau gesehen. »Wahrscheinlich ist sie unerschwinglich.«

»Frag doch einfach mal!«

Ganz so kostspielig, wie ich befürchtet hatte, war sie nicht, aber immer noch teuer genug. Lange zögerte ich, dann hatte ich eine Rechtfertigung gefunden. »Die schenke ich mir selber zum Geburtstag.«

»Tu das!« sagte Steffi sofort. »Und wenn wir sie nicht heil nach Hause kriegen, kannst du dir immer noch die einzelnen Scherben ins Regal stellen. Sie passen dann gut zu den zehn Zentimetern Berliner Mauer.«

Wir kauften noch vier bemalte Töpfchen mit der Aufschrift »Herbes de Provence«, dann zogen wir befriedigt wieder ab. Wo wir den See finden würden, wußten wir jetzt auch.

In sechs waschreife T-Shirts gewickelt und tagsüber im »Schlafzimmer« zwischen den Betten verstaut, hat die Vase den Transport unbeschadet überstanden. Vorsichtshalber hatte Steffi einen Zettel mit einem großen Ausrufungszeichen an ihr Deckbett geheftet, damit sie daran erinnert wurde, vor dem abendlichen Umbau das kostbare Stück in der Spüle zu deponieren.

Den See spürte Otto schon wieder, bevor er überhaupt zu sehen war. Wie verrückt kratzte er an der Tür. Kaum hatte ich sie geöffnet, da schoß er hinaus und direkt ins Wasser. Und ebenso schnell war er wieder draußen. Bergseen sind kalt.

Der Campingplatz war klein, nicht besonders komfortabel — Geschirrspülen fand wieder im Wohnmobil statt —, aber sauber und wenig bevölkert. Ich baute gerade unsere Terrasse auf, als mir jemand auf die Schulter tippte. »Kenn wa uns nich?«

Verwundert drehte ich mich um. »Na also, hab' ick doch richtig jesehn. Wissen Se nich mehr? Bei die toten Päpste in Avignon ham wa uns jetroffen.«

Natürlich, Herr Malwitzki aus Berlin. »Was machen Sie denn hier? Ich denke, Sie campen irgendwo an der Küste?«

»War ick ja ooch, und nächste Woche fahr'n wa wieda runta. Aba jetzt über Pfingsten, wenn die janzen Franzosen mit ihre jesamte Sippschaft einfallen, machen wa imma 'ne Flieje. Den Krach und det Jeschwafel von morjens bis abends hält keen normaler Mensch aus. Hier oben isset nich so vornehm, aba wenigstens stille. Sind Sie ooch wejen dem Feiertagsrummel jetürmt?«

»Nein, wir sind schon beinahe auf der Heimfahrt.«

»Ach so. Na ja, is nich zu ändern. Allet hat mal 'n Ende, bloß die Wurst nich, die hat zwee.«

Unsere nicht. Wir hatten nur welche in Scheiben, vakuumverpackt. Zusammen mit Spiegeleiern auf Toast, überbacken mit Käse, schmeckte sie hervorragend. Tütensuppen waren Gott sei Dank alle.

»Halt doch mal still, du blödes Vieh!« und »Du bist ein Hund, Jojo, keine Kuh. Nimm das Grünzeug aus der Schnauze!«

Merkwürdige Töne so früh am Morgen! Verschlafen blinzelte ich durch die noch halbgeschlossenen Lider und sah Steffi auf dem Fußboden hockend, wie sie versuchte, den beiden Hunden je ein Margeritensträußchen unter das Halsband zu schieben. Knurrender Protest der so Dekorierten, doppelstimmiges Gewinsel, schließlich Flucht in die Fahrerkabine.

»Die sind aber auch zu dämlich!« seufzte sie.»Dabei hatte ich mir das so schön vorgestellt. Na, dann eben nicht! Dafür kannst du jetzt auf einem Blütenteppich ins Bad schreiten.« Sie umarmte mich liebevoll. »Herzlichen Glückwunsch und alles Gute für die nächsten fünfundvierzig Jahre. Dann bist du hundert, wirst Ehrenbürgerin von Randersau, brauchst keine Steuern mehr zu zahlen und kriegst vom Bürgermeister eine Freikarte fürs Hallenbad. Dafür lohnt es sich doch, noch ein paar Jahrzehnte durchzuhalten. — Ach ja, dein Geschenk steht zu Hause, weil sich eine Espresso-Maschine hier so schlecht verstecken ließ. Und wenn du jetzt aufstehst, kann ich sogar den Frühstückstisch decken, du liegst nämlich noch drauf. Ich habe am Kiosk frische Brötchen bekommen, ist das nicht erstaunlich? Zeig mir mal einen deutschen Bäcker, der am Pfingstsonntag in seiner Teigschüssel rührt.«

Lediglich das Wetter paßte nicht zu dem hohen Feiertag. Es nieselte. Und als es aufhörte zu nieseln, begann es zu regnen. »An der Küste scheint bestimmt die Sonne, da war der Himmel immer blau.« Aus einem der Klappfächer kramte Steffi den Würfelbecher heraus, suchte weiter, räumte Unterwäsche und Badeanzüge von links nach rechts, warf zwei Päckchen Puddingpulver auf den Tisch — »Wie kommen die denn hier rein?« —, durchwühlte die übrigen Fächer, stieg wieder von der Bank. »Ich kann die Kniffelblocks nicht finden.«

»Hast du denn welche mitgenommen?«

»Wieso ich? *Du* wolltest doch ...«

Wenigstens die Spielkarten waren da. Gin-Rummy, das man in England stilvoll vor einem flackernden Kaminfeuer zu spielen pflegt, hatte uns Vicky beigebracht, aber wir wurden uns über die Regeln nicht mehr einig, und der Kamin fehlte auch. Sechsundsechzig? Zu langweilig. Patiencen legen? Dazu war der Tisch nicht groß genug.

»Wir könnten ja mal was lesen«, schlug Steffi vor.

Stimmt, dazu waren wir bisher kaum gekommen. »Mir ist aber jetzt nicht nach Mittelalter.«

»Was haste denn mit?«

»*Das Parfum.*«

»So was liest man auch nicht im Urlaub, sondern zu Hause im Bett. Willst du was von mir haben?« Sie schob mir eins der drei Taschenbücher herüber. *Die Unersättlichen* hieß das umfangreiche Werk, dessen Cover keinen Zweifel an dem Inhalt offenließ. »Nee, danke. Früher küßte der Held die Heldin erst auf der vorletzten Seite, jetzt küßt er sie schon nackend auf dem Titelbild. Wo hast du denn diesen Schmarren her?«

»Der lag zu Hause rum.«

Zum Glück hörte es dann doch zu regnen auf, und nach einem ausgiebigen Spaziergang nahmen wir im Kiosk unser Mittagsmahl ein: Grüne Suppe und hinterher Würstchen mit Fritten. Senf war aus, statt dessen bekamen wir Ketchup. Zu Hause hätte ich zumindest Hackbraten gekriegt. »Haben wir heute nicht auch noch Muttertag?«

»Doch«, bestätigte Steffi kauend, »aber den habe ich absichtlich ausgeklammert, weil wir ihn nachfeiern wollen. Um deinen arbeitsfreien Sonntag kommst du schon nicht herum.«

Auch gut, dann gibt es eben in vierzehn Tagen Hackbraten.

»Was ich noch sagen wollte«, fuhr sie fort, den letzten Rest Ketchup mit dem Wurstzipfel aufwischend, »wenn wir heute abend vornehm essen wollen, habe ich nichts anzuziehen.«

»Wir gehen ja nicht ins Maxim's.« Um ehrlich zu sein, ich hatte nicht die geringste Ahnung, wo es in diesem nicht übermäßig bevölkerten Landstrich überhaupt ein Restaurant gab. Wäre uns nicht das Ehepaar aus Wiesbaden über den Weg gelaufen, dann hätte das Geburtstagsdiner vermutlich aus Hamburgern nebst gemischtem Salat bestanden, der Alternative zu Würstchen mit Ketchup.

Herr und Frau Neuberth hatten ebenfalls beschlossen, den Abend fern vom Campingplatz samt tropfenden Gartenstühlen zu verbringen, nur hatten sie im Gegensatz zu uns schon einen Tip bekommen, wo man sowohl gut essen als auch gut sitzen konnte. Es sei auch gar nicht weit weg. »Wollen wir nicht zusammen fahren?«

Nichts lieber als das. Familie Neuberth reiste mit Wohnwagen, daneben parkte ein Auto der schon sehr gehobenen Mittelklasse, und wenn ich es schaffte, mit dem winzigen Reisebügeleisen noch mal anständig Falten in Steffis dunkle Hose zu pressen, würde sie selbst den kritischen Blicken hochnäsiger Oberkellner standhalten können.

Von außen wirkte das Restaurant wie eine verwitterte Scheune, innen wie der Speisewagen vom legendären Orientexpreß. Weinroter Plüsch dominierte. Stühle gab es kaum, man saß auf gepolsterten Bänken, von denen sich jeweils zwei in abgeteilten Nischen gegenüberstanden. Ein Kellner mit bodenlanger weißer Schürze schoß auf uns zu. Die Herrschaften hatten reserviert? Das hatten die Herrschaften leider nicht. Sehr bedauerlich, denn es sei schon alles besetzt. Wieso das? Von den zwölf Tischen waren doch noch sieben frei? (Neidisch stellte ich fest, daß Herr Neuberth ein ausgezeichnetes Französisch sprach.) Eben nicht, die Plätze seien vorbestellt.

Ein Kellner ohne Schürze eilte herbei. Es mußte eine höhere Charge sein, denn er schickte seinen Kollegen weg und geleitete uns in die entfernteste Nische mit direktem Blick zur Toilettentür.

Da saßen wir nun und plauderten uns über die erste Befangenheit hinweg, bis Frau Neuberth auf die Uhr sah. »Jetzt sind wir schon seit zwanzig Minuten hier, und noch immer hat sich kein Schwanz blicken lassen. Das Dumme an einem ruhigen, ausgeglichenen Wesen ist, daß man damit in Lokalen nie bedient wird. Markus, frag doch mal, ob man hier etwas zu trinken bekommt.«

Das Restaurant hatte sich in der Zwischenzeit gefüllt, doch von den herumwieselnden Kellnern geruhte keiner, unsere Nische auch nur zur Kenntnis zu nehmen. Schließlich wurde es Herrn Neuberth zu dumm, er stand auf und marschierte geradewegs zur Schwingtür, hinter der immer die Ober verschwanden, um wenig später mit silbernen Schüsseln wieder aufzutauchen. Kurz vor dem Allerheiligsten wurde er gestoppt. Von dem Wortwechsel bekamen wir nichts mit, doch als er zurückkam, folgten ihm auf dem Fuß gleich zwei Bedienstete, ein kleiner und ein großer. Der Große trug eine Serviette, der Kleine vier Speisekarten von Gästebuchgröße, die er an den Großen weiterreichte, auf daß der sie uns einzeln vorlege. Als dies geschehen war, traten beide den Rückzug an.

Nach alter Gewohnheit betrachtete Steffi die Karte erst einmal von rechts nach links. »Preise haben die hier wie im alten Rom. Tomatensuppe siebenundzwanzig Francs. Wird die Brühe etwa mit Blattgold serviert?«

»Du bist eingeladen!« erinnerte ich sie.

»Na schön. Dann nehme ich Shrimps-Cocktail, danach das Entrecôte und hinterher Mousse au chocolat. Einverstanden?«

Frau Neuberths Sprachkenntnisse standen in umgekehrtem Verhältnis zu denen ihres Mannes, denn sie ließ sich die gesamte Speisekarte übersetzen und wußte hinterher noch immer nicht, was sie essen wollte. »Soll ich für dich bestellen, Hannelore?«

Hannelore nickte, und Markus orderte etwas, das aus viel Grünzeug mit zwei hauchdünnen Scheiben Fleisch bestand. Nun war mir auch klar, weshalb sie ein hautenges Kleid tragen konnte, ohne darin ordinär auszusehen.

Obwohl ich gern das Gegenteil behaupten würde, war das Essen hervorragend, und als wir halb fertig waren, kam sogar schon der Weinkellner mit dem Burgunder. Frau Neuberth trank Vichy-Wasser, anderes gab's nicht, einmal wegen der Figur, zum anderen wegen des Führerscheins. »Wir teilen uns immer die Fahrten. Markus fährt hin und ich zurück.«

Als die erste Flasche leer war, bestellte Herr Neuberth die zweite. Mit dem letzten Glas tranken wir Brüderschaft, und dann stellte Steffi selig beschwingt fest: »Siehste, Määm, nu isses doch noch ein schö-schöner Geburtstag geworden.« Worauf Herr Neuberth, der jetzt mit Markus angeredet werden mußte, Champagner orderte. Danach waren wir abgefüllt. Restlos!

»L'addition, s'il vous plaît«, befahl er.

»Séparé«, ergänzte ich, meine Kreditkarte zückend. Der Kellner ohne Schürze bedauerte, darauf sei man noch nicht eingestellt. Macht nichts, Euroschecks hatte ich auch dabei. Die wollte er ebenfalls nicht haben, die Abwicklung dauere zu lange, man müsse auf das Geld drei bis vier Monate warten. Was jetzt? Vom Inhalt meines Portemonnaies hätte ich allenfalls die Krabbencocktails bezahlen können.

»Ich geh f-f-freiwillig in die K-küche und spüle Geschschirr«, bot Steffi an, »und w-wenn alle w-weg sind, m-machen wir den Sch-schuppen hier noch sauber.«

Rettende Engel müssen keine Flügel haben, sie können auch mal Nadelstreifen tragen. Selbstverständlich seien wir seine Gäste, versicherte Markus und blätterte nahezu den gesamten Inhalt seiner Brieftasche auf den Tisch.

»K-kommt nicht in Frage! Sie... d-du kriegst morgen einen Scheck. Mein Essen kann ich immer noch s-selber bezahlen.«

»Das glaube ich dir ja, aber Geld ist nicht alles.«

»N-nein, das nicht. B-bloß, wenn keiner die Kreditkarte akzet... apzek... also wenn keiner das D-ding nehmen will, lernt man Geld schätzen.«

Auf der Rückfahrt erfuhr ich, daß wir entgegen meiner Behauptung vorgestern gar nicht die Route Napoléon entlanggekrochen waren, die läge nämlich weiter östlich, und dann müßten wir unbedingt noch den Grand Canyon Verdon besichtigen, immerhin die größte Schlucht Europas.

»M-müssen wir das, Steffi?«

»Klar müssen wir! M-machen wir auf der Heimreise.«

Dreimal brachten wir uns gegenseitig zu unseren Wohnwagen, dann trat Steffi in ein Morastloch und hatte zu weiteren Spaziergängen keine Lust mehr. Außerdem waren die Hunde aufgewacht und kläfften im Duett. »Die müssen bestimmt n-noch mal Pipi, und du m-mußt soww-wso noch teleffnieren. Ich komm' mit.« Sie zog Schuhe und Strümpfe aus. »T-tautreten ist gesund.«

»Aber nicht mitten in der Nacht. W-warum soll ich jetzt telef-fonieren? Mit wem denn?«

»Mit sssu Hause. Ich habe versprochen, daß du an d-deinem Geburtstag anrufst.«

»Die schlafen doch schon alle.«

»Isss egal. S-sollen sie aufstehen. Wir sch-schlafen ja auch noch nich.«

Neben dem Kiosk befanden sich zwei Zellen, eine für Münzen, für die andere brauchte man eine Telefonkarte. Die lag im Wagen. »Ich hab' K-kleingeld.« Viel war es nicht, was Steffi aus der Tasche zog, es reichte höchstens für drei Minuten, doch sie bestand darauf, daß ich jetzt anrufen müsse. Nach dem achten Tuten nahm jemand den Hörer ab, und eine verschlafene Stimme murmelte: »Falsch verbunden.«

»Katja?«

»Ja. Aber hat das nicht bis morgen Zeit? Welcher Idiot holt einen nachts um halb eins aus dem Bett?«

»Ich.«

»Wer ist ich?« Irgendwie mußte sich wohl meine Stimme verändert haben. »Deine liebe Mami.«

Schweigen. Dann: »Du hast auch schon bessere Einfälle gehabt. Was gibt es denn so Wichtiges.«

»Gar nichts. Wir ha-haben ein bißchen Geburtstag gefeiert. Pfröhliche Pfingsten w-wollte ich d-dir auch noch wünschen.«

Jetzt wurde sie mißtrauisch. »Sag mal, ganz nüchtern bist du aber nicht mehr?«

»N-nein. Ich habe meinen Eintritt ins G-grufti-Alter begossen. D-durfte ich das nicht?«

»Doch. Aber nun geh mal schön ins Bett, Grufti, und ruf morgen wieder an, ja? Tschüß.«

»Sie will nicht mit mir telef-fonieren«, sagte ich beleidigt. Steffi nahm mir den Hörer aus der Hand und hängte ihn wieder ein. »Ich soll sch-lafen gehen, hat sie gesagt.«

Untergehakt trotteten wir zurück in unser mobiles Heim. Gerade wollte ich den Tisch zusammenklappen und mein Bett bauen, als Steffi mir in den Arm fiel. »Laß das, jetzt schppielen wir Boule.«

»Du schpinnst! Du hast zuviel getrunken.«

»Gar nicht, guck mal h-hier!« Sie zeigte auf die winzig kleinen bunten Kügelchen, Überbleibsel der Schokoladenplätzchen, die wir heute mittag aus lauter Langeweile gegessen hatten. »Damit kann man p-prima Boule spielen.« Mit dem Zeigefinger schnippte sie eine Kugel weg.

»Das war falsch! Du m-mußt die w-weiße da hinten treffen.« Jetzt versuchte ich es. »Daneben.«

»Ohne Brille k-kannst du d-doch ganich treffen. Wwo iss die Brille?«

»Weiß nich.«

»Dann nimm das F-f-fernrohr!«

Nach zwei Tagen reiste Familie Neuberth ab, und am Nachmittag des dritten, als wir uns noch faul in der Sonne aalten, fragte Steffi beiläufig: »Welchen Tag haben wir eigentlich?«

»Mittwoch.«

»Ich meine doch das Datum.«

»Den Siebzehnten.«

Mit einem Ruck kam sie von der Luftmatratze hoch. »Schon??? Weißt du überhaupt, daß wir spätestens Samstagmittag zu Hause sein müssen?«

Das sah ich gar nicht ein. »Warum denn? Du hast noch anderthalb Wochen Urlaub, und ob ich ein paar Tage früher oder später zurückkomme, ist doch Wurscht. Weshalb also diese Hektik?«

»Weil ich am Samstagabend das Wohnmobil zurückgeben muß. Ab Sonntag ist es nämlich wieder vermietet. Saubermachen müssen wir die Karre vorher auch noch.«

Jetzt wurde ich ebenfalls munter. »Das fällt dir aber früh ein. Können wir das überhaupt schaffen?«

»Sag nicht können, sag lieber müssen!« Sie ging in den Wagen und kam mit der Karte wieder zurück. »Ich weiß nicht, wie es passiert ist, aber irgendwo müssen wir die Datumsgrenze überschritten haben.« Gemeinsam studierten wir das Gewirr von roten, gelben und grünen Linien. »Momentan sind wir hier«, sie deutete auf den hellblau eingezeichneten See, »und müssen nach da.« »Da« war gar nicht mehr drauf, weil die Karte am Genfer See endete. »Wir haben also noch die ganzen Savoyer Alpen vor uns, die Autobahn kriegen wir erst in Grenoble, an einem Tag ist das gar nicht zu machen. Sieh dir bloß mal diese gekringelte Straßenführung an. Kurven ohne Ende!« Seufzend faltete sie die Karte zusammen. »Am liebsten würde ich sofort losfahren.«

»Kommt nicht in Frage! Bis wir alles zusammengepackt und die Rechnung bezahlt haben, ist es sieben und zwei Stunden später dunkel. Lieber gehen wir heute früh ins Bett und starten bei Sonnenaufgang.«

Daraus wurde nichts, weil wir ihn verschlafen haben. Dann fiel Steffi ein, daß wir noch frisches Wasser brauchten und das Gegenteil entsorgen mußten. Tanken wollte sie auch noch.

»Geht nicht, keine Zeit!« sagte sie, als wir uns dem Canyon näherten und ich ihr zwecks Umrundung dieser Sehenswürdigkeit den rechten Weg weisen wollte. Nur mal kurz runtergucken durfte ich. Grünes, unwahrscheinlich grünes Wasser schimmerte im Licht der einfallenden Sonnenstrahlen am Boden der Schlucht, und das winzige bunte Pünktchen mittendrin mußte wohl ein mutiger Kanute sein. »Können wir nicht doch mal drumherum...«

»Nein!!!«

Dann eben nicht. Statt dessen immer weiter aufwärts, eine Kurve nach der anderen. Links Felsen, rechts trennte uns nur ein niedriges Mäuerchen und häufig auch gar nichts vom Abgrund. Und immer noch unendlich viele Kilometer bis zur nächstgrößeren Straße. »Das schaffen wir nie!« murmelte Steffi in regelmäßigen Abständen vor sich hin.

»Was soll schon groß passieren, wenn wir nicht pünktlich zurück sind? Dann zahlen wir eben die Miete für einen weiteren Tag.«

»Und was ist mit den Leuten, die Sonntag früh in ihren Urlaub starten wollen?«

»Die fahren auch einen Tag später. Und überhaupt dürfen sonntags gar keine Lkws auf die Autobahn.« Wie gut, daß mir dieses Verbot noch eingefallen war. Vielleicht würde sich Steffis miese Laune wieder etwas heben.

Irrtum. »*Das hier ist kein Lkw!!!*«

Es war schon später Nachmittag, als sie endlich vernünftig wurde. Wir hatten die Route nationale erreicht, die zwar ebenso kurvenreich, aber wenigstens etwas breiter war, und hielten in einem kleinen Bergdörfchen, in dem wir eine Telefonzelle zu finden hofften. »Eigentlich könnten wir hier doch unser Nachtquartier aufschlagen.«

Sie hatte unter einer alten Eiche geparkt dicht neben einem Brunnen, die nächsten Häuser standen ein ganzes Stück weit weg, und in Sichtweite gab es sogar eine Kneipe, in der wir bestimmt etwas zu essen bekommen würden. Große Lust zum Kochen hatten wir beide nicht mehr.

»Chez Henri« hieß das Wirtshaus, und der Mann mit der schmuddeligen Wolljacke über dem karierten Hemd mußte wohl der Patron persönlich sein. Er hätte dringend ein Bad und eine Rasur benötigt. Die beiden Männer vor dem Tresen auch. Eine halbgeleerte Flasche Pastis und drei Gläser standen auf der Theke.

»Bonjour«, sagte ich zaghaft, »est-ce que c'est possible

que je téléphone ici?« Immerhin hatte ich an der Wand ein Telefon entdeckt, auch wenn es so aussah, als sei es seit Monaten nicht mehr benutzt worden.

Drei Augenpaare starrten uns an. »Ähhh?« machte der Wirt. Ich wiederholte meine Frage. Monsieur Henri schüttelte nur den Kopf und setzte zu einer langen Erklärung an, von der ich nicht ein einziges Wort verstand. Weshalb sprachen sämtliche Leute, mit denen ich zu kommunizieren versuchte, immer irgendeinen obskuren Dialekt?

»Vielleicht sollten wir erst mal was zu trinken bestellen?« flüsterte Steffi. »Bei uns kann man ja auch nicht einfach in ein Lokal gehen und bloß telefonieren wollen.«

Das leuchtete ein. Ich orderte zwei Flaschen Eau minérale, was den Umsatz dieser Lokalität sicher nicht wesentlich erhöhte, und dann trat ich noch einmal in Verhandlungen bezüglich des Telefons. Sie scheiterten wiederum an Verständigungsschwierigkeiten. Was ich wollte, schien der Patron zu begreifen, was er mir sagte, blieb weiterhin ein Rätsel. Schließlich winkte er mich hinter die Theke und hielt mir den Hörer ans Ohr. Es rauschte. Ach so, vermutlich lief hier alles noch über eine Vermittlung, und ich sollte ihm die Nummer geben. Alles klar! »Hast du ein Stück Papier zur Hand?«

»Nur die Benzinquittung.«

»Ist egal. Schreib unsere Nummer drauf, und setz vorsichtshalber Allemagne dahinter.«

Auch das nützte nichts. »Cassé! Cassé!« sagte der Wirt immer wieder.

»Ob der glaubt, daß wir nicht bezahlen können? Leg doch mal ein bißchen Geld auf den Tisch.«

»Quatsch! Ich weiß zwar nicht, was cassé heißt, aber ganz bestimmt nicht das, was du glaubst. Hol lieber das Wörterbuch.«

Nun endlich klärte sich die Sache. Cassé bedeutet kaputt, und eine cabine téléphonique gab es im ganzen Dorf nicht. Ich bedankte mich, zahlte unser Mineralwasser und verkniff mir wohlweislich die Frage nach einem möglichen Abendessen. Baguette und Käse hatten wir selber.

Der noch vorher leere Platz hatte sich bevölkert. Eine Schar Kinder klebte an dem Wohnmobil und drückte an den Fenstern die Nasen platt, während sich drinnen die Hunde heiser bellten. Grüppchen von Erwachsenen beobachteten das Spektakel in gebührendem Abstand.

»Nee, Määm, hier können wir nicht bleiben. Anscheinend stehen wir mitten auf dem Dorfplatz und dienen momentan der allgemeinen Volksbelustigung. Kannst du dir vorstellen, was nach Feierabend hier los sein würde?«

Dazu reichte meine Phantasie noch aus. »Wenn ich mich recht erinnere, sind wir kurz vor diesem Kaff an einem Waldstück vorbeigekommen. Dort gab es einen Seitenweg. Das wäre doch ein optimaler Stellplatz.«

»Na schön«, sagte sie ergeben, »ich tu ja alles, was du willst. Sogar zurückfahren.«

Höchstens zwei Kilometer ging es wieder bergab, dann sahen wir schon den Weg und gleich dahinter einen kleinen Steinbruch. Er schien aufgegeben worden zu sein, nur das Gerippe einer ausgeschlachteten Planierraupe erinnerte an frühere Betriebsamkeit.

»Schnapp du dir mal die Hunde, ich sehe inzwischen nach, ob wir noch was anderes zu essen haben als Ravioli.«

Das war auch eine von Steffi angeordnete Form von Arbeitsteilung! Jedesmal, wenn wir unseren abendlichen Rastplatz erreicht hatten, schickte sie mich samt den Vierbeinern auf die Pipi-Runde ohne Rücksicht auf etwaige Gefahren, die überall auf mich lauern konnten. Hier lauerten sie in Form von spitzen Steinen und verborgenen Wurzeln, denn der Weg verengte sich zu einem steilen Pfad, auf beiden Seiten von Büschen überwuchert, die in dichten Baumbestand übergingen. Rechts unten plätscherte ein unsichtbarer Bach. Grillen zirpten, Vögel zwitscherten, eine aufdringliche Hummel surrte um meinen Kopf — Natur pur. Von allem, was am Wegesrand wuchs, pflückte ich einen Strauß zusammen — auch ein karges Mahl kann durch entsprechenden Tischschmuck zu einem Festessen werden (großmütterliche Weisheit!) —, dann pfiff ich die Hunde heran und machte mich auf den Rückweg.

Steffi hatte Gesellschaft bekommen. Ein Knabe ihres Alters stand neben der geöffneten Wohnwagentür und übte sich in Konversation. Vorne an der Straße parkte ein Citroën. Beim Anblick des Jünglings sträubte sich Ottos Fell, er stürzte wild kläffend los und hing wenige Augenblicke später an dem fremden Hosenbein.

»Was ist denn in den gefahren?« Vergebens versuchte Steffi den Hund zurückzureißen, er ließ nicht locker. »Otto, aus!!!« Otto dachte gar nicht daran, zumal er jetzt Unterstützung von Jojo bekam.

Es kostete uns einige Mühe, das sprachlose Opfer von den zwei kleinen Kannibalen zu befreien, und als wir sie im Wagen eingesperrt hatten, krakeelten sie weiter. Der Mann murmelte etwas Unfreundliches, stieg in sein Auto und fuhr weg.

»Ich möchte bloß wissen, was unsere friedlichen Wauwaus so auf die Palme gebracht hat«, sagte Steffi, »sonst macht Otto um jeden Fremden einen Riesenbogen, und dem hier geht er an die Wäsche. Dabei hat er doch ganz normal ausgesehen.«

»Was wollte er überhaupt?«

»Nichts Besonderes. Er hat gefragt, wo ich herkomme, ob ich hier über Nacht bleiben will, wie lange ich schon unterwegs bin — na ja, das übliche Blabla.« Sie nahm mir die Blumen ab. »Wo soll ich die denn reintun?« Auf zehn Zentimeter Länge gekürzt, landeten sie schließlich im Zahnputzbecher.

»Und du hast alles verstanden, was er gesagt hat?«

Sie grinste. »Er konnte Deutsch. — Jetzt komm aber endlich, sonst wird unser Essen welk.« Zum gemischten Salat gab es Baguette mit Camembert und als Nachtisch eingemachte Pfirsiche. Das Glas hatte schon seit zwei Jahren bei uns im Keller gestanden und mindestens genauso lange im Keller unserer Nachbarin, der ich diese milde Gabe zu verdanken hatte. Soweit ich mich erinnerte, hatte Sven ihren Pfirsichbaum schon vor etlichen Jahren abgesägt.

»Weißt du, Steffi, mir läßt das Affentheater von den Hunden keine Ruhe.« Ich rührte in meiner Kaffeetasse, obwohl noch gar keine Sahne drin war, und schielte immer wieder zu den friedlich schlafenden Vierbeinern hinüber. »Es muß einen Grund gehabt haben, daß Otto auf diesen Knaben losgegangen ist. Irgend etwas muß ihn an dem Mann gestört haben.«

»Vielleicht war er bloß eifersüchtig.«

»Glaube ich nicht. Dann hätte er auch den ollen Malwitzki attackieren müssen oder Herrn Neuberth ... nein, da hat etwas anderes mitgespielt. Ich weiß nicht, warum, aber ich habe ein mulmiges Gefühl.«

»Du hast doch nicht etwa Angst?«

»Wenn du es genau wissen willst, jawohl! Wer garantiert uns denn, daß dieser Mann nicht bloß die Lage peilen wollte und heute nacht mit seinen Kumpanen zurückkommt? Das bißchen Tür ist doch kein Hindernis für ein paar kräftige Burschen, und daß die Hunde keine Neufundländer sind, auch wenn sie sich manchmal so anhören, hat er ja gesehen. Im besten Fall kriegen wir eins über die Rübe, und wenn wir aufwachen, ist der Wagen weg. An mögliche Alternativen will ich erst gar nicht denken.«

»Da gibt's ja nur zwei: Entweder ermordet oder umgebracht.« Aber sie war doch nachdenklich geworden. »Vielleicht hast du nicht mal so unrecht. Tiere haben ja einen besseren Instinkt als Menschen. Andererseits hat der Junge wirklich ganz harmlos ausgesehen, der wollte sich bloß unterhalten.«

»Würden alle Mörder wie Mörder aussehen, gäb's

keine mehr! Nee, Steffi, wir packen zusammen und räumen das Feld.«

Gesagt, getan. »Aber nur bis zum nächsten Ort.« Sie schob den Zündschlüssel ins Schloß. »In spätestens einer Viertelstunde ist es stockfinster.«

Links herum kam nicht in Betracht, da würden wir wieder in diesem Bergdorf landen. Also nach rechts. Sieben Kurven, dann sahen wir schon die ersten Häuser eines Ortes. »Da vorne ist ein Parkplatz«, sagte Steffi erfreut, »da halten wir.«

Der Platz war hell erleuchtet. Gleich daneben befand sich die Schule, gegenüber eine Sporthalle, in der noch lebhafter Betrieb herrschte, und in kaum zehn Meter Entfernung ratterte der Durchgangsverkehr vorbei. »Richtig anheimelnd«, meinte ich nur.

Da rastete Steffi aus. »Such *du* doch was, wenn es dir hier nicht paßt. Ich habe die Schnauze voll!«

Hatte ich auch, obwohl ich mich vielleicht (aber auch nur vielleicht) nicht ganz so drastisch ausgedrückt hätte, doch als Schlafplatz nach einem anstrengenden Tag war diese Stelle nun wirklich nicht geeignet. Und morgen hatten wir einen mindestens ebenso anstrengenden Tag vor uns. »Kommt, Jungs, wir gehen noch mal Gassi!«

Die waren aber schon auf Nachtruhe programmiert und nur widerwillig bereit, noch ein weiteres Mal mit mir loszuziehen. Wir schlenderten die Einkaufsstraße entlang — ein kleiner Supermarkt, ein Metzger, ein Bäcker, der morgen früh wenigstens frische Brötchen garantierte, eine Kneipe, ein Laden für Schwimmbad-Technik, einer mit rechts drei Kleidern im Schaufenster und auf der linken Seite Büroartikel, noch eine Kneipe — aus. Gleich dahinter gabelte sich die Straße. Ich ließ die Knöpfe an meiner Bluse entscheiden. Es waren sechs. Also nach links.

Da standen Ein- und Zweifamilienhäuser mit Gärten davor, und in jedem Garten lief mindestens ein Hund herum, der sich auch sofort bemerkbar machte. Meine beiden gaben Antwort, und bald hörte man ein vielstimmiges Gebell in sämtlichen Tonlagen von ganz tief (Dobermann) bis zu hysterischem Gefiepe (Yorkshireterrier). Die ersten Fenster gingen auf, und ich rannte los, um den ansässigen Vierbeinern den Anlaß ihrer begreiflichen Empörung aus den Nasen zu bringen. Sehen konnten sie meine beiden Dackel bestimmt nicht, dazu war es viel zu dunkel.

Die Straße wurde steiler, der Asphaltbelag hörte auf, und die Häuser auf der rechten Seite schauten noch etwas unfertig aus. Aha, Neubaugebiet. Sehr schön. Genau das, was ich suchte, auch wenn ich es vorher nicht gewußt hatte.

Die letzten drei Hunde bellten immer noch, als wir die Straße in entgegengesetzter Richtung zurückliefen, und prompt fielen alle anderen auch wieder ein. Jetzt öffneten sich schon mehr Fenster! Was würde erst geschehen, wenn wir mit dem Wohnmobil hier durch mußten?

Steffi wartete schon vor der Tür. »Gibt's da oben einen Hundezwinger?«

»Nicht direkt, nur eine Töle in jedem Haus, und da stehen eine Menge Häuser. Aber ich habe einen idealen, ganz ruhigen Platz gefunden, bloß ein paar hundert Meter von hier.«

Wir schaukelten ab, doch schon an der Straßengabelung trat Steffi wieder auf die Bremse. »Was ist denn *hier* los?« Die eben noch menschenleere Straße war plötzlich recht bevölkert. Frauen in Morgenröcken standen überall herum, Lockenwickler in den Haaren und Schläppchen an den Füßen, andere gestikulierten über den Gartenzaun, aus den geöffneten Fenstern dröhnten die Fernseher — es herrschte eine Art Volksfeststimmung. Nur Männer waren nicht zu sehen.

»Grüne-Witwen-Ghetto«, sagte Steffi, »da fahre ich nicht durch. Gibt es noch einen anderen Weg?«

»Wahrscheinlich, doch den finden wir im Dunkeln bestimmt nicht. Außerdem ist das hier eine öffentliche

Straße, und es steht nirgendwo geschrieben, daß man sie nach einundzwanzig Uhr nicht mehr befahren darf.«

Nur im Schrittempo bewegten wir uns vorwärts, begleitet von neugierigen und teils auch mißtrauischen Blicken, doch niemand hielt uns an. Trotzdem waren wir froh, als wir das letzte bewohnte Haus hinter uns gelassen und gegenüber den Neubauten halten konnten.

»Vielleicht war es ja wirklich besser, daß wir aus dieser Waldeinsamkeit getürmt sind«, murmelte Steffi schon im Halbschlaf, »aber diese Straße hier rauf hat mich wieder einen Haufen Illusionen gekostet.«

»Wieso denn das?« Ich saß noch auf dem Boden und suchte das Loch in der Luftmatratze, dem ich eine recht unbequeme Nacht zu verdanken hatte.

»Lauter Frauen und kein einziger Mann. Dabei sahen die alle so verheiratet aus.«

»Das sind sie bestimmt auch.« Das Loch hatte ich gefunden, doch wo war das Flickzeug?

»Meinst du? Wo waren denn die ganzen Männer?«

»In der Kneipe.« Jetzt fiel es mir wieder ein. Steffi hatte gesagt, Fahrradflickzeug müsse man kühl lagern, und es neben die Senftube in die Kühlschranktür gepackt. »In Frankreich verbringen Ehemänner ihre Abende meistens in der Kneipe.«

»Na siehste, wieder ein Grund mehr, nicht zu heiraten.« Sie seufzte leise. »Den idealen Mann finde ich sowieso nicht.«

»Kannst du auch gar nicht.« Ich schmirgelte die durchlöcherte Stelle ab und klebte den Flicken drauf.

»Warum nicht?«

»Weil er wahrscheinlich auf der Suche nach der idealen Frau ist. Gute Nacht.«

17

»Wenn wir heute bis Grenoble kommen, können wir morgen früh gleich auf die Autobahn, und mit etwas Glück und ohne Stau sind wir nachmittags zu Hause. Hoffentlich sind die Zwillinge da.«

»Warum?« Ich ließ den letzten Honig auf das halbtrockene Baguette tropfen — Marmelade war auch schon alle — und goß mir die zweite Tasse Tee ein, obwohl ich morgens gar keinen mag. Nicht mal meckern durfte ich, denn die Vorratshaltung fiel in den Bereich Küche, und beim letzten Einkauf hatte ich den Kaffee schlicht vergessen.

»Die müssen beim Großreinemachen helfen«, antwortete Steffi kauend. »Sag mal, haben wir noch irgendwas, womit man dieses trockne Zeug gleitfähiger machen kann? Leberwurst in der Dose zum Beispiel?«

»Nein, bloß noch Ölsardinen.«

»Morgens um sieben? Nein, danke. Du hättest eben doch zum Bäcker gehen sollen.«

»Wollte ich, aber du hast selbst gesagt, daß dazu keine Zeit ...«

»Ist schon gut«, sagte sie abwinkend, »auf nüchternen Magen soll man ja nicht soviel essen.«

Darauf wollte ich mich jedoch nicht verlassen. Eine nur ungenügend abgefütterte Stefanie könnte sich verkehrsgefährdend auswirken. »Beim nächsten Boulanger halten wir.«

»Ein Bäcker wäre mir lieber. Ich habe richtigen Heißhunger auf ein knuspriges Laugenbrötchen.«

»Und ich auf eine Scheibe Vollkornbrot mit Emmentaler.«

Nach diesem Ausbruch niederer Instinkte zerkrümelten wir das restliche Baguette für die Vögel, sattelten unsere neunzig Pferde und machten uns wieder auf den Weg. Die grünen Witwen waren entweder noch nicht aufgestanden oder anderweitig beschäftigt, wir sahen keine einzige, und die vielen Hunde mußten sich gestern wohl heiser gebellt haben. Nur der Yorkshire krächzte einen Abschiedsgruß.

Kleine Dörfer, größere Dörfer, in jedem mindestens eine Töpferei und zwei Antiquitätengeschäfte. Jeder Stuhl, den Opa auf seinem Dachboden ausgegraben hat, schien plötzlich um Jahrzehnte gealtert und somit eine Antiquität geworden zu sein.

Steffi entdeckte noch eine andere Merkwürdigkeit. »Ist dir schon mal aufgefallen, Määm, daß es in jedem zweiten Nest ein Geschäft gibt, das Schwimmbäder verkauft?«

Darauf hatte ich noch nicht geachtet, doch es erschien mir irgendwie logisch. »Das Meer ist weit weg, Seen gibt es auch nicht, und wenn, sind sie eisgekühlt, also setzt sich jeder seinen eigenen Pool in den Garten.«

»Vier Quadratmeter Badewanne würde ich nicht gerade als Pool bezeichnen.«

»Bei dreißig Grad im Schatten immer noch besser als eine behelfsmäßige Brause aus 'm Gartenschlauch.«

Mittags erreichten wir Gap. Wider Erwarten hatte Steffi nichts gegen eine Pause einzuwenden, sie war sogar bereit, das centre ville anzusteuern, was Innenstadt und brodelnden Verkehr bedeutete.

»Gap ist auch ein Überbleibsel von den Römern, kam im 9. Jahrhundert zum Königreich Burgund und war später ein Zentrum der französischen Refor...«

»Da drüben ist eine Pizzeria!«

»... mation«, beendete ich den Satz, mußte jedoch einsehen, daß sich meine Tochter mehr für die Neuzeit interessierte. »Am besten hole ich gleich vier Stück, die schmecken auch kalt.«

»Ich will keine Pizza, ich will etwas Vernünftiges essen.«

Wir fanden ein Restaurant, das recht vielversprechend

aussah, obwohl mich die Speisekarte hätte mißtrauisch machen müssen. »Rippele mit sauren Kraut« klang überhaupt nicht französisch, und was ich unter »sauren Braten« zu verstehen hatte, wollte ich erst gar nicht wissen.

»Wir scheinen in einer Touristen-Hochburg gelandet zu sein.« Steffi zeigte auf etwas in der Karte. »Ich esse das.«

»Laß das lieber bleiben! Bouillabaisse ißt man unten an der Küste und nicht mitten in den Bergen. Ganz abgesehen davon kann ich mir nicht vorstellen, daß dir Fischsuppe schmeckt.«

»Iiihhh«, kam es entsetzt zurück, »ich dachte, das ist irgendwas mit Knödeln.«

»Die heißen hier Boulettes.«

»Dämliche Sprache!«

Wie kommt es eigentlich, daß die am Nebentisch servierten Gerichte immer besser aussehen als das, was man selbst bestellt hat? Der Herr nebenan schmatzte zufrieden über seinem Eintopf, wir kauten mit langen Zähnen unsere als Steaks deklarierten Schnitzel. »Die Bohnen sind aus der Dose«, meckerte Steffi.

»Und die Kartoffeln vom vorigen Jahr.«

Wenigstens wurden wir satt. Anschließend gestattete mir Steffi sogar einen Bummel durch die umliegenden Straßen. »Bis Grenoble können es höchstens noch hundert Kilometer sein, das schaffen wir locker. — Guck mal, wie gefällt dir das Sweatshirt?«

»Überhaupt nicht. Wie kann man Lila mit Neongrün kombinieren? Wer da eine Weile draufschauen muß, braucht eine Sonnenbrille.«

»Du hast nicht für fünf Pfennig Geschmack!«

»Weiß ich. Das sagt dein Vater auch immer, weil ich mich weigere, eins von diesen handbreiten Röckchen anzuziehen. Ich habe schließlich schon die letzte Minirockwelle mitgemacht, und deshalb finde ich, daß ich mich diesmal zurückhalten sollte.«

»Männer steh'n nun mal auf Beine.«

»Eben. Deshalb stecke ich meine auch lieber in Hosen.«

Beinahe wären wir an der Telefonzelle vorbeigelaufen, obwohl wir schon seit einem halben Tag danach gesucht hatten. »Sag den Zwillingen, daß sie morgen unbedingt zu Hause bleiben müssen. Wenigstens ab nachmittags«, trichterte mir Steffi ein.

Sie waren erst gar nicht da. Nach Dossenheim seien sie gefahren, schon vor zwei Tagen. »Das Haus ist so entsetzlich leer«, beschwerte sich Rolf, »bis auf die Spüle. Wann kommt ihr eigentlich zurück?«

»Morgen gegen Abend.«

»Na endlich. Ihr müßt aber irgendwas zu essen mitbringen, sonntags kommt der Hähnchenwagen nicht.«

Nachdenklich legte ich den Hörer auf. »Was hat er damit bloß gemeint?« fragte ich Steffi, nachdem ich kurz den Inhalt des Gesprächs wiedergegeben hatte.

»Ist doch ganz klar! Die Mädchen sind vorgestern weggefahren, und seitdem ernährt sich Papi von totem Huhn. Bei Tengelmann steht doch täglich die fahrbare Hendlbraterei.«

Zum erstenmal seit zweieinhalb Wochen rührte sich mein Gewissen. »Das ist aber ein sehr einseitiger Speisezettel.«

»Ach was«, meinte sie gleichmütig, »der Mensch sollte nicht gesünder leben, als ihm guttut. Hast du auf der Telefonkarte noch ein paar Einheiten drauf? Gut, dann rufe ich jetzt die Zwillinge an.«

Das Gespräch dauerte nicht lange. »Sie wären sowieso gekommen, hat Nicki gesagt, und wir brauchen auch nichts zum Essen zu kaufen wegen dem verspäteten Muttertag. — So, und jetzt sollten wir zusehen, daß wir wieder ein bißchen Landstraße unter die Räder kriegen.«

Hinein in die Alpen! Immer aufwärts, noch eine Kurve, noch eine Spitzkehre, vor uns eine majestätische Silhouette von Kuppen, Gipfeln und Gletschern, um uns herum große Waldregionen, vom sauren Regen auch schon arg angeknabbert, kaum mal ein Haus — ein herrliches Panorama, doch wohnen möchte ich hier trotzdem nicht.

Steffi hatte kaum einen Blick für die grandiose Landschaft. Seit mehreren Kilometern ärgerte sie sich über den hinter uns fahrenden Sportwagen, dessen Fahrer dauernd auf die Hupe drückte, aber trotzdem nicht überholte. »Warum fährt der Idiot nicht endlich vorbei? Was nützt denn ein Tiger im Tank, wenn ein Kamel am Steuer sitzt? Der Kerl macht mich wahnsinnig!« An der nächsten Haltebucht scherte sie aus und stoppte. Der Sportwagen ebenfalls. Der Fahrer stieg aus und klopfte an die Scheibe. »You lose your bike«, knautschte er in schönstem Amerikanisch, stieg wieder in seinen Flitzer und rauschte davon.

»Tolles Geschoß!« Sehnsüchtig sah Steffi hinterher. »Ich glaube, Sportwagenfahrer sind die einzigen, die von unten auf andere Leute herabsehen können. Was wollte er eigentlich?«

»Irgendwas scheint mit den Fahrrädern nicht in Ordnung zu sein.« Wir stiegen aus, und dann sahen wir auch schon die Bescherung. Eins der Räder hatte sich aus der Verankerung gelöst und hing halb über der Straße. Das Pedal hatte sich auch schon verbogen. »Au weia, wenn das runtergefallen wäre...«

»Wahrscheinlich ist es passiert, als du vorhin den halben Baum mitgenommen hast. Ich habe dir ja gleich gesagt, du sollst dich ein bißchen mehr links halten.«

»Ja, ja«, knurrte Steffi, während sie den festgezurrten Riemen noch einmal kontrollierte, »die besten Fahrer findet man immer auf dem Beifahrersitz. Wir können ja mal tauschen!«

Bloß nicht! »Das lohnt nicht mehr, wir müssen gleich in Grenoble sein.« Die ersten Anzeichen einer Großstadt waren unübersehbar: Wegweiser und Reklameschilder.

»Wenn wir direkt auf die Autobahn fahren«, überlegte Steffi laut, »könnte ich bis zum Dunkelwerden locker hundertfünfzig Kilometer abreiten.«

»Und wo willst du übernachten? Im Schatten einer Raststätte? Hast du übrigens mal einen Blick zum Himmel geworfen?« Schon seit einer ganzen Weile hatte ich die grauen Wolken beobachtet, die sich zusehends zu einer dichten Wand ballten. »Da braut sich ein mächtiges Gewitter zusammen.«

Wenn es etwas gibt, wovor Steffi Angst hat, dann sind es Gewitter. Zu Hause kriecht sie ins Bett, nimmt den ebenfalls zitternden Jojo in den Arm und vergräbt sich unter der Decke. Erwischt es sie unterwegs, rekapituliert sie die These vom Faraday-Käfig und hofft auf ihre Richtigkeit. Es ist auch völlig sinnlos, ihr zum einhundertneunundsiebzigstenmal den Zusammenhang zwischen Warm- und Kaltluft zu erklären; sie kennt ihn und fürchtet sich trotzdem. Weshalb sie allerdings vor dem Donner Angst hat und nicht vor den Blitzen, ist ihr Geheimnis geblieben. »Wir würden geradewegs in das Gewitter hineinfahren.«

Das half. »Dann bleiben wir am besten gleich hier«, entschied sie, »vielleicht kriegen wir von dem Unwetter gar nichts ab.«

Es mußte sich um den Vorort eines Vorortes handeln, denn die Häuser sahen alle sehr neu aus, und die Gärten befanden sich noch im Urzustand. Die einzigen Farbtupfer in der lehmigen Wüstenlandschaft bildeten zerfetzte Zementsäcke und zerbrochene Ziegel. Kein Baum versperrte den Blick über den Ort, doch gleich dahinter begann ein Wald, und genau den steuerte Steffi an. In dem kleinen Krämerladen suchten wir noch unser Abendessen zusammen — sogar frischen Spargel gab es und Erdbeeren —, dann fuhren wir den Waldrand so lange ab, bis wir ein Stückchen Wiese fanden. Tür auf, Hunde raus, Gartenmöbel wieder unterm Wagen deponiert, Herd und Kühlschrank auf Gas umgeschaltet — jetzt, da sich die Reise dem Ende näherte, waren wir ein perfekt eingespieltes Team.

Der Himmel war schwarz geworden, und als die Hunde mit eingezogenen Schwänzen in den Wagen zurückschlichen, wurde Steffi immer kleinlauter. »Ich glaube, wir kriegen doch was ab.«

Im selben Augenblick wurde es taghell, dann krachte es auch schon. Steffi schrie auf, die Hunde krochen winselnd unter den Fahrersitz, und mir war die Sache auch nicht mehr ganz geheuer. Blitz folgte auf Blitz, die Donnerschläge hörten gar nicht mehr auf, gingen ineinander über, vervielfältigten sich durch das Echo, und dazu tobte ein Sturm, der den Wagen hin und her schwanken ließ. Die ersten Regentropfen klatschten aufs Dach, dann prasselte es nur noch so herunter. Und immer wieder Blitz und Donner. »Hört denn das überhaupt nicht auf?« Steffi grub ihren Kopf tiefer ins Kissen. »Sonst ist ein Gewitter doch nach zehn Minuten vorbei.«

Dieses hier dauerte schon über eine halbe Stunde. »Vergiß nicht, daß rundherum Berge sind. Es hängt fest und kommt nicht rüber.«

»Wir hätten nicht so dicht an den Wald fahren sollen«, lamentierte sie weiter, »da schlägt der Blitz doch immer zuerst ein.«

Moment, wie war das noch gleich mit den großmütterlichen Sprüchen? Vor den Eichen sollst du weichen. Doch die Buchen sollst du suchen. Alles Blödsinn, der Blitz schlägt immer an der höchsten Stelle ein. Es ist ihm völlig egal, ob das eine Eiche, eine Buche oder eine Zypresse ist. Davon mal abgesehen, standen hier sowieso bloß Kiefern, und die waren viel höher als unser Auto.

Immer wieder krachte es. Ab und zu gönnte uns das Gewitter eine kleine Atempause, weil es scheinbar abzog, doch Minuten später kehrte es in voller Stärke wieder zurück. So etwas hatte ich noch nie erlebt. Nur der Regen ließ nach. Eine Zeitlang war ich mir vorgekommen wie in einer Autowaschanlage, doch allmählich konnte man durch die Fensterscheiben wieder etwas sehen. Als erstes fiel mir auf, daß die ganze Ortschaft im Dunkeln lag, und als zweites, daß sich ein munteres Bächlein abwärtsschob, das vorher noch gar nicht dagewesen war. »Läßt sich dieses Wohnmobil eventuell zu einem Hausboot umfunktionieren? Wenn es so weiterregnet, ist aus dem Weg hier rauf bis morgen ein Fluß geworden.«

»Ist doch egal«, tönte es dumpf aus dem Kissen, »die Nacht überleben wir sowieso nicht.«

Plötzlich ein neues Geräusch. Jemand warf Murmeln aufs Dach. Sogar Steffi nahm den Kopf hoch. »Was is 'n das nun schon wieder?«

»Hagelkörner.«

Sie sah ängstlich nach oben. »Hoffentlich hält der Wagen das aus. Dem Krach nach müssen die Dinger so groß wie Tischtennisbälle sein.«

»Nun übertreib nicht gleich. Ich möchte sowieso mal wissen, wie eigentlich die Hagelkorngröße bestimmt worden ist, als es noch keine Ping-Pong-Bälle gab.«

Sie grinste kläglich, hielt sich aber sofort wieder die Ohren zu, als der nächste Donnerschlag krachte. »Ich werde noch verrückt!«

»Das bist du schon. Wahrscheinlich liegt es nur daran, daß deine reguläre Fütterungszeit längst überschritten ist. Ich schäle schon mal den Spargel.«

»Untersteh dich!« schrie sie entsetzt. »Du kannst doch jetzt kein Messer anfassen!«

Gegessen haben wir dann nachts um halb elf, als sich das Gewitter doch verzogen oder vielleicht auch nur aufgelöst hatte, denn die dunklen Wolken hingen immer noch über den Bergen. In der Ferne grummelte es leise.

Wie hatte es doch häufig in den Romanen geheißen, die ich meiner Großmutter früher heimlich vom Nachttisch geklaut hatte? »Vom azurnen Himmel, dessen Bläue nur von vereinzelt wie Wattetupfer hingestreuten Wolkenbällchen unterbrochen wurde, gleißte eine Sonne, deren Strahlen die Tautropfen an den Grashalmen im Park in funkelndes Geschmeide verwandelten und auf die Wangen der Komtesse ein ebenso zartes Rosa hauchten, wie es die Blüten aufwiesen, von denen sie einige für die erkrankte Mutter pflücken wollte.«

Omi hatte diese Romane geliebt. Sie stammten vorwiegend aus der Fleischerzeitung, erschienen in Fortsetzungen und wurden erst dann gelesen, wenn mit Kuß und stets nachfolgender Verlobung auch das letzte Kapitel abgeschlossen war. Meine Mutter bezeichnete diese Lektüre als Schmachtfetzen und verbot mir rundheraus, sie auch nur anzurühren.

Nun pflegen Verbote ja meist das Gegenteil zu bewirken. Was ich mir eigentlich erhofft hatte, weiß ich nicht mehr, vermutlich Aufklärung über gewisse Dinge, die einem mit zwölf oder dreizehn Jahren noch etwas unklar sind. Jedenfalls holte ich mir diese mit einer Wäscheklammer sorgfältig zusammengehefteten Seiten, wenn ich mal wieder nichts mehr zu lesen hatte. Im Gegensatz zu heutigen Büchern waren diese sentimentalen Rührgeschichten harmlos. Jetzt gibt es ja Romane, die wagt man gar nicht aus der Hand zu legen, wenn Kinder im Haus sind.

An die blumenreichen Schilderungen gräflicher Parks im Morgenlicht wurde ich erinnert, als ich nach der stürmischen Nacht die Wohnwagentür öffnete. Nun habe ich keine Ahnung, wie ein azurner Himmel auszusehen hat; der hier war jedenfalls wunderschön blau, und die Wattebällchen waren auch da. Das funkelnde Geschmeide an den Grashalmen waren zwar keine Tau-, sondern Regentropfen, rosa Blüten gab es weit und breit nicht, nur gelben Löwenzahn, aber sonst stimmte alles. Wenn man mal von dem Park absah. Ein halber Hektar Wiese ist kein Park, außerdem gibt es da Kieswege, und hier hatten wir nur gelben Matsch, den wir nachher würden hinunterrutschen müssen. »Aufstehen, Steffi! Die Sonne scheint, die Vöglein singen, es ist nicht zu heiß, also herrliches Reisewetter.«

»Anscheinend haben wir ja doch überlebt«, kam es verschlafen aus dem Alkoven. »Wenn das so ist, könntest du ein letztes Mal frische Croissants holen. Ich mache inzwischen Kaffee.«

Fast wären wir im Lehm steckengeblieben, als Steffi das Wohnmobil mehr schlitternd als fahrend den Weg hinunterbugsierte, aber dann hatte sie es doch geschafft und wieder festen Boden unter den Rädern. »Wenn ich jetzt noch wüßte, wie wir zur Autobahn kommen, wäre ich rundherum zufrieden.«

Schilder gab es nicht, auf unseren nur mangelhaft funktionierenden Instinkt wollten wir uns auch nicht mehr verlassen, also griff ich wieder nach dem Wörterbuch und baute mich auskunftheischend vor einem mürrisch vor sich hintrottenden Mann auf. Beide Hände in den Hosentaschen vergraben, sah er mich kaum an, als ich ihn nach dem Weg fragte. Mit dem Kopf wies er in die entsprechende Richtung, murmelte noch etwas von à droite und bouclier und trottete weiter.

»Du, das war der erste Mensch, der es fertiggebracht hat, dir mit den Händen in den Taschen den Weg zu erklären«, sagte Steffi lachend. »Hoffentlich hast du ihn trotzdem verstanden.«

Von nun an ging es zügig vorwärts. Chambéry, Aix-les-Bains, Annecy — Namen, die uns noch von der Herfahrt geläufig waren, nur kamen uns die Entfernungen zwischen den einzelnen Städten wesentlich kürzer vor. Autobahnen haben doch etwas für sich! Jedenfalls die französischen, denn die kosten Geld und werden deshalb weniger benutzt.

Schweizer Grenze. Nein, wir hatten nichts zu verzollen, waren nur auf der Durchreise, die Vignette klebte auch noch an der Scheibe, dann also merci vielmals und gute Fahrt.

»In Basel sollten wir noch mal tanken. Diesel ist in der Schweiz billiger als bei uns«, sagte Steffi.

»Zigaretten auch.«

Sofort winkte sie ab. »Ich schmuggle keine mehr. Uns haben sie einmal erwischt, als ich mit Horst am Bodensee war und wir einen Abstecher auf die andere Seite gemacht haben.«

»Ist ja auch kein Wunder, im Pkw gibt es längst nicht so viele Verstecke wie in diesem rollenden Wohnzimmer. Wie wäre es neben dem Abwassertank? Da suchen sie bestimmt nicht.«

»Und wenn doch? Dann nehmen sie uns den ganzen Wagen auseinander, und wir stehen noch um Mitternacht an der Grenze. Da muß die Karre aber schon in Heppenheim sein, vergiß das nicht.«

Also keine Zigaretten.

Lausanne, Fribourg, Bern. Kurz vor Solothurn Mittagessen mit Zürcher Geschnetzeltem und Rösti. Die letzten Franken gingen für Diesel drauf.

»Könnten Sie bitte mal die Reifen nachsehen?« bat Steffi den Tankwart, ein pfiffiges Bürschlein von höchstens achtzehn Jahren. Er nickte zustimmend und umrundete den Wagen. »Eins, zwei, drei, vier — alle da.«

»Wievielmal pro Tag bringst du diesen ollen Kalauer denn an?« Sie schaffte tatsächlich ein klägliches Grinsen.

Der Tankwart grinste zurück. »Wer läßt denn hier schon den Reifendruck prüfen?« Er tat es trotzdem, fand ihn in Ordnung und kassierte das erhoffte Trinkgeld. »Merci vielmals, gute Fahrt.«

»Noch eine knappe Stunde bis Basel, und von da noch zweieinhalb bis nach Hause. Zum Kaffeetrinken müßten wir dort sein«, rechnete Steffi, »dann zwanzig Minuten ausräumen, anschließend saubermachen — zu viert könnten wir das in längstens einer Stunde hinkriegen —, danach noch einmal sechzig Minuten bis Heppenheim... also spätestens um Mitternacht kann ich den Wagen abliefern. Bis dahin ist er ja bezahlt.«

Steffis Milchmädchenrechnungen kannte ich, die stimmten nie. »Erstens weißt du nicht, ob wir nicht in einen Stau kommen, zweitens können nicht vier Leute gleichzeitig den Wagen schrubben, da tritt einer dem anderen in den Scheuerlappen...«

»Wieso denn? Einer putzt draußen die Fenster, der andere drinnen, und wer hinten die Spüle poliert, kommt dem vorne in der Fahrerkabine auch nicht ins Gehege.«

»... drittens wissen wir noch gar nicht, ob die Zwillinge schon da sind, und viertens laß uns erst mal zu Hause sein, dann sehen wir weiter.«

Sie gab sich zufrieden. »Ich rufe nachher in Heppenheim an und frage, ob ich Papiere und Zündschlüssel eventuell in den Briefkasten schmeißen kann, falls es zu spät wird.«

Über einen kleinen Umweg, der uns auf direktem Weg zum Gotthard-Paß geführt hätte, erreichten wir die deutsche Grenze und wurden gleich durchgewinkt. »Siehste, wir hätten doch Zigaretten ...«

»Wer sagt denn, daß wir keine haben?« Triumphierend zog Steffi drei Stangen ihrer Lieblingsmarke unter dem Sitz hervor. »Habe ich vorhin gekauft, als du noch das Essen bezahlt hast.«

»Weshalb hast du nichts davon gesagt?«

»Weil man dir sofort ansieht, wenn du ein schlechtes Gewissen hast.«

Ein paar Kilometer kamen wir zügig voran, dann nahm Steffi den Fuß vom Gas. »Wir sind wieder im Land der zwei Jahreszeiten: Winter und Baustellensaison.«

Den ersten Stau hatten wir nach zwanzig Minuten überwunden, der zweite dauerte schon wesentlich länger, und im letzten hingen wir bis zur Abfahrt Bad Randersau. Da war es kurz vor sieben und Zeit zum Abendessen.

Kaum war die stürmische Begrüßung etwas abgeflaut, da stürzte Steffi ans Telefon. »Wie ist die Vorwahl von Heppenheim?«

Katja blätterte schon — »06252«.

Ich mußte inzwischen den aufgeblühten Flieder im Garten bewundern, der bei unserer Abfahrt noch nicht mal Knospen gehabt hatte, und Vickys selbstgestrickten Pullover, den sie irgendwann im vergangenen Sommer angefangen und nun endlich fertig gekriegt hatte, mußte Sascha erläutern, weshalb wir nicht die Lavendelfelder von Grasse besucht hatten, mußte Otto beruhigen, der vor lauter Freude über sein wiedergefundenes Zuhause quiekend durch die Gegend tobte, mußte Kaffee trinken und Marmorkuchen essen und bekam gar nicht mit, daß Steffi in der Küche auf dem Boden saß und lachte, bis ihr die Tränen aus den Augen liefen.

»Määm, komm doch mal!« Nickis Stimme klang richtig besorgt. »Ich weiß nicht, was sie hat. Dreht sie jetzt durch?«

Unmöglich war das nicht. Immerhin hatte sie in den letzten drei Wochen fast viertausend Kilometer lang hinter dem Steuer gesessen, einen nicht geringen Teil davon gestern und heute. Wahrscheinlich löste sich jetzt die Anspannung. »Nun beruhige dich erst einmal, und steh vor allen Dingen auf. Komm, ich helf dir.«

»Laß mich, ich kann nicht mehr«, japste sie, von einem neuen Lachanfall geschüttelt, »du weißt ja noch nicht, was mir der Hollreiner eben am Telefon gesagt hat.«

»Was denn?«

»Wir müssen ... hahaha ... müssen den Wagen ... hihihi ...«

»Was ist denn nun mit dem Wagen?«

»Den brauchen wir erst *morgen* abend zurückzugeben. Ich hab' mich im Datum geirrt.«

Nun mußte ich mich auch hinsetzen. »Du bist ein Trottel«, war alles, was mir dazu einfiel. Dann gelobte ich feierlich, meinen nächsten Urlaub wieder als Pauschalreise zu buchen mit Hotelzimmer und drei Mahlzeiten am Tag. Am besten auf einer Insel, wo ich nicht Auto fahren mußte. »Wann ist die beste Zeit, nach Tahiti zu fliegen?«

»Jederzeit zwischen einundzwanzig und fünfundvierzig«, sagte Sascha.

»Ich glaube, das mußt du noch zurückstellen.« Rolf reichte mir einen schon geöffneten Briefumschlag. »Der ist vorige Woche per Einschreiben gekommen, deshalb habe ich ihn aufgemacht. Es hätte ja etwas Wichtiges sein können«, entschuldigte er sich.

Der Absender war ein bekannter Getränkehersteller. »Was wollen die denn von mir? Ich trinke das Zeug doch nie.« Neugierig faltete ich den Briefbogen auseinander. Bei der Postkartenaktion, an die ich mich schon gar nicht mehr erinnern konnte, hatte ich den dritten Preis gewonnen: Ein Wochenende in Monte Carlo einschließlich Besuch des Spielkasinos.

»Neeeiiin!!!«

Evelyn Sanders

Evelyn Sanders versteht es unnachahmlich, das heitere Chaos des alltäglichen Familienlebens einzufangen.

Bitte Einzelzimmer mit Bad
01/6865

Das mach' ich doch mit links
01/7669

Pellkartoffeln und Popcorn
01/7892

Jeans und große Klappe
01/8184

Das hätt' ich vorher wissen müssen
01/8277

Hühnerbus und Stoppelhopser
01/8470

Radau im Reihenhaus
01/8650

Werden sie denn nie erwachsen?
01/8898

Mit Fünfen ist man kinderreich
01/9439

Muß ich denn schon wieder verreisen?
01/9844

Schuld war nur die Badewanne
01/10522

Hotel Mama vorübergehend geschlossen
01/13014

01/13014

HEYNE-TASCHENBÜCHER

Erich Rauschenbach

Schamlos schöne Cartoons, unterlegt mit bissig-frivolen Texten.

Erich Rauschenbach ist nicht nur ein genialer Zeichner, er ist auch ein köstlicher Geschichtenerzähler!

01/10307

Vollkommen fix und Vierzig...
01/7961

Kann denn Fünfzig Sünde sein?
01/10063

Traumfrauen
01/10307

Heyne-Taschenbücher

EVELYN SANDERS

Hühnerbus und Stoppelhopser

Ein heiterer Kenia-Roman

Mit diesem heiteren Kenia-Roman spießt die pointensichere Autorin erneut unsere kleinen (Urlaubs-)Schwächen und Fehler auf die scharfe Klinge ihrer Beobachtungsgabe. Ein Buch, in dem jeder Leser in Einzelheiten und Eigenheiten sich selbst wiedererkennen wird – und darüber nur zustimmend schmunzeln kann. Denn Humor ist, wenn alles lacht und sich niemand beleidigt fühlen muß.

Evelyn Sanders
Hühnerbus und Stoppelhopser
Ein heiterer Kenia-Roman
366 Seiten, Leinen, DM 32,–
ISBN 3-7770-0414-6

HESTIA